1944: Die Alliierten landen in Südfrankreich. In der Provence steht ein Waggon voller Gemälde, die in Marseille von den Nazis geraubt worden sind, darunter ein van Gogh und ein Cézanne. Noch schnell versuchen die Deutschen, die wertvollen Bilder in einem Depot unter einer Katharerburg zu verstecken. Dann müssen sie überstürzt fliehen und das Depot aufgeben.
2018: Ein Kunsttransport des Musée Granet in Aix en Provence wird überfallen. Die Polizei trifft ein, bevor die Räuber entkommen können: Caterine Castel und Alain Theroux, die eben noch bei einem Kaffee im Café du Midi saßen – weswegen Ex-Commissaire Albin Leclerc Wind von der Sache bekommt.
Im Versteck der Räuber finden sich noch mehr gestohlene Kunstwerke, unter anderem ein unbekannter Cézanne und ein van Gogh. Ein Millionenfund. Als plötzlich die Leiche eines reichen Kunstsammlers auftaucht, tappt die Polizei im Dunklen. Commissaire Leclerc macht sich auf eigene Faust auf die Suche nach dem Täter. Da gibt es noch einen Toten – ein Kunsthändler wird erschlagen aufgefunden. Und für Albin Leclerc wird es gefährlich, denn er weiß bereits zu viel …

Pierre Lagrange ist das Pseudonym eines bekannten deutschen Autors, der bereits zahlreiche Krimis und Thriller veröffentlicht hat. In der Gegend von Avignon führte seine Mutter ein kleines Hotel auf einem alten Landgut, das berühmt für seine provenzalische Küche war. Die Bände der Erfolgsserie um den liebenswerten Commissaire Albin Leclerc und seinen Mops Tyson heißen ›Tod in der Provence‹, ›Blutrote Provence‹, ›Mörderische Provence‹ und ›Schatten der Provence‹ und sind im FISCHER Verlag erschienen.

Weitere Informationen finden Sie auf www.fischerverlage.de

Pierre Lagrange

SCHATTEN DER PROVENCE

Ein neuer Fall für Albin Leclerc

FISCHER Taschenbuch

Aus Verantwortung für die Umwelt hat sich der S. Fischer Verlag
zu einer nachhaltigen Buchproduktion verpflichtet.
Der bewusste Umgang mit unseren Ressourcen,
der Schutz unseres Klimas und der Natur gehören
zu unseren obersten Unternehmenszielen.

Gemeinsam mit unseren Partnern und Lieferanten
setzen wir uns für eine klimaneutrale Buchproduktion ein,
die den Erwerb von Klimazertifikaten zur Kompensation
des CO_2-Ausstoßes einschließt.

Weitere Informationen finden Sie unter:
www.klimaneutralerverlag.de

FSC www.fsc.org
MIX
Papier aus verantwortungsvollen Quellen
FSC® C014496

Erschienen bei FISCHER Taschenbuch
Frankfurt am Main, Mai 2020

Dieses Werk wurde vermittelt durch die Literarische Agentur
Thomas Schlück GmbH, 30161 Hannover.

Druck und Bindung: GGP Media GmbH, Pößneck
Printed in Germany
ISBN 978-3-596-70401-9

PROLOG

Marseille, Januar 1943 bis August 1944

Die Explosionen ließen die Fenster vibrieren und das Geschirr im Schrank klirren. Der Junge erbebte und zuckte so heftig mit der Hand, dass die Holzeisenbahn aus den Gleisen fuhr und umfiel. Sein Name war Baptiste. Er hatte das Spielzeug vor drei Wochen zu Weihnachten bekommen. Er weinte und hielt sich gegen den Lärm die Ohren zu. Er lief zu seiner Mutter, die im Sessel saß und strickte. Sie sah mit ernster Miene zum Fenster hinaus und betrachtete die Kondenswassertropfen, die innen an der Scheibe hinabliefen. Nur manchmal zuckte ihr Auge, wenn es erneut ohrenbetäubend krachte und ein weiteres Gebäude in der Altstadt einstürzte.

Baptiste klammerte sich an ihre Beine und drückte das Gesicht in ihren Schoß. Er drehte den Kopf zur Seite und sah hinüber zum Vater, der unbeweglich auf dem Sofa saß und Zeitung las. Seine Hände waren groß. Sie zitterten ein wenig, während er mit dem Zeigefinger die Zeilen auf der Titelseite entlangfuhr.

In dem Text stand, dass die Polizei eine Ausgangssperre verhängt hatte, während das Quartier am Alten Hafen gesprengt wurde. Es hieß, dass alles abgerissen werde, damit schöne neue Wohnungen gebaut werden können. Der Stadtteil hatte einen sehr schlechten Ruf. In Le Panier, dem mittelalterlichen Korbmacherviertel, herrschte das Verbrechen.

Alles war vom Rotlichtmilieu geprägt. Dort wohnten viele Immigranten und Juden. Im Le Panier versteckten sich außerdem viele Widerstandskämpfer. Es gab ein unübersichtliches Gewirr aus schmalen Gassen und kleinen Plätzen, das von der Polizei und den deutschen Besatzern schlecht zu kontrollieren war. Angeblich sollte es in der Neujahrsnacht einen Anschlag gegeben haben, woraufhin die Nazis durchgesetzt hatten, dass das gesamte Quartier dem Erdboden gleichgemacht und gesäubert werden sollte. Was nun seit einigen Tagen geschah. Eigentlich hatten die Deutschen ein viel größeres Gebiet am Hafen sprengen wollen, sich aber von der Präfektur auf eine Fläche von vierzig Hektar herunterhandeln lassen, wenn sie sich im Gegenzug nicht die Hände schmutzig machen mussten. Das erledigten nun die Franzosen, während die Wehrmacht die Aktion lediglich überwachte und sicherte.

Insgesamt wurden vierzigtausend Menschen polizeilich überprüft und fast dreißigtausend Bewohner vorübergehend nach Fréjus evakuiert. Sechstausend Menschen wurden festgenommen, fast achthundert Juden deportiert und am Ende rund eintausendfünfhundert Gebäude gesprengt.

Eine ganze Kleinstadt.

Der Junge wusste von alledem nichts. Aber er hatte beim Milchholen kürzlich gesehen, wie die deutschen Soldaten alles abriegelten. Überall hatte es lautes Geschrei gegeben. Schüsse knallten. Die Echos waren über die Straßen und Plätze gehallt. Er hatte gesehen, wie Menschen aus den Häusern getrieben und wie Vieh auf Lastwagen verladen wurden, die dann eilig fortfuhren.

Die Straßen der Stadt waren voll von Uniformierten, Motorrädern mit Maschinengewehren und sogar Panzern gewesen. Baptiste hatte aufgeschnappt, dass es eine große Razzia gab – ohne zu wissen, was genau das eigentlich war – und dass Zigtausende Bürger überprüft, verhaftet und weggebracht wurden. Niemand wusste, wohin. Abends hatte Baptiste seine Eltern belauscht und gehört, wie sein Vater der Mutter davon erzählte, dass er einen Zug mit Waggons voller Menschen gefahren hatte. Am selben Tag hatte sein Vater sich betrunken.

Jetzt faltete er die Zeitung zusammen und stand auf. Er ging durch das Wohnzimmer zum Teppich, auf dem die Schienen der Holzeisenbahn in einem Kreis aufgebaut waren. Er ging in die Hocke, nahm die Lok auf und setzte sie behutsam wieder in die Spur. Er winkte Baptiste zu sich und sagte, dass ein Lokomotivführer niemals sein Führerhaus verlassen dürfe und es seine heilige Aufgabe sei, die Fracht sicher ans Ziel zu bringen – was auch immer um ihn herum geschehe.

»Der Zug«, sagte der Vater zu Baptiste, »muss immer weiterrollen.«

Wenige Wochen später nahm er Baptiste mit zur Arbeit. Es war ein ungewöhnlich kalter Märztag. Beim Atmen bliesen schneeweiße Wolken aus ihren Mündern. In dem Bahnhof Saint Charles und davor wimmelte es nur so von deutscher Wehrmacht und Polizei. Die Soldaten trugen graue Mäntel, Stahlhelme und Gewehre. Einer fuhr dem Jungen lächelnd durch die Haare, als der Vater seinen Ausweis vorzeigte und sagte, wer er war und wohin er wollte. Der Soldat nickte, zwinkerte dem Jungen zu und sah gleichzeitig freundlich und traurig aus. Vielleicht hatte er auch einen Sohn in seinem eigenen Land und vermisste ihn.

Baptiste folgte seinem Vater. Sie bestiegen die Lok, die

bereits vibrierte und schnaufte wie ein aufgeregtes Tier, das nur darauf wartete, losgelassen zu werden. Baptiste lächelte. Er liebte es, neben seinem Vater im Führerhaus zu stehen und auf all die Instrumente und Hebel zu blicken, deren Funktion sich ihm nicht erschloss und die er sich im Leben nicht trauen würde, auch nur mit den Fingern zu berühren. Später einmal, wenn er selbst ein Mann war, würde er vielleicht auch eine solche Lok führen dürfen.

Schließlich fuhren sie los, ohne Waggons. Sie nahmen die Strecke, die in Richtung Paris aus Marseille hinausführte, und ließen die Stadt hinter sich, die noch vor einem Jahr eine freie Zone unter der Vichy-Regierung gewesen war. Vor Weihnachten waren die Deutschen dann doch eingerückt, weil sie von Nordafrika aus eine Invasion in der Provence befürchteten – mit der Hafenstadt Marseille als Dreh- und Angelpunkt.

Die Lok hielt an einem kleinen Bahnhof in der Gegend von Rognac, das an einem großen Binnensee lag, dem Étang de Berre. Dort standen drei Waggons auf den Schienen. Neben dem Bahnhofsgebäude parkten fast zehn Opel Blitz. Die Auflieger der LKWs waren mit Planen überspannt. Baptiste sah überall deutsche Soldaten. Sie trugen Maschinenpistolen. Einige waren damit beschäftigt, Gegenstände in die Waggons zu tragen. Der Junge sah große Kisten, die offensichtlich so schwer waren, dass sie zum Teil von drei Männern geschleppt werden mussten. Er sah zusammengerollte Teppiche, wuchtige Spiegel, die reich verziert waren. Er sah Möbel, die wirkten, als stammten sie aus einem Schloss. Er sah Statuen aus Marmor und Bronze.

Und er sah Bilder – Gemälde in allen möglichen Größen. Einer der Soldaten hob gerade ein weiteres von der Ladefläche eines LKWs. Baptiste stockte der Atem. Seine Augen weiteten sich. Noch nie in seinem jungen Leben hatte er ein solches Gemälde gesehen. Es hatte die Ausmaße einer Tischplatte. Der Nachthimmel war in so blauen Farben gemalt, dass sie selbst auf die Distanz zu leuchten schienen. Darauf tanzten Funken, Spiralen und andere verrückte Muster über einem Haus, aus dem goldenes Licht fiel. Es war, als brannten die wirren Kreise und bewegten sich und als fiele pures, gleißendes Gold aus den Fenstern des Gebäudes, das ein Gasthaus sein mochte.

Baptiste sah ein weiteres Gemälde, das von zwei Soldaten getragen wurde. Es war kleiner als das wilde blaue Bild und zeigte ein gänzlich anderes Motiv. Fast erschien es, als habe jemand mit der Schere ein Stück aus der Landschaft herausgeschnitten und in einen Rahmen gesteckt. War das wirklich Malerei oder eine Fotografie? Nein, das konnte nicht sein, denn das Bild war ja farbig. Farbige Fotos gab es nicht, hatte der Vater einmal erzählt, und in dem Bild schienen sämtliche Töne der Natur vorzukommen – jene Töne, die es an einem heißen Tag im Dunst des Nachmittages gab. Baptiste kannte die Landschaft: Es waren die Montagne Sainte-Victoire. Die Familie hatte einmal einen Ausflug in diesen Gebirgszug unternommen.

Dann verschwand auch dieses Bild in einem der Waggons. Baptiste bekam den Mund nicht zu. Er wollte den Vater am Hemdzipfel zupfen und fragen, was es mit all diesen Schätzen auf sich hatte, die von den LKWs verladen wurden. Doch der Vater sprach gerade mit einem Offizier, an dessen Mantelaufschlägen Totenkopfembleme befestigt waren. Er nickte immer wieder und erklärte dem Deutschen etwas über eine Wegstrecke und Weichen, die zu stellen seien, und zeigte auf einer Karte, wo er mit der Lok anhalten könne. Der Offizier sah sich alles sehr genau an und gab dann Anweisungen auf Deutsch an seine Leute weiter, worauf die Motorräder mit den Beiwagen angelassen wurden und die Gespanne mit röhrenden Motoren fortfuhren. Dann wurden die Waggons an der Lok befestigt. Als alles erledigt war, kam der Offizier zurück, gab dem Vater ein Zeichen zur Abfahrt, lächelte und warf Baptiste eine Tafel Schokolade zu. Der Junge würde sie nicht essen. Er hatte Angst davor, dass mit der Süßigkeit etwas nicht in Ordnung sein könnte. Der Deutsche hatte Totenköpfe an der Uniform und an der Mütze gehabt – und Totenköpfe, das hatte Baptiste in der Schule gelernt, waren das Symbol für Gift.

Baptiste legte die Schokolade zur Seite. Ihm lagen Hunderte Fragen auf der Zunge, aber der Vater schwieg, und deswegen traute sich der Junge nicht, auch nur eine einzige zu stellen. Stattdessen schwieg auch er und sah zum Fenster hinaus.

Eine Zeitlang fuhren sie auf der Hauptroute, wie der Vater Baptiste erklärte. Sie kamen an eine Gabelung, wo ein Motorradgespann und zwei deutsche Soldaten neben einer Weiche standen und diese entweder bewachten oder eigens für die Lok umstellten. Jedenfalls bog die Lok nun ab auf ein anderes Gleis. Hier sah die Strecke aus, als werde sie kaum genutzt. Schließlich gelangten sie an eine weitere Abzweigung, wo wiederum ein Motorrad wartete. Von nun an ging es auf einer mit Unkraut und Büschen dicht bewachsenen Strecke weiter, die wahrscheinlich seit Jahrzehnten nicht mehr befahren wurde. Sie führte zwischen ockerfarbenen Felsen hindurch, und nach einer scharfen Biegung sah Baptiste die Haltestelle, einige verfallene Mauerreste und Gebäude sowie einen Stollen, der direkt in den Berg getrieben worden war. Es schien sich um eine verlassene Mine zu handeln. Hoch über dem von dicken Trägern und Streben gestützten Eingang, der offensichtlich in das Innere des felsigen Massivs führte, war ein uralter Wachturm zu erkennen. Einige Soldaten standen neben den Gleisen und schienen bereits auf sie zu warten. Es waren deutlich weniger Männer als zuvor.

Die Lok stoppte, und Baptiste verfolgte, wie die Waggons entladen wurden und die Deutschen alles in die Tunnelöffnung transportierten, wo andere Soldaten damit beschäftigt waren, ein großes Tor aufzubauen und eine Mauer hochzuziehen, in die das Tor wohl eingepasst werden würde. Wieder sprach der Vater mit einem Offizier. Baptiste versuchte, noch einmal einen Blick auf die Gemälde zu werfen. Aber dieses Mal sah er sie nicht, denn als er sich umdrehte, um aus der Lok zu schauen, fasste der Vater Baptistes Kopf und drehte ihn zurück in die andere Richtung. Er sah hinab zu seinem Sohn, schüttelte schwach den Kopf und legte dabei den Zeigefinger an seine Lippen. Ein Zeichen, still und verschwiegen zu sein. Baptiste gehorchte. Und dann fuhren sie wieder zurück nach Marseille.

Baptiste hatte sich nie getraut, den Vater nach dem Grund der Fahrt zu fragen und nach den Bildern, und der Vater hatte nie darüber gesprochen. Wochen und Monate nicht. Auch nicht im folgenden Jahr, als ein solcher Aufruhr in der Stadt herrschte wie damals an dem Tag, an dem das Hafenviertel gesprengt worden war und die große Razzia stattgefunden hatte. Wiederum waren die Straßen voll von Deutschen – aber dieses Mal flohen sie. Überall wurde geschossen, es gab Explosionen, und vor lauter Angst machte

Baptiste in einer dieser Nächte ins Bett. Aber die Mutter hatte ihm über den Kopf gestreichelt und gesagt, dass nun alles gut werde.

Schließlich war es ruhiger in der Stadt geworden – bis auf den Jubel und die Musik, die durch die Gassen hallten. An einem Morgen sah Baptiste seinen Vater und seine Mutter zum ersten Mal, seitdem die Deutschen in der Stadt aufgetaucht waren, wieder lächeln und sich einen Kuss geben. Die Sonne schien. Es war ein heißer Tag.

»Komm«, sagte der Vater zu Baptiste. »Wir machen einen Ausflug. Nur du und ich.«

Sie fuhren zu zweit mit dem LKW von Onkel Clement, der ein Schrottunternehmen besaß, aus der Stadt hinaus. Schließlich bog der Vater von der Hauptstraße auf eine kleinere Straße ab, dann wieder und ein erneutes Mal, bis sie auf einem Feldweg beinahe querfeldein fuhren. Einige Minuten später wusste der Junge, wo sie sich befanden. Er erkannte die Haltestelle am verlassenen Bergwerk und den aus grauem Stein gebauten Wachturm auf dem hohen Felsen. Damals, als Baptiste und sein Vater mit der Lok gekommen waren, hatte er es nicht so gut sehen können, doch nun erinnerte ihn die schmucklose, verfallene Festung an die massiven Mauern von Chateau d'If auf der Gefängnisinsel vor Marseille.

»Das ist Gosier de la Terre«, sagte der Vater, der den Blick von Baptiste bemerkt hatte. »Der Schlund der Erde. Schon im Mittelalter wurde in dem Bergwerk nach Silber gesucht. Sogar die Katharer haben sich hier versteckt, sagt man. Erst vor fünfzig Jahren wurde die Mine aufgegeben.« Er legte den Rückwärtsgang ein und sah sich über die Schulter um. »Weißt du, wer die Katharer waren, Baptiste?«

Baptiste verneinte.

»Das lernst du noch in der Schule. Die Deutschen glaubten, dass die Katharer den Heiligen Gral gefunden haben. Weißt du, was der Heilige Gral ist?«

Baptiste nickte. Er hatte ein Buch über König Artus und seine Tafelrunde.

»Sind sie deswegen nach Frankreich gekommen?«, fragte Baptiste.

Der Vater schmunzelte und verneinte. »Sie sind aus anderen Gründen gekommen. Aber sie haben überall im Süden danach gesucht, sogar hier in Gosier de la Terre. Sie dachten, die Katharer hätten ihn hier in der Tiefe versteckt. Aber sie haben den Heiligen Gral nirgends gefunden.« Der Vater machte eine Geste zu Baptiste. »Jetzt halt dich gut am Türgriff und am Sitz fest, Junge.«

Was Baptiste tat. Der Vater gab Vollgas. Der Motor jaulte auf. Steine spritzten auf. Die Reifen furchten durch den Untergrund. Schließlich gab es ein lautes Krachen und gleichzeitig einen heftigen Ruck. Baptiste fühlte sich, als säße er in einer Schiffschaukel, die in voller Fahrt gebremst wurde.

Dann setzte der LKW wieder ein Stück vor, und der Motor wurde ausgestellt. Baptiste und sein Vater stiegen aus. Die Sonne brannte auf ihrer Haut. Der Junge sah das zersplitterte Tor, das die Deutschen errichtet hatten, um den Eingang zum Stollen zu verschließen. Der Vater nahm die Hand des Jungen. Langsam gingen sie voran, passierten das Tor und wurden von der dunklen Kälte des Schachtes umfangen. Ein Licht flammte in der freien Hand des Vaters an, eine Plane wurde zurückgeschlagen.

Vor den Augen des Jungen tauchten mit einem Mal die

leuchtenden Spiralen auf, die ihn seit jenem Tag so oft in seinen Träumen heimgesucht hatten und in seinen Gedanken im Himmel über Marseille erschienen waren, wenn er nicht schlafen konnte und aus dem Fenster seines Zimmers in die Nacht hinausgesehen hatte. Neben dem Gemälde stand das Bild von den Bergen sowie einige weitere, allesamt unter Planen aus Textilgewebe versteckt und an die felsige Wand des Schachtes gelehnt, die der Vater nun der Reihe nach zurückschlug. Gestapelte Kisten, Statuen, goldglänzende Möbel, Bilder … So musste es aussehen, dachte Baptiste, wenn man ein Museum leerräumte und alle Exponate achtlos in einem Abstellraum sammelte.

Der Vater wandte sich lächelnd zu Baptiste. Das Licht der Grubenlampe in seiner Hand tanzte über den Steinboden.

»Der Gral«, sagte der Vater mit hallender Stimme, »ist nur eine Legende, Baptiste. Es ist ein anderes Wort für einen unermesslichen Schatz.« Er legte Baptiste die Hand auf die Schulter und drückte sie sanft. »Schau dir das an, mein Sohn«, flüsterte er mit bewegter Stimme. »Die Nazis waren sehr dumme Menschen. Sie konnten den Gral nicht finden – dabei haben sie ihn selbst hergebracht. Nur du und ich wissen das. Nur wir beide.«

1

Das Bild mit der Ansicht von den Montagne de Sainte-Victoire wurde in eine große Holzkiste gepackt und war nach wenigen Minuten fertig zum Verschicken. Es gehörte zu den sehr wenigen Gemälden von Paul Cézanne, über die das Musée Granet in Aix-en-Provence verfügte. Eigentlich eine Schande. Der große Sohn der Stadt, und das Granet hatte nur die wenigen Gemälde, die ihm vom Louvre als Dauerleihgaben gegeben worden waren, dachte Jean Villeneuve. Und jetzt gingen sie noch auf die Reise – wiederum als Leihgaben, und zwar zur großen Cézanne-Ausstellung, die in Lyon vorbereitet wurde. Dabei galt das Museum, in dem er als Kurator arbeitete, als eines der reichsten in Frankreich und wäre zumindest wirtschaftlich nicht auf die acht exemplarischen Cézanne-»Almosen« aus Paris angewiesen gewesen, die es 1984 erhalten hatte. Das Granet lag mitten in der Stadt, wo es unmittelbar an die Kirche Saint-Jean-de-Malte grenzte und in einer ehemaligen Priorei des Malteserordens untergebracht war. Es verfügte über eine umfangreiche archäologische Sammlung sowie viele Gemälde, zum Beispiel von Matisse, Léger, Ingres und weiteren namhaften Künstlern.

Villeneuve quittierte einige Papiere, die das auf hochwertige Kunsttransporte spezialisierte Unternehmen benötigte. Er war gerade vierzig Jahre alt geworden und hatte den hellen Seersucker-Sommeranzug an, der stets wie seit drei Monate getragen aussah – selbst wenn er frisch aus der Reinigung kam. Er fuhr sich durch die tiefschwarzen, kräftigen Haare, die vermutlich ein Erbe seiner arabischen Vorfahren waren, und schob das schwarze Nerd-Brillengestell auf die Nasenspitze, um darüber hinwegzublicken. Auf kurze Distanz sah er ohne Brille besser, und für ein Gleitsicht-Modell fühlte er sich noch nicht alt genug.

Schließlich war er fertig mit dem Papierkram und folgte dem verpackten Cézanne, der von zwei Museumsassistenten zum Hinterausgang getragen wurde. Dort wartete ein weißer Transporter der Firma *Léonard* mit zwei Mann Besatzung. Während das letzte Gemälde verladen wurde, überzeugte sich Villeneuve von der akkuraten Lagerung der kostbaren Lieferung im Laderaum des Transporters. Immerhin ging es hier um eine Versicherungssumme von mehreren hundert Millionen Euro. Das Cézanne-Werk »Die Kartenspieler« war zum Beispiel eines der teuersten Gemälde der Welt und erst vor wenigen Jahren für zweihundertundfünfzig Millionen Euro versteigert worden, was einigen Aufschluss über den Wert der Bilder dieses Malers gab. Deswegen kamen für den Transport nur spezielle Speditionen wie *Léonard* in Frage, mit denen das Museum schon seit Jahren zusammenarbeitete. Die Mitarbeiter waren speziell geschulte und bewaffnete Kräfte, die Fahrzeuge schwer gepanzert und mit allerneuesten Sicherheitssystemen ausgestattet. Die zu fahrenden Routen wurden erst kurzfristig nach einem Zufallsprinzip festgelegt.

Villeneuve sprang von der Ladefläche und atmete tief durch. Sein Herz schlug für die Kunst, aber im Moment schlug es Purzelbäume. Bei aller Routine: Es war schon eine sehr besondere Situation, sich von solch exponierten Werken zu trennen, und sei es nur zeitweise.

Villeneuve verfolgte, wie die Hecktüren geschlossen wurden. Dann klopfte er gegen die Seitenwand des Transporters. »Alles klar«, sagte er. »Gute Fahrt.«

Er blieb so lange an der Lieferantenpforte stehen, bis der Wagen aus seinem Sichtfeld verschwunden war. Dann ging er wieder hinein, um sich darum zu kümmern, dass an den Plätzen der Cézannes für die Dauer der Entleihung Reproduktionen aufgehängt wurden. Die meisten Betrachter würden das wahrscheinlich nicht einmal merken.

Als der erste Platzhalter im Musée Granet an Ort und Stelle befestigt wurde, hatte der Transporter es gerade bis zum Krankenhaus an der Avenue Philippe Solari geschafft. Von dort aus gab es zwei direkte Routen, die nach Lyon führen würden: geradewegs über die Autobahn A7, oder man nahm die Bundesstraße über Grenoble, was allerdings ein ziemlicher Umweg war. Aber der Transporter von *Léonard* war kein normaler, weswegen er auch keine normale Route benutzte.

Der Fahrer hieß Roger, ein Mann im mittleren Alter. Er trug ein *Léonard*-Poloshirt, eine Sonnenbrille und hatte einen beachtlichen Schnurrbart. Sein Beifahrer hieß Gerard. Er war ähnlich gekleidet, breitschultrig und mit einer Glock 17 bewaffnet, die in einem Schulterholster steckte. Außerdem führte er einen Gurt mit sich, an dem Handschellen, Pfefferspray, eine Maglite, ein Elektroschocker sowie zwei Ersatzmagazine für die Glock befestigt waren. Die Ausrüstung lag im Fußraum, weil man damit unmöglich vier oder fünf Stunden lang sitzen konnte. Denn so lange würde es fraglos dauern, bis sie Lyon erreichten.

Das Navigationssystem im Wagen war an einen Zufallsgenerator gekoppelt, der alle paar Minuten die Route neu zusammenstellte, die auch über Nebenstrecken, Dörfer und verschiedene Autobahnauf- und -abfahrten führen konnte. So genau wusste man das nie. Die Strecke wurde minütlich in der *Léonard*-Zentrale in Nîmes per GPS kontrolliert und an die Polizei gemeldet. Außerdem gab es ein abhörsicheres Funkgerät, über das alle dreißig Minuten ein Statusbericht abgegeben werden musste. Am Heck und an der Front des Fahrzeugs waren Kameras angebracht, die fortlaufend Bilder an die Zentrale sendeten, wo sie auf Festplatten aufgenommen wurden.

Faktisch war ein Kunsttransporter von *Léonard* eine fünf Tonnen schwere uneinnehmbare Festung und zudem mit Panzerglas ausgestattet, das einem Schnellfeuergewehrbeschuss aus nächster Nähe standhalten konnte. Die Reifen waren speziell gefertigt und quasi unzerstörbar. Das Fahrwerk war mit Stahlplatten verstärkt und hielt eine durchschnittliche Minenexplosion aus. Um den ebenfalls verstärkten, feuersicheren Aufbau des Wagens zu knacken, brauchte man schon einen Raketenwerfer. Roger nahm außerdem regelmäßig an Fahrtrainings teil und hatte die gleiche Ausbildung wie die Chauffeure von einflussreichen Staatsministern. Gerard hatte früher bei der Fremdenlegion gedient und später in einer Spezialeinheit der Polizei von Marseille, bevor er in die Privatbranche gewechselt war. Zudem gab es ein weiteres Zwei-Mann-Team mit identischer Ausbildung, das dem Transporter in einigem Abstand folgte und ein ziviles Fahrzeug verwendete, im heutigen Fall einen silbernen BMW mit rund dreihundert PS.

Das Navigationssystem führte den kleinen Konvoi zunächst über Rognes und Lambesc bei Salon-de-Provence auf die A7, um den Gebirgszug des Luberon zu umfahren. Von der Autobahn bogen Roger und Gerard allerdings schon bei Avignon-Nord wieder ab und gelangten auf den Schnellweg Avignon-Carpentras. Bei Monteux lotste sie das Navi in Richtung Loriol du Comtat auf die D107, die hier Route de Loriol hieß. Schließlich ging es ab von der D107, und zwar auf den sehr schmalen Chemin de Talaud. Der Wagen passierte einige Gewächshäuser und bog kurz vor einem Geflügelhof auf eine noch schlechtere und schmalere Straße ab, weswegen Roger langsam fahren musste. Falls ein LKW im Gegenverkehr um die Ecke gerauscht kam, würde es sehr knapp werden, unfallfrei aneinander vorbeizukommen.

Roger fluchte am Steuer, aber er war Kummer mit dem dämlichen Zufallsgenerator gewohnt. Gerard beugte sich nach unten, um aus einer Tupperware-Dose im Fußraum einen Energieriegel zu nehmen. Als er sich wieder aufrichtete, sah er eine langgestreckte Kurve vor sich. Links und rechts wuchsen Pinien und Büsche am unbefestigten Straßenrand, neben dem zu beiden Seiten Entwässerungsgräben verliefen.

Gerard wollte gerade Rogers Beschwerde über das bescheuerte Navigationssystem zustimmen, als das Fahrzeug vom heftigen Schlag einer ohrenbetäubenden Explosion erschüttert und mit solcher Wucht seitlich von etwas getroffen wurde, dass die Reifen vom Boden abhoben. Gerard und Roger flogen trotz der Sicherheitsgurte wie Puppen im Führerhaus herum. Der Transporter wurde wie durch einen unsichtbaren Boxhieb aus der Spur geschleudert. Mit den Reifen, die noch den Boden berührten, geriet er in den Straßengraben. Roger verlor vollends die Kontrolle. Der Wagen ruckte und bockte. Dann kippte er auf die Seite und pflügte durch die Büsche, bis er mit der Front vor eine Pinie knallte und schließlich zischend und fauchend liegenblieb.

Einige Momente lang geschah überhaupt nichts. Schließlich schnallten sich Gerard und Roger ab und stellten fest, dass sie augenscheinlich unverletzt waren. Gerard griff nach seiner Waffe und lud sie durch. Roger fasste nach dem Funkgerät. Es war nicht einfach, aber Gerard gelang es, sich hinzustellen und halb auf dem Armaturenbrett, halb auf den Sitzen Fuß zu fassen. Er blickte in den großen Außenspiegel, in dem die Straße hinter dem Transporter zu sehen war. In seinem Kopf schwirrte es, und in seinen Ohren hatte sich ein Klingeln breitgemacht. Er blinzelte einige Male, damit sich seine Sicht klärte, während Roger panisch einen Notruf an die Zentrale absetzte. Ein weißer Rauchnebel hing über der Straße. Er war zu dünn, um von einer Nebelgranate zu stammen. Also musste ihn die Explosion verursacht haben.

Schließlich sah Gerard einige Männer auf die Straße laufen. Sie trugen dunkle Overalls und Masken mit Sehschlitzen sowie automatische Waffen. Zwei von ihnen zielten auf den silbernen BMW, der mitten auf der Straße stehen geblieben war. Ein dritter Mann kam aus dem Unterholz. Er trug etwas auf der Schulter, das er ebenfalls auf den Wagen gerichtet hielt. Es war unschwer zu erkennen, dass es sich um eine Panzerfaust handelte. Damit war klar, was den Transporter eben seitlich erwischt haben musste – zum Glück nicht voll, sonst wäre alles explodiert. Es war außerdem klar, dass die Sicherheitscrew im BMW keine Chance hatte. Die Türen öffneten sich. Die Männer stiegen aus, hoben die Hände über den Kopf und knieten sich auf die Straße, um sich dann auf den Bauch zu legen.

Im nächsten Moment stürmten drei weitere Maskierte aus dem Busch und hielten auf den LKW zu. Zwei Männer mit automatischen Langwaffen. Ein Mann, der eine schwere Flex trug, verschwand hinter dem Heck des LKW. Eine Sekunde später erfüllte lautes, metallisches Kreischen die Luft, während die zwei Schützen sich um das Führerhaus aufstellten, die Schnellfeuergewehre im Anschlag.

Eine Glock 17 gegen zwei Schnellfeuergewehre. Denk erst gar nicht darüber nach, sagte sich Gerard.

Er schaute zu Roger, der ihn mit weit aufgerissenen Augen ansah und weiterhin panisch in das Funkgerät brüllte. In seinem Blick spiegelten sich Angst und Verwirrung wider, ungläubiges Entsetzen über das, was gerade um ihn herum geschah. Gerard ging es nicht anders. Doch der Profi in ihm sagte: Hier drin bist du sicher, solange du nicht den Helden spielst. Die Schützen waren weder an ihm noch an Roger interessiert. Sie wollten die Bilder, und hier, im Führerhaus des gepanzerten Wagens, konnte Gerard und Roger nichts geschehen. Es war ein kleiner Bunker. Die Türen und Seitenwände waren mit Stahl verstärkt. Die Scheiben konnten einem Beschuss standhalten – sicher nicht auf Dauer und aus kurzer Distanz, aber immerhin. Die Männer würden sich außerdem kaum die Mühe machen und die Zeit nehmen, Roger und Gerard zu zwingen, das auf der Seite liegende Fahrzeug zu verlassen. Zu umständlich, zu zeitraubend. Sie wollten lediglich sicherstellen, dass die Besatzung des Transporters ihnen nicht in die Quere kam, und Gerard hatte das auf gar keinen Fall vor.

Gerard blickte nach vorn durch die Windschutzscheibe. Wenige Meter davor standen die beiden Männer mit den Gewehren und Sturmhauben. Die Art, wie sie den Überfall angegangen waren, wie sie die Waffen hielten, welche sie benutzten … Das waren keine Amateure, dachte Gerard, während sich das Kreischen der Flex zu einem ohrenbetäubenden Jaulen steigerte. Nein, die Männer kannten sich aus und waren ebensolche Profis wie er selbst. Also hob er die Hände an, um die Männer sehen zu lassen, dass er nichts plante. Er ließ die Glock in seiner Rechten demonstrativ fallen. Sie landete im Fußraum neben der Mittelkonsole.

»Bist du verrückt!?!«, herrschte Roger ihn an.

»Nein«, rief Gerard gegen den Lärm zurück. »Nur nicht lebensmüde!«

An Rogers Gesichtsausdruck war abzulesen, wie er innerhalb eines Augenblicks eins und eins zusammenzählte. Dann tat er es Roger gleich und ließ die Sprechmuschel vom Funkgerät fallen und zeigte den Schützen ebenfalls seine Hände.

Einen Moment später folgte ein lautes Krachen vom Heck. Das Kreischen der Flex hörte schlagartig auf. Rumpeln und Rufen folgte.

»Die kommen nicht weit«, hörte Gerard Roger reden, wendete den Blick aber nicht von den Räubern ab, die nach wie vor auf die Windschutzscheibe zielten. »Die Zentrale ist alarmiert. Die haben keine Chance. Was denken die, was sie mit den Bildern anfangen wollen? Wie haben die uns überhaupt gefunden? Die müssen uns überwacht haben. Gehackt. Aber die kommen nicht weit. Gott, die werden doch nicht schießen? Schießen die gleich? Die müssen doch wissen, dass sie …«

»Schnauze«, raunte Gerard, während aufgeregt klingende Stimmen aus dem Funkgerät krächzten. »Die wissen ganz genau, was sie tun. Du und ich – wir sind ganz entspannt. Wir bewegen uns keinen Zentimeter und zeigen weiter unsere Handflächen. In spätestens fünf Minuten ist der Spuk vorbei, und niemandem wird etwas passieren.«

2

Abel hörte seinen eigenen Atem überlaut und spürte das Herz gegen die Brust pochen, als wolle es sich einen Weg nach draußen bahnen. Unter der Sturmhaube war es heiß und stickig. Er schwitzte unter der Schutzweste. Die Muskeln in seinen Armen brannten vom Halten des Sturmgewehres, dessen Lauf er nach wie vor auf die Scheibe des Transporters richtete. Dabei waren die Gewehre eigentlich nicht sehr schwer. Er und die anderen waren mit nagelneuen HK416 von Heckler & Koch bewaffnet, dem künftigen Standardgewehr der französischen Armee. Abel wusste nicht, woher die Waffen stammten. Das galt auch für die leichte Panzerfaust, eine kurze Röhre mit der Bezeichnung AT4, ebenfalls aus Militärbeständen. Was sie trotz der geringen Größe anrichten konnte, hatte er eben verfolgt: einen tonnenschweren gepanzerten Sicherheitstransporter umwerfen, als sei er eines dieser Hotwheels-Autos, mit denen Abels Sohn spielte.

Er starrte auf die Scheibe und die beiden Männer dahinter. Sie hielten ihre Hände hoch. Aber von ihnen ging ohnehin keine Gefahr aus. Durch das Sicherheitsglas konnten sie nicht schießen und nach draußen gelangen sowieso nicht. Die Fahrertür war blockiert, weil der Wagen mit allem Gewicht darauf lag. Die schwere und mit Stahl verstärkte Beifahrertür müsste man öffnen wie die Luke von einem

U-Boot und dann umständlich herausklettern. Das würden die zwei Kerle nicht wagen. Der einzige ernstzunehmende Gegner war die Zeit, und die verrann unaufhörlich.

Luc schien mit der Flex fertig zu sein. Das laute Kreischen hörte auf. Es krachte heftig, als eine der beiden Hecktüren des Transporters aufschlug und auf den Straßenbelag fiel. Dann herrschte für einige Momente fast völlige Stille. Die Grillen zirpten. In der Ferne war das Geräusch eines Treckers zu hören. Im Motorraum des Lieferwagens zischte es leise. Schließlich kletterte Luc hinein. Olivier, der neben Abel stand, schulterte sein Gewehr und lief los, um Luc zu helfen. Abel blieb stehen, wo er war, und sah, dass sich auch Elian seine Waffe, die Panzerfaust, am Gurt umhängte und sich in Richtung Heck bewegte.

Im Gehen klappte er den kleinen Transportwagen aus Aluminium auf, der etwas größer als eine reguläre Sackkarre war und über dicke Gummireifen verfügte, um auch auf unwegsamem Gelände gut bewegt werden zu können. Etwas weiter hinten waren die anderen beiden damit befasst, die Insassen des BMW mit Kabelbindern zu fesseln. Schließlich tauchten Luc und Olivier wieder auf und legten mehrere flache Holzkisten auf dem Transportwagen ab. Jede war etwa halb so groß wie ein Türblatt. Darin steckten die Gemälde von Paul Cézanne, die zum Glück nicht sehr groß waren, dafür ungeheuer wertvoll. Immens. Man konnte mit Fug und Recht sagen, dass gerade eine halbe Milliarde Euro umgepackt und in den Lieferwagen verfrachtet wurde, der mit den Fluchtfahrzeugen in der Parallelstraße hielt und in spätestens drei Minuten abfahren würde. Alles war exakt geplant und auf die Sekunde genau getaktet. Es waren sieben Minuten für die gesamte Aktion kalkuliert. Zwölf bis vierzehn Minuten brauchte die Polizei, um so weit draußen auf dem Land vor Ort zu sein. Das machte fünf bis sieben Minuten Vorsprung – ausreichend, um in alle Himmelsrichtungen zu verschwinden und in der Zeit die Fahrzeuge zu wechseln. Falls nichts schiefging.

Dann ging etwas schief.

3

Die beiden Sous-Brigadiers Claude Boniot und Yves Chamier in einem Auto – das war eine problematische Konstellation in diesem Sommer. Boniot war Fan von Olympique Marseille, dem mehrmaligen Zweitplatzierten der Ligue 1. Chamier hingegen war Anhänger des Clubs Paris St. Germain, der in vier Jahren hintereinander Meister geworden war. Die Polizisten waren auf dem Weg zu einem Verkehrsunfall, der sich auf einer Landstraße ereignet hatte. Verletzte gab es wohl nicht und nur einen geringen Blechschaden, der beim Abbiegevorgang geschehen war. Aber der Fahrer des neuwertigen Mercedes hatte darauf bestanden, dass die Polizei hinzugezogen wurde. Also hatten Boniot und Chamier die Routinestreife unterbrochen, um den Unfall aufzunehmen.

Die Klimaanlage stand auf Anschlag. Draußen war es irre heiß und trocken. Die Sonne brannte durch die Seitenscheibe auf Boniots Unterarm. Gelegentlich kamen Funkcodes durch, die sich mit elektronischen Piepgeräuschen an- und abmeldeten. Aber davon ließen sich die beiden Polizisten nicht ablenken und hörten der Leitstelle nur mit einem Ohr zu.

»Und mal im Ernst«, sagte Boniot, »und ohne Quatsch: Ich verstehe nicht, wie du im Süden leben kannst und Paris-Fan bist.«

Chamier lachte und steuerte den Streifenwagen weiter geradeaus. »Das hat doch damit nichts zu tun.«

»Aber ja«, erwiderte Boniot. »Eine Frage der regionalen Identität. Du hast Marseille vor der Tür. Also unterstützt du Marseille.«

»Wer hat dir denn den Quatsch erzählt?«

»Was ist denn in den vergangenen Jahren Gutes aus Paris gekommen? So ganz allgemein?«

»Laetitia Casta.«

»Die stammt nicht aus Paris.«

»Alle Models stammen aus Paris.«

»Sie aber nicht. Ich habe in der Jolie gelesen …«

Chamier lachte erneut. »*Du* liest die Jolie?«

»Die von meiner Frau.«

Chamier lachte immer noch. »Haste dir Schminktipps angelesen, mein Süßer?«

»Um sie dir zu geben, damit du deinen Neymar bezirzen kannst.«

»Neymar ist ein Gott.«

»Ein teurer Gott, für zweihundertzweiundzwanzig Millionen Euro aus Barcelona gekauft …«

»Er ist jeden Cent wert.«

Sie verstummten beide, als die Leitstelle per Funk den Code für einen bewaffneten Raubüberfall auf einen bewachten Sicherheitstransporter meldete. Der Alarm galt für alle Einheiten und damit auch für Boniot und Chamier, die sich mitsamt einem weiteren Streifenwagen, der gerade Verkehrskontrollen machte, in der unmittelbaren Nähe befanden. Also checkte Boniot das Navi und sagte Chamier, welche Richtung er zum Einsatzort nehmen musste. Chamier schlug sauer mit der Faust aufs Lenkrad. Er hatte sich auf einen geruhsamen Dienst gefreut und hatte eigentlich keine Lust, sich bei dieser Hitze um etwas so Aufwändiges wie einen Raubüberfall zu kümmern. Er nahm die nächste Abzweigung und stellte das Blaulicht und die Sirene an. Boniot fluchte ebenfalls, weil er wie Chamier mit einem durchschnittlichen Arbeitstag mit durchschnittlichen Vorfällen gerechnet hatte. Chamier und Boniot wechselten einen genervten Blick. Sie dachten beide dasselbe. Bewaffnete Raubüberfälle waren ärgerlich. Bewaffnete Raubüberfälle mit flüchtigen Tätern waren noch ärgerlicher. Aber Raubüberfälle auf bewachte Sicherheitstransporte mit schwerbewaffneten Tätern, die noch vor Ort waren – die ganz große Scheiße. Chamier dachte an die Ausrüstung im Kofferraum, wo die Maschinenpistolen und die Schutzwesten lagen. Er hoffte, dass sie nicht darauf zurückgreifen müssten und es sich rächen könnte, dass er schon seit fast einem Jahr das Schießtraining geschwänzt hatte.

4

Abel drehte sich herum und starrte in die Luft wie ein Jagdhund, der Witterung aufgenommen hat. Auch die anderen gefroren scheinbar in der Bewegung – Luc, Olivier, die beiden am BMW, bei denen es sich um die Fournier-Brüder handelte, eineiige Zwillinge einer Klapperschlange mit dem Temperament eines Geysirs. Sie alle hörten dasselbe: eine Polizeisirene. Sie klang sehr nah, musste eben erst eingeschaltet worden sein, und der Klang kam näher. Wie auf Knopfdruck geriet wieder Bewegung in die Truppe. Alles ging jetzt viel schneller bei Luc, Olivier und Elian. Die Fourniers kamen angelaufen, um sie zu unterstützen. Allen war klar, dass sich ihr Zeitpuffer gerade in Luft aufgelöst hatte.

Abel blickte zur Seitenstraße, wo die Fluchtfahrzeuge parkten. Schien alles frei zu sein. Er schaute wieder zurück – und sah schließlich den Streifenwagen, der mit Blaulicht herangerast kam. Luc und Olivier setzten sich in Gang. Sie schoben den Karren mit den Gemälden in Richtung Fahrbahnrand. Von dort aus müssten sie ihn einige Meter querfeldein und eine Böschung hinaufmanövrieren. Elian unterstützte sie und fluchte, weil der Raketenwerfer am Gurt verrutschte und sich zwischen seinen Beinen verfing, was ihn ins Stolpern und fast zum Stürzen brachte.

Abel schlug das Herz bis zum Hals. Dass sie von der

Polizei überrascht werden würden, war nicht vorgesehen. Ja, es war als Worstcase ins Kalkül gezogen worden. Es war immer der schlechteste aller Fälle, dass man erwischt wurde, und dann gab es sowieso nur eine Antwort: Take the money and run.

Was natürlich nicht immer so einfach war. Zum Beispiel jetzt, denn der Streifenwagen kam etwa fünfzig Meter vor Abel mit quietschenden Reifen zum Stehen.

Was jetzt?, fragte sich Abel. Abwarten, schießen, fliehen? Am besten abwarten, entschied er. Luc und Olivier Deckung geben. Dann selbst zu den Fluchtwagen laufen und nichts wie weg.

Doch die Fournier-Zwillinge entschieden anders.

Links und rechts neben Abel krachte es mehrfach. Heiße Patronenhülsen flogen ihm wie Konfetti um die Ohren. Die Brüder feuerten kurze Salven auf den Streifenwagen ab. Abel sah noch, wie sich die Insassen duckten. Im nächsten Moment wurden die Fahrzeugscheiben blind. Kugeln stanzten Löcher in das Auto, das sich mit durchdrehenden Reifen in einer Wolke aus weißem Qualm rückwärts bewegte. Die Zwillinge marschierten voran und feuerten weiter. Die Lampen am Polizeiwagen zerplatzten. Er rumpelte über einen Grünstreifen, rasierte Büsche um und gelangte schließlich auf die wenige Meter weiter verlaufende Parallelstraße, auf der er stehenblieb.

Abel hob sein Gewehr – unschlüssig, ob er ebenfalls schießen sollte. Aber es schien vorerst vorbei zu sein. Die Fournies wechselten die Magazine und liefen dann geduckt los, um den übrigen zu den Fluchtfahrzeugen zu folgen. Abel beschloss, ihnen zu folgen. Er drehte sich noch einmal herum, suchte mit der Spitze des Gewehrlaufs die Fahrbahn ab, die zwei Gefesselten, die Leute im Lieferwagen. Keiner machte Mucken. Alles ruhig. Trotzdem besser, den Rückweg zu decken. Abel bewegte sich einige Meter rückwärts auf der Straße, ohne das Gewehr herunterzunehmen. Dann musste er sich doch umdrehen und spurtete los, um so schnell wie möglich zum Fluchtfahrzeug zu gelangen. Vielleicht hatten sie ja noch eine Chance zu entkommen. Abel betete jedenfalls dafür. Auch dafür, dass die Fourniers die beiden Polizisten in dem Streifenwagen nicht erschossen hatten. Denn ansonsten wäre in wenigen Minuten nicht nur der Teufel hinter Abel und den anderen her, sondern zugleich sämtliche seiner Dämonen und Höllenhunde, die Blut sehen wollten …

5

Boniot öffnete die Tür und ließ sich aus dem Wagen fallen, der quer auf der Parallelstraße stand, dampfte und fauchte. Chamier hing in den Sicherheitsgurten und wirkte ziemlich tot. Die Räuber hatten das Auto perforiert, und da es mit der Beifahrerseite voran zum Stehen gekommen war, hatte Chamier offenbar reichlich einkassiert.

Vielleicht lebte er noch. Aber Boniot konnte ihm jetzt nicht helfen. Er musste seinen eigenen Hintern retten, raus aus diesem Gefängnis und in sichere Deckung. Er hatte eben per Funk durchgegeben, dass sie unter schweren Beschuss geraten waren. Jeden Moment müsste der zweite Streifenwagen eintreffen, der in der Nähe zu Verkehrsüberprüfungen unterwegs war. Das würde nicht so viel bringen – diese Räuber hatten jede Menge automatische Waffen dabei und setzten sie rücksichtslos ein. Doch bis wirklich ernstzunehmende Verstärkung vor Ort war, könnte es noch einige Zeit dauern, wusste Boniot. So lange musste er durchhalten und am Leben bleiben.

Boniot schlug auf dem von der Sonne heißen Asphalt auf. Er suchte hinter dem Vorderreifen und der Motorhaube Deckung, lehnte sich mit dem Rücken an. Dabei fiel ihm auf, dass es ihn ebenfalls erwischt hatte. Sein rechtes Bein fühlte sich eiskalt und gleichzeitig so heiß an, als habe jemand kochendes Wasser darüber geschüttet. Die

Uniformhose hatte sich am Oberschenkel mit Blut vollgesogen.

Er blickte wieder auf und sah, dass eine Absperrung auf der Straße stand. Als ob hier Bauarbeiten stattfanden. Es gab aber keine.

Boniot legte sich flach auf den Boden und rollte sich auf den Bauch. Er fasste die Dienstwaffe mit beiden Händen, rutschte ein Stück nach rechts und linste unter dem Auto hindurch in die andere Richtung. Er sah in einiger Entfernung eine weitere Absperrung. Am Straßenrand parkte ein hellblauer VW Lieferwagen mit der Aufschrift von einer Kanaluntersuchungsfirma. Außerdem hielt dort ein ebenfalls hellblauer Van mit derselben Aufschrift. Beide Autos waren umlagert von mehreren maskierten Bewaffneten. Einige schienen damit beschäftigt zu sein, etwas zu verladen. Einer kam rückwärts aus einem Gebüsch, das Gewehr auf die Parallelstraße gerichtet, wo der Sicherheitstransporter auf der Seite lag. Zwei andere bewegten sich auf die Straßenmitte, um mit den Gewehren auf Boniot und den Streifenwagen zu zielen.

Scheiße, die würden doch nicht …

Boniot hielt den Pistolengriff fest umklammert und richtete den Lauf auf die Räuber. Er betete. Allerheiligste Mutter Gottes …

Aber die Leute schossen nicht, sahen ihn auch nicht. Aus ihrem Blickwinkel, das wurde Boniot jetzt klar, konnten sie das nicht. Vielleicht nahmen sie sowieso an, dass er und Chamier tot waren – zumindest außer Gefecht gesetzt. Sie sicherten lediglich die Straße und würden erst dann einen Kugelhagel entfachen, wenn Boniot als Erster mit dem Schießen begann.

Boniot dachte: Solange ich mich ruhig verhalte, passiert mir nichts. Ich bleibe hier liegen, rühre mich nicht und blute vor mich hin, bis Hilfe kommt.

Dann fielen ihm zwei Tatsachen auf.

Er konnte die Fronten der Autos sehen. Die Schlussfolgerung daraus war: Wenn sie losfuhren, würden sie voll auf Boniot zuhalten. Die andere Tatsache war, dass sein Streifenwagen quer und mitten auf der Fahrbahn stand und ihren Weg blockierte. Eher, dachte Boniot, würden die Räuber ihn rammen und zur Seite schieben, als in drei Zügen auf der Fahrbahn zu wenden und eine andere Fluchtroute zu wählen. Es war klar, was in diesem Fall aus Boniot werden würde: Hackfleisch.

Damit änderte sich seine Situation innerhalb kürzester Zeit ein weiteres Mal dramatisch. Denn Boniot hatte kein Interesse daran, unter den Reifen eines Fahrzeugs zerquetscht zu werden. Aber wenn er nun zur Seite robbte, würden ihn die Schützen sehen und bestimmt das Feuer eröffnen. Außerdem lebte Chamier vielleicht noch. Er durfte ihn nicht seinem Schicksal überlassen.

Dann wurden Türen zugeworfen. Boniot vernahm Rufe. Die Leute schienen mit dem Verladen ihrer Beute fertig zu sein. Die ersten stiegen in die Fahrzeuge. Im nächsten Moment hörte Boniot Polizeisirenen. Sie kamen aus der anderen Fahrtrichtung.

Die Schützen wirbelten herum und drehten Boniot den Rücken zu.

Gott sei Dank, dachte Boniot im ersten Moment, sie zielen nicht mehr auf mich. Im zweiten geriet er in Panik. Denn den Räubern musste klar sein, dass sie auf der Straße jetzt zwischen zwei Polizeifahrzeugen eingekeilt waren. Sie könnten entweder versuchen, mit ihren Fluchtfahrzeugen querfeldein die Böschung hinab auf die Parallelstraße zu gelangen, wo sich der umgestürzte Transporter befand.

Oder sie würden sich ihren Weg freischießen.

Ja. Nach seiner Einschätzung würden sie genau das tun. Daran hatte Boniot keinen Zweifel. Hier würde jeden Moment ein weiteres Mal die Hölle losbrechen.

Er schluckte schwer, atmete einige Male tief durch und legte sich noch flacher auf den Boden, so dass seine Fäuste und die Unterseite des Waffengriffs auf dem Asphalt lagen und die Position der Pistole stabilisierten. Optimal zum Zielen.

Boniot wollte nicht als Hackfleisch enden.

6

Abel keuchte in die Sturmhaube, als er die zweite Polizeisirene hörte. Er wirbelte um die eigene Achse, um in die Richtung zu zielen, aus der der Wagen kam.

Er sah das Auto. Die Besatzung musste cleverer als die andere oder bereits gewarnt worden sein. Jedenfalls kamen die Polizisten gar nicht erst näher und stellten das Fahrzeug in etwa hundert Metern Entfernung quer auf die Fahrbahn.

Blockiert von beiden Seiten, dachte Abel. Eingekeilt. Nein, so war das nicht geplant gewesen.

Er hörte, wie die Motoren der Fluchtfahrzeuge ansprangen. Luc saß am Steuer des Lieferwagens. Olivier fuhr den anderen. Das heißt: Wohin denn fahren, denn die beschissene Straße war ja an beiden Enden blockiert!

Elian stieg in den Transporter, fuchtelte mit der Panzerfaust herum und wechselte einige Worte. Dann entschied er sich anders und stieg wieder aus. Das hatte nichts Gutes zu bedeuten, nahm Abel an. Elian lud die Waffe, während die Zwillinge sich mitten auf der Straße aufbauten und die Gewehre in Anschlag nahmen – ohne jede Deckung, die Vollidioten.

Einen Augenblick später krachten mehrere Schüsse. Die Fourniers hatten das Feuer auf den zweiten Polizeiwagen eröffnet. Abel presste sich dicht an den Aufbau des VW Transporters und nahm das Sturmgewehr ebenfalls hoch, um die Zwillinge zu unterstützen. Aber noch schoss er nicht, wartete ab. Er blickte zur Seite und sah, wie sich Elian auf den Boden kniete und die AT4 auf die Schulter legte, um den bereits ausgeschalteten Polizeiwagen anzuvisieren. Wie es aussah, wollte er die Straße freipusten. Dann sprangen die Fourniers geduckt in Deckung, während von der anderen Seite her die Polizisten das Feuer erwiderten. Abel nahm das Fahrzeug ins Visier und gab einige kurze Feuerstöße ab.

Verdammte Scheiße, dachte er. Das alles hier dauerte viel zu lange. Sie hatten bereits kostbare Minuten verloren und verloren nun weitere, indem sie sich eine Schießerei leisteten.

»Alle hinter mir weg!«, rief Elian.

Abel sah zu ihm. Elian klemmte die Wange dicht an das Rohr der Panzerfaust, um zu visieren. Einen Wimpernschlag später schrie er auf. Sein Standbein klappte einfach zur Seite. Das Knie verschwand in einem roten Nebel. Offenbar hatte in dem anderen Streifenwagen doch jemand überlebt und schoss nun, bevor eine panzerbrechende Rakete auf ihn abgefeuert würde. Abel wirbelte herum, um Elian Deckung zu geben, der nochmals aufschrie, als er schon halb am Boden lag und ihn ein weiterer Schuss traf. Er hielt sich krampfhaft an der Panzerfaust fest, die jetzt …

Kacke, dachte Abel.

Ein dumpfer Knall. Weiße Wolken tauchten an beiden Enden der Panzerfaust auf. Mit einem lauten Zischen löste sich die Rakete aus der AT4 und explodierte wenige Meter weiter, wo sie den hinter dem VW Transporter geparkten Van erwischte. Die Wucht wirbelte den Wagen in die Luft, als sei er auf eine Mine gefahren. Die Zwillinge flogen wie

Puppen durch die Luft. Die Druckwelle der Explosion traf Abel wie ein Tritt vor den Brustkorb. Alles um ihn herum tanzte, drehte sich, wirbelte. Dann schlug er mit dem Kopf auf etwas auf und stellte verwirrt fest, dass er auf der Straße lag, das dampfende und zischende Polizeiauto direkt vor sich. Er musste fast zehn Meter durch die Luft gesegelt sein. Er bekam keine Luft, rollte sich auf die Seite und hörte nur ein Klingeln in den Ohren. Schließlich vernahm er eine Stimme, die er nicht zuordnen konnte. Jemand schrie ihn an. Abel sah sich um – da war ein Gesicht unter dem Polizeiwagen. Jemand lag dort auf dem Boden und zielte auf ihn. Abel verstand nicht, was er sagte. Er wollte nur wieder atmen können. Und er wollte weg hier. Fort. Alles um ihn herum rauchte und qualmte. Sein Gewehr lag neben ihm.

»Hände über den Kopf!«, brüllte ihn der unter dem Auto liegende Mann an. »Hände über den verdammten Kopf!«

Abel versuchte es. Wollte sich auch abtasten und prüfen, ob noch alles an ihm dran war. Aber nichts wollte ihm gelingen. Dann fuhr mit einem Mal alle Kraft aus ihm. Die Welt um ihn herum wurde weiß, und er glitt in dieses allumfassende Nichts, das ihn mit einer unendlich wunderbaren Schwerelosigkeit in Empfang nahm.

7

Albin zog an der Zigarette und stieß eine Wolke Rauch aus. Er sah ihm hinterher, bis er sich im blendenden Weiß des bedeckten Himmels verlor, unter dem die Provence seit gestern wie unter einer Dunstglocke kochte. Es war heiß und schwül wie in den Tropen. Die duftschwangere Luft war zum Schneiden. Jeder hoffte, dass bald ein erlösendes Gewitter kam, wonach es jedoch nicht aussah.

Albin blickte wieder zurück auf die Zeitung, die er mehrfach gefaltet hatte, damit er sie in einer Hand halten und lesen konnte. Der Wetterbericht erklärte, dass das unerträgliche Klima etwas mit der Sahara und bestimmten Windphänomenen zu tun habe. Nach Albins Meinung lag es eher daran, dass sich das Klima generell veränderte und die Sahara sich immer weiter ausbreitete. Manche Geologen behaupteten, sie sei längst in Spanien angekommen. Dort war es nach Albins Wissen zwar schon immer heiß und sandig gewesen. Kein Wunder, dass die Mauren sich dort pudelwohl gefühlt hatten. Aber die Qualität von »heiß und sandig« war in den vergangenen Jahrzehnten wohl eine neue geworden. Auf der Hand lag jedoch, dass überall auf der Welt immer öfter merkwürdige Stürme und heftige Regenfälle sowie weitere Phänomene auftauchten, die es früher nicht gegeben hatte.

Auf der anderen Seite mochte das alles nur Einbildung

sein. So nach dem Motto: Früher war alles besser. Früher waren Sommer noch Sommer und Winter noch Winter. Und las man ältere Bücher von Achtzehnhundertsoundsoviel, dann fluchten die Menschen darin, dass man sich auf das Wetter nicht mehr verlassen könne, dass die Sommer von früher mit den heutigen nicht zu vergleichen wären und damals Winter wenigstens noch Winter gewesen seien. Vor über hundert Jahren! Also war dieses Klimaphänomen vielleicht zu großen Teilen auch ein Phänomen des Älterwerdens. Oder auch nicht, denn an einem gab es keinen Zweifel: Es veränderte sich etwas, und die Gletscher verschwanden. Das konnte man zweifelsfrei auf Fotografien von damals und heute feststellen. Daran gab es nichts zu deuteln. Ob der Grund dafür allerdings tatsächlich die Umweltverschmutzung war – wer wusste das schon. Gut war sie fraglos nicht für das Klima, das sich andererseits in der Eiszeit ebenfalls sehr deutlich verändert hatte, ohne dass jeder Amerikaner einen SUV mit in die Wiege gelegt bekam und in chinesischen Großstädten Dauersmogalarm herrschte.

Trotzdem fragte sich Albin manchmal, in welcher Welt seine Enkelin Clara wohl leben würde, wenn sie in sein Alter kam. Vielleicht waren Tropenstürme dann längst an der Tagesordnung – und die Sensation wäre ein Tag ohne Orkan. Vielleicht war bis dahin Marseille vom Meer verschlungen und die Menschen trugen alle Chips hinter den Ohren, mit denen sie telefonieren und sich Fernsehbilder direkt ins Gehirn senden lassen konnten.

War das eine erstrebenswerte Welt? Albin zog erneut an seiner Zigarette. War es eine Welt, nach der man sich sehnen sollte oder vor der man warnen musste? Tja, aber wie war es denn mit seiner eigenen Welt? Wenn er fünfzig Jahre zurückschaute, ungefähr auf das Jahr 1970 – müsste man dann vom Standpunkt eines Zeitgenossen vor Smartphones warnen? Oder vor der Tatsache, dass sich jeder Mensch mit jedem anderen auf der Welt innerhalb von Millisekunden verbinden und kommunizieren konnte? Dass Autos sich selbst lenkten und mit Strom fuhren statt mit Benzin?

Du machst dir zu viel unnütze Sorgen, sagte Tyson.

»Ich weiß«, erwiderte Albin in Gedanken. »Ich höre ja schon auf.«

Tyson lag unter dem Bistrotisch zu Albins Füßen und blickte hechelnd nach oben. Der kleine Kerl litt ebenfalls unter dem Klima. Tyson war Albins Mops. Die Kollegen von der Polizei hatten ihm das Tier zum Ruhestand geschenkt, damit er etwas Zerstreuung hatte und eine Beschäftigung und niemanden mehr nerven würde. Tja, da hatten sich die Kollegen geschnitten, denn Albin hatte sich immer wieder in Angelegenheiten eingemischt, die ihn nichts mehr angingen. Und Tyson hatte ihm immer wieder ein Alibi dafür gegeben, an Orten herumzuspazieren, an denen er eigentlich nichts verloren hatte.

Doch damit war jetzt ein für alle Mal Schluss und Albin Leclerc endlich im Ruhestand angekommen. Feierabend.

Er hatte sich mit seiner Tochter Manon versöhnt, die vor ihrem psychopathischen Mann aus Paris geflohen war und mit Albins Enkelin Clara jetzt in der Provence lebte, wo Albin ihr mittlerweile eine kleine Wohnung besorgt hatte – außerhalb von Carpentras zwar, aber nahe genug an seiner, um schnell zur Hilfe zu sein, falls sein wahnsinniger Schwiegersohn wieder auftauchen sollte. Für Clara hatten sie einen Platz im Kindergarten gefunden, von wo Albin das Mädchen fast jeden Tag abholte. Ihre Mutter half in Veroniques

Blumenladen aus. Manon verstand sich inzwischen wirklich ausgezeichnet mit Albins Lebensgefährtin Veronique, die bereits selbst Oma war. Kurz: Albin hatte Familie, eine Aufgabe und trug Verantwortung. Schluss damit, sich weiter in Polizeiangelegenheiten einzumischen und sich in Gefahr zu begeben. Er hatte gelernt, loszulassen. Er war jetzt ein anderer Mensch. Runderneuert.

Albin beugte sich ein wenig vor, um die Zigarette in dem knallgelben Aschenbecher mit der Ricard-Werbung auszudrücken. Er spürte, dass der Stoff seines dünnen Poloshirts ihm am verschwitzten Rücken klebte. Bloß nicht zu viel bewegen. Er sah einer Fliege hinterher, die aufgeschreckt davonsummte, um sich auf der von der Sonne verblichenen Markise vom Café du Midi niederzulassen, aus dessen Innerem das Fauchen und Schnaufen der Espressomaschine zu hören war. Irgendwie, dachte Albin, hörte man in dieser dicken Luft alles viel deutlicher. Musste eine physikalische Ursache haben. Vielleicht nahm Albin aber auch nur alles überdeutlich wahr, weil sich seine Sinne auf nichts anderes konzentrieren konnten und ihm schrecklich langweilig war. Er lehnte sich wieder zurück, griff nach der dickwandigen Tasse und nahm einen Schluck. Der beste Kaffee, den man in der Gegend bekommen konnte. Schließlich widmete er sich wieder der Zeitung und betrachtete ein weiteres Mal das mehrspaltig gedruckte Aufmacherbild.

Es zeigte zwei Männer inmitten von Gemälden Paul Cézannes, und beide schienen sich darüber so zu freuen, als seien ihnen die Kunstwerke geschenkt worden. Laut der Bildunterzeile handelte es sich bei dem auf der rechten Seite um einen Jean Villeneuve, der Kurator im Musée Granet in Aix-en-Provence war – ein durchaus attraktiver Bursche mittleren Alters. Die Gemälde waren diejenigen, die eine hochprofessionelle Bande ihm hatte stehlen wollen. Hatte nicht geklappt. Es war auf ganz und gar spektakuläre Weise schiefgegangen.

Vor drei Tagen hatten die Räuber zwischen dem wenige Kilometer entfernten Ort Loriol du Comtat und Carpentras einen Kunsttransport überfallen, der die Gemälde zu einer großen Ausstellung fahren sollte, und sich dazu vermutlich in das Navigationssystem der Sicherheitsfirma gehackt, das die Route des Transporters nach einem Zufallssystem festlegte und fortlaufend wechselte.

Die Täter waren sehr schwer bewaffnet, und zwei Streifenwagen, die zufällig in der Gegend gewesen waren, wurden ihnen schließlich zum Verhängnis – was nach Albins Meinung wieder einmal bekräftigte, wie wichtig die Präsenz der Polizei auf der Straße war. Am Ende hatte der Überfall jedoch Tote und Verletzte gefordert. Ein Polizist war ums Leben gekommen, drei weitere wurden von Kugeln getroffen. Von den ursprünglich sechs Tätern waren nur noch drei am Leben, teils verletzt und in Haft, wo man sie fraglos unter Druck setzen würde, um die Hintergründe und näheren Umstände des Überfalls zu klären.

Die Gemälde jedenfalls waren von der Polizei in Gewahrsam genommen worden und längst wieder in Sicherheit. Davon hatte sich der Kurator Villeneuve in den Räumen des Hôtel de Police am Boulevard Albin Durand in Carpentras überzeugt, wo die Kunstwerke lagerten. So stand es Wort für Wort in der Bildunterzeile, in denen die Zeitungsfritzen inzwischen immer genau erklärten, was auf dem Foto zu sehen war, damit es auch noch der Blödeste kapierte. Aber das musste man sich mal auf der Zunge zergehen lassen:

Gemälde von Paul Cézanne im Wert von hunderten Millionen Euro in Albins früherer Dienststelle! Die Kollegen dort würden sich vor lauter Aufregung über die plötzliche Verantwortung so lange totschwitzen, bis die Bilder weiter nach Lyon zu der großen Ausstellung transportiert wurden.

Der andere grinsende Mann auf dem Foto war Staatsanwalt Luc Bonnieux. Wenn man seine Stellungnahme auf der Pressekonferenz las, in der die Bilder den Medien präsentiert worden waren, mochte man meinen, er sei persönlich für den Fang verantwortlich und dafür, den größten Kunstraub in der Geschichte Frankreichs, wenn nicht ganz Europas, verhindert zu haben.

Albin und Bonnieux verband eine tiefe Abneigung gegeneinander. Albin konnte Bonnieux' Bürokratismus und seine Art, sich in Szene zu setzen, nicht leiden. Was wiederum Bonnieux an Albin zuwider war, wusste Albin nicht genau, aber es spielte jetzt ohnehin keine Rolle mehr. Jedenfalls überraschte es Albin kein Stück, dass sich der Staatsanwalt als Retter der Kultur des Abendlandes feiern ließ – denn das ganze Land blickte für einige Momente nach Carpentras und auf die Bilder von Paul Cézanne, wobei es Bonnieux, dachte Albin, ganz besonders auf die wohlwollenden Blicke aus dem Justizministerium ankommen würde. Bonnieux war nämlich ein ausgemachter Karrierist. Das konnte man Albin nicht vorwerfen. Aber ihm wurde von solchen Typen schlecht, was man ihm ebenfalls nicht vorwerfen konnte. Immerhin hatte er sich beim Lesen des Artikels auch gefreut, und zwar an der Stelle, an der die Namen der leitenden Ermittler Caterine Castel und Alain Theroux aufgetaucht waren.

»Brauchst du eine Lesebrille?«

Albin merkte auf und sah Matteo neben sich stehen. Er hatte gar nicht mitbekommen, dass der Inhaber des Ladens aus seiner Behausung gekrochen war. Albin bezeichnete das Innere des Café du Midi gerne als Höhle, denn es herrschte hinter der Fassade mit dem bröckligen Putz und den kleinen Fenstern konstantes Dämmerlicht. Nicht einmal das Lächeln von Marine le Pen konnte es erhellen. Ihr Porträt war Matteos ganzer Stolz und hing mit einer Originalunterschrift über dem Tresen der Mischung aus Bar Tabac und Café. Außerdem war es das einzige Bild, dessen Rahmen regelmäßig geputzt wurde.

»Was soll ich mit einer Lesebrille?«, erwiderte Albin und legte die Zeitung auf den Tisch.

»Weil du *so* liest«, antwortete Matteo und hielt sich demonstrativ die flache Hand etwa einen Millimeter vor die Augen. »Wie ein Blindfisch.«

Albin, der sehr groß und selbst im Sitzen ein Riese war, richtete sich etwas auf und betrachtete Matteo, der eher klein und gestaucht wirkte. Unter seinem verwaschenen Polohemd spannte sich ein beachtlicher Bauch, wenngleich Matteo früher einmal Boxer gewesen war. Matteo war etwa im gleichen Alter wie Albin und fuhr sich jetzt mit der Hand über die Halbglatze, um dann den Schweiß an der Naht seiner ausgebeulten Jeans abzuwischen, in deren Hintertasche stets ein Putztuch steckte. Vermutlich war es in den Neunzigern zum letzten Mal gewaschen worden.

»Besser ein Blindfisch«, sagte Albin, »als jemand, der seine Gäste betrügt.«

Matteo lachte schnaufend auf. »Der Letzte, der mich Betrüger genannt hat, liegt seit drei Jahren auf der Intensivstation.«

Albin nickte. »Weil er von deinem Kaffee getrunken hat. Beziehungsweise von dem heißen Wasser, durch das du drei Kaffeebohnen hindurchwirfst und für drei Euro verkaufst.«

»Wenn du Zechpreller jemals bezahlen würdest, dann wüsstest du, dass er zweifünfzig kostet.«

»Dann ist es immer noch Betrug.«

Matteo schnaufte erneut, zog das Putztuch aus der Jeanstasche und ließ es auf den Tisch schnappen, um eine Wespe zu verscheuchen. Er blickte nach unten, wo Tyson lag und Matteo fragend ansah. Die Kollegen von der Police National hatten dem Mops den Namen des bekannten US-Boxers gegeben, um sich über Albin lustig zu machen. Überhaupt war es mit dem Hund ein Witz gewesen: ein so kleiner Hund für einen weißhaarigen Schrank von Kerl wie Albin Leclerc.

»Du solltest deinem Hund mehr zu fressen geben, damit er mal etwas wächst«, sagte Matteo.

Tyson schnappte nach Luft, schleckte sich die Lefzen und sah Matteo voller Erwartung an.

»Er ist groß genug, um dir im Sitzen über die Glatze zu lecken, Matteo.«

Matteo lachte und fuhr sich erneut mit der Hand über den Schädel.

»Das Klima ist nicht zum Aushalten«, sagte er. »Meine Frau hat seit gestern Migräne, und mir geht die Pumpe.«

»Du armer Mensch.«

»Im Ernst, Albin, es ist fürchterlich. Das Wetter ist vollkommen unnormal.«

Albin nahm die Zigarettenschachtel und steckte sie in die Hosentasche. »Und woran liegt das nach deiner Meinung?«, fragte er Matteo. »An den Sozialisten oder an den Afrikanern?«

»Mach dich nur lustig.«

»Oder an den Arabern?«

»Es liegt an der verfluchten Europapolitik.«

»Also an den Deutschen.«

»Albin, wir sollten endlich auch aus der EU aussteigen wie die Briten. Früher haben die Deutschen uns mit Panzern besetzt. Hat nicht geklappt. Jetzt machen sie es mit Banken und Euros und Verträgen. Marine hat in einem Interview gesagt …«

Albin verdrehte die Augen und stand auf. »Irgendwann begreife ich noch mal, was du an ihr findest.«

»Sie ist gebildet, smart und attraktiv, na und?«

»Und du bist in sie verknallt, seitdem sie dir auf dem Parteitag das Autogramm gegeben hat.«

Matteo machte eine abschneidende Geste. »Wir werden immer stärker in Frankreich, und ihr werdet uns noch alle dankbar sein«, sagte er.

Albin suchte nach dem Autoschlüssel. Tyson sprang auf. Er wusste, dass es jetzt losging. »So dankbar wie die Polen Adolf Hitler im September 1939«, erwiderte er.

»Quatschkopf!«, schimpfte Matteo, der seit einiger Zeit damit liebäugelte, bei der nächsten Kommunalwahl persönlich für den Front National im Stadtrat zu kandidieren. Wahrscheinlich würde man ihn sogar wählen, die Rechten waren sehr stark hier im Süden. Aber das verhüte Gott, dachte Albin, dass man Leuten wie Matteo, die feuchte Träume von Marine le Pen hatten und ansonsten Anhänger von John Wayne und Donald Trump waren, in Frankreich Verantwortung übertrug.

»Ich muss Clara vom Kindergarten abholen«, erklärte Albin.

»Und was ist mit deinem Altpapier?«, fragte Matteo und deutete auf die Zeitung.

»Kannst du wegwerfen.«

»Demnächst bringst du noch deinen Hausmüll mit, damit ich ihn entsorge.«

»Stell dich nicht so an.«

Matteo stellte den Kopf schräg, um die Schlagzeile besser lesen zu können. Er tippte mit dem Zeigefinger auf das Foto. »Die kamen garantiert aus dem Maghreb«, sagte er.

»Die Kunstdiebe?«, fragte Albin.

Matteo nickte. »Oder vom IS geschickt. Anschlag auf französisches Kulturgut, um unsere Zivilisation zu untergraben.«

Albin fand den Autoschlüssel. Er glaubte nicht, dass Matteo jemals ein Museum von innen gesehen hatte – geschweige denn einen echten Cézanne. »Wer sagt denn«, fragte Albin, »dass die aus dem Maghreb stammten und Nordafrikaner waren?«

»Dodo sagte so was«, erklärte Matteo.

Dodo war einer der Streifenpolizisten, die regelmäßig bei Matteo stoppten, um eine Pause einzulegen. Normalerweise kam Albin auch deswegen immer her, um sich auf dem Laufenden zu halten und von den Exkollegen aufzuschnappen, was überall so geschah. Aber seit er jetzt endgültig raus aus dem Geschäft war und ihn das alles weder interessierte noch etwas anging, hörte er gar nicht mehr hin, wenn die Polizisten sich unterhielten.

»Aha«, machte Albin beiläufig und wendete sich zum Gehen. »Na, der hat ja fabelhafte Insider-Informationen.«

»Ist größer als diese Kunstraubsache, mit der du damals zu tun hattest, nicht?«

Viel größer, dachte Albin, und außerdem sehr viel spektakulärer als damals und mit sehr viel größerem Schaden, und, und, und …

»Japp«, machte Albin kurz angebunden und hob dann die Hand zum Abschiedsgruß.

Er hatte keine Lust, über damals zu reden. Das war aus und vorbei. Geschichte. War ihm alles gleichgültig. Was zählte, waren gänzlich andere Dinge. Zum Beispiel, nicht zu spät am Kindergarten zu erscheinen. Deswegen marschierte Albin nun zu seinem SUV aus asiatischer Fabrikation, öffnete den Kofferraum und hob Tyson hinein, der nicht aus eigener Kraft hinaufhüpfen konnte – Albin hatte einmal berechnet, dass man als Mensch mindestens Stabhochspringer sein müsste, um das zu schaffen. Dabei hatte er sich den Wagen doch extra für Tyson gekauft, weil er der Meinung war, als Hundebesitzer bräuchte man eben solch ein Auto. Aber wirklich praktisch waren die Dinger nicht. Er setzte sich ans Steuer und fuhr los. Dann stellte er das Radio ein und versuchte zu verstehen, was da gesungen wurde – etwas mit »Mama« und »Popo« und »Kaka«. Ein Blick auf das Display, das die Sender und Titel anzeigte, verriet ihm, dass es sich um ein Lied von Lady Gaga namens »Pokerface« handelte.

»Hast du das gehört?«, fragte er Tyson in Gedanken.

Ja, ich bin ja nicht taub.

»Was sind das für Lieder heutzutage? Man versteht nicht einmal mehr, was sie da singen.«

Vielleicht liegt es an deinen Ohren.

»Meine Ohren sind perfekt.«

Vielleicht hörst du schlechter. Deine Augen sind ja auch nicht mehr die besten, Matteo hat schon recht.

»Was sind das für Gesänge – MamaPopoKaka?«

Stell dich nicht so an. Denk an dich selbst. Wer hat sich denn Ende der Sechziger von morgens bis abends das »Je t'aime«-Gestöhne von Jane Birkin und Serge Gainsbourgh angehört und war später Hendrix-Fan?

»Du kannst Hendrix unmöglich mit Leuten vergleichen, die sich selbst als Gaga bezeichnen.«

Worüber hat der denn gesungen? Über Straßenverkehr und wirres Zeug über Wachtürme?

»Weißt du, ›Crosstowntraffic‹ und ›All along the watchtower‹ sind nicht wörtlich zu nehmen, sondern symbolisch. Davon verstehst du nichts. Du bist schließlich nur ein Hund«, erwiderte Albin.

Trotzdem hatte Tyson recht.

Die Zeiten wandelten sich, die Sitten – und er, Albin Leclerc, bemerkte in diesem Moment, dass er gar nicht auf dem Weg zum Kindergarten war, sondern in Richtung Loriol du Comtat abgebogen, um sich die Stelle anzusehen, wo der Transporter überfallen worden war. Denn vor sich erkannte Albin mit einem Mal eine Polizeiabsperrung.

Ein Teil der Fahrbahn war mit Absperrband und Pylonen ausstaffiert worden. Sie hatten sogar eine Baustellenampel aufgestellt. Innerhalb der Absperrung parkten Autos. Einige davon konnte Albin als Fahrzeuge der Kriminaltechnik identifizieren. Bei einer Schießerei von dem Ausmaß war es aber auch kein Wunder, dass sie Tage brauchten, um alles zusammenzupuzzeln und nach Möglichkeit jede verschossene Kugel einer Patronenhülse, einer Waffe und einem Schützen zuzuordnen.

Albin seufzte über sich selbst, bremste und bog etwa hundert Meter vor der Absperrung nach rechts in den nächsten Feldweg ab, um zu wenden.

»Ich bin schrecklich«, murmelte er.

Bist du nicht, erwiderte Tyson. *Du bist nur, was du bist.*

»Ich habe mit dem Kram nichts mehr zu tun. Damit bin ich fertig.«

Redest du dir ein.

»Nein. Tue ich nicht. Ich habe es versprochen, und irgendwann muss einmal Schluss sein. Ganz einfach.«

Tyson blieb ruhig.

»Das kannst du mir ruhig glauben«, erklärte Albin und fuhr zurück auf die Straße, dieses Mal in Richtung Kindergarten.

Tyson sagte nichts.

»Ernsthaft«, bekräftigte Albin und starrte in den Rückspiegel.

Tyson schwieg. Es war die Art von Schweigen, die man nur auf eine Art und Weise deuten konnte, denn es handelte sich um ein »Das glaubst doch wohl selbst nicht«-Schweigen. Tja, mochte der Hund das ruhig annehmen. War Albin doch egal. Tyson würde sich noch wundern – und alle anderen auch, dachte Albin und kniff die Augen zusammen, um im Rückspiegel noch etwas mehr zu erkennen als das rot-weiß gestreifte Flatterband.

8

»Nein«, sagte Castel und schlug mit der flachen Hand auf den Tisch. Neben ihr zuckte Theroux leicht zusammen und lehnte sich in der gleichen Bewegung in dem unbequemen Stuhl im Vernehmungsraum zurück, um seine Reaktion zu überspielen.

Castel fuhr sich durch die kurzgeschnittenen Haare. Es war warm und stickig. Die Luft roch verbraucht und nach Mensch. Sie lehnte sich etwas vor und erklärte es noch einmal Wort für Wort, denn Abel mochte sich zwar extra dumm stellen, vielleicht war er aber auch wirklich nicht intelligent genug, um es zu kapieren.

»Nein«, wiederholte Castel. »Das können Sie vergessen. Wir reden über keine Deals. Vielleicht ist Ihnen nicht klar, um was es bei einem Deal geht. Es ist ein Geschäft, von dem beide Seiten profitieren und in dem beide Seiten etwas anzubieten haben. Sie müssen mir schon deutlich mehr liefern als die Namen Ihrer Komplizen, die ich sowieso schon kenne.«

Abel Saidj blieb stumm und musterte Castel. Er trug Handschellen, die Castel ihm extra nicht hatte abnehmen lassen. Das hatte psychologische Gründe. Er sollte sich so eingeschüchtert wie möglich fühlen. Auf seinem rechten Ohr klebte ein Pflaster. Das Trommelfell war geplatzt, denn er hatte sich viel zu nah an der Explosion einer Granate befunden, als er und seine Kumpane den Transport mit Kunstwerken von Paul Cézanne überfallen, sich eine blutige Schießerei mit der Polizei geliefert und verloren hatten. Im Ausschnitt der Gefängniskluft war ein Verband zu erkennen. Die Ärzte hatten Abel einige Splitter aus der Brustmuskulatur operiert. Alles nicht weiter schlimm, wie das Gutachten besagte, weswegen Abel, im Gegensatz zur Auffassung seines Anwalts, voll vernehmungsfähig war.

»Mehr kann ich Ihnen nicht sagen«, erwiderte Abel mit einem Schulterzucken.

»Und ob Sie das können. Sie wollen bloß nicht.«

Abel zuckte wieder mit den Schultern.

Castel tippte auf die Papiere in der vor ihr aufgeschlagenen Dokumentenmappe. »Sie sind mehrfach vorbestraft. Sie haben Glück und gehen in den Bau, während die Hälfte Ihrer Komplizen tot ist. Das Problem ist: Weil die Hälfte tot ist, können wir sie nicht mehr befragen. Und weil wir vielleicht nie schlussendlich klären können, wer mit welcher Waffe auf wen geschossen hat, wird der Staatsanwalt eine Pauschale bilden. Verstehen Sie, wie ich das meine?«

»Ich habe niemanden erschossen«, murmelte Abel.

»Wer weiß.«

»Sie werden keine Kugel aus meinem Gewehr in einem Polizisten finden.«

»Genau das ist das Problem, Abel. Sie könnten die Waffe eines Ihrer toten Komplizen genommen und geschossen haben.«

»Das können Sie nicht beweisen. Wir hatten Handschuhe an. Es gibt keine Fingerabdrücke.«

»Nehmen wir an, das wäre der Fall und wir könnten es nicht nachweisen – dann könnten wir es dennoch nicht ausschließen. Ihre Behauptung, auf niemanden geschossen zu haben, reicht dazu ganz und gar nicht aus.« Natürlich, dachte Castel, galt bei jeder noch so schlimmen Tat immer die Unschuldsvermutung. Im Gegensatz zu dem, was sie Abel gerade erzählte, musste die Polizei sehr wohl akribisch nachweisen, wer geschossen hatte und wer nicht. Aber das konnte sich Abel von seinem Anwalt erklären lassen.

Abel sagte: »Sie können mir nichts in die Schuhe schieben.«

»Werden wir aber, Abel. Verstehen Sie? Wenn sich nichts klären lässt, dann bekommen Sie vielleicht eine Teilschuld.«

»Es heißt doch: Im Zweifel für den Angeklagten.«

»Reden Sie sich das besser nicht ein, Abel. Der Staatsanwalt wird Ihnen kein Wort glauben – es sei denn, Sie können ihn davon überzeugen, dass Sie wirklich ernsthaft gewillt sind zu kooperieren. Geht das in Ihren Kopf? Wenn Sie uns Informationen liefern, die sich als zutreffend erweisen, dann wird er eher gewogen sein, Ihnen abzukaufen, dass Sie auf keinen Polizisten geschossen haben, und denken: Ja, der Abel Saidj mag zwar ein Kunsträuber sein, aber er scheint ja grundsätzlich die Wahrheit zu sagen, ist kooperativ und wollte vielleicht sowieso gar nicht mit einem Schnellfeuergewehr hantieren.«

Abel schluckte. Sein Adamsapfel hüpfte auf und ab. Etwas arbeitete in ihm. »Das ist auch wahr«, sagte er heiser. »Ich wollte das nicht. Ich weiß nicht einmal, wie man damit umgeht.«

Theroux lehnte sich wieder vor. Castel nahm eine Mischung aus Deospray und Schweiß wahr. Sie selbst spürte, wie ihr unter dem hellgrauen Sakko einige Tropfen den Rücken herabliefen.

»Woher stammten die Waffen?«, fragte Theroux.

»Ich weiß es nicht, das habe ich doch schon zigmal gesagt«, antwortete Abel und betrachtete die Aufnäher auf Theroux' Hemd – Label, die irgendwelchen imaginären Zwecken dienten, am Ende aber lediglich modisch sein sollten.

»Kommen Sie schon, Abel, das können Sie Ihrer Oma erzählen. Das waren moderne Kriegswaffen. Wer hat die besorgt?«

»Ich weiß nicht.«

»Wer hat sich ins System der Sicherheitsfirma gehackt?«

»Ich sagte doch, dass …«

»Woher wusstet ihr von dem Transport?«

»Ich …«

»Wohin sollte die Flucht gehen?«

Abel starrte auf seine Hände.

»Was wolltet ihr mit den Gemälden?«

Abel blickte an die Wand.

»Wer hat alles koordiniert?«

Abel sah wieder zu Theroux. »Ich weiß nicht.«

»Fünfzehn Jahre mindestens«, sagte Theroux. »Fünfzehn Jahre gehst du in den Bau, und vielleicht bekommst du anschließend noch eine Sicherheitsverwahrung obendrauf, weil du es geil gefunden hast, auf Polizisten zu schießen. Weil dir einer dabei abgegangen ist. Weil du um dich geballert hast wie ein Irrer.«

»Das war ich nicht!«, rief Abel und ruckte im Stuhl. »Das waren die Zwillinge! Die Zwillinge sind durchgedreht und haben angefangen!«

»Das kann jeder behaupten. Die Zwillinge sind tot, und wahrscheinlich lügst du. Ich kaufe dir kein Wort ab, Abel.

Du bleibst im Knast, bis du verrottest, und deine Kinder siehst du nicht mehr wieder. Weißt du, wie es Polizistenmördern hinter Gittern ergeht, Abel? Vielleicht denkst du dir, dass man dich als Helden feiern wird. Stimmt aber nicht. Die anderen Knackis werden dich mit Freude fertigmachen und laut ihren Namen rufen, damit jeder Schließer es hört und uns Bullen weitererzählt und sie zum Dank vielleicht einen Monat eher rauskommen. Und die Kollegen und Freunde der toten und verletzten Polizisten lassen schon jetzt den Hut rumgehen, um für die Familien der miesesten und brutalsten Vergewaltiger zu sammeln und ihnen das Geld zu spenden, damit du jeden Tag …«

»Ich glaube«, unterbrach Castel und klappte die Akte zusammen, »das reicht jetzt für heute.«

Theroux schwieg. Abels Blicke flitzten zwischen beiden hin und her.

»Wir kommen morgen zurück«, sagte Castel und stand auf. »Denken Sie bis dahin darüber nach, Abel, was Sie uns auf unsere Fragen antworten wollen.«

»Seien Sie besser clever«, ergänzte Theroux und stand ebenfalls auf. Er zwinkerte Abel zu. »Sie sind doch clever, oder?«

Abel sagte nichts. Zitterte und blinzelte hektisch.

Castel klopfte gegen die Tür, die von einem Schließer geöffnet wurde, und verließ dann den Raum. Theroux kam ihr hinterher. Die Sohlen seiner Turnschuhe quietschten auf dem Fußboden. Castels Absätze klackten. Sie war froh, wenn sie die Schuhe endlich wieder ausziehen konnte. Normalerweise trug sie die nicht, auch kein Sakko mit dazu passender Hose. Das zog sie nur vor Gericht an oder bei bestimmten Vernehmungen, um Autorität auszustrahlen. Theroux tat das Gegenteil davon. Um auf Augenhöhe zu bleiben, trug er immer das, was er sowieso anhatte: meistens zerschossene Jeans, zu viel Schmuck, Sneakers und diese vielfach bedruckten und benähten Hemden, die nach Castels Meinung seit mindestens fünf Jahren ziemlich außer Mode waren.

Im Gehen kaute sie auf der Unterlippe. Sie mochte die Atmosphäre in Gefängnissen nicht – Kunststück, wer tat das schon. Sie war beklemmend, aber Castel hatte kein schlechtes Gewissen, dafür zu sorgen, dass manche Menschen hier einen Teil ihres Lebens verbringen mussten, wenn sie straffällig geworden waren. Wie viele durch ihre Arbeit schon hatten einfahren müssen, konnte sie nicht abschätzen. Dutzende. Castel war einige Jahre lang bei der Polizei in Marseille tätig und außerdem für die Logistik und Planung bei Einsätzen von Spezialeinsatzkommandos zuständig gewesen. Durch einige Vorfälle war sie in Ungnade gefallen und bei der Streifenpolizei in der Provence gelandet. Dort war sie nun wieder als Ermittlerin tätig, was sie in gewisser Weise einem Exkommissar namens Albin Leclerc zu verdanken hatte. Einerseits, weil sie durch seine Sturheit in Situationen geraten war, in denen sie ihre Kompetenz als Flic zwar überschritten, aber die als Ermittlerin unter Beweis gestellt hatte. Zweitens, weil Leclerc sie immer wieder ermuntert und im Hintergrund an ein paar Strippen gezogen hatte – wobei das zu wenig gesagt war. Er hatte seinen Einfluss spielen und ein paar Türen öffnen lassen, durch die Castel dann gegangen war.

Jetzt marschierte sie mit Theroux in Richtung Eingangspforte und sagte: »Wir kommen so nicht weiter.«

»Nein, kommen wir nicht«, erwiderte Theroux und stoppte an der Schleuse, um sich mit dem Besucherschein auszuweisen und seine persönlichen Gegenstände wieder in Empfang zu nehmen, die er vorhin hatte abgeben müssen. Auch das gefiel Castel nicht an Gefängnissen: behandelt zu werden, als sei man selbst ein Straftäter.

Castel zückte ihren Schein ebenfalls und wartete, bis sie ihre Sachen zurückbekam. Dann sagte sie: »Wir kommen mit den Waffen nicht voran. Wir kommen mit dem Hacker nicht weiter. Wir müssen dazu weit über das Vaucluse hinausgehen und uns Ermittlungsunterstützung holen.«

»Ja, und? Das ist doch normal, oder?«

Castel steckte ihre Sachen ein und warf Theroux, der sie fragend ansah, einen Blick zu. Manchmal war er wirklich sehr naiv, fast schon entwaffnend arglos. Sie wartete, bis er fertig war. Dann gingen sie zusammen zum Ausgang.

»Theroux«, erklärte Castel im Gehen mit gesenkter Stimme. »Es ist nicht so schwierig, oder? Was wir bisher zusammenbekommen haben, ist so gut wie gar nichts. Es sind lediglich die Ergebnisse von Basisarbeit. Wir haben die Personalien der Kunstdiebe, die Fahrzeuge sind zugeordnet, wir haben das Sicherheitsunternehmen befragt, lassen die technischen Geräte analysieren, die die Kunstdiebe verwendet haben, und wir haben einen Termin im Museum, um dort weitere Befragungen vorzunehmen, aber …«

»… aber wir haben Bilder im Wert von einer Fantastilliarde sichergestellt?«

»Das hätte jeder andere auch geschafft, okay?«

Castel und Theroux stoppten und warteten, bis die Haupttür geöffnet wurde. Dann gingen sie hinaus.

»Ja, aber …«, wollte Theroux protestieren.

»Nichts aber«, erwiderte Castel, blieb draußen stehen und atmete tief durch.

Sie blinzelte in den grellweißen Himmel und fühlte sich, als sei sie aus einem klimatisierten Flugzeug gestiegen, das im Gangesdelta in Indien gelandet war oder in Florida kurz vor einem Tropensturm. Sie blickte in den Himmel und sah, wie sich die kleinen Fahnen mit dem Europa-Emblem und der Trikolore über dem Haupteingang des Gefängnisses träge bewegten.

Die kleine Pforte des Centre penitaire d'Avignon in Le Pontet war in einem Signalrot gestrichen, damit man sie inmitten des allumfassenden Betongraus gut erkennen konnte. Das war freundlich gemeint, aber vor einigen Jahren hatte es genau hier heftige Demonstrationen gegeben, die sich gegen die Haftumstände aussprachen. Es gab viele Selbstmorde. Das neue Untersuchungsgefängnis in Le Pontet vor den Toren Avignons an der Route de Carpentras war 2003 eingeweiht worden. Davor waren Straftäter über einen Zeitraum von mehr als hundertfünfzig Jahren im alten Gefängnis Sainte Anne inhaftiert worden.

Castel senkte den Blick. Wenn sie die Gemälderäuber, von denen Abel Saidj der zugänglichste zu sein schien, nicht zum Reden brachte, wäre sie aufgeschmissen. Sie blickte auf, als sich auf der gegenüberliegenden Seite die Tür einer mit laufendem Motor haltenden BMW-Limousine öffnete und wieder zugeworfen wurde. Staatsanwalt Luc Bonnieux kam mit forschem Schritt auf sie zu. Er trug eine helle Anzughose, ein Kurzarmhemd in Hellblau und eine randlose Brille. Wie üblich machte er den Eindruck eines Mannes, der mit Anfang fünfzig noch nicht am Ende seiner Karriere angekommen und bereit für die nächste Stufe war.

»Ich weiß, ich weiß«, sagte er im Gehen. »Ungewöhnlich, und wir könnten das auch am Telefon regeln. Aber ich war gerade in der Gegend, und es ist besser, manches persönlich … Sie wissen schon.«

Mit einem jovialen Lächeln streckte er Castel und Theroux die Hand zum Gruß hin. Sie war weich und eiskalt. Bonnieux musste im Auto die Klimaanlage eingeschaltet haben. Vermutlich lief deswegen noch der Motor.

»Etwas Neues?«, fragte er und sah zwischen Castel und Theroux hin und her.

»Wir arbeiten dran«, erwiderte Castel.

Bonnieux nickte, leckte sich über die Lippen und schaute auf seine Schuhspitzen. »Mja«, sagte er und blickte wieder auf, »es ist so, dass wir dringend etwas brauchen. Avignon hat mit Carpentras und Cavaillon geredet sowie Cavaillon mit Aix und mit dem Ministerium und das Ministerium mit Interpol und Europol. Und ganz schnell«, der Staatsanwalt schnippte mit den Fingern, »sind wir raus aus dem Spiel und machen nur noch die Basisarbeit. Zulieferindustrie.« Bonnieux setzte ein sarkastisches Lächeln auf und nickte zu seinen eigenen Worten. Seine Lippen waren zu einem Schlitz zusammengekniffen.

Castel sah kurz zu Theroux, dem man am Gesicht ablesen konnte, dass er mit einem Mal kapierte, was Castel ihm eben hatte bedeuten wollen: dass sie in null Komma nichts als Ermittlungsleiter abserviert würden, wenn sie nicht schnell etwas lieferten. Aber Castel wollte nicht ausgebootet werden. Bonnieux ganz offensichtlich ebenfalls nicht.

Nur Theroux schien das egal zu sein. In seiner Mimik veränderte sich etwas, als er sagte: »Na ja, das ist sowieso einige Nummern zu groß für uns, und ohne Unterstützung …«

Bonnieux machte eine abschneidende Geste. »Na, das ist ja wohl selbstverständlich, dass wir einige Hilfstruppen mobilisieren müssen, aber ich will nichts davon hören, dass der Fall zu groß für uns ist. Wir können das leisten, und ich will, dass der Fall unter unserer Federführung lückenlos aufgeklärt wird.«

Theroux sagte: »Ja, aber bei Europol und Interpol ...«

»Mit denen werden wir zusammenarbeiten. Aber ich will nicht, dass Lyon oder Paris uns ein paar Experten schicken, die alles in die Hand nehmen und dann die Ermittlungserfolge für ihre Behörde verbuchen«, sagte Bonnieux.

Castel erklärte in Richtung Theroux: »Der Staatsanwalt will sagen: Es ist vor unserer Haustür passiert, und wir sollten zeigen, dass wir vor unserer Haustüre selbst kehren können und keinen Reinigungsdienst benötigen.«

Bonnieux lächelte sein Haifischlächeln. Theroux versuchte zu begreifen, worauf Castel mit ihrem Beispiel hinauswollte. Sie ergänzte: »Wenn wir das hinbekommen, dann ist daran alles Mögliche gebunden. Es geht nicht nur um einen Ermittlungserfolg und das Prestige. Es geht auch um den Etat für die Behörde, der steigen kann, wenn wir gut abliefern. Es geht um die technische Ausstattung, um mehr Personal, und außerdem sind Beförderungen drin. Das ist Politik, okay? Ein Fall wie dieser bietet ganz viele Chancen.«

Bonnieux nickte wieder, zufrieden, verstanden zu werden. Das Wort »Beförderung« ließ Theroux aufhorchen. Außerdem etwas anderes, das Castel nicht konkret angesprochen hatte, das aber zwischen ihren Worten mitschwang: Sicherheit.

Denn in der Tat hörte man im Flurfunk, dass die Rede

vom Rationalisieren, von Einsparungen und dem Zusammenlegen von Bezirken war. Man hörte von Konzepten, die erarbeitet wurden und davon, dass Kommissariate neu geordnet und zugeschnitten werden sollten, um effizienter zu arbeiten – was am Ende aber nur hieß, das Geld gespart werden sollte. Jeder wusste, dass es demnach zum Beispiel sein konnte, dass man Kapitalverbrechen einem neuen Dezernat zuordnete und sie in Zukunft zentral von Cavaillon oder Avignon gesteuert wurden, was bedeutete, dass man woanders arbeiten musste beziehungsweise sich nur noch mit Kleinkram wie Einbrüchen oder Sachbeschädigungen befassen durfte. Zeigte man jedoch, wie leistungsfähig die Pferde im eigenen Stall waren, dann mochte das Einfluss auf die Neuplanungen haben und das Ministerium sagen: Wir müssen zwar sparen, aber Carpentras nehmen wir raus und stärken es. Denn wenn von Carpentras aus der größte Kunstraub der Geschichte aufgeklärt worden ist, konnte man schlecht sagen: Wir belohnen sie dafür, indem wir ihnen die Jobs streichen. Das käme in der Öffentlichkeit ganz schlecht an und wäre politisch nicht durchsetzbar.

Bonnieux hob die Hände, wie um Castel zu beschwichtigen. »Es ist jederzeit möglich, dass man uns die Sache aus der Hand nimmt. Aber ich will, dass wir so lange wie möglich am Steuer stehen. Bisher haben wir gute Arbeit gemacht. Das soll auch so bleiben. Nur dazu müssen wir vorankommen. Kommen wir in den nächsten paar Tagen nicht voran, werden andere das tun. Alles klar?«

»Klar«, sagte Castel.

Theroux nickte.

»Gut.« Bonnieux blickte auf seine Uhr. »Ein Termin.

Ich muss los. Morgen früh komme ich zur Dienstbesprechung.«

Damit verschwand er in sein Auto und fuhr davon. Castel und Theroux blieben zurück.

»Hattest du schon mal mit Kunstraub zu tun?«, fragte Theroux und sah sie mit einem unergründlichen Blick an.

»Nein. Noch nie.«

»Schade«, sagte Theroux. »Hat seine ganz eigene Dynamik und ist schnell grenzüberschreitend, manchmal sogar die von ganzen Kontinenten.«

Castel zuckte mit den Schultern. »Ja. Deswegen sind Europol und Interpol am Ball. Und die Täter haben ohne Frage allesamt einschlägige Erfahrungen gesammelt, aber …« Castel musterte Theroux von der Seite. »Aber warum fragst du das?«

»Nur so.«

»Hattest du damit schon zu tun?«

Theroux schüttelte mit dem Kopf. Er druckste herum, öffnete und schloss den Mund wie ein Karpfen.

»Was denn? Spuck's aus«, sagte Castel.

»Ich … Ich kenne da vielleicht wen«, sagte Theroux.

9

»**Auf gar keinen Fall**«, sagte Albin und strich sich mit der flachen Hand über den Bauch. »Nie im Leben.«

Die Verkäuferin namens Natalie zuckte mit den Schultern.

»Deine Entscheidung«, sagte sie. »Das Kilo hat diesen Preis. Bezahl ihn oder nicht.«

Sie verteilte eine weitere Ladung Eisstücke in der Auslage. Darauf waren unzählige Fische in allen möglichen Größen und Formen verteilt, andere waren bereits in Stücke geschnitten. Es gab Krebse, Muscheln – was das Meer so hergab. In der *Poissonnerie des Halles* gegenüber der *Pharmacie Thomas* unweit der Porte d'Orange wurde jeder fündig.

Albin betrachtete den Fisch und umfasste den Griff seines Korbs fester, der darauf mit einem Knirschen reagierte. Tyson hockte neben Albin und interessierte sich kein Stück für die aufgebahrten Fische. Kein Wunder. Erstens mochte er keinen Fisch. Zweitens war heute Freitag und Markt in Carpentras. Er zog sich durch das ganze Centre Ville und erfüllte es mit Hunderttausenden von Gerüchen und Geräuschen. Die Innenstadt surrte und summte wie ein Bienenstock und duftete nach Lavendel, Thymian und anderen Kräutern, Käse, Geräuchertem. Nur nach Fisch roch es nicht. Die völlige Abwesenheit dieses Duftes, der schnell unangenehm sein kann, war ein Indiz für die Qualität und die Frische der Ware, die hier angeboten wurde. Willst du etwas wissen, gehst du in die Bücherei. Willst du guten Fisch, dann gehst du in die *Poissonnerie des Halles*. So einfach war das. Und Albin bemerkte, dass er bereits wie jemand dachte, der Ahnung vom Kochen hat. Was natürlich lächerlich war. Er hatte sich über Jahre hinweg im Wesentlichen von Mikrowellen- und Dosengerichten oder Fastfood ernährt, bis Veronique ihn auf eine andere Spur setzte. Jetzt, als Pensionär, dem Polizeiarbeit so schnuppe wie sonst noch was war, nutzte er die Zeit, um von Veronique Kochen zu lernen.

Heute zum Beispiel hatte er die Aufgabe, einige Dinge auf dem Markt zu kaufen, um daraus etwas zu zaubern, das sich *Thon aux Artichauts à la Marseillaise* nannte – Thunfisch mit Artischocken, was eine Art Suppe war, aber nicht wirklich, zudem es für Suppe sowieso viel zu heiß war, und außerdem konnte man das Zeug auch kalt oder lauwarm essen. Man schnitt den Fisch in Stücke und gab ihn zum Marinieren gepfeffert und mit Lorbeer und Thymian sowie Knoblauch und Olivenöl nebst etwas Safran in eine Schüssel. Dann wurden die Artischocken fünf Minuten lang angebraten. In einem Topf schwitzte man Zwiebeln an, gab Tomaten und Sauerampfer hinzu, bis die Tomaten nach ein paar Minuten zerfielen. Schließlich warf man die marinierten Thunfischstücke in den Topf, die Artischocken hinterher und gab nach einer Minute Wasser hinzu, um alles eine Viertelstunde lang zu kochen, bis die Artischocken und der Fisch abgeschöpft und mit etwas Brühe serviert wurden. Dazu aß man geröstetes Knoblauchbrot mit Aioli und trank am besten einen kalten Rosé.

Albin blickte auf die Auslage und deutete auf die daumendicken Thunfischscheiben. Die Stücke waren noch von der schuppigen Haut ummantelt und wirkten allesamt gleich groß. Sie sahen ein bisschen so aus, als habe man das Tier gefangen und dann an einer irrsinnig scharfen Kreissäge entlanggezogen.

Albin nahm seine Verhandlungen wieder auf und fragte Natalie, die rothaarige und starrköpfige Schwiegertochter des Fischladenbesitzers: »Ist das etwa Blauflossenthunfisch? In Japan verkaufen sie den auf Auktionen für Feinschmecker-Sushi, da kann ich solche Preise verstehen, wie ihr die fordert. Aber ich will nur einen ganz normalen Thunfisch.«

Natalie, die jetzt mit einem Eispickel und einem Eisblock beschäftigt war und davon kleine Stücke abschlug, erwiderte: »Albin, wenn du Supermarktqualität willst, fahr in den Supermarkt. Wenn du vernünftigen Fisch willst, dann kauf bei uns.«

»Als ob dein Vater den mit der Hand selbst gefangen und persönlich erwürgt hätte!«

Natalie grinste und schüttelte den Kopf. »Nein«, sagte sie, »das hat er nicht.«

»Vermutlich hat er auch vergessen, wer die Einbrecher fasste, die im Frühjahr 1991 euren Laden geknackt haben.«

Natalie grinste immer noch. »Du bekommst ihn nicht preiswerter. Dann stimmt die Kasse nicht. Du musst ja nicht die Steaks nehmen.«

»Steaks?«

»Du kannst Thunfisch braten wie ein ganz normales Steak, natürlich.«

»Ach«, machte Albin und wich etwas zur Seite, weil eine weitere Kundin die Auslage betrachten wollte. Ein Thunfischsteak – das eröffnete eine vollkommen neue Perspektive, dachte Albin. Eine Sekunde später verwarf er den Gedanken wieder. Wenn er etwas anderes einkaufte als das, was ihm aufgetragen worden war, bekam er Ärger. Veronique war eine kreative Frau. Ihr Blumengeschäft war so dekorativ eingerichtet, dass man es sofort für einen Reiseführer fotografieren konnte. Aber was den Einkaufszettel anging, verstand sie keinen Spaß in Sachen Kreativität.

»Du kannst andere Stücke kaufen«, sagte Natalie und legte den Eispickel zur Seite. »Die kosten weniger.«

»Sind aber schlechter?«

Natalie seufzte. »Nein, nur preiswerter.«

»Gut«, knurrte Albin, »dann her damit. Aber gib mir den guten, ich bin ja kein Bettler.«

Drei Minuten später steckte Albin den Fisch in den Einkaufskorb und schlenderte, mit Tyson an der Leine, weiter über den Wochenmarkt. Die Straßen waren vollgestopft mit Ständen und Menschen. Jede Menge davon waren Touristen, die den Fußgängerverkehr blockierten, weil sie mit ihren Handys oder übertrieben teuer aussehenden Profikameras Bilder von den geschmackvoll dekorierten Auslagen machten. In hübsche Flaschen gefülltes Olivenöl, Berge voller Knoblauch und überbordende Körbe voller Früchte in den buntesten Farben, Säcke voller Kräuter, armdicke Bündel von Lavendelsträuchern, Thymian oder Rosmarin, fußballgroße Melonen, soweit das Auge reichte, und Artischocken im Format von Boulekugeln, von denen Albin bereits zwei gekauft hatte – das gab einiges an Motiven her, das musste man sagen. Für die überall dazwischen aufgebauten Stände mit preiswertem Schmuck, T-Shirts und billigen Kleidern aus Fernost interessierte sich allerdings niemand.

Albin bewegte sich mit Tyson zielgerichtet durch das Gewimmel auf die Porte d'Orange zu, in deren Nähe er geparkt hatte. Außerdem gab es dort eine kleine Snackbar, in der er noch einen Espresso nehmen wollte.

Die Porte d'Orange war ein altes Stadttor und wirkte wie zwischen die Häuser gequetscht. Es war Ende des 14. Jahrhunderts als Bestandteil der Stadtmauer gebaut worden und sah aus wie ein riesiger Bergfried aus ockerfarbenen Steinen, der an der Spitze mit Zinnen bewehrt war. Zur Innenstadtseite hatten sie allerdings mit den Steinen gespart. Da war der Turm gänzlich offen – so als habe man ihn in der Mitte durchgeschnitten und die eine Hälfte weggenommen. Aber es war ja auch unsinnig, innen Mauern hochzuziehen. Man wollte sich ja gegen außen schützen.

An der Snackbar *Le Reinitas* neben einem Laden mit regionalen Produkten namens *Le Jardin d'Alice* wich Albin einem Postauto aus und wollte sich gerade auf einem der Plastikstühle niederlassen, als sein Handy klingelte. Er spürte das Summen in der Hintertasche seiner Jeans. Er nahm es hervor und prüfte auf dem Display, wer der Anrufer war, bevor er entschied, das Gespräch anzunehmen.

»Hier ist Cat«, meldete sich die vertraute Stimme von Caterine Castel.

»Cat?«, erwiderte Albin. »Seit wann nennen wir uns bei Kosenamen? Ich habe immer noch kein Faible für Mädels im Alter meiner Tochter.«

Er hörte Castel lachen. Sie und Manon hatten sich im Laufe der letzten Zeit ein wenig angefreundet, nachdem Manon Castel zunächst nicht hatte ausstehen können. Vielleicht war sie anfangs ein wenig eifersüchtig auf die junge Frau gewesen, die Albin – in Ermangelung seiner eigenen

Tochter, die in Paris saß und kein Wort mit ihrem Vater sprach – unter die Fittiche genommen hatte. Nun, die Dinge hatten sich geändert. Manon wusste noch nicht recht, was sie mit ihrem neuen Leben anfangen sollte. Außerdem kannte sie hier niemanden. Castel ging es ähnlich – mit dem Leben wie mit den Bekannten. Also hatten beide Gemeinsamkeiten entdeckt, herausgefunden, dass sie beide schlimme Dinge in Partnerschaften erlebt hatten, waren sich dabei sympathisch geworden – und schließlich zum ersten Mal miteinander auf der Dorffete in Methamis feiern gegangen. Seither schrieben sie sich regelmäßig WhatsApps und anderes von diesem modernen Zeug.

Albin wusste noch nicht, was er davon halten sollte und ob es ihm gefiel – Castel und seine Tochter so dicke miteinander. Castel war in gewisser Weise seine Kollegin – na ja, gewesen. Also: Auch nicht wirklich, denn er war ja Pensionär, aber … Es war schwierig zu erklären. Castel gehörte gewissermaßen zu Albins beruflicher Seite, Manon war Familie. Wenn sich beides miteinander vermischte, hm. Er siezte Castel ja sogar immer noch – eben aus diesem Grund, um eine gewisse professionelle Distanz zu bewahren.

Und jetzt kam sie mit diesem persönlichen »Cat« an, der Abkürzung, die alle engeren Bekannten für Catherine Castel benutzten. Andererseits, dachte Albin, war es auch vollkommen egal, denn er hatte ja jetzt restlos mit der Polizeiarbeit abgeschlossen und war nur noch Privatier, Hundebesitzer, Opa und Hobbykoch in Ausbildung.

Ohne große Vorrede sagte Castel jetzt: »Theroux und ich wollen mit Ihnen sprechen, Albin.«

»Worüber?«, fragte Albin und presste sich das Telefon so

dicht wie möglich ans Ohr. Der Umgebungslärm machte das Zuhören nicht einfach.

»Das ist am Telefon schwer zu erklären. Wo sind Sie?«

»Einkaufen. Innenstadt. Bar an der Porte d'Orange«, erwiderte Albin.

»Können wir uns dort treffen?«

»Natürlich«, sagte Albin. »Aber falls es irgendetwas mit Polizeiarbeit zu tun hat – schlagen Sie sich das aus dem Kopf. Damit bin ich fertig.«

»Klar«, erwiderte Castel. »Keine Sorge, hat nichts damit zu tun.«

10

»Sie sind eine Lügnerin«, sagte Albin eine halbe Stunde später zu Castel.

»Jemand hat mir einmal gesagt, dass er lediglich flexibel mit der Wahrheit umgeht. Da dachte ich: Ich probiere es selbst einmal aus«, erwiderte sie.

Albin fühlte sich ertappt. Er warf einen Blick zu Theroux, der ihm gegenüber an dem einfachen Bistrotisch der Snackbar saß und seine Fingerknöchel musterte. Dann ließ Albin in Gedanken Revue passieren, was die beiden ihm eben erzählt hatten – warum es so wichtig war, Ermittlungsfortschritte hinsichtlich der Kunsträuberbande zu erzielen, dass sie bei den Vernehmungen nicht weiterkamen und beide bislang keinerlei Erfahrung mit einem schweren Kunst- oder Schmuckraub hatten, der seinen eigenen Gesetzen folgte und eine andere Mechanik hatte als der Überfall eines Geldtransportes oder einer Bank.

Aber Albin hatte Erfahrung. Nicht mit einem so gewichtigen Fall, doch immerhin.

Anfang der Zweitausender Jahre hatte er eine Kommission geleitet, die Louis Fosse hatte einfahren lassen. Fosse hatte ein Quartett angeführt, das im Vaucluse eine Reihe schwerer Einbrüche begangen und sich auf Juwelen und Kunst spezialisiert hatte. Sie knackten Villen, die reiche Franzosen oder Ausländer als Zweit- oder Drittwohnsitze nutzten, und waren sehr geschickt darin gewesen, die Alarmanlagen zu umgehen oder außer Betrieb zu setzen. Fosse interessierte sich dabei vor allen Dingen für Diebesgut im Wert von deutlich unter einer Million Euro. Was eigentlich verrückt war, denn man sollte doch annehmen: je wertvoller, desto interessanter. War aber nicht so. Albin erinnerte sich noch gut daran, wie er in einer Villa bei Gordes gestanden hatte und einfach nicht kapieren wollte, warum Fosse und Konsorten ein Gemälde von Marc Chagall hatten hängen lassen. Aber dann hatte er Schritt für Schritt begriffen, dass Fosse ein ausgebuffter Profi war. Profis kannten ihre Grenzen. Amateure nicht. Amateure sahen die Dollarzeichen vor sich aufleuchten. Ein Profi betrachtete nüchtern die Machbarkeit. Fosse hatte ganz genau gewusst, dass ein geraubter Chagall einige Nummern zu groß für ihn gewesen wäre. Er hätte sich nicht darum kümmern können, ihn zu versilbern. Dazu fehlte Fosse schlicht die Infrastruktur, und es war ihm zu gefährlich gewesen, weil im Hintergrund sehr viel größere Räder in Bewegung gesetzt worden wären. Ein Bild im Wert von hunderttausend Euro konnte man bei einem Hehler noch einigermaßen loswerden und ein Viertel des Wertes davon kassieren. Ein Bild für zehn Millionen nahm einem kein Hehler ab. Daher blieb Fosse seinem Prinzip treu – zumindest für eine Weile.

Schließlich wurde er doch übermütig, fühlte sich zu sicher und war der Meinung, dass er sich weiterentwickeln und expandieren sollte. Bei einem weiteren Raub ließ er also ein kleines Bild von Eduard Manet mitgehen und eines von Amedeo Modigliani. Sie waren geschätzte fünfzehn Millionen Euro wert und hatten Fosse schließlich das

Genick gebrochen. Kunstexperten von Interpol waren zu Albins Kommission gestoßen, und ein fingierter Deal mit Fosse wurde eingeleitet. Dabei schnappte die Falle zu, und als die Handschellen klickten, sagte Albin zu Louis Fosse: »Schuster, bleib bei deinen Leisten.« Und Fosses Antwort war gewesen, dass stimme zwar, aber niemand wolle ja immer auf der Stelle treten.

»Was wollten die mit den Cézannes?«, fragte Albin Theroux und Castel und steckte sich eine Gitanes an.

Sein Polohemd war am Rücken schweißnass und klebte förmlich auf seiner Haut. Die Luft wurde immer drückender und schwüler und die Hitze immer unerträglicher. Es war Zeit, dass endlich ein reinigendes Gewitter kam oder der Mistral den erstickenden Dunst fortblies.

»Blöde Frage«, sagte Theroux. »Verkaufen vielleicht?«

»So läuft es nicht«, sagte Castel. »Es läuft so: Kunsträuber wissen ganz genau, dass man mit bekannten oder berühmten Gemälden nichts anfangen kann. Sie lassen sich niemals einem Hehler anbieten und auch nicht auf dem Schwarzmarkt veräußern. Die Polizei würde dem ganz schnell auf die Schliche kommen.«

»Außer, sie handeln im Auftrag von einem verrückten Sammler«, ergänzte Theroux.

»Ja«, sagte Castel. »Aber das wird hier eher nicht der Fall gewesen sein. Viel zu großes Kaliber. Geld für zehn Cézannes kann auch kein Sammler aufbringen, geschweige denn transferieren, ohne dass es jemandem auffällt.«

»Stimmt«, sagte Albin. »Kunsträuber sind bei bekannten Werken auf Lösegeld aus. Vereinfacht gesagt, geht es um Erpressung. Die Besitzer oder die Versicherungen bezahlen eine Summe X, die deutlich unter dem eigentlichen Wert des Gemäldes liegt, damit der Deal auch lukrativ für die andere Seite erscheint – man bezahlt eine Million für ein zehn Millionen Euro teures Bild. Klingt erst mal nicht schlecht. Also gibt eine Versicherung lieber eine Million Euro aus, als dem Besitzer zehn Millionen Euro zu ersetzen. Gut für die Kunstdiebe. Es gibt eine andere Variante. Als Besitzer kassierst du die Versicherungssumme von, sagen wir, wiederum zehn Millionen Euro. Die Erpresser fordern fünf Millionen Euro von dir – dann bekommst du unter der Hand das Bild zurück, und alle haben verdient, außer der Versicherung natürlich, der du verschweigst, dass du das Bild zurückgekauft hast.«

»Aber«, fragte Theroux, »warum fordern die Erpresser nur fünf Millionen statt der vollen Summe?«

»Um das Geschäft lukrativ zu machen«, erklärte Castel. »In Albins letztem Beispiel hast du am Ende als Bestohlener fünf Millionen Euro in der Tasche und dein Bild zurück – was du natürlich niemandem sagen darfst, denn sonst musst du die volle Summe ja zurückzahlen.«

Theroux runzelte die Stirn. »Aber da wäre es doch besser, wenn ich die gesamten zehn Millionen behalte und sage: Vergesst das Bild.«

»Kommt drauf an«, meinte Castel.

»Kommt drauf an«, schilderte Albin, »ob du ein irrer Kunstfreak bist oder nicht. Falls du die zehn Millionen behältst und die Kunstdiebe auf dem Bild sitzenbleiben, bieten sie es der Versicherung an und sagen denen: Kauft es uns für fünf Millionen ab.«

»Und wenn sie es nicht machen?«, fragte Theroux.

»Wartest du zehn Jahre, bis das Bild im Wert gestiegen ist, und suchst in der Zeit neue Käufer oder bleibst mit der

Versicherung im Gespräch. Da findet sich schon ein Weg. Womit wir beim Thema wären.«

»Und zwar?«, fragte Castel.

»Welche Schwerpunkte beschäftigen euch in den Ermittlungen?«, fragte Albin.

Castel erklärte es. Wer aus der Gang hat die Polizisten erschossen und verletzt? Woher stammten die Waffen? Wer war der Tippgeber für den Transport? Gab es ein Netzwerk im Hintergrund? Wie konnten sich die Kunstdiebe in die Sicherheitsfirma hacken? Kommen sie für weitere Taten in Frage? Da gab es zum Beispiel einen Fall in der jüngsten Zeit, schilderte sie, nämlich den Einbruch bei einem Sammler namens Rainier Tournay, dem einige kostbare Bücher sowie Skizzen und Lithographien von Matisse und Bargeld gestohlen worden waren.

Aber im Vordergrund der Ermittlungen stand natürlich die Schießerei, denn die Cézannes waren ja gerettet worden und damit keine weitere Gefahr im Verzug. Allein die Spurenlage am Tatort aufzudröseln, erklärte Castel, war eine Katastrophe. Wer auf wen aus welcher Waffe geschossen hatte und ob die jeweiligen Schützen tot waren oder noch lebten und in Untersuchungshaft saßen wie Abel Saidj, war enorm wichtig, denn aus den Ergebnissen der forensischen Untersuchung würden Anklagen wegen Mordes oder vorsätzlichem Totschlag beziehungsweise schwerer Körperverletzung sowie Beihilfe resultieren.

Albin lehnte sich zurück und blickte in den schneeweißen Himmel. Er paffte vor sich hin. Theroux wischte sich den Schweiß von der Stirn. Castel betrachtete die schmelzenden Eiswürfel in ihrer Cola.

»Achtet darauf, dass ihr in dem Wust an Arbeit nicht das

Wichtigste übersehtʼ«, sagte Albin, lehnte sich nach vorn und drückte die Zigarette im Aschenbecher aus. »Die Räuberhöhle.«

»Wie?«, fragte Theroux. »Was soll das denn jetzt?«

»Ganz einfach«, erklärte Albin. »Irgendwo müssen sie ihre Beute lagern. Die Cézannes hätten sie irgendwo unterbringen müssen. Nämlich in ihrem Versteck. Die Täter waren absolute Profis und, wie ihr gesagt habt, einschlägig vorbestraft. Irgendwo müssen sie herumgehockt und Pläne geschmiedet haben. Irgendwo haben sie ihre Waffen getestet und Material gehortet. Irgendwo müssen sie Diebesgut aus vorherigen Beutezügen lagern, und dort wollten sie auch die Cézannes zwischenparken, bis es zu einem Deal mit der Versicherung oder dem Museum gekommen wäre. In einem Versteck. In einer Räuberhöhle. Louis Fosse hatte so eine. Alle haben eine solche. Findet sie.«

»Und dann?«, fragte Theroux.

Castel trank etwas Cola. »Und dann«, sagte sie, »finden wir vielleicht Material aus anderen Raubzügen, ganz sicher aber alle ihre Unterlagen, denn sie hatten ja keine Zeit mehr, ihre Zentrale zu säubern.«

»Es sei denn«, schränkte Albin ein, »jemand, der im Hintergrund aktiv war, hat alles gesäubert.«

»Richtig, aber dann würden wir zumindest wissen, dass es ein Netzwerk gibt, in dessen Auftrag die Kunstdiebe gehandelt haben oder von dem sie gesteuert wurden. Ein Mastermind.«

Albin nickte. »Ihr könnt in jedem Fall Spuren sammeln. Jede Menge davon. Ihr kommt voran und fördert Ergebnisse zutage, und Staatsanwalt Bonnieux wird verrückt vor Freude. Vielleicht sind die Burschen ja auch für den

Einbruch bei diesem Rainier Tournay verantwortlich, und ihr stoßt zugleich noch auf die wertvollen Bücher und die Matisse-Zeichnungen. Dann löst diesen Fall gleich mit und seid die großen Helden, die die Zügel in der Hand behalten dürfen. Konzentriert euch also auf die Räuberhöhle.«

Castel nickt nachdenklich.

Theroux sagte. »Wir könnten Bewegungsprofile von allen Beteiligten anfertigen, indem wir ihre Handys auslesen und …«

»Das auch«, sagte Albin und leerte seine Kaffeetasse. »Außerdem sprecht ihr mit Bonnieux«, fuhr er fort. »Er steht unter Druck und ist damit bereit zu Kompromissen und Zugeständnissen. Ihr lockt etwas aus ihm heraus und habt so etwas in der Hand, mit dem ihr eure inhaftierten Überlebenden ködern und zu Aussagen bewegen könnt.«

Castel nickte. »Abel Saidj«, sagte sie. »Ich denke, er schwächelt, und er hat gesagt, dass er einen Deal will, aber niemanden verpfeifen. Wir sprechen noch einmal mit ihm außerhalb des offiziellen Protokolls und fordern, dass er uns Informationen über das Versteck gibt. Er muss dafür niemanden ans Messer liefern, und wir könnten anschließend seine Aussage mit den Handy-Bewegungsprofilen und anderen Ermittlungsergebnissen decken, ohne ihn als Informanten preiszugeben. Dann steht er sauber da und wir auch.«

»Kluges Kind«, sagte Albin und lächelte. Er sah hinab zu Tyson, der träge unter dem Tisch lag und hechelte. Er schien auf Castels Schuhe fixiert zu sein, bemerkte dann aber Albins Blick und sah fragend zu ihm auf. Er spitzte die Ohren und schleckte sich über die Lefzen.

O nein, sagte Tyson.

»Es hat doch nichts zu bedeuten«, erwiderte Albin in Gedanken.

Doch, das hat es. Du wolltest dich raushalten …

»Ich halte mich ja auch raus, aber …«

Kein Aber. Vergiss, was du sagen willst. Du hast es versprochen.

»Das habe ich. Sieh es eher als eine Art Hobby an. Ich will nur wissen, ob ich recht habe.«

Tyson schnaubte und legte den Kopf wieder auf die Vorderläufe – als wolle er sagen: *Mach doch, was du willst, das tust du ja sowieso.*

Albin nahm seine Geldbörse aus dem Einkaufskorb, um zu bezahlen, erschrak für einen Moment und fragte sich, wie lange man Thunfisch bei dieser Hitze ungekühlt aufbewahren konnte – denn er lag inzwischen sicher seit mehr als einer Stunde im Korb.

Schließlich sagte Albin mit einem unverfänglichen Lächeln: »Ach, und für den Fall, dass sich etwas tut, haltet ihr mich auf dem Laufenden?«

Theroux stöhnte genervt. Castel leerte ihre Cola und warf Albin einen kritischen Blick zu.

»Vollkommen unverbindlich. Ich will nur wissen, ob ich richtig lag«, erklärte Albin und hob die Hände zu einer entwaffnenden Geste. »Hat sonst keinen Hintergrund. Ich schwöre. Eine Hand wäscht die andere, oder? Versprochen?«

Castel nickte langsam und knackte einen Eiswürfel zwischen den Zähnen.

»Okay. Versprochen«, sagte sie.

11

Castel spürte ihren Puls in der Halsschlagader klopfen. Sie fuhr sich über den Nacken und wischte eine Fliege weg, die es sich auf dem Film von Schweiß bequem gemacht hatte. Die Haare klebten Castel auf der Haut, und unter der mit »Police« beschrifteten Schutzweste war ihr T-Shirt bereits durchgesogen. Immer noch lag die Hitze wie ein warmer Waschlappen über der Provence. Immer noch zeigte der Himmel kein Blau, sondern eine Mischung aus Hellgrau und Weiß. Die dicke Luft ließ das Zirpen der Grillen und das Summen anderer Insekten unnatürlich laut erscheinen. Die Abwesenheit von Wind, der den Schall verwehen konnte, und jeder anderen Geräusche verstärkte diesen Effekt.

Castel hielt ihre Waffe in der Rechten, die an der Innenseite des Handgelenks mit einem arabischen Schriftzug tätowiert war, einem Namen. Sie stand mit Theroux auf der abgesperrten Straße etwas abseits der alten Tankstelle. Der Asphalt strahlte die Hitze ab. Es roch nach Teer, Gummi und Rosmarin. Ihre Blicke wanderten an den schwarzen Fahrzeugen der Sondereinsatzbrigade entlang. Der Anblick war Castel immer noch vertraut. Einige Jahre lang hatte sie in Marseille Einsätze wie diesen koordiniert, sich im Hintergrund um Vorbereitungen und Logistik gekümmert, Informationen gesammelt. Dieses Mal tat das im Hintergrund ebenfalls irgendjemand – jemand, der wie sie stets unsichtbar geblieben war, aber ohne den nichts funktionierte.

Hinter den Fahrzeugen befand sich die Tankstelle, die so aussah, als sei sie schon vor Jahrzehnten aufgegeben worden. Unter dem aufgesprungenen Putz sah man das bloße Mauerwerk. Die alten Zapfsäulen glichen Skulpturen aus Rost, auf denen sich an einigen Stellen noch ein wenig weißer Lack befand. Um das Gebäude herum wuchs das Gras hüfthoch. Die Fenster waren mit Brettern vernagelt. Das Eingangstor zu dem, was früher einmal eine der Tankstelle angeschlossene Werkstatt gewesen sein mochte, wirkte massiv und war aus hellgrünem, mit Rostblumen besprenkeltem Metall.

Die Kollegen von der Einsatzbrigade hatten das Areal umstellt – und wenn Castel unter ihrer Schutzweste schwitzte, dann mussten die anderen Polizisten in ihrer gepanzerten schwarzen Uniform regelrecht gekocht werden. Castel hörte ihre Stimmen im Funkgerät, das Theroux in der Hand hielt. Er stand neben ihr, trug ebenfalls eine Schutzweste, trank aus einer großen Wasserflasche und betrachtete das Geschehen. Schließlich schien es so, als sei der Einsatzleiter sicher, dass die Tankstelle verlassen und nicht mit Gegenwehr zu rechnen war. Ein weiterer meldete sich und bestätigte das. Mittels einer Endoskop-Kamera war das Innere des Gebäudes überprüft worden, und dem Anschein nach waren nirgends Sprengfallen angebracht.

Wenige Sekunden später fauchte eine Flex auf. Castel und Theroux sahen die Funken in hohem Bogen fliegen. Dann krachte es einmal laut, als einer der Polizisten mit einem schweren Rammbock gegen die Tür schlug, worauf diese mit einem metallischen Scheppern aufsprang. Sofort drangen die Einsatzkräfte mit Waffen im Anschlag ins Innere ein. Etwa dreißig Sekunden später hörte Castel über Funk, dass alles gesichert war.

Nun waren sie und Theroux an der Reihe.

»Auf geht's«, sagte Castel und marschierte los, bevor Theroux seine Wasserflasche abstellen konnte.

Sie ging mit strammen Schritten auf das zu, was Albin Leclerc als »Räuberhöhle« beschrieben hatte, und hoffte, dass Abel Saidj ihr keinen Mist erzählt hatte. Bonnieux hatte daraufhin tatsächlich grünes Licht gegeben und seine Bereitschaft zu einem Deal in Aussicht gestellt, worauf Castel und Theroux nochmals in den Knast gefahren waren und mit Abel geredet hatten. Der hatte sich daraufhin mit seinem Verteidiger besprochen. Castel erklärte ihnen, dass man ohnehin die Handys der Gangster auslesen werde, um zu ermitteln, in welche Funkzellen sich die Geräte eingewählt hatten und welche GPS-Signale empfangen worden waren. Auf dieser Basis werde man Bewegungsprofile erstellen, und Abels Aussage würde man hinzuziehen, damit es einfacher würde, daraus ein Gesamtbild abzuleiten. Gleichwohl würden seine Informationen von der Staatsanwaltschaft positiv und als Bereitschaft zur Mitarbeit an der Aufklärung gewertet werden, und man könne nicht davon reden, dass er jemanden verpfeifen würde – allenfalls der Polizei die Arbeit erleichtern. Worauf Abel schließlich ausgepackt hatte.

Die alte Tankstelle, auf die Castel nun zuging, befand sich in der Nähe von Baumes de Venise – einem kleinen Ort, der von schier endlosen Weinfeldern umgeben war. Er war nicht sehr weit von der Stelle entfernt, wo die Bande den Transport überfallen hatte. Das war geschickt, denn die

Polizei hätte sich eher nicht auf das nähere Umfeld konzentriert, wäre der Raub geglückt, sondern hätte angenommen, dass die Cézannes zu einem deutlich weiter entfernten Versteck gebracht worden wären.

Das Gras raschelte unter Castels Sneakern. Schließlich knirschten ihre Schritte auf Kies. Sie nickte den Polizisten der Brigade zu, die wieder aus dem Inneren hervorkamen und sofort ihre Helme und Schutzbrillen absetzten. Dahinter kamen klatschnasse Gesichter zum Vorschein.

»Danke«, sagte sie zu ihnen und ging in den Raum hinein. Theroux folgte ihr.

Es war stickig und noch wärmer als draußen. Es roch nach Staub und altem Öl, und bereits mit dem ersten Blick stellte Castel fest, dass sie einen Hit gelandet hatten. Volltreffer. Abel hatte sie nicht belogen, und es gab niemanden, der hier inzwischen Spuren beseitigt und aufgeräumt hatte.

In dem Raum standen einige Campingtische und Klappstühle. Fastfood-Verpackungen und leere Getränkeflaschen lagen herum. An einer Wand hing ein großer Plan der Region. Mehrere Stecknadeln waren als Markierungen hineingesteckt worden. Außerdem klebten Ausdrucke an der Wand, die den Fahrzeugtyp zeigten, mit dem die Sicherheitsfirma die Gemälde transportiert hatte. Daneben befanden sich weitere Ausdrucke, die die Motive der Cézannes zeigten. Auf einem Campingtisch standen elektronische Geräte sowie zwei Laptops. Auf einem anderen Tisch lagen leere Munitionskartons, auf dem Boden mehrere innen mit Schaumstoff gepolsterte Plastikboxen – Cases, in denen man für gewöhnlich Langwaffen verstaute. Die Aussparungen im Schaumstoff deuteten darauf hin, dass sich genau solche darin befunden hatten.

»Bingo«, sagte Theroux hinter Castel.

Sie nickte wortlos, sah sich weiter um und ging auf einen Schrank zu, einen alt aussehenden Metallspind. Daneben befand sich ein weiterer Tisch, über den Plastikfolien und Decken geworfen worden waren. Castel öffnete den Spind, in dem sie einige Holzkisten mit dem Namen von Weingütern sah, Metallkassetten und außerdem zwei großformatige, hochkant aufgestellte Mappen aus dunklem Kunststoff. Sie griff in die Hintertasche ihrer Jeans, zog ein Paar Latexhandschuhe hervor und zwängte sich hinein, bevor sie eine der Metallkassetten nahm und feststellte, dass sie verschlossen war. Sie schüttelte sie ein wenig und hörte metallische Geräusche aus dem Inneren und dachte: Uhren, Schmuck, Münzen …

Schließlich nahm sie eine der Mappen hervor. Sie erinnerte an Taschen, die Kunst- oder Designstudenten nutzten, um darin ihre Arbeiten zu befördern. Castel legte den überdimensionalen Schnellhefter auf dem Boden ab, ging in die Knie, öffnete den Reißverschluss an der Seite und schlug die Mappe auf. Sie sah ein knallbuntes Bild, das in einer Klarsichthülle steckte. Roter Hintergrund, drauf Aussparungen, die die Konturen von Blättern oder Algen hatten. Die Farben waren so intensiv, wie Castel es noch nie zuvor gesehen hatte, und das Papier, auf dem sie sich befanden, glich Bütten oder etwas Ähnlichem. Castel schlug die Seite um und wurde von dem nächsten Motiv geblendet. Dieses Mal war der Hintergrund knallgelb, und darauf befand sich ein abstrakter Torso in strahlendem Blau. Das nächste Bild war in einem dezenteren Blauton gehalten und zeigte eine Art tanzenden Körper. Castel blätterte nicht weiter. Sie sah am unteren Bildrand eine Signatur: HM.

Henri Matisse.

»Wow«, sagte sie leise. Dann wandte sie sich zu dem Tisch und zog die Plastikfolie fort, danach die Decken. Darunter kam ein Goldrahmen zum Vorschein, der ein Ölgemälde einfasste. Castel blinzelte. Ihre Blicke flogen über die Oberfläche des Bildes, die aussah, als habe der Maler die Farbe fingerdick auf die Leinwand gebracht und dann wie im Wahn mit der Rückseite vom Pinsel oder sogar mit den Fingern darin herumgekratzt.

»O mein Gott«, sagte sie heiser.

Ihre Hände zitterten, als sie das Bild vorsichtig anhob und an die Wand stellte, um das zweite Bild anzusehen. Es befand sich ebenfalls in einem Rahmen, war deutlich kleiner als das andere, flacher gemalt und die Farben blasser, aber dennoch kräftig. Der Stil war unverkennbar impressionistisch. Castel betrachtete das Motiv eine Weile, dann das andere Bild, schüttelte den Kopf, wie um ihre Gedanken zu klären.

»Das sieht aus wie …«, hörte sie Theroux hinter sich.

»Ja«, sagte Castel und nahm ihr Handy hervor.

Sie suchte die Nummer von Jean Villeneuve aus dem Musée Granet in Aix-en-Provence heraus. Er war der Kurator. Castel hatte bei der Übergabe der Cézannes mit ihm gesprochen und sich die Umstände des Transportes erklären lassen. Jetzt machte sie einen Facetime-Anruf, und wenige Sekunden später erschien das attraktive Gesicht des Kunstwissenschaftlers auf dem Display.

»Oh«, sagte er und lächelte. »Was verschafft mir die Ehre?«

»Ich brauche eine fachkundige Einschätzung von Ihnen«, sagte Castel. Sie drehte das Handy herum, so dass die eingebaute Kamera die beiden Gemälde erfasste, und fragte: »Ist es das, wofür ich es halte?«

Am anderen Ende herrschte Schweigen. Castel ging näher mit der Kamera an die Bilder heran, fuhr über die Oberfläche, filmte die Signaturen in Großaufnahme.

»Großer Gott«, hörte sie Villeneuve im Lautsprecher schnauben. »Wo … wo sind Sie denn?«

»Spielt keine Rolle. Ist es das, was ich annehme, Villeneuve? Sehen Sie das Gleiche wie ich?«

»Das lässt sich unmöglich sagen. Ich meine damit: Jeder kann so etwas nachmalen, verstehen Sie? Ich kann nicht auf der Basis einer Videoaufnahme ein Gutachten erstellen. Zumal – also …«

»Was?«

»Ich muss Ihnen ganz ehrlich sagen, dass ich diese Motive nicht kenne. Und ich sollte sie kennen, verstehen Sie? Ich *würde* sie kennen, aber diese sagen mir nichts. Alles Weitere jedoch … Hm.«

»Können Sie hierher kommen?«

»Bitte?«

Castel drehte das Handy wieder zu sich und sprach hinein. »Haben Sie Zeit? Können Sie sich das aus der Nähe ansehen und dann sagen, was Sie davon halten?«

»Ich, ehm …« Villeneuve fuhr sich durch die Haare und zuckte mit den Schultern.

»Ich schicke Ihnen einen Streifenwagen, der Sie in fünf Minuten abholt«, sagte Castel und beendete das Gespräch.

Villeneuve wirkte verwirrt. Außerdem hatte er Castel verwirrt: Wie meinte er das? *Solche* Bilder, die er nicht *kannte*?

Sie blickte erneut zu den Gemälden. Das kleinere zeigte eine provencalische Landschaft mit Bergen im Hintergrund

und hatte unverkennbar den Stil des Malers, von dessen Werken auch Ausdrucke an der Wand dieses Raumes hingen: Paul Cézanne. Das größere Gemälde zeigte eine nächtliche Ansicht, aber der Himmel war dunkelblau. Darin erkannte man wilde Spiralen – Sterne oder Wolken – über einem Haus, das vielleicht eine Gaststätte sein mochte. Aus den Fenstern strahlte das Licht. Ein irgendwie schief wirkender Stuhl stand davor. Und wirklich jedes Kind, das Kunstunterricht gehabt hatte, kannte diesen Malstil.

Vincent van Gogh.

»Aber die sind doch nicht echt?«, fragte Theroux hinter ihr.

Castel verzog angestrengt das Gesicht, als sie die Klettverschlüsse an ihrer Schutzweste löste und sie auszog.

»Woher soll ich das wissen, wenn nicht einmal ein Museumskurator das weiß, Theroux?«

»Das sind Fälschungen.«

»Keine Ahnung. Die Drucke in den Mappen sind von Matisse. Sie könnten zu dem Fall Tournay gehören, dem solche gestohlen wurden.«

»Ja, aber die Gemälde, die sind doch nicht echt. Falls es Kopien sind, sind die echt gut. Aber woher sollten sie stammen? Es hat niemand einen echten Cézanne oder einen echten van Gogh als gestohlen gemeldet.«

Castel hatte wirklich kaum Ahnung von Kunst und nur rudimentäre Kenntnisse über Malerei. Aber an Theroux' Worten war etwas dran: Niemand hatte solche Gemälde als gestohlen gemeldet. Zudem müssten sie einen mehrfachen Millionenwert haben, falls sie echt wären – und falls sie echt wären, hätte Villeneuve sie dann ja wohl sofort erkannt. Hatte er aber nicht und sogar gesagt, dass bei ihm die Motive nichts klingeln ließen. Vermutlich, dachte Castel, hatte hier also ein Hobbykünstler den Stil von weltbekannten Malern imitiert, und die Diebe hatten die Gemälde bei einem Raubzug für echt gehalten, weil sie wie Castel eigentlich keine Ahnung von Kunst hatten.

Die Matisse-Lithographien, ja, hier lag die Sache anders. Die waren als gestohlen gemeldet worden und sicherlich enorm wertvoll. Aber die zwei Gemälde – na ja, dachte Castel, die hatten wohl nur den reinen Materialwert und würden auf dem Flohmarkt vielleicht hundert Euro pro Stück bringen. Wenn überhaupt.

12

»... der Wert der beiden unbekannten Gemälde liegt in Millionenhöhe«, sagte die Kommentatorin, während die Kamera über die Landschaft schwenkte und das von Polizeiwagen umstellte Gebäude zeigte. Dann gab es einen Schnitt auf das Gesicht von Jean Villeneuve, den Kurator des Musée Granet aus Aix-en-Provence, der seine stylische Brille auf der Nase zurechtschob. Er stand vor den zwei Gemälden, die auf Staffeleien aufgestellt waren.

»Die Echtheit der Bilder«, sagte er, »ist nicht anzuzweifeln. Es gibt eine vorläufige Expertise des Van-Gogh-Museums in Amsterdam, und wir haben unsere eigenen Fachleute hier vor Ort. Dass es sich um Fälschungen handelt, können wir im Prinzip bereits jetzt sicher ausschließen, aber es werden natürlich noch gründlichere Untersuchungen gemacht.«

»Wie würden Sie den Wert bemessen?«, fragte die Reporterin.

»Gemessen an den Preisen, die für ähnliche Bilder von Paul Cézanne oder Vincent van Gogh erzielt werden, dürfte sich der Wert für jedes Gemälde wohl auf dreißig bis fünfzig Millionen Euro bemessen«, erwiderte Villeneuve. »Aber sehr viel sensationeller ist, dass diese Bilder, die jahrzehntelang als verschollen beziehungsweise als vernichtet galten, plötzlich wieder aufgetaucht sind.«

»Das heißt?«

»Wir wussten durchaus, dass es weitere Bilder aus dem Sainte-Victoire-Zyklus von Cézanne geben müsste. Der van Gogh war bisher gänzlich unbekannt, allerdings wusste man, dass der Maler zu Lebzeiten sehr viel mehr Bilder gefertigt hat als die, die in Museen und privaten Sammlungen zu finden sind. Die Bedeutung für die Kunstwelt ist jedenfalls ganz enorm und unschätzbar.«

Albin saß in seinem Sessel und starrte auf den Flachbildschirm. Tyson spielte mit Clara im Garten. Veronique und Manon waren in der Küche beschäftigt. Albins Laune sank mit jeder Sekunde. Castel hatte versprochen, ihn auf dem Laufenden zu halten. Sie hatte es nicht getan, die Verräterin.

Die Reporterin schlenderte über das Areal, auf dem eine verrottete Tankstelle stand, und redete weiter.

»Die Gemälde hat die Polizei in dieser verlassenen Tankstelle gefunden, die den Kunstdieben als Versteck und Zentrale diente. Hier haben sie ihre Taten koordiniert, darunter auch den schweren Überfall auf den Kunsttransport mit Werken von Paul Cézanne vor wenigen Tagen, bei dem es mehrere Tote gegeben hatte. Die Ermittlungen der Polizei von Carpentras führten nun zu diesem weiteren Erfolg, denn ganz offensichtlich war die Bande seit mehreren Jahren in der Gegend aktiv und für viele Einbrüche verantwortlich.«

Es folgte ein Schnitt auf Caterine Castel, die vor einem Polizeiwagen neben Staatsanwalt Luc Bonnieux stand. Während Bonnieux professionell in die Kamera lächelte, aber unzufrieden wirkte, dass nicht er befragt wurde, machte Castel den Eindruck, als würde sie lieber auf der Rückseite des Mondes Staub wischen, statt in ein Mikrophon zu sprechen.

»Ha!«, rief Albin und schlug sich auf den Schenkel. Und dachte wieder: *Du Verräterin!*

Veronique und Manon merkten auf. Im Garten spitzte Tyson die Ohren.

»Was denn?«, fragte Veronique mit einem Salatkopf in der Hand.

»Das ist ja Cat!«, rief Manon erstaunt. »Cat im Fernsehen?«

Castel fuhr sich nervös durch die kurzen Haare, schien sich sehr auf ihre Worte zu konzentrieren und sagte in einem reichlich nüchternen Behörden-Französisch: »… Ähm … also aufgrund der allgemeinen Sachlage war davon auszugehen, dass die Beschuldigten dringend für weitere Taten im Umkreis in Tatverdacht kommen, weswegen wir die Ermittlungen in diese Richtung ausgeweitet haben. Die in dem Zielobjekt sichergestellten Gegenstände werden nunmehr gutachterlich nachhaltig untersucht und einzelnen Straftaten zugeordnet, wobei sich …«

»Woher stammen die unbekannten Gemälde?«, fragte die Reporterin.

Castel blinzelte. »Das wissen wir nicht.«

»Aber jemand wird sie doch vermissen? Sind sie nicht als gestohlen gemeldet?«

Castel schüttelte mit dem Kopf. »Ehm. Nein. Ja.«

Albin hörte Manon lachen. »O mein Gott, Cat, das muss sie aber noch üben. Als ob sie einen Stock im Hintern hat!«

»Manon«, sagte Veronique, »sie ist aufgeregt. Sie spricht im Fernsehen. Das macht man nicht mal so mit links.«

Albin sagte nichts, sondern verschränkte die Arme noch fester vor der Brust.

Verräterin, dachte er. Betrügerin und Lügnerin. Versprechen nicht halten. Schäbig war das!

Tyson kam hereingetrottet, während Clara im Garten blieb. Der Mops sah zum Bildschirm, dann starrte er Albin an. *Was?*, fragte er schließlich.

»Sie hat mich verraten«, erwiderte Albin in Gedanken.

Sie war bestimmt zu aufgeregt und hat es vergessen.

»Sie hat es versprochen.«

Du hast ihr auch schon oft etwas versprochen und nicht gehalten.

»Das ist ganz etwas anderes, und jetzt Ruhe.«

Staatsanwalt Bonnieux schien genug von Castels Herumgedruckse zu haben und Aufmerksamkeit zu verlangen. Er schob sich ins Bild.

»Wir sind sehr zufrieden mit den Ermittlungsergebnissen der Polizei. Uns ist ein enormer Schlag gegen eine professionelle Bande gelungen. Es zeigt sich wieder einmal, wie wirkungsvoll wir gegen Kriminalität vorgehen können. Ich habe keinen Zweifel daran, dass wir in den kommenden Tagen alles lückenlos aufklären werden. Allerdings bitte ich um Verständnis, dass wir aus ermittlungstaktischen Gründen zum gegenwärtigen Zeitpunkt keine weiteren Details zu den Hintergründen nennen können. Aber ich hoffe, dass sich das bald ändern wird.«

Ja, dachte Albin, die Hintergründe. Woher kamen diese wertvollen Bilder, die offensichtlich niemand als gestohlen gemeldet hatte? Es gab jede Menge offener Fragen.

»Ich gehe eine Runde mit Tyson raus«, knurrte Albin und erhob sich.

Tyson sprang sofort auf und hechelte Albin hinterher. Im Flur nahm der Ex-Commissaire Tysons Leine und seine Packung Gitanes von der Anrichte und stutzte für einen kurzen Moment, als er zur Haustür sah. Ein Werbeflyer war in den Briefkastenschlitz geworfen worden und lag nun auf dem Boden. Albin hob das Faltblatt auf und öffnete dann die Tür. Draußen steckte er sich eine Zigarette an, inhalierte tief und ging nach rechts, weil er immer nach rechts ging. Tyson folgte ihm. Im Gehen musterte Albin den Zettel und klemmte sich die Gitanes in den Mundwinkel.

»Also wirklich«, brummte er, und seine Laune sank noch tiefer.

Die Titelseite des Flyers zeigte ein lachendes Seniorenpaar vor einem stattlichen Anwesen. Darüber befand sich ein Unternehmenslogo, das die in Gold gedruckten Umrisse eines kleinen Bergs mit einem Tor und einem Turm obendrauf zeigte. *Maison de Retraite* stand daneben.

»Die schicken mir Werbung für ein Altenheim. Das ist doch die Höhe!«

Tyson gab ein Schnaufen von sich, das man mit etwas Phantasie als ein Lachen deuten mochte.

Albin paffte wütend Qualm in den Himmel und stapfte weiter. Er faltete das unverschämte Blatt zusammen und schob es in die Hintertasche seiner Jeans mit dem Plan, es nachher in tausend Fetzen zu reißen und in den Müll zu werfen.

Altenheim, pah! Von wegen! So weit kommt's noch!

Und überhaupt, eines stand fest: Wenn sich Castel nicht an Zusagen hielt, dann musste er, Albin Leclerc, das auch nicht tun.

13

»... **bitte ich um Verständnis,** dass wir aus ermittlungstaktischen Gründen zum gegenwärtigen Zeitpunkt keine weiteren Details ...«

Die Worte hallten durch den großen Raum, in dem Rainier Tournay völlig fassungslos stand und auf den an der Wand montierten Bildschirm sah. Das Glas Wasser, mit dem er aus der Küche gekommen war, fiel ihm aus der Hand und zerschellte auf den kunstvoll bemalten Bodenfliesen. Er ignorierte es, schaute den Nachrichten weiter zu und legte dabei die linke Hand aufs Herz – eine Routinegeste bei Aufregung, denn das Organ pumpte Tournays Blut durch vier kleine Metallröhrchen. Die Stents waren ihm vor vier Jahren nach einem Herzinfarkt gesetzt worden. Seither fühlte er sich um zehn Jahre jünger – im Moment allerdings ganz und gar nicht.

Schließlich nahm er die Fernbedienung, stellte das Fernsehen aus, schloss die Augen und vergrub das Gesicht in den Händen.

Alles vergebens, dachte er. Alles umsonst. Dabei war es doch schon fast perfekt gewesen. Und jetzt passierte *das* ... Was sollte er nun tun?

Tournay öffnete die Augen und blickte durch die Finger wie durch Gitterstäbe hindurch. Er hörte das Zirpen der Grillen, das durch die geöffneten Fenster und Flügeltüren in das Innere der Villa drang – das alte Herrenhaus eines ehemaligen landwirtschaftlichen Gutes. Ein Top-Architekt aus Paris, der fast einmal den Zuschlag für einen Expo-Pavillon erhalten hatte, hatte es für Tournay umgebaut. Ein unverschämt teures Planungsbüro, aber Tournay mochte dessen Arbeit – zwischen Tradition und Vision und immer eingepasst in die Umgebung. Sie verwendeten ortstypische Materialien und blieben dabei dennoch hochmodern.

Er fuhr sich durch die grauen Haare, die eine Halbglatze umrandeten, schob die verrutschte randlose Brille wieder an ihre richtige Position und seufzte tief. Dann ließ er die Hände in den Taschen der Chino verschwinden, über der er ein weites hellblaues Hemd trug. Seine Blicke wanderten rastlos durch den Raum, strichen über die zwei kleinen Objekte von Jeff Koons, die Drucke von Andy Warhol und den Mondrian, die er neu an den Wänden aufgehängt hatte. Er schaute nach draußen, durch eine der modernen Glastüren auf den rechteckigen, mit hellen Schieferplatten eingefassten Pool, der vor dem Haupthaus lag und von schlanken Bronzeskulpturen von Paul Wunderlich bewacht wurde – zwei engelartige Torsi mit pfeilartig nach oben strebenden Flügeln.

Tournay überlegte, was nun zu tun wäre, doch ihm fiel nichts ein. Stillhalten. Abwarten. Mehr konnte er nicht tun, und er war allein. Anastassja musste zu einem Fotoshooting nach Miami für den Winterkatalog einer Modemarke, deren Namen er vergessen hatte. Seit vier Tagen war sie dort und bombardierte ihn seither mit Nachrichten darüber, wie sehr sie ihn vermisse. Vermutlich war das nicht einmal gelogen. Tassja, wie er sie nannte, konnte vom Alter her zwar seine Tochter sein, schien ihn aber wirklich von Herzen zu lieben – oder aber fürchterliche Angst davor zu haben, dass er sie gegen eine andere austauschte. Woran Tournay nicht gelegen war. Tassja hatte alles, was er wollte: Jugend, Schönheit, Geist und Kunstbeflissenheit. Das heißt: Sie war keine Expertin, nein, überhaupt nicht. Aber sie wusste, was gut war und was nicht. Als gelernte Visagistin verfügte sie über ein gewisses ästhetisches Basisgespür. Tournay schätzte das sehr.

Dennoch gab es Dinge, über die er niemals mit ihr reden konnte. Dinge, die für immer sein persönliches Geheimnis waren, das unter keinen Umständen enthüllt werden durfte.

Tournay schreckte aus seinen Gedanken, als das Telefon klingelte. Er brauchte fast eine Minute, bis er im Flur war, wo das Handy auf einer Kommode lag. Die Nummer sagte ihm nichts. Der Name des Anrufers dann schon.

»Caterine Castel von der Kripo Carpentras, guten Tag, Herr Tournay.«

Tournay verspürte einen Stich im Herzen. Eigentlich sollte er glücklich über den Anruf sein. Aber er war eher alarmiert. Eben noch hatte er die Frau im Fernsehen gesehen. Und jetzt sagte sie ihm, dass sie mit sehr hoher Wahrscheinlichkeit die Matisse-Bilder sowie andere Gegenstände gefunden haben, die man aus seinem Haus geraubt hatte.

»Fabelhaft«, erwiderte Tournay in gespielter Euphorie und betrachtete sich selbst in dem riesigen Spiegel. »Ich hatte bereits gehofft, als ich die Nachrichten sah, dass die Bande, die Sie überführt haben, auch an dem Einbruch in meinem Haus verantwortlich sein würde.«

»So scheint es«, sagte die Polizistin. »Herr Tournay, ich würde sehr gerne einen Termin mit Ihnen vereinbaren, damit Sie die Bilder in Augenschein nehmen und wir uns unterhalten können. Wir haben zwar schon diverse Dokumente in Kopie von Ihnen und der Versicherung erhalten, aber ein persönliches Erscheinen in einem oder spätestens zwei Tagen …«

»Natürlich«, kürzte Tournay ab. Er wollte schlucken, aber es ging nicht.

»Wann und wo?«, fragte er.

14

»... bitte ich um Verständnis, dass wir aus ermittlungstaktischen Gründen zum gegenwärtigen Zeitpunkt keine weiteren Details zu den Hintergründen nennen können. Aber ich hoffe ...«

Der alte Mann schnappte nach Luft. Seine glasigen Augen starrten am Fernseher vorbei an die weiße Zimmerdecke, deren Ecken mit Stuckverzierungen versehen waren. Er hob seine knöchrige, mit Leberflecken besprenkelte rechte Hand und schien mit dem Zeigefinger nach etwas in der Luft zu suchen, das nicht da war und das nur er sehen konnte. Er gab ein ersticktes Geräusch von sich und schaute zurück auf den Fernseher, wo die Nachrichten liefen.

Der Ton war überlaut, aber für den Mann gerade laut genug. Er lag auf einem Krankenbett, das in einem riesigen Raum stand, in dem es sonst nicht sonderlich viel gab. Zum Park hin öffneten sich zwei Flügeltüren, die auf einen Balkon hinausführten. Dort saß der alte Mann manchmal im Rollstuhl und starrte in die Landschaft oder in den Himmel. Gelegentlich konnte er das nahe Meer schmecken, aber nicht riechen, was an den Schläuchen in seiner Nase lag. Vom Balkon aus konnte er die anderen Menschen sehen, die mit Rollatoren durch den Park des luxuriösen Anwesens spazierten oder einfach nur wie angewachsen dastanden.

Wieder blickte der alte Mann zum Fernseher und stöhnte, als er die Aufnahmen von den Gemälden sah.

Die Berge … Die Wirbel im Himmel … Ja, es war unverkennbar. Es bestand absolut kein Zweifel.

Er richtete sich im Bett auf, wollte nach dem Fernseher fassen und nach den Bildern darin greifen. Dann sank er wieder zurück in die Kissen.

Seine körperlichen Kräfte hatten mit den Jahren massiv nachgelassen, nicht aber seine geistigen. Ihm war klar, welche Bedeutung dem zuzumessen war, was er gerade gesehen hatte.

Es war eine Katastrophe.

Er hatte immer die Befürchtung gehabt, dass er damals einen riesigen Fehler gemacht hatte – aber die Umstände hatten es erfordert. Nun, ja, nun rächte es sich. Aber war das Schlimmste noch zu verhindern? Ja, das Schlimmste wäre noch zu verhindern, dachte er und ließ seinen Gedanken freien Lauf. Auch seiner Erinnerung. Und er stellte sich die Frage, was nun zu tun wäre.

Er merkte auf, als sich die Tür öffnete und Julie hereinkam. Sie trug einen dunkelblauen Rock mit hellblauer Bluse, schob den Wagen mit dem Essen vor sich her und säuselte ein »Guten Tag«, bevor sie neben dem Bett stoppte und die Sauerstoffflasche überprüfte sowie einige andere Dinge checkte.

»Was für ein bezaubernder Tag heute, nicht?«, fragte sie.

Der alte Mann gab keine Antwort. Er atmete schwer. Die Brust hob und senkte sich unter der Decke.

»Soll ich Sie in den Rollstuhl setzen und ein wenig auf den Balkon fahren? Ja? Ich denke, das sollten wir tun. In der Sonne ist es zwar sehr heiß, aber zum Glück haben wir ja Schatten auf Ihrem Balkon. Dann können Sie wie ein Fürst den besten Ausblick des ganzen Hauses genießen, aber daran sind Sie ja gewohnt, nicht?«

Julie stellte das Tablett mit dem Essen auf einen Beistelltisch und platzierte auch die kleinen Pillendosen darauf.

»Telefon«, hauchte der Mann.

»Hm?«, fragte Julie und dekorierte weiterhin den Tisch mit Medikamenten.

»Telefon ...«

»Telefon? Sie wollen telefonieren? Mit wem wollen Sie denn telefonieren? Persönlich? Soll ich das nicht lieber drüben im Büro übernehmen und ...«

Die Hand des Mannes schnellte hervor und packte Julies Handgelenk, die zusammenzuckte. Er richtete sich gerade auf und sah seine persönliche Assistentin drängend an.

»Telefon«, wiederholte er, dieses Mal sehr viel bestimmter. So bestimmt, dass sich Julie verstört aus seinem Griff wand.

»Natürlich«, erwiderte sie kühl und rieb sich das Handgelenk. Sie ging durch den großen Raum zu dem Tisch am anderen Ende, wo ein Handy lag. Sie gab etwas ein und kam dann damit zurück. »Hier, bitte«, sagte sie und hielt dem Mann das Gerät hin. »Und jetzt?«

»Nummer«, keuchte er.

Julie zuckte mit den Schultern. »Ja, ich kann für Sie wählen, aber Sie müssen mir schon sagen, welche ...«

Der Mann schnitt ihr das Wort ab und nannte den Namen. Er wartete, bis sie die Nummer aus dem Speicher gesucht, gewählt und ihm das Gerät gereicht hatte. Dann wedelte er mit der freien Hand wie um eine Fliege zu verscheuchen.

»Raus«, sagte er.

»Aber …«

»Raus!«

Julie straffte sich und hob das Kinn an. Sie drehte sich herum und sagte: »In fünf Minuten bin ich zurück.«

Schließlich verließ sie das Zimmer. Und der Mann wartete. Und wartete. Er hatte schon die Befürchtung, dass niemand am anderen Ende der Leitung antworten würde. Schließlich geschah es aber doch.

Der alte Mann hörte die vertraute Stimme.

»Der Gral«, flüsterte er. Seine Stimme klang wie reißendes Pergamentpapier. »Der Gral ist in Gefahr.«

15

Der Gral.

Der Mann legte das Handy zur Seite und blickte aus dem Fenster. In der Ferne sah man Wetterleuchten am Himmel. Er wusste natürlich, wie es um den Gral stand. Er kannte die Details. Dazu hätte es nicht des Anrufs bedurft. Aber ihm war nun vollends klar, was von ihm erwartet wurde.

Er musste den Gral schützen.

Große Fußstapfen, dachte der Mann. Man sagte den Katharern nach, den Gral geschützt zu haben. Außerdem den Templern. Natürlich handelte es sich bei seinem Gral um einen ganz anderen und nicht um den legendären, aber dennoch um einen Schatz. Es gab eine weitere Gemeinsamkeit: Der Heilige Gral war etwas, das man nie finden durfte. Seine Legende lebte von der schmerzvollen Sehnsucht, die viele mittelalterliche Troubadoure getrieben hatte und von der die Kunst bis heute lebte – von dem Wunsch, den Idealzustand zu erreichen. Fand man ihn, war die Reise, das Sehnen und Drängen beendet und alles zerstört. Genau das würde passieren, dachte der Mann, wenn man *seinen* Gral fand: Alles wäre vernichtet.

Das durfte nicht geschehen. Er musste handeln. Es gab nur einen Weg, das zu tun. Aber war er bereit, diesen Weg zu gehen?

Leiser Donner grummelte. Der Himmel war gefüllt mit Energie, die drohte, sich zu entladen. Aber sie tat es nicht.

Was bleibt mir übrig?, dachte der Mann. Habe ich eine Wahl?

Er kannte die Antwort, bevor er sich die Fragen stellte.

Es gab keine Wahl. Er musste tun, was zu tun war – so wie es vor vielen Jahren schon einmal geschehen war.

Blut gegen Gold, dachte der Mann. So war es ja immer schon gewesen. Das beschäftigte die Menschen seit je. Blut gegen Gold. Dann schloss er das Fenster und fand sich damit ab, dass er töten würde. Sehr bald. Und nicht nur einmal.

16

Am anderen Morgen fuhr Albin Clara zur Kita und redete mit ihr auf dem Weg darüber, wie es war, Verbrecher zu fangen. Clara interessierte das brennend, seit sie eine Sendung über Polizisten im Fernsehen gesehen und erfahren hatte, dass ihr Opa früher einmal auch einer gewesen ist.

»Hast du eine Pistole?«, fragte sie.

»Ja, ich hatte eine«, bestätigte Albin, verschwieg aber, dass er immer noch eine besaß, die er im Kleiderschrank versteckte.

»Schießt du damit auf Leute?«

»Nein.«

»Man darf nicht auf Menschen schießen«, sagte Clara.

»Nein, das darf man nicht. Nur Polizisten und Soldaten dürfen das. Und auch nur im allerschlimmsten Notfall.«

»Warst du schon mal im Gefängnis?«

»Ja, das war ich. Wenn ich Verbrecher hingebracht habe.«

»Ich möchte niemals ins Gefängnis.«

»Nein, das möchte ich auch nicht. Ist nicht schön dort.«

»Ins Gefängnis gehören nur Räuber.«

»Ja.«

»Warum stehlen Räuber?«

»Weil sie nicht arbeiten wollen oder keine Arbeit finden und daher nicht genug Geld haben, um sich Sachen selbst zu kaufen. Manche sind auch zu geizig dazu. Aber wenn man nicht genug Geld hat, um sich etwas zu kaufen, dann darf man es nicht einfach einem anderen wegnehmen.«

Albin blickte in den Rückspiegel und sah, wie konzentriert Clara dreinschaute. Zwischen ihren Augen bildete sich eine feine Falte. Genau wie bei ihrer Mutter.

»Wenn die Räuber kein Geld haben«, sagte Clara, »dann sollen sie lieber zum Geldautomaten gehen und welches holen und nicht anderen Kindern etwas wegnehmen.«

»Aber nicht jeder bekommt Geld am Automaten. Das bekommt man nur, wenn man es vorher verdient und der Bank zum Aufbewahren gegeben hat.«

»Es gibt auch Bankräuber.«

»Die gibt es.«

»Ich stecke mein Geld lieber ins Sparschwein. Dann können die Bankräuber es nicht stehlen. Hast du schon mal einen Bankräuber gefangen?«

»Ja, das habe ich …«

»Warum stehlen die Räuber denn Bilder wie im Fernsehen? Sie können sich doch selber welche malen?«

Albin lachte. »Na ja, da ist etwas dran, Clara.«

Und so ging es den ganzen Weg bis vor die Eingangstür zu Claras Kita-Gruppe weiter.

Nachdem Albin sie abgegeben hatte, stand er draußen am Wagen und schaute durch die Heckscheibe in den Kofferraum, wo Tyson in einer Art Körbchen aus Schaumstoff lag und Albin fragend ansah. Albin nahm die zerknitterte Packung Gitanes aus der Jeanstasche und steckte sich eine an. Er stieß den Qualm durch die Nasenlöcher aus und blickte in den diesigen Himmel. Immer noch ließ das erlösende Gewitter auf sich warten. Albin überlegte, was er mit dem Tag anfangen sollte. Er könnte mit Tyson spazierengehen, aber dazu war es ihm momentan noch zu heiß, und nach einer Stunde wäre das dann auch schon vorbei. Was würde er dann mit dem Rest des Tages anfangen?

Er könnte sich ein Buch.kaufen und lesen. Aber welches? Es gab unerhört viele Bücher, und die meisten handelten entweder von Männern und Frauen mit Problemen in der Vergangenheit oder von Männern und Frauen mit Problemen in der Gegenwart – abgesehen von denen über Männer und Frauen mit Problemen in anderen Teilen der Welt. Die übrigen Bücher befassten sich mit bekannten Persönlichkeiten. Aber Albin hatte keinen Schimmer, über wen er mehr erfahren wollte. Der Rest waren Krimis, meist aus Skandinavien, in denen Männer und Frauen mit Problemen Serienkiller fingen, um sich vom Trinken abzulenken. Das war nichts für Albin.

Er könnte sich auch einen Film ansehen, aber wer wollte schon morgens vor der Flimmerkiste hocken? Niemand.

Albin zog das Handy aus der Tasche und suchte eine Nummer heraus, die er zwar auswendig kannte, aber es war bequemer, einfach auf den Namen im Gerätespeicher zu drücken und das Telefon den Job machen zu lassen, als sich beim Eintippen von Zahlen die Finger zu verknoten.

»Theroux«, meldete sich die Stimme nach einer Minute.

»Hier Albin.«

»Ich weiß, dass du das bist, ich kann deinen Namen sehen, weil …«

»Warum meldest du dich dann so förmlich mit Namen, meine Güte?«

Schweigen. »Albin, ich habe keine Zeit, ich stecke in einer Besprechung und …«

»Wichtige Besprechung?«

»… es sind Leute von Interpol hier und von Europol. Und ich kann nicht mit dir …«

»Zunächst einmal Glückwunsch zu eurem Erfolg. Phantastisch, diese Sache mit den Bildern. Allerdings hatten wir einen Deal.«

»Albin …«

»Einen Deal, der euch aber nicht interessiert hat.«

»Wir hatten die Hände voll zu tun, da haben wir nicht daran gedacht, dass …«

»Schon verstanden. Ihr habt mich über den Tisch gezogen. Das könnt ihr mit mir nicht machen, Freundchen.«

»Ich habe wirklich keine Zeit.«

»Dann gib mir Castel.«

»Die ist nicht da.«

»Wo ist sie?«

»Sie ist in Aix, mit dem Museum über etwas sprechen, keine Ahnung … Albin, ich muss auflegen.«

Aber Albin war ihm schon zuvorgekommen. Er steckte das Handy ein und sog an der Zigarette, die knisternd aufleuchtete.

Nein, das lässt du, hörte er Tyson sagen.

»Doch, ich mache das«, erwiderte Albin.

Du hast es versprochen!

»Ich habe versprochen, keine gefährlichen Sachen mehr zu machen und mich herauszuhalten.«

Eben.

»Jetzt komm schon. Es ist überhaupt nicht gefährlich …«, murmelte Albin und trat die Zigarette aus, »… sich in der Freizeit etwas zu bilden. Außerdem war ich schon seit Jahren nicht mehr im Museum.«

17

Wenn er nicht in Carpentras wohnen würde, dachte Albin manchmal, dann am besten in Aix-en-Provence. Mit ihren rund hundertfünfzigtausend Einwohnern war die Stadt nicht allzu groß, verfügte somit über einen gewissen Kleinstadt-Charme, hatte aber einen urbanen Puls, was wohl vor allem daran lag, dass es sich bei Aix um eine Studentenstadt handelte. Zudem eine ziemlich alte: Ihre Ursprünge reichten bis in das 4. Jahrhundert vor Christus zurück.

Aix war Bischofssitz gewesen. Am *Place de l'Université* stand die Kathedrale Saint Saveur, deren Bau 1285 in Auftrag gegeben worden war – und zwar an einem Platz, an dem Maximinus von Aix eine Kapelle gebaut haben soll, nachdem er mit Maria Magdalena aus Palästina geflohen war. Die heutige Universität wiederum war sehr jung und erst 2011 gegründet worden, und zwar aus einem Zusammenschluss dreier vorheriger Hochschulen, von denen wiederum die älteste 1409 gegründet wurde – kurzum: Tradition, Historie und Moderne lagen in Aix dichtgedrängt beieinander.

Das spürte man insbesondere, wenn man über den Cours Mirabeau schlenderte – eine von Pappeln gesäumte Einkaufsstraße mit zahllosen Geschäften und Cafés, deren Namen von Literaten und Künstlern inspiriert waren, die sich im Laufe der Jahrhunderte in der Stadt herumgetrieben hatten. Insgesamt also ein Paket, das Aix zu einer der Städte mit der höchsten Lebensqualität in ganz Frankreich machte. Und natürlich gab es die berühmten Calissons, ein sündhaft leckeres, aber teures Konfekt aus Mandeln, kandierten Orangen und Melonen. Man durfte Veronique niemals eine ganze Schachtel davon hinstellen – sie konnte nicht anders, als alles auf einmal aufzuessen und danach zu schimpfen, dass man sie so schäbig in Versuchung geführt hatte.

Aber es ging Albin heute weder um die Schönheiten der Stadt noch um die köstlichen Calissons, die man in der Provence sowieso in jedem Supermarkt bekam. Er war auf dem Weg ins Musée Granet, um dort womöglich auf Castel zu treffen und sie in den Hintern zu treten. Bei der Gelegenheit war ein Schwätzchen mit dem Kurator Jean Villeneuve über ein paar gestohlene Cézannes und einen plötzlich aufgetauchten van Gogh nicht ausgeschlossen. Albin konnte nicht genau sagen, wohin ihn ein solches Gespräch führen und was er mit den Informationen später machen würde. Aber es war allemal besser, als den ganzen Tag Löcher in die aufgeheizte, diesige Luft zu starren.

Er setzte den Blinker und suchte in einer Nebenstraße eine Parklücke. Dann öffnete er das Handschuhfach und nahm den Polizei-Parkausweis heraus, den er noch aus seiner aktiven Zeit besaß. Niemand hatte ihn je aufgefordert, das Dokument abzugeben – nachlässig, aber nun ja, er hatte sich nicht beschwert. Schließlich stieg er aus und öffnete den Kofferraum, um Tyson herauszuheben. Er leinte ihn an und marschierte los.

Nach knapp fünf Minuten stand er vor dem Museum und nahm die Stufen zum Eingang. In der Kassenzone waren die Temperaturen erheblich angenehmer als draußen. Dort gab es Schleusen wie im Gericht und im Flughafen: Man wurde nach Waffen oder gefährlichen Gegenständen durchleuchtet.

Oder nach einem Mops.

»Monsieur«, sagte die Kassiererin. »Sie können Ihren Hund nicht mit hereinnehmen.«

»Ich habe einen Termin mit Ihrem Kurator, Herrn Villeneuve«, log Albin. »Ich kann doch den Hund nicht im Auto lassen oder bei dieser Hitze draußen anbinden.«

Die Frau verzog das Gesicht und lupfte gleichzeitig die Augenbrauen. »Hunde sind hier aber eigentlich verboten.«

Albin lächelte gewinnend und erwiderte: »Natürlich, aber das arme Tier leidet doch draußen, und außerdem bin ich kein normaler Museumsbesucher, sondern einer mit einem Termin.«

»Dann gehören Sie zu der Dame von der Polizei?«

Albin überlegte kurz. Blinzelte. »Ja, natürlich«, sagte er. »Zu der gehöre ich. Habe mich einen Moment verspätet.«

Die Frau sah Albin mit einem Ausdruck an, der ihm bedeutete, dass sie wegen des Hundes beide Augen und obendrein noch ihre Hühneraugen ausnahmsweise mal zukniff, und winkte ihn durch.

»Herzlichen Dank«, sagte Albin, sah sich im Gehen um und ging schnurstracks durch den Eingangsbereich, am Museumsshop vorbei und folgte den Wegweisern in den Cézanne-Saal so zielstrebig, als wisse er hundertprozentig, wohin er gehen müsste. Dabei hatte er keinen Schimmer, wo sich der Kurator aufhielt – geschweige die »Dame von der Polizei«, bei der es sich nach Albins Einschätzung mit hoher Wahrscheinlichkeit um Castel handeln musste.

Albin ging mit Tyson in die erste Etage, wo er einen Zugang zu Verwaltungsräumen vermutete, fand aber keinen solchen. Stattdessen gelangte er in einen Saal voller Gemälde, einige abstrakt, andere nicht, der voller Menschen war. Entweder hatte man hier eine Busladung Touristen herbeigekarrt, oder das Museum profitierte von der aktuellen Aufmerksamkeit in den Medien, dachte Albin. Vielleicht war es aber auch immer so gut besucht. Jedenfalls wiesen Infotafeln darauf hin, dass er sich gerade in der Dauerausstellung mit den Bildern von Paul Cézanne und Alberto Giacometti befand. Die Picassos, das hatte er im Erdgeschoss an einem weiteren Schild gelesen, präsentierte das Museum in einem anderen Gebäudeteil.

Er fragte sich, wie die Cézannes wieder hergekommen waren – die sollten doch zu einer großen Sonderschau gehen? Im nächsten Moment warf ihm ein Museumswärter einen strengen Blick zu und einen zweiten auf Tyson, worauf Albin sich bückte, Tyson auf den Arm nahm und schnell wieder auf den Flur marschierte, um nach den Büroräumen zu suchen.

Er stieg die Treppe wieder hinunter und bog in einen weiteren Gang ein, der durch eine Galerie mit Büsten und dann in einen Raum mit Skulpturen führte.

Und tatsächlich, dort standen Castel und Jean Villeneuve. Sie waren im Gespräch vertieft und wirkten, als hätten sie auf dem Weg woandershin kurz gestoppt, um zu reden.

Villeneuve blickte auf und musterte Albin. Auch Castel blickte auf, und im nächsten Moment entglitten ihr die Gesichtszüge.

»Ach«, sagte Albin und setzte Tyson wieder auf den Boden, »das ist ja ein Zufall! Guten Tag!«

Tyson begann sofort, mit dem Schwanz zu wedeln und zu fiepen – vor Freude, dass er Castel sah.

»Guten Tag«, erwiderte der Kurator mit einem fragenden Tonfall.

»Ex-Commissaire Albin Leclerc«, sagte Castel mit Betonung auf dem Ex, »Museumskurator Jean Villeneuve.«

»Ah«, machte Villeneuve und nickte. Er schien den Namen schon einmal gehört oder gelesen zu haben. »Was kann ich für Sie tun?«

Albin zuckte mit den Schultern. »Ich dachte nur, ich könnte mal wieder ins Museum gehen und mir ein wenig Kunst anschauen. So als Pensionär weiß man ja nie etwas Gescheites mit seiner Zeit anzufangen.«

Villeneuve lächelte. Castel lächelte mit, allerdings eher sarkastisch. Dann ging sie in die Knie, um Tyson zu begrüßen und ihn zwischen den Ohren zu kraulen. Die beiden waren ziemlich ineinander vernarrt.

»Albin«, sagte sie, »Herr Villeneuve und ich wollten uns gerade unterhalten, und …«

»Es wollte sich auch jemand mit mir unterhalten«, sagte Albin. »Das war mir sogar versprochen worden.«

Castel schwieg.

»Na ja«, sagte Albin. »Aber wo ich schon mal da bin, dachte ich, ich könnte Herrn Villeneuve etwas fragen, weil …«

»Das sehe ich aber anders«, sagte Castel und stand wieder auf.

Albin bemerkte: »Na, was soll ich machen? Wenn man mir Informationen verspricht, aber diese Informationen nicht liefert, dann muss ich sie mir eben anders besorgen, nicht?«

Castel schwieg erneut und verschränkte die Arme vor der Brust. Villeneuve sah zwischen beiden hin und her, schien die Situation aber nicht zu verstehen.

»Also«, sagte er, »Fragen kann ich natürlich sehr gerne beantworten. Sind Sie denn ein Berater der Polizei, Herr Leclerc?«

»Das könnte man so beschreiben.«

Castel hustete, schwieg aber weiter und betrachtete den Kurator von der Seite. Er war ein attraktiver Typ, dachte Albin, der sich in seinen Polizeijahren so einige Menschenkenntnis angeeignet hatte. Und es war immer noch ein Reflex, Menschen auf den ersten Blick und innerhalb von Sekunden einzuschätzen, zu bewerten und zu vermessen. Villeneuve schien demnach durchaus der Schlag Mann zu sein, der Castel gefallen könnte – jemand mit Grips in der Birne, der gleichzeitig Souveränität ausstrahlte, gut aussah und etwas älter war als sie. Er machte auf Albin den Eindruck, als sei er in der Lage, problematische Situationen gelassen zu meistern und mit Menschen gut umgehen zu können. Castel, die Single war, hatte schwere Zeiten durchgemacht und konnte so hart sein wie eine Betonwand. Sie brauchte folglich jemanden, dem das entweder egal war, der sich mit Betonwänden auskannte oder der noch härter sein konnte. Andererseits: ein kunstbeflissener Kurator aus Aix und eine taffe Polizistin aus Marseille, die Bandenkriminalität bekämpft und Sondereinheiten geführt hatte? Passte das?

Dennoch war das etwas in Villeneuves unstetem Blick, das Albin nicht deuten konnte. Unsicherheit? Nervosität? Wenn die Leute mit der Polizei zu tun hatten, waren sie häufig etwas unruhig. Jeder hatte ja irgendetwas auf dem

Kerbholz und fürchtete insgeheim, ein Polizist könnte das mit seinem geschulten Polizeiblick herausfinden.

Albin verwarf diese Gedanken und sah sich in der Halle um. Sie stand voller Statuen, die Wände waren lindgrün gestrichen. Er sah aus Marmor gehauene halbnackte Männer und Frauen in pathetischen und melodramatischen Posen. Manche wirkten antik, andere nicht. Einige schienen mythologische Gestalten zu sein und durch ihre Posen eine Geschichte zu erzählen, weitere sollten wohl für sich allein und um der reinen Ästhetik willen wirken. Albin betrachtete eine dahingestreckte Nymphe, die offensichtlich von einem Faun verführt wurde. Es war ihm ein Rätsel, wie man einen solch feinen Faltenwurf wie im herabgerutschten Gewand der Frau aus knallhartem Stein herausarbeiten konnte. Selbst mit Hilfe aller Technik aus dem Baumarkt wüsste er nicht, wo er anfangen sollte, und die alten Griechen hatten garantiert weder Bohrer mit Diamantkopf noch elektronische Meißel aus Edelstahl gehabt.

»Schönen Arbeitsplatz haben Sie hier, Herr Villeneuve. Museen beruhigen mich«, sagte Albin und legte den Kopf etwas schief, um die zarten Adern und Sehnen einer Hand genauer zu betrachten.

Villeneuve schmunzelte und schob seine Nerdbrille auf der Nase zurecht.

»Es ist die Atmosphäre«, erklärte Albin. »Ich kann es nicht anders erklären.«

»Kultur beruhigt, weil sie verlässlich ist«, bemerkte Villeneuve.

Castel sah ihn an, als habe er gerade das Rad neu erfunden. Ein bewundernder Blick.

Villeneuve fuhr fort: »Was Leonardo da Vinci vor mehr

als fünfhundert Jahren gemalt hat, ist immer noch gültig. Es hat sich nicht verändert, wenngleich es uns in den verschiedenen Epochen jeweils etwas anderes zu sagen hatte. Im Barock mögen Sie das Lächeln der Mona Lisa als Ausdruck der grenzenlosen Schönheit empfunden haben, in den wilden Zwanzigern als etwas Verschmitztes mit zweideutigem Hintergrund, und heute sehen Sie es vielleicht als überlegen und emanzipiert an. Aber es ist immer dasselbe Lächeln. Kultur gibt uns Halt und Konstanten. Werke von Shakespeare, Stücke von Bach, Skulpturen von Michelangelo – sie zeigen außerdem, dass wir und unsere Werte die Jahrhunderte überdauern können.«

»Da ist etwas dran«, erwiderte Albin.

»In einem Museum oder einer Galerie fokussieren Sie sich zudem auf ein einzelnes Werk. Dann auf das nächste. Das entschleunigt in einer Welt wie der unseren, die von tausenden Bildern dominiert wird.«

Castel lachte und nickte. »Wenn ich allein an mein Instagram-Account denke ...«

»Ganz genau!« Villeneuve nickte. »Wir werden erschlagen und erstickt von Bildern! Wer soll das alles verarbeiten? Was ist ein Bild wert? Die Kunst hat Antworten darauf.«

Castel nickte lächelnd.

»Sie sind also bei Instagram?«, hakte Villeneuve nach.

»Und bei Facebook«, verriet Castel.

Villeneuve zückte sein Handy. »Oh, bevor ich es vergesse, schaue ich doch lieber direkt nach: Unter welchem Namen finde ich Sie, um Ihnen zu folgen? Oder sind Ihre Accounts privat?«

Castel schien einen Moment zu überlegen, verriet Villeneuve aber schließlich das Gewünschte.

Solange die beiden mit dem Austausch ihrer sozialen Netzwerke befasst waren, betrachtete Albin die weiteren Figuren im Skulpturensaal. Er dachte an die Gemälde, die er eben im Cézanne-Saal gesehen hatte.

Er fragte: »Hat man die Ausstellung in Lyon abgeblasen, oder warum hängen die Cézannes schon wieder an der Wand?«

»Oh, das sind Kopien«, sagte Villeneuve beiläufig, während er in sein Handy tippte und Castel in ihres.

»Kopien?«

Villeneuve nickte und steckte das Smartphone wieder ein. »Ja. Im Saal hängt ein Hinweis dazu. Wir haben sie in Auftrag gegeben, damit die Wände nicht leer bleiben müssen und die Besucher enttäuscht sind. Natürlich hätten wir die Gemälde abfotografieren und Ausdrucke machen können, aber ein wirkliches Bild ist doch schöner und Nicolas Chauvet ein wirklich talentierter Kopist.«

»Nicolas Chauvet?«, fragte Albin. In seinem Hinterkopf klingelte etwas bei dem Namen.

»Ja«, sagte Villeneuve. »Wir haben schon mehrfach mit ihm zusammengearbeitet. Er ist ein echter Experte und hat nicht einmal Kunstgeschichte studiert.«

Castel steckte ihr Smartphone ebenfalls ein. »Sind solche handgemalten Kopien nicht sehr teuer?«, fragte sie.

Villeneuve nickte. »Zum Glück hatten wir ein Budget dafür – quasi im Austausch für die Leihgabe. Außerdem macht Chauvet uns einen Sonderpreis.«

»Verstehe.« Castel nickte.

Villeneuve fragte: »Sollen wir vielleicht draußen etwas trinken gehen und uns dort weiter unterhalten?«

»Gute Idee«, erwiderte Albin.

Er bemerkte Castels Blick. Sie schien es für überhaupt keine gute Idee zu halten, dass Albin dabei war.

»Ja«, sagte sie, ohne die Augen von Albin abzuwenden, »reden wir beide doch draußen weiter. Sie und ich. Herr Leclerc hat sicher noch etwas zu tun.«

»Herr Leclerc«, sagte Albin und rollte den Kopf im Nacken, »hätte vielleicht eine Anmerkung zu Herrn Nicolas Chauvet zu machen.«

Villeneuve sah Albin an. Castel fragte: »Und zwar?«

»Erzähle ich Ihnen gleich bei einem Eis draußen. Sie mögen doch noch Eis, Castel?«

Castel verdrehte die Augen, hob die Hände zu einer entwaffnenden Geste und ging los.

Villeneuve sah ihr hinterher. »War das ein Ja?«, fragte er.

»Das war eines«, antwortete Albin.

»Sind Sie sicher, dass ein gemeinsames Gespräch eine gute Idee ist? Es geht mich ja nichts an, Herr Leclerc …«

»Nein, es geht Sie in der Tat gar nichts an«, sagte Albin und ging ebenfalls los. »Abgesehen davon: Es ist alles in bester Ordnung, Herr Villeneuve. Kein Grund zur Besorgnis.«

18

An der Ecke Rue Roux Alphéran und der Rue d'Italie gab es einen kleinen Platz mit mehreren Bistros und Bar Tabacs unter Platanen. Zum Glück lag alles im Schatten, der Himmel war für einige Momente aufgebrochen. Die grelle Sonne machte das Klima noch unerträglicher.

Albin hatte eine Flasche Wasser bestellt sowie für Tyson eine Schale, über die sich der Mops unter dem Tisch gerade hermachte. Castel hielt sich an einer großen Cola mit Eiswürfeln fest, Villeneuve trank einen Milchkaffee – der Mann musste über eine eingebaute Klimaanlage verfügen.

»Was hat es denn mit Herrn Chauvet auf sich?«, fragte der Kurator.

»Später«, sagte Albin und trank einen großen Schluck.

»Wir fragen uns«, sagte Castel, »woher die Kunstdiebe den ursprünglichen Tipp gehabt haben könnten, dass die Gemälde aus dem Granet nach Lyon verschickt werden sollen. Sie müssen über Insiderinformationen verfügt und gewusst haben, wann der Transport stattfindet.«

Villeneuve zuckte mit den Schultern. »Ich habe keine Ahnung, wer aus dem Haus einen solchen Tipp gegeben haben könnte. Die Täter müssen ohnehin sehr gut informiert gewesen sein. Vielleicht hat das Transportunternehmen …«

»Daran arbeiten wir«, kürzte Castel ab. »Wir gehen davon aus, dass die Bande sich in das Kommunikationssystem des Unternehmens gehackt hat und es überwachen konnte.«

»Dann haben die ihre Informationen sicherlich von dort erhalten, von dem Transportauftrag erfahren, und …«

Castel fuhr Villeneuve wieder dazwischen. »Ich benötige sämtliche Daten der Mitarbeiter des Hauses und auch von denen, die im Auftrag des Museums arbeiten. Bis hin zur Putzfrau.«

»Da müssen Sie sich an die Direktion wenden«, sagte Villeneuve.

Castel nickte. »Und was den unbekannten Cézanne und den van Gogh angeht, mich interessieren Ihre Gedanken dazu.«

»Wir haben doch mehrfach darüber gesprochen?«

»Mich interessiert Ihre Meinung zur Herkunft der Bilder.«

»Das kann ich unmöglich mutmaßen …«

»Ihre private Meinung. Das, was Ihnen als Erstes durch den Kopf ging.«

»Raubkunst«, sagte Villeneuve wie aus der Pistole geschossen.

Ja, dachte Albin. Das könnte es erklären.

Villeneuve nahm einen Schluck Kaffee. Dann begann er zu reden. »Ich habe intensiv darüber nachgedacht, und ich halte es für die wahrscheinlichste Erklärung für das plötzliche Auftauchen der Gemälde. In ganz Europa mussten Besitzer von Kunst unter dem Druck der Nazis ihre Bilder verkaufen, um damit ihre Flucht zu finanzieren, oder wurden schlichtweg beraubt. Es gibt Schätzungen, die besagen, dass bis 1945 rund sechshunderttausend Werke von Sammlern, Händlern oder aus Museen enteignet wurden. An die hunderttausend gelten immer noch als vermisst. Viele werden im Krieg vernichtet worden sein, aber ein großer Teil der NS-Raubkunst dürfte sich wohl in privater Hand befinden, darunter sehr beachtliche Werke. Es gibt zum Beispiel die Geschichte einer Frau aus Griechenland, die in den Besitz von einem Skizzenbuch und einem Gemälde von Vincent van Gogh gelangt ist. Ihr gehört auch ein Cézanne und ein Matisse. Ihr Vater kämpfte im Widerstand und rettete die Bilder vor der Zerstörung. Eines Tages griffen die Männer einen Zug der Wehrmacht an und lieferten sich ein Gefecht mit den Soldaten. Sie hatten in dem Zug Munition und Waffen vermutet, aber es befanden sich Gemälde darin. Der Widerstandskämpfer nahm sie an sich, um sie vor der Zerstörung zu retten. Viele Jahre später wollte sich die Tochter endlich darum kümmern, den Nachlass ihres verstorbenen Vaters zu sortieren. Sie stieß auf eine Kiste mit den Kunstschätzen.«

»Sagenhaft«, bemerkte Castel, die an Villeneuves Lippen hing.

»Ja, die Frau wurde über Nacht zur Millionärin.«

»Musste sie die Bilder nicht zurückgeben?«, fragte Albin.

»Nein«, erklärte Villeneuve. »Es wurde in den zweitausender Jahren in Griechenland ein Gesetz erlassen, das besagte: Was bis zu einem bestimmten Zeitpunkt nicht als verschollener Besitz gemeldet wurde, darf der Finder behalten. Was im Fall der Frau galt. Abgesehen davon waren die ursprünglichen Besitzer wohl ermordet worden – wer will da etwas als verschollen melden? Und dass die Werke in den Besitz des deutschen Staates übergingen, weil sich

NS-Stempel an den Rückseiten der Leinwände befanden, war wohl kaum anzunehmen.«

»Das wäre ja noch schöner«, brummte Albin.

»Zudem hat Vincent van Gogh unerhört viel gemalt. Er war ein Besessener, ein wahnhafter Maler, der oft wie im Rausch arbeitete und ein Bild nach dem nächsten produzierte. Experten nehmen an, dass es hunderte Gemälde und Zeichnungen gibt, die wir gar nicht kennen. Van Gogh hat gerade in der Frühphase viele Bilder verschenkt oder damit bezahlt – er galt ja als Autodidakt, und niemand nahm ihn damals als Künstler ernst. Diese Frühphase ist folglich gar nicht wirklich zu erfassen. Später hat er sehr viele Briefe geschrieben und darin über seine Bilder berichtet. Anhand dieser Kommunikation lässt sich sein Schaffen immerhin teilweise nachvollziehen, und man kann seine Werkbeschreibungen mit den Arbeiten vergleichen, die wir kennen.«

»Ausschlusskriterium«, sagte Albin.

»Sozusagen«, bestätigte Villeneuve. »Daher wissen wir, dass es viele unbekannte Bilder geben muss – beziehungsweise solche, zu denen wir keinen Zugang haben und die noch auf Dachböden lagern, vererbt wurden und als Fälschungen gelten, weil sich niemand vorstellen kann, dass der Großvater tatsächlich einen echten van Gogh im Wohnzimmer hängen hatte. Das ist nicht aus der Luft gegriffen. Vor nicht allzu langer Zeit freute sich das Van-Gogh-Museum in Amsterdam über ein Werk, das man dem Maler zuordnen konnte. Die Leinwand hatte über Jahrzehnte hinweg auf einem Speicher in Skandinavien gelegen. In den neunziger Jahren tauchte ein Gemälde in den USA auf. Ein Rentnerpaar in Wisconsin hatte ein Blumenbild im Wohnzimmer hängen und ging fest davon aus, dass es eine Fälschung war beziehungsweise ein Bild im Stil des Malers. Der Ehemann hatte es von einem Verwandten geerbt, einem reichen Schweizer Bankier, der sich im Krieg beim Skilaufen in eine Amerikanerin verliebt hatte und nach Boston zog. Er verkaufte Teile seiner Kunstsammlung nach New York, andere vererbte er, und über Jahrzehnte hinweg wurde angenommen, der reiche Onkel habe mit dem van Gogh allen einen Bären aufgebunden. Man vererbt doch nicht einfach so einen echten van Gogh? Schließlich wollten die Rentner aus Wisconsin irgendwann das Bild mitsamt anderer Antiquitäten verkaufen. Der Ehemann packte es in den Kofferraum, fuhr ins Auktionshaus und sagte: ›Also gut, was ist das? Und ist es irgendetwas wert?‹ Worauf das Auktionshaus bei der National Art Gallery in Washington nachfragte und deren Kurator dann im Rijksmuseum in Amsterdam. Der Rest ist Legende.«

Albin trank noch etwas.

»Beutekunst also?«, fragte Castel. »Woher sollte die stammen?«

»Mir fallen verschiedene Möglichkeiten ein«, sagte Villeneuve. »Sie könnte im Prinzip von überall stammen, aber …«

»Aber?«

»… aber es gibt Notizen und Forschungen und dezente Hinweise auf die Existenz der beiden gefundenen Gemälde. Ich würde annehmen, dass sie zum Beispiel aus Marseille stammen könnten.«

»Marseille?«, fragte Albin.

»Ja«, erwiderte Villeneuve. »Die Nazis haben dort ziemlich gewütet und viele Menschen deportiert und verhaftet.

Man kann sich vorstellen, dass dabei auch viele Wertgegenstände geraubt worden sind.«

»Zum Beispiel von reichen jüdischen Sammlern?«

Villeneuve machte eine ahnungslose Geste. »Möglich. Oder von Gangstern oder einfach Menschen, die solche Kunstschätze besessen haben, ohne zu wissen, um was es sich gehandelt hat.«

Albin verstand. Durchaus möglich, was der Mann vorschlug. Aber es blieb eine Frage offen. Albin sah zu Castel. Castel blickte zu ihm. Beide dachten dasselbe: Wie waren die Bilder in die Hände der Diebesbande gelangt? Und gab es mehr davon?

Castel zuckte, als ihr Handy vibrierte. Sie blickte genervt auf das Display und ging dran, sagte ein paarmal »Ja« und »Nein« und »Ich beeile mich« und beendete das Gespräch mit einem genervten Keuchen.

Villeneuve fragte Albin in der Zwischenzeit: »Was hat es nun mit Nicolas Chauvet auf sich?«

»Er war einmal in etwas verwickelt und saß dafür im Knast«, erklärte Albin beiläufig. »Ich habe die Ermittlungen im Fall eines Kunstdiebes namens Louis Fosse geleitet – ist ein paar Jahre her. Fosse hatte ein paar Matisse gestohlen und war auf eine neue Idee gekommen. Er hat die Matisse-Bilder kopieren lassen, ist mitsamt den Bildern eingebrochen und hat die echten gegen Kopien ersetzt.«

»Und die hat Nicolas Chauvet gemalt?«, fragte Villeneuve und schien über diese Information ziemlich von den Socken zu sein.

»Die hat Chauvet gemalt«, bestätigte Albin. »Ihr Cézanne-Kopist ist ein verurteilter Verbrecher.«

19

Castel betrat das Hôtel de Police und lief die Treppe hinauf, hastete über den Flur bis zur Tür vom Besprechungsraum. Theroux hatte ihr einige Nachrichten geschickt und dann noch angerufen. Die feindliche Übernahme stand – trotz allem – offenbar bevor.

Der Raum war stark klimatisiert. Castel wehte eine eisige Luft entgegen, die ihr sowohl passend zu der Situation erschien als auch zu den stoischen Mienen der Personen im Raum, die ihre Blicke allesamt auf Castel richteten.

Da war Staatsanwalt Bonnieux, neben dem Claude Montfavet saß – Castels Chef, der auf sie immer wie ein Proficatcher wirkte und meist nur das Nötigste sagte, falls er überhaupt redete. Außerdem waren Theroux da sowie zwei Personen, die Castel nicht kannte. Beide trugen Anzüge. Einer hatte eine Glatze und eine Designerbrille auf. Sein Anzug war modischer geschnitten als der des anderen Beamten, der ein wenig so aussah, als habe er die letzte Nacht auf einer Parkbank verbracht.

»Caterine Castel, unsere leitende Ermittlerin«, stellte Bonnieux sie mit einem Blick auf die Uhr vor.

»Tut mir leid, schneller ging es nicht«, sagte Castel, die den Weg von Aix zurück im Rekordtempo absolviert hatte. Sie schwitzte und hätte sich gerne noch mit etwas Deo frisch gemacht.

»Wir haben ja alle Zeit der Welt, nicht?«, erwiderte der mit der Glatze. Schlagartig war er Castel unsympathisch. Er stellte sich als Roger Galibert vor: »Interpol, Einheit für gestohlene Kunstgegenstände, im Generalsekretariat Lyon. Mein Kollege ist Henri Veber von Europol aus Brüssel. Er ist ebenfalls zuständig für Kunstraub. Wir kommen auf Bitten des Justizministeriums zu diesem Termin.«

»Aha«, machte Castel, nahm sich einen Stuhl und setzte sich an den Tisch. »Und was kann ich für Sie tun?«

»Vereinfacht gesagt«, erklärte Staatsanwalt Bonnieux mit einem bedeutungsvollen Blick, »halten Herr Veber und Herr Galibert es für sinnvoll, die Ermittlungsleitung zu übernehmen.«

Castel verspürte einen Stich. Sie blickte Bonnieux an und fragte: »Warum weiß ich nichts von diesem Termin?«

Natürlich war Castel klar, warum sie im Unklaren gelassen worden war. Taktik von Veber und Galibert, Überraschungsangriff. Aber das bedeutete auch: Es gab keine Anweisung und keinen Befehl, dass die beiden das Ruder in die Hand nehmen sollten. Sonst hätten sie sich das Überrumpeln sparen können, sonst hätte Bonnieux nicht »halten für sinnvoll« und Galibert nicht »auf Bitten des Justizministeriums« gesagt. Das Rennen war also noch vollkommen offen, allerdings waren Interpol und Europol scharf auf den prestigeträchtigen Fall.

Bonnieux wollte gerade antworten, doch Veber fuhr ihm dazwischen. Er nuschelte ziemlich und sprach so verknautscht, wie er aussah. »Ist alles sehr plötzlich, ich weiß. Ihr habt gute Erfolge erzielt, Kollegin, aber das Ding wird eine Nummer zu groß für euch.«

»Und das können Sie beurteilen?«, fragte Castel.

»Kann ich.« Veber nickte.

Bonnieux beschwichtigte: »Nun, wir arbeiten ja eng mit Interpol und Europol zusammen, und …«

»Darum geht es nicht«, sagte Galibert. Bonnieux zuckte etwas zusammen, als der Mann ihm einfach über den Mund fuhr. Galibert neigte sich etwas vor, faltete die manikürten Hände auf dem Tisch zusammen und sagte zu Castel: »Kunstraub rangiert an vierter Stelle der kriminellen Aktivitäten, nach Drogenhandel, Geldwäsche und Waffenhandel, und es wird immer populärer, Kunst zu Erpressungsversuchen zu nehmen. Wir haben eine Aufklärungsquote von zehn Prozent, was ziemlich bescheiden ist. Wir wollen das dringend verbessern. Kunstraub und Raubkunst …«

»Raubkunst?« Schon wieder dieser Begriff, dachte Castel.

Galibert lächelte vielsagend. »Es ist sehr wahrscheinlich, dass plötzlich wie aus dem Nichts auftauchende Gemälde großer Künstler Raubkunst sind. Wir sind die Spezialisten dafür, Castel.«

»Okay«, sagte Castel und erwog, Galibert unter dem Tisch vor die Kniescheibe zu treten.

»Kunstraub und Raubkunst«, fuhr er fort, »sind internationale Verbrechen. Die Täter agieren nicht nur in der Provence. Und es geht immer um mehr als nur um das Stehlen von Bildern und das Erpressen von Versicherungen. Geldwäsche, Waffen, organisierte Kriminalität, Drogenhandel – das alles schwingt hier mit.«

»Dazu arbeiten Sie ja mit uns zusammen«, sagte Castel.

»Das reicht nicht«, sagte Veber. »Wir sollten den Spieß umdrehen – ihr arbeitet mit uns zusammen.«

»Ich erkenne keinen Grund dafür.«

Veber lehnte sich zurück und strich sich über den Bauch.

»Vor ein paar Jahren«, erzählte er, »nahm die Polizei in Neapel eine große und internationale Nummer im Drogengeschäft ins Visier. Sie planten einen wuchtigen Schlag gegen die Mafia und stürmten sein Haus in Castellammare di Stabia. Sie nahmen alles fest, was Beine hat, und beschlagnahmten das komplette Inventar. Bis zum letzten Staubkorn. Moment, sagten dann plötzlich ein paar Experten, was sind denn das für Bilder? Die Italiener dachten, sie tritt ein Pferd, denn es waren zwei van Goghs, die im Amsterdamer Van-Gogh-Museum gestohlen worden und vierzehn Jahre lang verschollen waren.«

Galibert nahm den Ball auf: »Es handelte sich um das Bild *Strand von Scheweningen bei stürmischem Wetter* von 1882 und *Die reformierte Kirche in Nuenen* von 1884 – beides Frühwerke in Van Goghs Karriere. In Amsterdam gestohlen, im Schlafzimmer eines Mafia-Bosses in Neapel mit besten Kontakten nach Kolumbien wieder aufgetaucht. Womit wurden die Gemälde wohl finanziert? Mit Drogengeldern. Denken Sie, Castel, den Fall hätte die Amsterdamer Stadtpolizei geklärt?«

»Nein, das haben die Kollegen in Neapel getan.«

Galibert lächelte falsch. »Darauf will ich nicht hinaus.«

Castel lächelte ebenso falsch zurück. »Ich weiß.«

Veber sagte: »Reden wir über achtzig Werke von Cézanne, Chagall, Giacometti, Kandinsky, Monet, Matisse, Picasso, Pollock und Renoir – ein Milliardenschatz. Der Besitzer, ein stinkreicher Reeder, stirbt, später seine Frau. Und die Sammlung löst sich plötzlich in Luft auf – niemand kapiert, wie das sein kann. Die Hinterbliebenen ziehen vor sämtliche Gerichte der Welt, um an ihr Geld und an die Sammlung zu kommen – aber alles ist fort. Die

Polizei sucht nach den Bildern, die Staatsanwaltschaft zieht alle Hebel. Nichts. Dann tauchen die Panama Papers auf – die vertraulichen Unterlagen eines Offshore-Finanzdienstleisters mit Daten über Briefkastenfirmen, Steueroasen, Geldwäsche, Betrug.«

»Ich weiß, was die Panama Papers sind«, sagte Castel.

Veber redete weiter: »In den Papieren finden sich plötzlich jede Menge Spuren der Sammlung des Reeders. Sie waren an oder über Offshorefirmen verkauft worden.«

Galibert fuhr fort: »Gemäß den Papieren verkaufte eine Offshorefirma vor einer Reihe von Jahren unter Umgehung von Auktionshäusern Van Goghs *Korb mit sechs Orangen* aus dem Jahr 1888, das aus dem verschwundenen Fundus stammte, für zwanzig Millionen Dollar an einen Sammler in Kalifornien. Gemäß den Zollpapieren wurde das Gemälde aus der Schweiz in die USA verschickt. Ähnlich, aber über andere Offshorekonten, lief der Verkauf von einem Bonnard und zwei Chagalls aus der Sammlung. Alle Firmen wurden sofort nach dem Geschäft aufgelöst. In den Kaufverträgen werden Besitzer und Vorbesitzer namentlich nicht erwähnt.«

Veber fügte an: »Vermutlich steckt eine andere Verwandte dahinter, die Zugriff auf die Bilder hatte und sie verschwinden ließ. Wissen wir aber nicht. Niemand weiß das. Da sich die Bilder hinter aufgelösten Offshore-Konten und Briefkastenfirmen verstecken, sind Justiz und Behörden machtlos. Die Daten sprechen dafür, dass die komplette Sammlung solchen Firmen übereignet worden ist – für einen Bruchteil des eigentlichen Wertes. Und das Motiv: Habsucht, Erbbetrug, Steuerhinterziehung. Internationale Kriminalität.«

»Sie sehen«, sagte Galibert, »an welchen Rädern da gedreht wird, Castel? Sie können das nicht. Sie haben keine Kontakte zum FBI, zum BKA oder anderen Behörden im Ausland. Wir schon. Und wir haben die Erfahrung.«

Castel erwiderte nichts. Theroux, der sich sichtlich bemühte, gedanklich mitzukommen, sowieso nicht.

Staatsanwalt Bonnieux setzte ein gewinnendes Lächeln auf und merkte an: »Dass mit Ihnen, Castel, Europol und Interpol in die Ermittlungen involviert sind, ist natürlich noch besser, und dass wir Ihren untrüglichen Sachverstand …«

»Wir sollten die Ermittlungsleitung übernehmen«, wiederholte Galibert und blickte Castel weiter an. »Das macht viele Dinge effizienter. Und denken Sie an die Waffen der Kunstdiebe – das war neuwertiges Kriegsmaterial. Ist Ihnen klar, was das bedeutet? Ihr Zuständigkeitsbereich endet an den Grenzen des Vaucluse. Unserer nicht.«

»Kommen Sie wieder«, sagte Castel und stand auf, »wenn Sie einen Befehl vom Ministerium haben.«

»Wir hatten auf Ihren gesunden Menschenverstand gesetzt«, sagte Galibert.

»Ich habe die Ermittlungsleitung«, erwiderte Castel, »bis ich davon abberufen werde und die Staatsanwaltschaft mich austauscht.«

Castel warf Bonnieux einen Blick zu, der jedoch schwieg. Neben ihm lehnte sich Montfavet etwas zurück, was die Knöpfe seines Hemdes überspannte und den Stoff beinahe zum Reißen brachte. Montfavet sagte zu Galibert: »Der Überfall ist hier passiert. Alles liegt auf meinem Schreibtisch. Wir sind zuständig. So sieht es nun einmal aus.«

Galibert lächelte. »Natürlich. Und dann brauchen wir ja

nicht einmal das Ministerium zu bemühen, wenn die hiesige Staatsanwaltschaft die Fäden in der Hand hält und Entscheidungen treffen kann.«

Montfavet blickte fragend, aber er schien zu begreifen, worauf Galibert hinauswollte. Castel begriff ebenfalls sofort. Nur Theroux, der hochkonzentriert seine Unterlippe rieb, offensichtlich nicht.

Veber mischte sich ein und legte die Karten auf den Tisch: »Wenn Sie mehr Effizienz wollen, Herr Bonnieux, können Sie jederzeit die Ermittlungsleitung austauschen. Galibert und ich stehen bereit. Das ist nichts gegen Sie, Castel. Sie sind fraglos eine hervorragende Polizistin und gerade wieder dabei, sich zu etablieren.«

Castel schnappte nach Luft. »Wie bitte?«

Veber zuckte mit den Achseln. »Ihre Akten sind bekannt, Castel. Halten Sie mich für einen Anfänger?«

»Weißt du was?«, fragte Castel.

Veber zuckte mit den Schultern.

»Du kannst mich mal, Veber. Und du, Galibert, kannst mich ebenfalls mal.«

»Also bitte!«, meldete sich Staatsanwalt Bonnieux empört zu Wort und richtete sich im Sitzen auf. Galibert und Veber hingegen blieben gelassen. Diese Worte hatten sie fraglos nicht zum ersten Mal in ihrer Karriere gehört.

»Ich gehe jetzt wieder an die Arbeit«, sagte Castel und drehte sich um. »Einer muss es ja tun, während andere nichts als ihre Karriere im Kopf haben.«

20

Castel stapfte über den Flur. Sie war stinksauer. Natürlich hatten Veber und Galibert mehr Erfahrung mit der Materie. Aber genau deswegen waren sie ja mit im Boot. Die Frage war, wie Bonnieux reagieren würde. Er hatte Dampf gemacht, damit ihm das Ministerium den Fall nicht aus der Hand nahm, und Castel hatte ihm Ergebnisse geliefert. Wenn sie nun aber auf der Stelle trat, könnte es durchaus sein, dass Bonnieux sie abberufen und Galibert und Veber einsetzen musste, um auch weiterhin als leitender Staatsanwalt im Sattel zu bleiben.

Veber und Galibert hatten ihm eben implizit ein Angebot gemacht und signalisiert, dass genau das passieren könnte – man würde das Ministerium und damit höhere Stellen außen vor lassen, wenn Bonnieux Castel zurückpfiff. Sie war für ihn nur Mittel zum Zweck, da musste sie sich nichts vormachen. Die eigene Karriere wäre Bonnieux wichtiger als seine Loyalität zu ihr – und er würde eine Entscheidung gegen sie damit begründen: Im Sinne der Wahrheitsfindung ist stets das effizienteste Mittel das richtige.

Castel riss ihre Bürotür auf und warf sie hinter sich zu. Sie ließ sich in den Bürostuhl fallen und weckte ihren Computer aus dem Stand-by-Modus auf.

Die entscheidende Frage war, woher die Kunstdiebe ihre Tipps hatten. Bislang hatten sie dazu aus den Inhaftierten nicht viel herausbekommen. Auch nicht aus Abel Saidj, der Stein und Bein schwor, dass er nur für den Job angeheuert worden war und keine Ahnung hatte, wer dahintersteckte. Ihm sei es nur ums Geld gegangen.

Der Kurator Villeneuve hatte zugesichert, Castel sämtliche verfügbaren Daten über Mitarbeiter des Museums zur Verfügung zu stellen, damit sie überprüft werden konnten. Er hatte gemutmaßt, dass die Kunstdiebe ihre ursprüngliche Information über den Gemälde-Transport durch das Überwachen des Sicherheitsdienstes bezogen hatten – was sehr gut möglich war. Allerdings musste ja der Dienst den Auftrag zum Transport der Gemälde erst vom Museum erhalten haben, und es war wahrscheinlicher, dass der Hinweisgeber im Umfeld des Museums zu vermuten war. Wesentlich unwahrscheinlicher, aber auch nicht auszuschließen, war, dass die Kunstdiebe über Wochen und Monate hinweg das zuständige Unternehmen abgehört hatten, bis es einen lukrativen Auftrag gab.

Ein Überfall von den Dimensionen des Anschlags auf den Cézanne-Transport musste außerdem von langer Hand vorbereitet werden. Wurde eine Spezialfirma so weit im Voraus gebucht? Nein, deutlich zuvor wäre die Museumsverwaltung informiert worden, dass ein anderes Museum Bilder entleihen wollte. Deutlich zuvor würde außerdem ein Kopist wie dieser Nicolas Chauvet Bescheid wissen, der in der Vergangenheit, wie Albin erklärt hatte, schon einmal mit dem Gesetz in Konflikt geraten war. Mit als Erster, überlegte Castel, würde in jedem Fall der Kurator eines Museums davon erfahren, dass man einige Bilder ausleihen wollte – in diesem Fall Jean Villeneuve.

Sie dachte nach. Was wusste sie über ihn?

Kaum etwas – außer dass er ziemlich attraktiv war und eine Art hatte, die Castel anziehend fand. Sie hatte im Internet eine Vita von ihm gefunden, die besagte, dass er dreiundvierzig Jahre alt war, aus Aquitanien stammte, in Paris studiert und in mehreren Galerien sowie im Louvre gearbeitet hatte, bevor er die Stelle in Aix angetreten hatte. Er war ledig, nicht geschieden, kinderlos. Aber hatte er womöglich horrende Schulden? War er spielsüchtig? Raffgierig? Das konnte sie weder aus dem kurzen Treffen mit ihm noch aus der spärlichen Vita ablesen – und auch nicht aus den ihr zugänglichen Polizei-Unterlagen, die sich Castel besorgt hatte. Demnach war Villeneuve ein gänzlich unbeschriebenes Blatt. Er war in der Vergangenheit nicht einmal wegen überhöhter Geschwindigkeit aktenkundig geworden.

Aber vielleicht gab es mehr zu entdecken.

Castel zögerte einen Moment. Dann griff sie zum Telefon und wählte eine Nummer in Marseille.

Am anderen Ende der Leitung meldete sich Nadia. Nadia Sauvan, mit der Castel lange Jahre in der Sonderbrigade der Police National zusammengearbeitet hatte.

»Cat!«, rief sie freudig überrascht. »Wie geht es dir?«

Castel gab ihr einen kurzen Überblick über das, was in der vergangenen Zeit geschehen war, und fragte dann: »Was macht Simon? Was machen die Kinder?«

Nadia seufzte. »Die Kleine braucht eine Zahnspange – es ist irrsinnig, was du dafür bezahlen sollst. Und der Kleine hat gerade sein erstes Jahr im Kindergarten hinter sich gebracht. Es war nicht ganz einfach, weißt du, er hat den Sturkopf seines Vaters geerbt.«

Castel schmunzelte. Sie hatte Simon nicht oft getroffen, aber wusste, was Nadia meinte.

»Ich freue mich jedenfalls sehr«, sagte sie, »dass du wieder Fuß gefasst hast.«

Nadia spielte darauf an, dass Castel vor einigen Jahren in Marseille in Ungnade gefallen war. Sie hatte sich in einen Gangster der übelsten Sorte verliebt – ohne zu wissen, wer er wirklich war. Wie sich später herausstellte, hatte er nur deswegen mit Castel angebandelt, um sie überwachen zu können und zu erfahren, ob die Polizei ihm auf der Spur war. Das hatte sich als Bumerang erwiesen, denn sobald die Polizei und Castel selbst von seiner eigentlichen Identität erfuhren, hatte man Castel dazu gezwungen, als Maulwurf gegen ihn zu ermitteln. Schließlich hatte man sie aufs Abstellgleis in den Streifendienst in der Provence geschickt.

»Danke, Nadia«, sagte sie. »Ich fasse tatsächlich langsam wieder Fuß und habe die Ermittlungsleitung in einem ziemlich großen Fall. Genau deswegen rufe ich dich an.«

»Erzähl!«, bat Nadia.

Castel gab Nadia eine kurze Zusammenfassung der Ereignisse und erklärte ihr schließlich, was sie von ihr wollte: Informationen. Denn Nadia war noch immer in der Abteilung tätig, die Castel hatte verlassen müssen. Es handelte sich um die BRI, eine dem Innenministerium unterstellte Spezialeinheit, die auf schweren Raub und Geiselnahmen spezialisiert war. Ihre Mitglieder waren hochspezialisierte Polizeikräfte – quasi die Delta Force der Police National und in Kampfeinsätzen geschult. Wurde die BRI Marseille zu Einsätzen angefordert, mussten diese vorbereitet und koordiniert werden, und das hatten Castel und Nadia getan. Logistische Operationsunterstützung nannte man das. In diesem Zusammenhang hatte Nadia Zugriff auf internationale Datenbanken und solche von Geheimdiensten oder dem Militär, in die man für gewöhnlich keinen Einblick bekam, jedenfalls nicht, ohne tonnenweise Anträge auszufüllen und gerichtliche Anordnungen herbeizubringen.

Während Castel erzählte, hörte sie Nadia nebenbei tippen und wusste: Was auch immer sie zutage fördern würde, wäre im höchsten Maße inoffiziell, könnte ihr unter Umständen aber dennoch bei den Ermittlungen weiterhelfen und ihr neue Perspektiven eröffnen.

»Jean Villeneuve«, murmelte Nadia am Telefon und kicherte dann. »Meine Güte, sieht der gut aus!«

»Ja«, bestätigte Castel. »Kann man sagen.«

»Du solltest mit dem lieber zum Abendessen gehen, statt ihn zu durchleuchten.«

Castel lachte.

»Im Ernst, Cat! Was macht das Liebesleben?«

Castel überlegte. Wollte antworten.

Das Zögern reichte Nadia als Information. »Verstehe«, sagte sie. »Ist er ein Verdächtiger, dein Jean?«

»Er ist nicht *mein* Jean.«

»Wenn ich Single wäre, würde ich trotzdem mit ihm ausgehen. Er ist ja auch Single, wie es scheint. Oder hat er eine Beziehung?«

»Weiß ich doch nicht.«

Nadias Fingernägel klickten auf der Tastatur. »Okay. Hier haben wir ihn also, Jean Villeneuve, Kunstwissenschaftler, vierundvierzig Jahre alt, ledig und ziemlich gut aussehend. Bereit für deine Infos, Cat?«

»Bereit, wenn du es bist, Nad.«

»Cat and Nad, here we go«, sagte Nadia, und es klang wie in alten Zeiten.

21

Die Nacht senkte sich über die Provence. Am Himmel war kein einziger Stern zu sehen. Die Luft war drückend und feucht wie in den Tropen. Rainier Tournay stand auf der Terrasse seines Hauses vor dem großen Bassin und blickte in die Dunkelheit. In klaren Nächten spiegelte sich manchmal die Milchstraße in dem Wasser, über das am Tag die Libellen hinweghuschten. Er trank einen kühlen Schluck Weißwein und schwenkte das Glas in der Hand, während er dem Zirpen der Grillen lauschte, das sich mit den leisen klassischen Klängen mischte, die aus den offenstehenden Flügeltüren nach draußen fluteten.

Tournay versuchte, seine Gedanken zu sortieren und zu überlegen, was zu tun wäre, wie er sich bei seinem Termin mit der Polizei verhalten sollte – vielleicht seinen Anwalt verständigen …

Er warf einen Blick über das Bassin hinweg, als es am anderen Ende des Gartens in den Büschen raschelte. War das ein Tier? Möglich. Das Areal war zwar umzäunt, aber dort hinten war das abschüssige Gelände zur Straße hin nur mit einem flachen Zaun abgeschirmt. Eine Katze oder ein Hund, die herumstreunten, konnten ohne weiteres darüberspringen. Tournay wartete einige Momente ab. Als ihm nichts weiter auffiel, widmete er sich wieder seinem Weinglas und seinen Gedanken.

Schließlich merkte er erneut auf, als er das unbestimmte Gefühl hatte, nicht mehr allein zu sein. Er blickte nach links, nach rechts. Schaute nach vorne zur Hecke und hörte schließlich eine Stimme, die von einer Person zu stammen schien, die hinter einer der Statuen von Paul Wunderlich versteckt sein musste.

»Ich habe mich immer gefragt«, sagte die Stimme, »was die Leute an Paul Wunderlich finden. Fraglos ist seine Kunst brillant, aber sie ist doch sehr in ihrer Zeit verhaftet. Eigentlich merkwürdig, wo die Themen doch allumfassend sind: Eros, Ekstase, Tod. Dennoch, ich weiß nicht recht, wie ich sagen soll – er hat nie einen Hehl daraus gemacht, seine Kunst zu kommerzialisieren, und das sieht man. Sie will gefällig sein, und sie schreit regelrecht nach den Siebzigern und Libertinismus.«

Der Mann kam um die Figur herum, strich ihr mit den Fingern um die Hüften und stützte sich mit der anderen auf den Gehstock.

»Sie?«, fragte Tournay. »Was machen Sie denn hier, und … Und wie sind Sie hier hereingekommen?«

»Das Gartentor stand offen.«

»Warum haben Sie nicht geklingelt?«

»Mir war nicht danach.«

Der Mann blieb knapp vor Tournay stehen, machte eine Geste mit dem Stock, lauschte der Musik und fragte: »Ist das Edvard Grieg?«

»Es ist Grieg. Was tun Sie hier um diese Zeit und schleichen durch meinen Garten?«

Der Mann lächelte milde. »Ein sehr indiskreter nächtlicher Besuch, ich weiß, verzeihen Sie bitte. Aber ich denke, wir zwei haben ein sehr indiskretes Problem.«

Tournay zuckte. Jetzt war ihm klar, worum es ging.

»Ich ... Ich kann nichts dafür. Es ist alles fürchterlich ärgerlich und kompliziert und war auf dem besten Wege ...«

»Schh«, machte der Mann und legte den Finger an die Lippen. »Stören Sie nicht die wunderbare Musik mit Ihrem belanglosen Gebrabbel.«

Tournay zuckte unter den Worten erneut zusammen. In seiner Position war er es nicht gewohnt, dass man so mit ihm sprach.

»Die Polizei hat meine Matisse-Bilder gefunden«, sagte er und schluckte trocken. »Sie haben auch ...«

»Ich weiß«, erwiderte der Mann. »Deswegen bin ich hier.«

»Es ist ein enormer Verlust. Sie haben die Gemälde konfisziert, und ...«

»Und was ist, wenn die Spur zu Ihnen führen wird, Tournay?«

»Das wird sie nicht.«

»Sicher?«

Tournay schwieg. Er wunderte sich über den Klang der Stimme des Mannes, der um Fassung bemüht zu sein schien.

»Was ist«, fragte der Mann, »wenn einer der inhaftierten Kunstdiebe erzählen wird, wo die Gemälde gestohlen wurden?«

»Dann werde ich sagen, dass es nicht stimmt. Es gibt keine Beweise, keine Spuren, die zu mir führen.«

»Was ist, wenn man Ihre Buchhaltung durchleuchtet?«

»Das Geld, das ich bezahlt habe, ist nicht über die Bücher gelaufen. Der Ankauf wurde damals ganz diskret abgewickelt.«

Der Mann lächelte wieder. »Falls die Polizei Sie durchleuchtet, wird sie aber eventuell auf das von Ihnen gewählte Finanzierungsmodell stoßen. Und dann bekommen Sie Angst, Tournay. Ängstliche Menschen tun unberechenbare Dinge.«

»Ich werde kein Wort sagen. Damit würde ich mich ja selbst in enorme Probleme stürzen.«

»Da bin ich mir nicht sicher.«

»Ich schwöre es.«

»Das tun Sie jetzt. Wer weiß, wie Sie übermorgen denken oder nächste Woche, wenn man Sie unter Druck setzt.«

Tournay sagte nichts.

Der Mann dirigierte die Sinfonie mit seinem Gehstock. Er war aus glänzendem, schwarzem Ebenholz gefertigt und hatte einen edlen, antiken Knauf aus Silber. Das geschwungene Metall war kunstvoll bearbeitet und mit Gravuren dekoriert, die eine Nixe darstellten.

Er sagte: »Tournay, das Problem ist, dass die Spur auf gar keinen Fall zu mir führen darf. Aber ich kann absolut nicht ausschließen, dass genau das passieren wird, wenn Sie nachgeben.«

Damit holte der Mann weit aus. Im nächsten Moment traf der Silberknauf Tournays Schädel an der Seite. Es gab ein hässliches Knacken. Die Kopfhaut platzte auf. Tournay taumelte. Vor seinen Augen verschwamm die Welt.

Er suchte nach Halt, fand aber keinen. Dann traf ihn ein Stoß gegen die Brust. Er verlor das Gleichgewicht und stürzte rückwärts in das Bassin.

Eisige Dunkelheit umfing ihn. Er versuchte zu atmen, konnte aber natürlich nicht. Er riss die Augen auf und sah über sich und durch das Wasser die Silhouette des Mannes am Beckenrand. Dann spürte er einen scharfen Stich in der Magengegend und einen heftigen Druck.

Tournay geriet in Panik, ruderte, wollte aber einfach nicht wieder an die Oberfläche gelangen. Seine Hand schlug gegen den Stock, den der Mann ihm auf den Bauch presste und sich mit vollem Gewicht darauf stützte, um Tournay unter der Wasseroberfläche zu halten.

Ich ertrinke, dachte Tournay. *Ich ertrinke in einem halben Meter tiefen Wasser. Ich werde ertränkt. Ich werde gerade getötet.*

Sein Schädel wollte platzen. Er wirbelte mit dem Kopf nach links und rechts und nach oben und unten, strampelte und schlug um sich – in der Hoffnung, sich von dem Gewicht befreien zu können und mit Mund und Nase durch die Wasseroberfläche zu stoßen.

Die Silhouette des Mannes verschwand hinter einer dunklen Wolke – so als habe ein Oktopus Tinte verspritzt. Aber das war keine Tinte, sondern das Blut aus der Kopfwunde. Auf dem Boden des Bassins fand er nirgends Halt, um dem Stock zu entkommen. Der Grund war schmierig von Algen. Er umfasste das Ebenholz, wollte daran rucken, hatte aber zu wenig Kraft. Der Schlag gegen den Schädel, der Verlust von Sauerstoff …

Tournay wollte schreien, wollte atmen. Er tat es und inhalierte brackig schmeckendes Wasser. Dann wurde es dunkel um ihn.

22

Das Wasser in dem flachen Bassin brodelte, während der Mann sich weiterhin mit vollem Gewicht auf den Spazierstock lehnte, um Tournay unter der Oberfläche zu halten.

Der Stock war wegen des Wassers glitschig und schlecht zu fassen. Der Mann presste Tournay den Knauf in den Magen, damit man auf seiner Haut möglichst keine Stichwunde vom spitzen Stockende ausmachen würde. Was die Kopfwunde anging: Wenn man die Leiche fand und untersuchte, würde man annehmen, dass sie entstanden ist, als Tournay ungeschickt gestolpert und in den Pool gefallen ist, wo er schließlich jämmerlich ertrank.

Falls er endlich ertrinken würde.

Es war verflucht schwer, den zappelnden Kerl am Boden zu halten. Einige Male war der Mann versucht, in den Pool zu steigen und sich auf die Brust seines Opfers zu knien. Aber dann ließen dessen Kräfte endlich nach. Der Widerstand wurde geringer und kraftloser, bis sich Tournay schließlich nicht mehr regte.

Der Mann gab sich dennoch weitere zwei Minuten, um ganz sicherzugehen. Schließlich nahm er den Stock aus dem Bassin, schüttelte das Wasser ab und wischte den Knauf mit dem Saum seines Sakkos trocken. Er wartete zwei weitere Minuten, betrachtete abwechselnd seine in einer Pfütze stehenden Schuhspitzen und Tournays Leiche unter der Wasseroberfläche, die sich inzwischen wieder beruhigt hatte.

Auch der Mann selbst wurde ruhiger. Es war absolut nicht selbstverständlich und absolut nicht leicht, jemanden zu töten, physisch und psychisch. Wenn jemand um sein Leben kämpfte, entfesselte er enorme Kräfte – selbst dann, wenn er durch einen schweren Schlag gegen den Kopf beeinträchtigt war. Das hatte der Mann nun persönlich erlebt. Es war mitnichten so, dass ein Mensch schnell starb. Das Leben war kräftig und Menschen sehr widerstandsfähig. Deswegen las man immer wieder davon, dass Mörder mit Messern manchmal fünfzig Mal auf ihre Opfer einstachen, weil diese einfach nicht aufgeben und sterben wollten. Hinzu kam die Aufregung. Es war eine existenzielle Grenzerfahrung, jemanden zu töten.

Der Mann fühlte seinen Puls. Er war immer noch schnell, aber nicht mehr so schnell wie eben, als er für einen kurzen Moment gefürchtet hatte, einen Herzschlag zu bekommen. Er schloss die Augen, inhalierte die schwüle Luft und spürte, dass sein Gesicht nass und das Hemd unter dem Sakko durchtränkt war. Schweiß von der Anstrengung und Aufregung? Oder doch Spritzwasser aus dem Becken?

Egal, dachte der Mann, lauschte den Klängen von Grieg und den Grillen, die ihr Lied dazu sangen. Nicht egal war ihm, dass er ein Leben genommen hatte. Es war … entsetzlich. Aber er konnte es nicht ändern und musste damit klarkommen. Rainier Tournay hatte sich zu einer Gefahr entwickelt, weil er so dumm gewesen war, sich bestehlen zu lassen. Seinetwegen war der Gral in Gefahr geraten, und der Mann – ja, der Mann war der Gralshüter und hatte nur getan, was man als Gralshüter tun musste: den Schatz bewachen. Unter allen Umständen.

Er drehte den Gehstock herum und klemmte ihn sich unter den Arm. Er benötigte ihn nicht, um sich fortzubewegen. Er hatte das Erbstück eher aus Gründen der Tradition mitgenommen: Jeder Gralshüter benötigte ein Schwert. Das schuldete man der Legende, auch wenn es altmodisch war und der Gral, den der Mann beschützen musste, natürlich nicht der Kelch war, aus dem Jesus beim letzten Abendmahl getrunken und in dem Josef von Arimathäa anderntags das Blut des Gekreuzigten aufgefangen haben soll. Josef von Arimathäa soll nach Südfrankreich geflohen sein, womit der sagenhafte Kelch nach Europa kam und Eingang in die Geschichten um Artus und die Ritter seiner Tafelrunde fand sowie in andere, die den Tempelritterorden als Beschützer der Reliquie beschreiben. Der Kelch, der in der Katharer-Burg Montségur bis zu deren Fall aufbewahrt sein sollte und dann verschwand.

Eine weitere Legende behauptete, bei dem Gral handle es sich um Maria Magdalena, die mit Josef von Arimathäa floh, schwanger war, und ihr Leib das Gefäß und ihr Kind das Blut Jesu sein sollte. Ein symbolischer Kelch – so wie der Kelch in der Artusgeschichte, die keltische Wurzeln hatte und in der die Suche nach dem Gral die Suche nach dem verlorenen Paradies versinnbildlichte. Ewige Lebenskraft verhieß der Gral ja, und das tat auch der Schatz, den der Mann zu beschützen hatte. Glückseligkeit, Speis und Trank in unendlicher Fülle – all das vermochte der Gral zu erfüllen, und ewige Jugend, zumindest symbolisch.

Der Mann atmete noch einmal tief durch. Dann ging er zurück zum Garteneingang, drängte sich durch die Büsche und fand das kleine Tor dahinter. Er hatte es beim Kommen mit der Hüfte aufgestoßen. Jetzt schloss er es mit seinem Stock und spazierte über die schmale Straße zwischen zwei Weinfeldern zurück zum Auto.

Für einen Moment riss der Himmel auf. Mondlicht drang durch die Wolken. Nicht einmal der Mond, dachte der Mann, war Zeuge dessen gewesen, was Rainier Tournay zugestoßen war. Schrecklich, wenn so ein Unfall geschah, man ausrutschte und in einem so flachen Pool ertrank wie eine armselige Ratte.

23

»**Wohin fährst du?**«, fragte Veronique.

Sie war damit beschäftigt, ihre Sachen für den Blumenladen zusammenzupacken, während heute Morgen Manon ihre Tochter selbst zum Kindergarten fuhr, denn Albin hatte gesagt, er habe zu tun.

»Hat keine Bedeutung«, erwiderte Albin, nahm Tysons Leine und steckte den Autoschlüssel ein.

»Aber wenn du sagst, du hast etwas vor, dann muss es doch etwas von Bedeutung sein?«

»Ich besuche einen alten Bekannten.«

Veronique blickte von ihrer Handtasche auf. Ihre Audrey-Hepburn-Sonnenbrille trug sie im Haar und ansonsten ein hellblaues Sommerkleid, das phantastisch zu ihren Augen passte.

Sie wäre locker für Ende vierzig durchgegangen, war aber schon jenseits der sechzig und selbst Großmutter. »Ich habe gute Gene«, erwiderte sie immer, wenn Albin ihr Komplimente machte.

»Du besuchst nie Freunde, Albin, weil du keine hast – mal abgesehen von Matteo.«

Albin lachte auf. »Dieser rechtsradikale Aushilfskellner und mein Freund? So weit kommt's noch! Mein alter Kumpel ist ein Maler. Ich sollte mich mehr für Kunst interessieren. Wer weiß, vielleicht ist Malen etwas für mich.«

Jetzt lachte Veronique auf und warf Albin einen skeptischen Blick zu. »Du und malen!«

»Besser als die Tapete anzustarren.«

Veronique blickte auf die Uhr, schloss ihre Tasche und ging zur Haustür. »Was willst du denn malen, um Himmels willen?«

Albin ging ihr hinterher. »Du kannst«, sagte er, »doch den Wind nicht heute fragen, woher er morgen wehen wird. Künstler sind freie Menschen. Ich kann unmöglich sagen, auf welche Motive ich mich konzentrieren werde.«

Veronique lachte wieder auf und schob das Fahrrad aus der Garage. »Mach, was du willst. Wenn du ab jetzt ein Maler werden möchtest, werde Maler. Nur mach mir keine Kleckse auf die Fliesen.« Sie hauchte Albin einen Kuss auf die Wange und stieg in den Sattel. »Wie heißt dieser sagenumwobene Künstlerfreund denn?«

»Kennst du nicht«, sagte Albin und öffnete den Kofferraum mit der Fernbedienung.

»Komischer Name«, rief Veronique, trat in die Pedale und war im nächsten Moment schon hinter der Straßenecke verschwunden.

»Nicolas Chauvet!«, rief Albin ihr hinterher und hob dann Tyson in den Kofferraum.

Wobei Nicolas Chauvet nicht ganz richtig war. Eigentlich hieß er Nikolai Shevchenko und stammte aus der Ukraine. Chauvet oder Shevchenko – der Kunstmaler und gerissene Fälscher.

Eigentlich amüsant, dachte Albin nach dem Losfahren. Da hatte Chauvet zeit seines Lebens darum gerungen, als Künstler anerkannt zu werden, seinen Durchbruch aber mit Fälschungen gehabt, die ihn sogar in den Knast brachten –

und am Ende hatte er es dann mit kopierten Cézannes ins Musée Granet geschafft, wo Tausende seine Malerei bewunderten. Verrückte Welt.

Als der Name gestern fiel, hatte Albin erst ein wenig überlegen müssen, um ihn in Einklang mit seiner Erinnerung zu bringen. Diese Tatsache hatte ihn beschäftigt. Früher funktionierte sein Gehirn wie eine gutgeölte Maschine. Er sah ein Gesicht und wusste sofort den Namen, die Funktion und die Geschichte der Person – oder hörte einen Namen und hatte sofort eine Biographie auf Abruf parat. »Frag Albin«, hieß es bei der Polizei immer, wenn jemand etwas über alte oder laufende Fälle in Erfahrung bringen wollte. Das klappte auch mit dem Allgemeinwissen. Wann war noch mal der Algerienkrieg? Frag Albin. Was, zum Teufel, ist Thule? Leclerc weiß es.

Aber ein wandelndes Lexikon war er heute nicht mehr. Immer öfter geschah es, dass ihm Namen oder Ereignisse auf der Zunge lagen, aber einfach nicht darüber hinwegkommen wollten. Erst viel später machte es »Klick«, manchmal auch gar nicht. Das mochte daran liegen, dass Albins Biocomputer unter der Schädeldecke nicht mehr so gefordert wurde wie früher und bestimmte Funktionen nicht mehr nötig waren. Oder, viel erschreckender, es lag am Älterwerden. Einmal hatte sich Albin selbst dabei ertappt, kurzfristig die Möglichkeit in Betracht gezogen zu haben, dass er Alzheimer bekommen könnte. Tja. Auch Hypochondrie mochte ein Symptom des Älterwerdens sein – oder es tauchte deswegen auf, weil man sich mit nichts anderem mehr zu beschäftigen hatte als mit sich selbst.

Albin bog auf die Straße, die ihn nach Malaucène führte, einen kleinen Ort zu Füßen des Mont Ventoux. Kurz vor

Le Barroux hupte er und fuhr auf die Gegenfahrbahn, um einen Kordon von Rennradfahrern zu überholen. Alle Welt fluchte über den Bergsteigertourismus am Everest, dabei stand der Mont Ventoux mit seinem Radlerproblem dem Himalaya kaum nach. Zehntausende hasteten Jahr für Jahr die Serpentinen zum »windigen Berg« hinauf auf knapp zweitausend Meter, wo es außer der vom Mistral freigepusteten Geröllwüste, einem Observatorium und einer phantastischen Aussicht nichts gab. Und auf dem Weg dorthin lagen Schmerzen und Qual, Blut, Schweiß und Tränen. Sogar für die bis unter die Augenbrauen gedopten Profis von der Tour de France war die Ventoux-Etappe knallhart und ein Parforceritt im Kräftemessen. Genau darin sahen wohl alle Radler die Herausforderung: Wer ist härter – der Berg oder ich?

Für Albin stellte sich die Frage nicht. Stein war nach seiner Meinung immer härter als Muskeln, und den Mont Ventoux hinauf würde er es auf einem Rennrad etwa zehn Meter weit schaffen, bevor man ihn künstlich beatmen musste.

An sich schade, dachte Albin und betrachtete im Vorbeifahren einige grauhaarige Senioren, die knallenge Radleranzüge trugen. Es würde ihm besser gefallen, fitter zu sein. Allerdings nicht zu dem Preis, so enge Hosen zu tragen, die selbst dem berühmten Balletttänzer Rudolf Nurejew die Schamesröte ins Gesicht getrieben hätten.

Albin scherte vor dem Kordon wieder ein und überlegte, ob Nurejew auch Ukrainer war wie Nikolai Shevchenko alias Nicolas Chauvet. Nein, der war Russe. Lebte der überhaupt noch? Albin dachte nach. Nein, der war doch schon tot. Oder verwechselte Albin ihn mit Mikhail Baryshnikov, der ebenfalls ein berühmter Tänzer war? Lebte der denn noch?

Du spinnst, Chef, hörte Albin Tyson aus dem Kofferraum sagen.

»Man wird ja noch mal nachdenken dürfen.«

Wie kommst du jetzt auf diese Balletttänzer, um Himmels willen?

»Assoziationskette. Enge Hosen. Ukraine. Liegt doch auf der Hand.«

Du hast niemals eine Ballettaufführung gesehen, geschweige denn Nurejew oder Baryshnikov tanzen.

»Das fehlte noch, dass ich mir ein Ballett ansehe.«

Solltest du vielleicht mal. Gehört zur Allgemeinbildung.

»Das lasse ich mir doch von einem Mops nicht sagen«, knurrte Albin und reduzierte am Ortseingang von Malaucène das Tempo, um kurz darauf nach rechts abzubiegen, denn Chauvet wohnte außerhalb.

Albin fuhr auf das *Arts et Vie* zu, eine Touristenburg im Quartier St. Raphael, und dann daran vorbei in eine Sackgasse, die immer schmaler und deren Straßenbelag immer schlechter wurde, bis er zu einer Weggabelung gelangte, an der sich der rissige Bitumen in hellgrauem Schotter verlor. Er wählte den Weg nach links, wo der SUV am Ende des Weges mit knackenden Reifen vor ein altes Bauernhaus rollte und schließlich zum Stehen kam. Albin stieg aus und keuchte wegen der drückenden Schwüle, die ihn dort in Empfang nahm. Er holte Tyson aus dem Kofferraum und sah sich um.

Das Haus war aus grauem Stein gebaut und mit ebenso grauen Dachschindeln belegt. Die Fensterläden waren bunt gestrichen. Neben dem Haupthaus gab es eine Art Schuppen, der selbstgezimmert aussah. Darunter parkte ein Renault-Kastenwagen in einer undefinierbaren Farbe. Links und rechts erhob sich sandfarbenes Felsgestein aus dem Boden, das oben von windschiefen Pinien bewachsen war. Und danach roch es in der würzigen, schweren Luft: nach Kiefern, Thymian, Lavendel und verbranntem Holz. Kein Wind wehte. Alles war still. Das heißt, nicht ganz: Von irgendwoher war sehr leise klassische Musik zu vernehmen und eine Art Hundegebell, das Tyson die Ohren spitzen ließ.

Albin machte einige Schritte auf die verwitterte Haustür zu, neben der Holzbottiche voller Lavendelbüsche standen. Er sah sich nach einer Klingel um, fand aber keine. Er wollte gerade mit der Faust gegen die Tür klopfen, als dahinter schon Geräusche zu hören waren – Schritte und das Kratzen von Pfoten auf glattem Stein.

Die Tür öffnete sich, und als Erstes schoss ein schwarzer Mops heraus, der ein rotes Halstuch trug, und stürzte sich regelrecht auf Tyson, um ihn zu beschnüffeln. Tyson schnüffelte professionell zurück, außerdem reichlich aufgeregt. So oft bekam man in der Provence als Mops seinesgleichen nicht zu Gesicht. Schließlich tauchte Nicolas Chauvet auf. Er sah genauso aus, wie Albin ihn in Erinnerung hatte: klein und mit einem gewaltigen Bauch. Wie Albin war er Mitte sechzig, schien aber in der Hippie-Epoche steckengeblieben zu sein. Die aschgrauen Haare standen ihm wild vom Kopf ab und wurden kaum von einem Haargummi im Nacken gebändigt. Die Haut war fahl, die Wangen eingefallen, aber die Augen groß, klar und hellwach.

Zwischen seinen Zähnen klemmte eine Gitanes. Er stank nach einer Mischung aus Schweiß, Terpentin, Rauch sowie Rotwein und kniff gegen den Qualm seiner Kippe ein Auge zu. Chauvet musterte Albin, schien zu überlegen, und dann fiel der Groschen.

»Leck mich, Leclerc«, sagte Chauvet mit einem schweren russischen Akzent.

»Nicht einmal, wenn du mich lieb drum bittest, Chauvet.«

»Deinetwegen saß ich im Knast.«

»Nein, deinetwegen. Und du solltest mir dankbar sein: Seither reißen sich die Museen um deine Cézannes, wie man hört.«

Chauvet zog an der Zigarette und warf sie dann fort. »So, hört man das?«

»Der Knast hat dich berühmt gemacht. Deine Arbeiten hängen sogar im Granet. Ich habe sie gesehen. Sicher nicht ganz billig. Du bist ein gemachter Mann.«

Chauvet lachte heiser und hustete. Er blickte nach unten, wo die Hunde sich immer noch fiepend beschnüffelten.

»Dein Hund?«, fragte Chauvet.

»Ja. Tyson.«

»Wie der Boxer?«

»Ja.«

Chauvet lachte wieder heiser. »Meiner ist ein Mädchen. Mila. Wie Mila Kunis, die Schauspielerin. Sie kommt aus der Ukraine und hat ebenso schwarzes Haar.«

Mila aus der Ukraine! Süß!, jubelte Tyson. *Mein lieber Scholli, Chef, und sie riiiiiiecht so gut.*

»Ah ja«, sagte Albin zu Chauvet, betrachtete die Möpse, der eine hell, der andere dunkel. Wie das Symbol von Ying und Yang.

Und dachte: Na großartig – Tyson in love …

24

Paulette war spät dran und fuhr in ihrem kleinen Renault mit Vollgas über die Straße. Ihr Sohn Patrick hatte heute Morgen nicht zur Schule gehen wollen, und das hatte Diskussionen und schließlich diktatorische Anweisungen und Erpressungsversuche durch seine Mutter zur Folge gehabt. Er hatte Paulette fast zur Raserei getrieben – vor allem dieses zähe Verzögern und das Debattierenwollen, wo der Bursche genau wusste, wie eng getaktet jeder Morgen bei ihnen war – der Morgen einer Alleinerziehenden mit präpubertärem Schulkind.

Na ja, und deswegen war sie jetzt spät dran, zur Arbeit zu kommen. Merken würde es sowieso niemand, weil Rainier Tournay schon aus dem Haus wäre, wenn sie eintraf. Er begann sehr früh mit der Arbeit in seinem Unternehmen, das an der Autobahn lag. Sie kam jedes Mal daran vorbei, wenn sie nach Süden ans Meer fuhr. Es hieß »Speedprint« und war nicht besonders groß. Die Größe der Firmenhallen spielte offensichtlich keine Rolle, wenn es um den Erfolg ging.

»Speedprint« stellte spezielle Druckartikel her – für Computer und so Sachen. Tournay hatte es Paulette einmal in knappen Worten erklärt, als sie auf der Suche nach einem Praktikumsplatz für Patrick gewesen war. Während sie im Haus putzte, hatte er erklärt, dass er USB-Sticks und ähnliche Produkte für Firmen mit Logos bedruckte und dafür weltweit mit vielen Unternehmen zusammenarbeitete. Schon enorm, hatte Paulette gedacht, dass man mit so etwas Millionen scheffeln konnte, denn das hatte Tournay ohne Frage getan. Seine Villa stand und hing überall voll mit Kunst. Kein Wunder, dass früher oder später einmal bei ihm eingebrochen werden musste – so wie es vor ein paar Wochen dann auch geschehen ist.

Paulette bremste scharf und kam vor dem Haus zum Stehen. Sie stieg aus, öffnete den Kofferraum und nahm ihre Sachen heraus. Sie putzte seit einigen Jahren bei Tournay – das heißt: Sie machte etwas mehr als nur putzen, kümmerte sich auch um die Wäsche und die Einkäufe. Sie war seine Haushälterin, und er hatte dringend eine nötig: Die Frauen, mit denen er zusammen war … Na ja, man sah es schon auf den ersten Blick, dass die zur Hausarbeit nicht taugten, sich dafür nicht interessierten oder selbst mit Haushälterinnen groß geworden waren und niemals einen Staubsauger in die Hand genommen hatten.

Paulette wunderte sich, dass Tournays Maserati noch vor der Garage stand. Es war im Augenblick sein Lieblingsfahrzeug – er besaß mehrere Autos. Vielleicht nahm er sich heute einen freien Tag, ging später zur Arbeit oder hatte einen privaten Termin. Das kam immer wieder vor. Mochte auch sein, dass er krank war.

Paulette schulterte die Tasche und ging zur Haustür. Sie zog den Schlüssel hervor, schloss auf und drückte gleichzeitig die Türklingel, um Tournay ein Signal zu geben, dass sie nun da war. Sie schloss die Tür hinter sich und ging durch den langen Flur auf direktem Weg ins Wohnzimmer, von wo sie klassische Musik hörte.

»Guten Morgen, Herr Tournay!«, rief sie, bekam aber keine Antwort.

Sie schaute sich um, entdeckte aber Tournay nirgends. Wahrscheinlich war er irgendwo im Garten, denn die Flügeltüren standen weit offen. Ja, er lief im Garten herum, betrachtete seine Kunst, trank einen Kaffee …

Paulette lächelte versonnen, stellte dann ihre schwere Tasche ab und warf einen kurzen Blick auf die knallbunten Pop-Art-Bilder an den Wänden. Die gefielen ihr nicht besonders. Die anderen, die vor dem Einbruch dort gehangen hatten, hatte sie lieber gemocht. Von Matisse oder so, hatte er gesagt.

Dann stockte sie. Da draußen war etwas merkwürdig. Schwamm dort jemand im Pool? Aber Tournay tat das niemals. Es war auch gar kein wirklicher Pool, es war eher ein dekoratives Bassin. Paulette marschierte mit großen Schritten nach draußen – und erkannte mit wachsendem Entsetzen, dass sie sich nicht getäuscht hatte. Dort war jemand im Bassin.

Es war Tournay, und er war tot.

Paulettes Aufschrei hallte von der Terrasse her durch das gesamte Haus.

25

Chauvets Atelier, wenn man es so nennen wollte, war eine ziemlich große Rumpelkammer und schien vorher die Scheune des Hauses gewesen zu sein. Überall standen bemalte Leinwände in jeder erdenklichen Größe herum, hingen an den Wänden oder lagen auf Boden und Tischen. Andere Tische standen voll mit Farben, Terpentin-Flaschen waren mit Pinseln gespickt. Lappen lagen herum, einige Staffeleien standen parat. Sie waren mit Farben bekleckst wie der Boden, der eine undefinierbare Farbe hatte. Es roch nach Harz, Verdünner und Staub, und es war hier drinnen mindestens genauso warm wie draußen.

Chauvets Reich.

Er bewegte sich wie selbstverständlich in seinem natürlichen Umfeld, ging auf eine Staffelei zu, auf der eine Leinwand stand, und fasste nach einer Schachtel Zigaretten. Im Radio lief der Lokalsender und spielte Musik, die Albin etwas zu laut fand. Auf dem Boden sah er eine geöffnete Flasche Wein, aber kein Glas. Wenigstens kein Wodka am Vormittag, wie man bei jemandem, der zuvor Nikolai Shevchenko geheißen hatte, vermuten mochte. Der Mann hatte an einer Kunstakademie in Kiew eine profunde Ausbildung als Kunstmaler erhalten. Im Osten, hatte Albin erfahren, gab es das noch. Da wurden altmeisterliche Techniken vermittelt statt neumodischer Schmierereien, die in den Galerien des Westens allerdings eher gefragt waren als Renaissance-Sfumato – eine Art Weichzeichner, so genau hatte er das nicht verstanden. Albin hatte den Begriff vor einigen Jahren aufgeschnappt und ihn sich gemerkt, weil er so schön klang. Genau genommen hatte er von Kunst noch weniger Schimmer als von klassischer Musik, aber Schwamm drüber.

Nikolai hatte sich jedenfalls in den späten Achtzigern auf den Weg gemacht und war aus der Ukraine abgehauen, sobald der Eiserne Vorhang nur einen Deut gelupft worden war. Und wohin ging ein Maler dann? Natürlich nach Frankreich. Nikolai gab sich den Künstlernamen Nicolas Chauvet, weil er meinte, dass ein russisch klingender Name bei Touristen schlecht ankommen würde, wenn seine Werke in kleinen Galerien ausgestellt und zum Verkauf angeboten würden. Außerdem meinte er: Wenn, dann wolle jemand ja aus Frankreich auch ein Bild von einem Franzosen mitbringen und nicht von einem Russen. So hatte er sich durchgeboxt und sich außerdem zu einem brillanten Fälscher und Kopisten entwickelt, der die Techniken der klassischen und modernen Meister nicht nur bis ins Detail kannte und studiert hatte, sondern auch anzuwenden wusste.

Chauvet steckte sich eine Zigarette an. Albin tat es ihm nach. Er betrachtete die beiden Hunde nachdenklich, die immer noch an sich herumschnupperten und fraglos große Sympathie füreinander hegten.

»Was willst du, Leclerc?«, fragte Chauvet, klemmte sich die Zigarette in den Mundwinkel und griff sich die Weinflasche.

Albin fragte: »Wann hast du den Auftrag bekommen, die Cézanne-Bilder zu kopieren?«

»Ich weiß nicht, wovon du redest.«

»Die Fälschungen für das Granet.«

»Keine Ahnung, was du meinst.«

»Willst du mich auf den Arm nehmen?«

»Ich weiß nicht, was du meinst. Kopien? Ich mache keine Kopien. Fälschungen? Nein, mache ich nicht.« Chauvet ergänzte bedeutungsvoll und akzentuiert: »Ich male ein Bild noch einmal.«

»Großartig«, sagte Albin und zog an der Zigarette. »Also dann: Wann hast du den Auftrag bekommen, die Bilder noch einmal zu malen?«

»Vor ungefähr einem Jahr. Spielt das eine Rolle?«

»Vielleicht.«

»Wofür?«

»Zufällig von dem Raub gehört?«

Chauvet lachte und nickte. »Ja. Habe ich. Arme Irre sind das, dass sie glaubten, damit durchzukommen.«

»Auch von dem unbekannten van Gogh und dem Cézanne gehört?«

»Ich lebe nicht hinter dem Mond. Eine hochinteressante Entdeckung ist das.«

»Warum?«

»Es sind Millionenwerte.«

»Falls die Bilder echt sind.«

Chauvet schwieg. Zog an der Zigarette. »Haben die Fachleute die Gemälde denn nicht überprüft?«

»Natürlich haben sie das. Und sie denken, die sind echt.«

»Na, also.«

»Es haben schon einmal Fachleute gedacht, dass einige Matisse echt wären. Waren sie nicht. Sie waren von dir.«

»Auf die Gutachten bin ich bis heute mächtig stolz.«

»Vielleicht hast du ja, als du die Cézannes für das Granet gemalt hast, einfach einen mehr gemacht. Und einen van Gogh obendrauf.«

Chauvet lachte wieder und schüttelte mit dem Kopf. »Nein, auf keinen Fall. Du hast keine Ahnung von Malerei. Wie ich sagte: Ich mache ein Bild noch einmal. Ich setze jede Farbe und jeden Pinselstrich neu. Ich fühle mich in das hinein, was der Maler gedacht hat. Aber dazu muss es das Bild schon geben, damit ich es nachempfinden kann. Du kannst nicht einfach so aus dem Nichts einen Cézanne malen. Cézanne war genial. Ich bin es nicht.«

»Und van Gogh?«

»Ebenfalls. Aber ich habe nie einen van Gogh gemalt. Ich mag ihn nicht. Und wer will sich schon in *seinen* Kopf versetzen?«

Albin wusste zumindest so viel, dass man van Gogh nachsagte, ziemlich verrückt gewesen zu sein. Ehrlich gesagt: Man musste sich bloß seine Bilder ansehen mit den ganzen falschen Farben. Er hatte in der Psychiatrie in Saint-Rémy-de-Provence gesessen und sich außerdem ein Ohr abgeschnitten. Nein, in dessen Kopf und Gedankenwelt würde sich Albin auch nicht gern versetzen.

»Was hältst du von der ganzen Sache, Chauvet?«, fragte Albin.

»Was soll ich davon halten?« Chauvet setzte die Weinflasche an und trank zwei große Schlucke. »Zwei Bilder berühmter Maler tauchen auf. Große Sensation. Ich hoffe, der Cézanne kommt ins Granet, wo er hingehört.«

»Zu deinen Cézannes?«

Chauvet grinste. »Zu den echten natürlich. Warum interessiert dich das alles?«

»Ist eben so. Mir ist langweilig als Ruheständler.« Albin überlegte kurz. »Wie komme ich an einen Cézanne, wenn ich kein Museum bin?«

»Du kaufst ihn auf einer Auktion, er wird dir vererbt oder du lässt ihn dir stehlen.«

»Oder von dir malen.«

»Oder so. Aber ich wiederhole: Ich habe damit nichts zu tun. Der Cézanne, der da aufgetaucht ist …« Chauvet zog tief an der Zigarette.

»Ja?«, fragte Albin.

»Cézanne lebte in Aix, in Paris, am Ende dann wieder in Aix. Er war ein Freund und Schulkamerad von Émile Zola und stand zwischen der Tradition des Realismus, dem Impressionismus und darüber hinaus – der Erfinder der klassischen Moderne, wenn man so will. Alle großen Maler haben sich an ihm orientiert. Er stand im Zentrum der impressionistischen Bewegung, von den Kollegen anerkannt, von der Kritik verspottet. Monet sagte: ›Er ist der Größte von uns allen.‹ Picasso sah ihn als ›Vater‹, Matisse als einen ›Gott der Malerei‹. Aber seine erste Einzelausstellung in Paris 1895 hatte er erst mit fast sechzig Jahren. Danach explodierten die Preise. 1902 richtete er sein Atelier in Aix ein, 1906 starb er. Cézanne durchlief verschiedene Schaffensperioden – Romantik, Realismus, Impressionismus –, bis er sich davon löste. In allen Episoden malte er den Sainte Victoire.«

»Ja«, sagte Albin. »Das Gemälde zeigt Berge. Worauf willst du hinaus?«

»Sainte Victoire war sein Hausberg. Er zog immer wieder hinaus, um den Höhenzug zu malen und zu zeichnen – ahnte an den Felsen sogar den Kubismus voraus. Vierundvierzig Ölbilder und dreiundvierzig Aquarelle zeigen den Sainte Victoire. Er sagte: ›Ich male, wie ich sehe, wie ich fühle.‹ Dieses neu aufgetauchte Gemälde schätze ich auf 1890 – die Phase der Synthese. Cézanne löste sich vom Impressionismus, gab den starken Farbauftrag auf und malte immer flacher, war geradezu besessen von Flächen und Farbabstufungen. Und das vor dem Hintergrund, dass er ein extrem genauer Beobachter der Natur war, fasziniert von ihrer Harmonie und Konstruktion. Kapierst du?«

Albin zuckte die Schultern. »Nein«, sagte er.

»Du kannst keinen Cézanne aus dieser Episode des Umbruchs fälschen, ganz einfach. Wer sich etwas auskennt, würde es sofort merken. Wir kennen so viel von Cézannes Sichtweise auf Sainte Victoire – das kannst du nicht nachmachen.«

»Und wenn es für das neue Bild, falls es eine Kopie wäre, eine originale Vorlage gab?«

»Wenn du den Meister nachmalen willst, musst du mit Cézannes Augen sehen, du musst seine malerische Entwicklung kennen und fühlen. Das schafft niemand. Ein wahrer Cézanne-Kenner würde im Granet in Aix jederzeit sehen, dass es keine Originale sind. Das gilt auch für das, was neu aufgetaucht ist. Das gilt erst recht für meine Bilder. Einem Experten machst du nichts vor. Abgesehen davon: die Farben. Eine kleine chemische Probe reicht aus. Wie viele andere bezog Cézanne seine Farben von Père Tanguy aus Paris. Das kann man gut vergleichen. Untersuche außerdem die Schichten, und du erkennst die Malweise und Pinselführung, die Handschrift.«

»Das Bild ist genau untersucht worden.«

»Und?«

»Man hält es für echt.«

»Ich bräuchte es bloß kurz anzusehen und würde dir sofort sagen können, ob es echt ist oder nicht, Leclerc. Das können andere Experten ebenfalls.«

»Experten wie Jean Villeneuve?«

»Der Kurator?«

»Ja.«

»Zum Beispiel der Kurator, ja.«

»Was meinst du: Woher kann so ein Bild stammen?«

»Von überall und nirgends«, sagte Chauvet und genehmigte sich noch einen Schluck aus der Pulle. »Wenn es keiner kennt, muss es vor dem großen Boom 1905 verkauft worden sein, vielleicht sofort nach seiner Entstehung. Sonst wäre es bekannt. Nur ein Drittel seiner Arbeiten wurde in der Ausstellung damals gezeigt, aber: Zu der Schau in Paris hat er hundertfünfzig Gemälde geschickt! Da wäre das neu aufgetauchte dabei gewesen. Zudem es großartig ist, eines der besten von Sainte Victoire. Er hätte es unbedingt mit den anderen zu seinem Galeristen Ambroise Vollard nach Paris geschickt, der auch die allererste Picasso- und die erste Matisse-Ausstellung gemacht hat. Ein Genie. Hätte er das Bild mit den hundertneunundvierzig anderen bekommen, hätte er es inventarisiert und dokumentiert, und dann würde man es kennen. Es war also nicht dabei. Vielleicht hat Cézanne eine Rechnung damit bezahlt, als er kein Geld hatte, oder hat es verschenkt. Anschließend wird das Bild in der Familie vererbt – dann irgendwann wurde es geraubt.«

»Das Gleiche könnte für den van Gogh gelten?«

»Möglich.«

Albin schaute zu Tyson, der sich nach wie vor ausgezeichnet mit der Mopsdame Mila verstand. Beide hockten unter einem Tisch und zerrten gemeinschaftlich an einem alten Handtuch herum. Chauvet kannte sich ziemlich gut aus, dachte Albin. Der Kurator Jean Villeneuve hatte bereits gesagt, dass der Fälscher ein ausgemachter Cézanne-Experte war. Aber am Ende war er doch nur ein Fälscher – und wenn jemand in der Lage war, einen Cézanne täuschend echt zu malen, dann wohl Nicolas Chauvet. Und was, fragte sich Albin für einen ganz kurzen Moment, was, wenn ein gefälschtes Gemälde eines solch brillanten Täuschers wie Chauvet zum Beispiel auch noch durch das professionelle Gutachten beziehungsweise die fachlich fundierte Einschätzung eines offiziellen Experten untermauert wurde?

Tja, genauso hatte Chauvet schon einmal gearbeitet, nämlich als er die falschen Matisse-Bilder gemalt hatte. Einerseits waren da die Fälschungen für den Gangster Louis Fosse gewesen – andererseits, wo er gerade schon beim Malen gewesen war, hatte Chauvet ein paar weitere Matisse angefertigt und an einen Kunsthändler durchgereicht, dessen fachliche Expertise Chauvets Fälschung erst perfekt gemacht hatte. Dem Händler konnte man allerdings keine Beteiligung an dem Schwindel nachweisen.

Albin blickte von den Hunden fort und wieder zu Chauvet. Er holte Luft, weil er damit beginnen wollte, Chauvet etwas unter Druck zu setzen – einfach nur, um zu sehen, wie er darauf reagieren würde. Aber in dem Moment wendete sich Chauvet ab und konzentrierte sich auf das Radio. Im nächsten Moment vergaß Albin, was er Chauvet hatte an den Kopf werfen wollen.

»… ist noch alles völlig unklar, wie ein Sprecher der Staatsanwaltschaft mitteilte. Dennoch soll es sich nach Informationen von Radio Vaucluse um einen Leichenfund in der Villa des bekannten Industriellen Rainier Tournay handeln, wo es derzeit einen größeren Polizeieinsatz gibt. Wir werden unsere Hörer mit weiteren Einzelheiten auf dem Laufenden halten.«

In der Villa von Tournay, dachte Albin? Donnerwetter. Tournay war schwerreich und außerdem ein bekannter Kunstsammler. Hatte Castel nicht davon gesprochen, dass bei dem kürzlich eingebrochen worden war? Und sie hatten Bilder aus dem Beutezug in der Räuberhöhle gefunden?

Chauvet löschte seine Zigarette in der inzwischen leeren Weinflasche. »War's das, oder willst du noch mehr von mir, Leclerc?«

»Du kennst Tournay?«

»Nie gehört«, sagte Chauvet und setzte dabei für Albins Geschmack eine etwas zu ahnungslose Miene auf.

Albin kommentierte das nicht. Er rief Tyson zu sich, der nur widerwillig gehorchte, und saß knapp fünf Minuten später schon wieder im Auto. Außerhalb von Malaucène stellte er das Handy auf Lautsprecher und wählte im Fahren die Nummer von Theroux. Es dauerte fast zwei Minuten, bis jemand dranging.

»Ich habe keine Zeit, Albin, beim besten Willen nicht«, sagte Theroux. Er klang atemlos.

»Wegen Tournay?«, fragte Albin.

»Ich … Wie kommst du auf Tournay?«

»Weil es im Radio hoch und runter läuft. Also seid ihr vor Ort?«

»Ja. Nein. Egal. Albin, vergiss es …«

»Ist er tot? Oder wer anders?«

»Albin …«

»Ein Unfall?«

»Ich muss auflegen.«

»Also kein Unfall?«

»Albin!«, blaffte Theroux. »Was auch immer. Die Antwort für dich lautet in jedem Fall: Nein, nein und nochmals nein!«

26

Nein sagen und nein meinen waren zwei unterschiedliche Dinge, dachte Albin, als er auf Tournays Anwesen zufuhr. An der Einfahrt kam er an einer Handvoll mit Kameras und Mikrophonen bewaffneten Journalisten vorbei, die am Straßenrand geparkt hatten. Sie standen sich die Beine in den Bauch und glotzten dem SUV hinterher, der vor der Villa neben zwei Polizeiwagen hielt. Auch der Bestatter war schon da. Albin sah außerdem zwei zivile Fahrzeuge, die den Kennzeichen nach zum Fuhrpark der Polizei gehörten, einen kleinen Renault, den Kastenwagen der Rechtsmedizin aus Nîmes sowie zwei Autos der Spurensicherung. Ein stattlicher Fuhrpark. Dazu kam ein Maserati, der vor einer Garage parkte. Albin nahm an, dass es sich um Tournays Auto handelte.

Er stieg aus, holte Tyson aus dem Kofferraum, ging in die Hocke und leinte ihn an.

Ich weiß, was du denkst, hechelte Tyson.

Albin murmelte: »Ein spektakulärer Kunstraub, zwei unbekannte Gemälde im Wert von Millionen, ein Leichenfund im Haus eines Sammlers.«

Klingt nach einem Zusammenhang.

»Wir wissen noch nicht, wer gestorben ist und wie«, erwiderte Albin in Gedanken.

Aber du hast da so ein Gefühl?

»Aber ich habe da so ein Gefühl.«

Du begibst dich mal wieder in große Schwierigkeiten, Chef.

»Ja.«

Du hättest mich besser bei Mila lassen sollen.

»Das könnte dir so passen, Lüstling.«

Eine wirklich süße Mopsdame. Fahren wir mal wieder hin?

»Nicht auszuschließen. Chauvet ... Ich weiß nicht.«

Bei dem hast du auch so ein Gefühl?

»Durchaus.«

Als Albin sich wieder aufrichtete, standen zwei Polizisten in Uniform vor ihm.

»Sie schon wieder, Leclerc«, sagte Perault, der Fülligere von beiden. Fabius neben ihm warf Albin einen tadelnden Blick zu und schüttelte den Kopf.

Albin hielt die Schlaufe der Leine lässig am kleinen Finger fest.

»Diese Hitze«, keuchte Albin gekünstelt und gab sich kurzatmig.

»Dann setzen Sie sich wieder in Ihren klimatisierten Wagen und hauen ab, denn hier haben Sie nichts zu suchen.«

Albin blinzelte, fuhr sich mit der Hand über die Stirn und wischte sie an der Naht der Jeans ab. »Ich komme nur wegen Theroux. Hat sein Handy bei mir vergessen, der Dummkopf. Bringe ich ihm rasch vorbei. Ist er drinnen im Haus?«

»Natürlich ist er drinnen.«

»Mit Castel?«

»Ja.« Perault warf sich in Pose.

Fabius sagte: »Geben Sie mir das Handy. Ich bringe es Theroux.«

»Er soll kurz rauskommen«, sagte Albin.

Fabius und Perault sahen sich an. Perault machte ein genervtes Geräusch, drehte sich dann aber um und ging in die Villa.

Einer weniger, dachte Albin. Nur noch der halbe Widerstand. Und Theroux, falls er herauskam, zählte eh nicht als Hindernis.

»Macht mich völlig fertig das Klima«, sagte Albin. »Bin total unterzuckert.«

Fabius musterte Albin. »Sie können es nicht sein lassen, oder?«

»Wenn Sie es genau wissen wollen, Fabius: Theroux und Castel haben mich als Berater hinzugezogen.«

»Aber nicht zu diesem Todesfall.«

»Wer ist denn überhaupt verstorben?«

Fabius schwieg. Sah sich nach Perault um, der aber noch nicht wieder aufgetaucht war.

»Spielt eh keine Rolle«, sagte Albin, winkte ab und japste gekünstelt. »Bin eh nur wegen des Handys hier.« Er fasste sich in den Nacken, stöhnte, blinzelte und deutete mit einem Nicken auf den Maserati. »Schicker Sportwagen.«

»Ein neuer Gran Tourismo. Bekommen Sie nicht unter hundertfünfzigtausend.«

»Die klassischen aus den Sechzigern gefallen mir besser.«

»Haben aber weniger Komfort.«

»Hoffentlich hat Tournay dafür einen Erben. Wäre ja zu schade.«

Fabius sagte nichts.

»Kein Wunder«, meinte Albin, »dass man bei dem Wetter umkippt.«

»Viel trinken hilft.«

Albin nickte, hielt die Luft an, damit er etwas Rot anlief, leckte sich die Lippen, ließ die Lider etwas flackern.

»Alles in Ordnung, Leclerc?«, fragte Fabius.

»Nur der Kreislauf. Die Hitze. Sie haben nicht zufällig etwas zu trinken da oder etwas Süßes?«

»Nein, leider nicht.«

Jemand hinter Fabius rief etwas. Fabius drehte sich herum. Albin schaute zum Eingang, wo Theroux schimpfend auftauchte.

»Was soll das?«, rief Theroux und marschierte auf Albin zu. »Mein Handy? Ich habe mein Handy! Albin, wirklich!«

Albin gab sich unbeeindruckt. Er fasste nach Fabius' Schulter, um sich daran festzuhalten.

»Mir ist etwas übel«, keuchte er. Gleichzeitig ließ er Tysons Leine fallen, worauf der Mops freudig auf Theroux zuspurtete und dann an ihm vorbei in die Villa lief. Vermutlich hatte er Castels Witterung aufgenommen und wollte auch sie begrüßen. Albin tat nichts, um ihn aufzuhalten.

»Leclerc?«, fragte Fabius und stützte ihn. »Alles in Ordnung?«

»Etwas Wasser«, murmelte Albin und simulierte wacklige Knie. »Und etwas Süßes, dann geht es schon wieder …«

Theroux stoppte. Betrachtete Albin und Fabius. »Albin?«, fragte er und klang mit einem Mal besorgt.

»Ihm ist schlecht«, erklärte Fabius. »Die Hitze. Das Alter. Der Kreislauf.«

»Shit«, fluchte Theroux.

»Etwas … Wasser … Bitte …«, schnaufte Albin und hielt sich auch an Theroux' Schulter fest.

Theroux und Fabius sahen sich fragend an. »Und jetzt?«, fragte Fabius.

27

Rund fünf Minuten später lag Albin auf einer ziemlich bequemen Ledercouch, die vermutlich ein Vermögen gekostet hatte. Die Beine hatte er auf der Lehne hochgelegt und ließ den Blick durch Tournays Wohnzimmer vom Format einer Squashhalle schweifen. Er hielt ein großes Glas Wasser mit Eiswürfeln in der Hand, sah den anderen bei der Arbeit zu, ließ die wütenden Blicke von Theroux an sich vorbeiziehen und ignorierte zudem, dass Castel Albin mit einem außerordentlich bemerkenswerten Desinteresse begegnete. Sie hatte Tysons Leine an einem Tischbein festgemacht. Der Hund lag flach auf dem Boden und blickte nach draußen, wo die Kriminaltechniker beschäftigt waren und Castel mit der Haushälterin sprach, die Paulette hieß und die Leiche gefunden hatte.

»Und er ist also ertrunken?«, fragte Albin.

Berthe, die zuständige Rechtsmedizinerin vom Gerichtsmedizinischen Institut der Universität Nîmes, zuckte mit den Achseln. Sie nahm mit der freien Hand das Stethoskop ab. Mit der anderen fühlte sie ein letztes Mal Albins Puls.

Berthe trug ein dunkelblaues Poloshirt mit dem Aufdruck der Uni und eine weitgeschnittene Leinenhose. Zusammen mit dem roten Brillengestell glich sie einer wandelnden Trikolore.

»Du hast gar nichts, Albin«, sagte Berthe.

»Der Kreislauf«, erwiderte Albin.

Berthe lupfte eine Augenbraue und warf das Stethoskop und das Blutdruckmessgerät in ihre Ledertasche. »Dein Puls ist und war in Ordnung, dein Blutdruck ebenfalls. Dein Kreislauf ist besser als meiner, mein Lieber. Ich glaube, es handelte sich eher um einen Anfall von Morbus Leclerc: spontane Neugierde.«

»Also bitte«, protestierte Albin und nippte an seinem Wasser. »Als ob ich ein Simulant wäre.«

»Richtig«, sagte Berthe und schloss ihre Tasche. Die Schnappverschlüsse machten ein klickendes Geräusch. »Ein Simulant. Genau das bist du. Ich kenne deine Tricks, die anderen ebenfalls. Lass dir mal neue einfallen.«

»Du bist eine seelenlose Frau.«

Berthe lachte spöttelnd auf.

»Also ist er ertrunken? Hatte er einen im Tee?«

»Beides kann ich erst verlässlich sagen, wenn ich ihn auf dem Tisch habe, und das weißt du ganz genau, Albin. Darf ich jetzt mit meiner Arbeit weitermachen und mich von meinem Notfallpatienten abwenden?«

Albin nickte. »Ja. Danke. Geht schon besser.«

Damit setzte er sich auf. Berthe ging wieder nach draußen zum Pool, neben dem die Leiche lag. Die Spurensicherung hatte den Bereich freigegeben und war jetzt im Garten beschäftigt – naja, eher im Park. Castel stand an dem Bassin, aus dem man Rainier Tournay gezogen hatte. Drinnen, etwas abseits von Albin, redete Theroux mit zwei Streifenpolizisten sowie der Haushälterin und machte sich dabei Notizen auf einem Spiralblock.

Albin stand auf, trank noch etwas kaltes Wasser und sah sich weiter um. Viel Malerei an den Wänden, einige herumstehende Kunstobjekte, alles sehr geschmackvoll eingerichtet, wenngleich eine persönliche Note fehlte: Tournay hatte in einem Ambiente gelebt, das man sofort für ein Inneneinrichtungsmagazin fotografieren konnte und das aussah, als sei es genau für diesen Zweck hergerichtet worden – aber nicht, um darin zu wohnen und sich wohl zu fühlen. Albin warf einen prüfenden Blick zu Theroux und der verheulten Haushälterin. Dann schlenderte er nach draußen, betrachtete Berthe und zwei ihrer Assistenten, die bei der Leiche standen. Fotos wurden gemacht. Berthe musterte den Kopf des Toten und wendete ihn behutsam hin und her.

Castel drehte sich zu Albin und musterte ihn ebenfalls, die Arme vor der Brust verschränkt. Albin blieb neben ihr stehen und ließ den Blick über den Pool schweifen, betrachtete die Skulpturen im Park, machte sich ein Bild von der Topographie.

»Geht mir schon besser«, sagte er.

»Wie schön«, erwiderte Castel trocken.

»Was wisst ihr schon?«

Wieder wurde er von Castel gemustert. Schließlich sagte sie: »Die Haushälterin kommt zu ihrem Dienst, findet die Leiche im Bassin und ruft die Polizei. Eine Streife trifft ein und zieht uns hinzu, weil Fremdverschulden nicht auszuschließen ist, obwohl es wie ein Unfall aussah. Vielleicht stand er am Pool und fiel hinein, weil sein Kreislauf versagte. Kann bei älteren Männern passieren bei dem Wetter, habe ich gehört.«

Albin ignorierte die spitze Bemerkung. »Ist Fremdverschulden auszuschließen?«

Castel zuckte mit den Schultern. »Wir werden sehen. Ich hätte eigentlich ganz andere Dinge zu tun.«

»Kann ich mir vorstellen.«

»Der Raubüberfall, die verschollenen Gemälde – sie machen mir intern mächtig Feuer unterm Hintern. Vielleicht verliere ich den Fall.«

»Weil die großen Jungs meinen, dass die kleinen Mädchen nicht mit Baggern spielen sollten und sie ihnen wegnehmen wollen?«

»So ungefähr.«

»Empfinden Sie das so? Dass man Ihnen etwas wegnehmen könnte, das Ihnen gehört?«

»Schon, ja.«

»Man muss seine Grenzen erkennen, Castel. Zügel so lange wie möglich in der Hand halten – aber dann Leine geben. So ist das Leben. Nicht persönlich nehmen. Es ist der Beruf. Ist in jedem Job so.«

»Mir schwirrt der Kopf, und ich schlafe kaum. Aber ich will mich nicht beschweren.« Castel fuhr sich durch die kurzen Haare. »Eigentlich hätte ich einen Termin mit Tournay gehabt. Wir haben bei den Kunstdieben unter anderem Bilder gefunden, die aus dem Einbruch in seine Villa stammen, einige Drucke von Matisse. Er sollte sie heute offiziell identifizieren und zurückerhalten.«

»Castel …«

»Ich weiß, was Sie sagen wollen: Der Raubüberfall, dann ein toter Sammler. Sieht merkwürdig aus.«

»So ist es«, sagte Albin und dachte an den alten Louis Fosse und Nicolas Chauvet, die sich ausgerechnet mit Matisse befasst hatten. War das ein Zufall?

Castel merkte auf, als sie von Berthe herangewunken wurde. Albin marschierte so beiläufig wie möglich hinterher und verhielt sich still.

Berthe hockte noch immer neben dem Leichnam und sagte: »Es sieht so aus, als könnte es sich um einen Unfall handeln. Rainier Tournay stand am Rande des Bassins. Eventuell rutschte er ungeschickt aus, oder ihm wurde schlecht. Er kam zu Fall, schlug sich dabei den Kopf an und ertrank bewusstlos. Für das Ertrinken sprechen geplatzte Blutgefäße in den Augen. Ich bin mir ziemlich sicher, dass wir Wasser in der Lunge finden werden.«

»Also ein Unfall«, sagte Castel.

»Ich sagte, es sieht so aus. Auf den ersten Blick. Aber ich habe Zweifel«, erwiderte Berthe.

Sie fasste nach dem Kinn des Toten und drehte seinen Kopf etwas zur Seite. Albin konnte eine Schädelverletzung erkennen. Berthe tippte mit dem Zeigefinger darauf und umkreiste die Wunde, die oval wirkte.

»Diese Verletzung rührt nach meiner Meinung eher von stumpfer Gewalteinwirkung als davon, dass er sich im Fallen den Kopf aufgeschlagen hat«, erklärte Berthe. Sie deutete mit dem Kopf in Richtung des Bassins. »Der Boden ist flach. Wäre er hingefallen und hätte sich den Kopf auf dem Grund des Beckens aufgeschlagen, läge eine andere Art von Verletzung vor. Wenn er auf die Kante des Beckens gestürzt wäre, ebenfalls. Andere Möglichkeiten, sich den Schädel einzuschlagen, gibt es hier nicht.«

Castel fragte: »Und die Skulpturen? Er könnte sich an einer der Figuren verletzt haben und dann zum Becken getaumelt sein.«

Berthe schüttelte schwach mit dem Kopf. »Ich habe mir die Kunstwerke angesehen. Es gibt nirgends eine Form, die dem Abdruck am Schädel entspricht. Abgesehen davon müsste er ziemlich stark gestürzt sein, um sich eine so schwere Verletzung zuzufügen. Damit es an einer der Figuren passiert sein könnte, wäre die Fallhöhe des Körpers nicht groß genug. Da müsste er schon auf dem Boden aufgeschlagen und dort mit dem Schädel auf etwas getroffen sein. Aber ich bin eher der Meinung, dass ihm etwas seitlich gegen den Kopf geschlagen wurde. Nach meiner Einschätzung wird die Obduktion genau das ergeben.«

Berthe stellte sich hin. Sie fasste Castel bei den Schultern, schob sie an den Beckenrand und simulierte einen Hieb gegen ihre Schläfe.

»Für mich sieht es genau danach aus«, sagte Berthe. »Es könnte ein Hammer verwendet worden sein. Ein Gegenstand mit einer stumpfen, rundlichen Kante vom Durchmesser eines Zwei-Euro-Stücks.«

»Nach dem Schlag«, fragte Castel, »ist er dann ins Wasser gestürzt und ertrunken?«

»Es hat den Anschein«, antwortete Berthe. »Ich kann mir allerdings das hier noch nicht erklären.«

Sie beugte sich wieder zu dem Toten hinab und schlug sein geöffnetes Hemd zur Seite. Albin sah am Oberkörper einige rötlich-blaue Stellen. Kleine Kreise. Berthe deutete auf die Flecken.

Sie sagte: »Das sind kleine Hämatome. Weil es leichte Einblutungen gibt, müssen die Verletzungen zu Lebzeiten vorgefallen sein.«

»Sieht aus«, murmelte Castel, »als habe man ihn mit … keine Ahnung. Als habe man mit einem umgedrehten Stuhl nach ihm gestoßen?«

»Dazu sind die Abdrücke zu ungleichmäßig«, sagte Berthe.

»Schläge mit dem Hammer vielleicht?«

Berthe schüttelte den Kopf. »Eher wurde vielleicht mit einem Billardstab nach ihm gestoßen. Oder mit dem Stiel eines Gartengerätes.«

»Es wäre auch denkbar, dass die Verletzungen von Schuhabsätzen stammen. Wenn man so auf jemanden tritt …« Castel simulierte einen Tritt auf den Boden, die Hacke voraus. »Das könnte auch die Schädelverletzung verursacht haben.

Kluges Kind, dachte Albin.

Aber Berthe glaubte nicht daran. Sie sagte: »Wenn du mit der Hacke zutrittst, trifft zuerst immer die Kante vom Absatz auf. Die Verletzungen sehen dann anders aus. Diese hier wirken, als sei die Fläche nicht in einem schrägen Winkel aufgetroffen, sondern unmittelbar. Wie bei festen oder druckvollen Stößen.«

»Wir haben keine Kampfspuren gesehen«, sagte Castel. »Keine Spuren eines Einbruchs oder eines Eindringens. Es löste keine Alarmanlage aus. Dem Anschein nach wurde nirgends etwas gestohlen. Der Haushälterin ist nichts aufgefallen. Wir haben die Videoüberwachung angeschaut, die auch die Innenräume kontrolliert. Auch da war nichts. Offenbar ist niemand in die Wohnung eingedrungen. Wir haben nur gesehen, dass sich Rainier Tournay irgendwann gegen zehn Uhr abends nach draußen auf die Terrasse begeben hat. Wobei der Bereich des Pools in einem toten Winkel außerhalb der Kamera-Sichtweite liegt.«

»Dann müsste jemand im Garten gewartet haben?«

»Wir haben im Garten ebenfalls keine Kampfspuren gefunden«, sagte Castel. Sie überlegte und sagte: »Jemand wartet im Garten auf Tournay oder kommt hinzu. Zieht einen Hammer oder hält ein Gartengerät in der Hand.

Stößt Tournay einige Male mit dem Stiel vor die Brust, schlägt dann zu.«

Berthe nickte leicht. »Könnte sein, ja.«

»Oder«, sagte Castel, »schlägt mit dem Hammer zu. Tournay stürzt ins Becken. Tritt dann mit dem Schuh von oben nach unten auf den Bewusstlosen, damit er im Wasser ertrinkt.«

»Wäre auch denkbar«, antwortete Berthe. »Aber wie ich schon sagte: Das wären eher merkwürdige Schuhabsätze. Hast du Schuhe mit ganz runden Absätzen wie bei einem dünnen Besenstiel? Die Absätze von Schuhen sind an einer Seite meistens stumpf, und zu ganz runden Pfennigabsätzen von Stilettos passen wiederum die Verletzungen nicht, Caterine. Wenn du dich mit deinem ganzen Gewicht darauf legst, um auf jemanden zu treten und ihn zum Beispiel unter der Wasseroberfläche zu halten, dann wären leichte Stichverletzungen die Folge – in jedem Fall eine Verletzung der Haut. Das haben wir hier nicht. Es wirkt eher wie stumpfe Stöße.«

»Hmm«, machte Castel.

Albin vergrub die Hände in den Hosentaschen und überließ Berthe und Castel ihrer Arbeit. Er ging zurück ins Haus und dachte nach.

Wie es aussah, hatte also jemand den Millionär und Kunstsammler Rainier Tournay ermordet, bei dem vor einigen Wochen eingebrochen worden war. Diebesgut in Form von Matisse-Bildern war im Lager der Kunstdiebe entdeckt worden, die den Anschlag auf den Cézanne-Transport verübt hatten, wo zudem zwei sehr kostbare, bis dato unbekannte Gemälde aufgetaucht waren, bei denen es sich um Raubkunst aus der Zeit der deutschen Besatzung handeln mochte – oder auch nicht. Folglich gab es einen Zusammenhang zwischen der Diebesbande und Rainier Tournay – die Bilder von Matisse waren das verbindende Element. Und nun war Tournay tot. Ermordet von jemandem, der im Garten auf ihn gewartet hatte oder hinzugekommen war. Tja, dachte Albin. Diese Person musste einerseits Tournays Anwesen und die Sicherheitsvorkehrungen kennen, über die Videoüberwachung und die Alarmanlagen Bescheid wissen. Andererseits musste diese Person Tournay außerdem bekannt gewesen sein. Wenn man ein Millionär war, bei dem gerade erst eingebrochen worden war, und plötzlich tauchte jemand bei einem im Garten auf – dann nahm man doch sonst Reißaus, rannte ins Haus, verriegelte alles und verständigte die Polizei. Man blieb nur dann an Ort und Stelle stehen und bewegte sich nicht, wenn man die Person kannte, sie erwartete – oder eventuell mit einer Pistole bedroht wurde. Es war wiederum unsinnig, dass jemand mit einer Pistole in der Hand sein Opfer mit einem Hammer oder einem ähnlichen Gegenstand erschlug.

Nein, überlegte Albin, die hatten sich gekannt. Und dieser Täter hatte Rainier Tournay wahrscheinlich gezielt umbringen wollen. Es mochte eine Affekthandlung gewesen sein – die Spuren an Tournays Oberkörper konnten von einem Kampf herrühren. Aber Abwehrspuren, das wusste Albin, sahen eigentlich anders aus. Weswegen sollte Tournay getötet werden? Vielleicht weil Tournay den Täter kannte und etwas über ihn zu erzählen wusste, weswegen Tournays Stimme für immer versiegen musste. Eine Verdeckungstat, um sich selbst zu schützen.

Denkbar, ja.

Und wie stand das im Verhältnis zu dem Kunstraub? Nun,

es gab die Theorie, dass die Kunstdiebe Tippgeber gehabt haben mussten. Vielleicht also kannte Tournay diesen Tippgeber – und falls das so war, dann müsste logischerweise Tournay ebenfalls eine Rolle bei dem Raub gespielt haben, möglicherweise, ohne es zu wissen. Vielleicht wäre ihm nie etwas zugestoßen, wenn nicht die Matisse-Bilder im Lager der Diebe aufgetaucht wären. Oder, dachte Albin und wanderte grübelnd zu den Polizisten und Theroux, die nach wie vor mit der Haushälterin im Gespräch waren, oder da spielte noch ganz etwas anderes eine Rolle.

Albin tippte Theroux auf die Schulter und deutete nach draußen.

»Was?«, fragte Theroux genervt und hielt damit inne, seinen Notizblock vollzukritzeln.

»Solltest du dir mal ansehen.«

»Ich soll mir was ansehen? Ich war schon im Garten.«

»Du solltest mal mit Berthe und Castel sprechen.«

»Albin …«

»Sie haben da was.«

Theroux dachte nach. Sah zwischen Paulette und Albin hin und her und schien zu kapieren, warum Albin sich so vage ausdrückte und gegenüber einer Zeugin oder womöglich sogar einer potentiellen Täterin nicht deutlicher werden wollte.

»Okay«, machte Theroux dann, klappte den Block zusammen und marschierte raus.

»Ihr vielleicht auch«, sagte Albin zu den Streifenpolizisten, die nickten, ebenfalls nach draußen gingen und Albin mit der Haushälterin alleine ließen. Die Frau nahm ihr Taschentuch und putzte sich die Nase. Sie sah verweint aus, blass, geschockt.

»Schlimme Sache«, sagte Albin leise.

»Ja.« Paulette nickte.

»Herzlichen Dank für das Eiswasser. Es hat mir sehr geholfen. Dieses Klima ist fürchterlich.«

»Ja. Ich hoffe, es geht Ihnen wieder besser.«

»Das tut es. Ich war früher selbst bei der Polizei. Jetzt bin ich so eine Art Berater. Als Pensionär habe ich die Zeit.«

»Ja.«

»Darf ich Sie um einen Gefallen bitten? Würden Sie mir das gesamte Haus zeigen?«

Paulette zuckte unsicher mit den Schultern und sah zur Terrasse und den übrigen Polizisten. »Meinen Sie?«, erwiderte sie.

»Keine Sorge«, sagte Albin mit einem Lächeln. »Ich werde Sie ja nicht entführen. Ich möchte mich nur etwas umsehen. Die Kollegen kümmern sich um die wichtigen Dinge. Ich kümmere mich um die eher unwichtigen – aber wir wollen sicherstellen, dass wir nichts übersehen.«

Paulette nickte. »Also – das Wohnzimmer und die Küche sowie die Lobby haben Sie ja schon gesehen.«

Sie setzte sich in Bewegung und ging in den Flur. Albin folgte ihr. Vom Flur aus führte eine Treppe nach oben, eine weitere nach unten. Paulette wählte die nach oben.

»Herr Tournay war nicht verheiratet?«, fragte Albin beim Treppensteigen und bewunderte die Bilder an den Wänden. Bunte Pop-Art. Nicht sein Geschmack, aber fraglos mit dem Kunstverstand eines Kenners ausgewählt.

»Nein«, antwortete die Haushälterin. »Er hat – hatte – eine Lebensgefährtin. Sie ist jünger. Ein Fotomodell und zurzeit außer Landes.«

Castel und Theroux würden die Frau verständigen und

überprüfen, dachte Albin. Die Lebensgefährten, nahen Verwandten und guten Freunde rückten immer als Erstes ins Visier, und in neunzig Prozent aller Fälle traf man in Mordfällen in diesem Kreis auf den Täter. Er beneidete die beiden nicht – sie hatten wirklich alle Hände voll zu tun. Umso wichtiger war es, dass sie unterstützt wurden. Das war gewissermaßen Albins Bürgerpflicht, wenn auch Castel und Theroux das nicht so sahen.

Im oberen Geschoss tat sich ein weiterer Flur vor Albin auf. Die Wände waren hell gestrichen. Hier hing ebenfalls jede Menge Kunst, in erster Linie Graphiken und Zeichnungen, noch moderner als die Pop-Art. Albin sah in den Ecken unauffällig platzierte Überwachungskameras. Er sah außerdem, dass einige der Bilder neu aufgehängt worden waren. Man konnte das an den unterschiedlichen Schattierungen der Wand erkennen. Vielleicht hatten hier die Diebe Bilder von den Wänden gerissen, oder Tournay hatte sich kürzlich entschieden, neu zu dekorieren.

Paulette führte Albin in ein großes Schlafzimmer mit Ankleideraum, in ein Bad, in dem andere Menschen Tennis gespielt hätten, sowie in ein Arbeitszimmer. Alles topmodern, gehobene Möblierung, die Wände voller Malerei, mit der Albin nichts anfangen konnte. Abgesehen davon fiel ihm nichts weiter auf. Theroux und Castel würden sich alles noch sehr genau ansehen und sicherlich einige Dinge beschlagnahmen – zum Beispiel Tournays Computer, ein großes Modell von Apple.

»Das war es«, sagte Paulette.

»Und im Keller?«

»Da unten mache ich fast nie sauber.«

»Sind dort nur Lagerräume?«

»Herr Tournay hat dort nur eine Art Hobbyraum.«

»Und den putzen Sie nicht?«

»Nein. Das ist sein ganz privater Bereich.«

Albin schürzte die Lippen und machte: »Hm.«

»Aber ich habe einen Generalschlüssel.«

»Der passt auch für den Hobbyraum?«, fragte Albin.

Paulette nickte. »Es ist ein neuer Schlüssel. Nach dem Einbruch wurden alle Schlösser ausgetauscht, auch das im Keller, da war ja ebenfalls eingebrochen worden.«

»In dem Hobbyraum?«

Paulette nickte. Albin machte eine auffordernde Geste. Zwei Minuten später waren sie im Untergeschoss – »Keller« wäre eine schlimme Untertreibung gewesen, denn der Flur und die zugänglichen Räume waren ebenso top gestaltet wie der Rest des Hauses. Es gab einen Raum, in dem Tournay Wein lagerte. Es gab einen weiteren Vorratsraum – und schließlich eine wuchtige Eichentür. Albin sah sich um, erkannte aber nirgends Kameras oder ein anderes Sicherheitssystem. Was merkwürdig war. Warum wurde ausgerechnet dieser Bereich von der Überwachung ausgeschlossen?

Paulette erklärte beim Öffnen der Tür: »Das Schloss ist ganz neu. Es war auch aufgebrochen worden. Die haben Bohrer dazu benutzt, unglaublich.«

»Tatsächlich?«, entgegnete Albin. »Was haben die hier denn gestohlen?«

»Herr Tournay hat gesagt, nichts.«

»Hat die Polizei das Zimmer ebenfalls angesehen?«

»Herr Tournay hatte gesagt, dass das nicht nötig sei, weil ja nichts fehlte.«

»Die bohren eine Tür nicht völlig umsonst auf.«

»Was soll ich sagen, Herr Leclerc? Herr Tournay ist der Boss … War der Boss.«

Schließlich öffnete sie die Tür, blieb daneben stehen und suchte in ihrer Hosentasche nach einem Taschentuch.

Albin ging hinein und sah sich um. Der Raum war nicht sonderlich groß, fensterlos und eingerichtet wie das Anwaltsbüro einer traditionellen Kanzlei in Boston: dunkle Holzverkleidung, wuchtige Bücherregale, ein dicker Teppich, ein großer Schreibtisch, auf dem eine Tiffany-Lampe stand, zwei mit rotbraunem Leder gesteppte Sessel, eine kleine Bar, in der Flaschen mit erlesenem Cognac und Brandy standen, ein Humidor, der den schwachen Geruch nach Zigarrenrauch erklärte, ein Billardtisch, der Albin sofort an stumpfe Stöße denken ließ. Er sah zwei Queues auf dem Tisch liegen. Auf den ersten Blick schien nichts zu fehlen. – Was aber fehlte, waren Bilder an der Wand. Überall im Haus hingen welche – aber hier? Fehlanzeige.

Albin betrachtete die Wände. Wenn man hinter dem Schreibtisch saß oder in einem der Ledersessel, blickte man auf eine Wand, die nicht vertäfelt war und an der auch kein Buchregal stand. Sie war hell gestrichen, aber es gab Schattierungen.

Albin trat näher an die Wand heran, strich mit den Fingern darüber, sah hinauf. Unter der Decke waren zwei Spotleuchten angebracht, außerdem eine Schiene aus Aluminium. Solche Schienen und solche Spots gab es in Kunstgalerien. Albin suchte nach einem Schalter für die Spots, fand aber keinen. Er ging zum Schreibtisch und sah in einer Nische zwischen zwei Regalen einen Schalter in unmittelbarer Reichweite. Man musste sich nur im Sessel herumdrehen und konnte ihn drücken. Albin betätigte den Schalter.

Die Spots gingen an und beleuchteten die leere Fläche mit dezentem Weißlicht. Jetzt traten die Schattierungen relativ deutlich hervor. Sie waren rechteckig, unterschiedlich groß. Zwei Bilder hatten hier für einen längeren Zeitraum gehangen. Das war offensichtlich. Und nach Albins Meinung hatten die Einbrecher sehr wohl etwas aus diesem Raum mitgehen lassen – zum Beispiel zwei Gemälde. Was allerdings Rainier Tournay vor der Polizei verheimlichen wollte, weil die Existenz der Bilder geheim war, weswegen es im Untergeschoss auch keine Videoüberwachungsanlage gab, die den Diebstahl solcher Bilder hätte aufzeichnen können beziehungsweise darauf hindeuten, dass sich überhaupt etwas von Wert hier unten befinden könnte.

Paulette stand immer noch im Türrahmen. So, als traute sie sich nicht, die verbotene Schwelle zu übertreten.

Albin fragte. »Waren Sie mal in diesem Raum?«

»Nein. Ich durfte hier ja nicht putzen.«

»Obwohl der Schlüssel, auch der vorherige Generalschlüssel, für diesen Raum passte, waren Sie nie hier drinnen?«

»Nein.«

»Hingen mal Bilder an dieser Wand?«

»Das kann ich Ihnen nicht sagen. Ich nehme es an. Herr Tournay hatte ja überall welche.«

Albin sah sich auf dem Schreibtisch um. Eine Unterlage aus Leder, zwei teure Kugelschreiber, kein Familienbild, ein kleiner Stapel mit teuer aussehendem Papier. Er nahm Platz in dem schweren Ledersessel, strich mit der Hand über die Tischkante und musterte die leere, von den Spots angestrahlte Wand. Der hochprivate Platz eines Mannes, der hier saß und die Früchte seines Lebens genoss. Ganz für sich allein. Kein Computer. Kein Telefon. Er neigte den Kopf ein wenig und betrachtete die Schreibtischfront. Sie verfügte über drei Schubladen.

Er fragte Paulette: »Er hat nie über diesen Raum gesprochen?«

»Nein.«

»Und wer hat hier saubergemacht, wenn nicht Sie?«

»Ich weiß es nicht. Er selbst? Seine Lebensgefährtin?«

Albin öffnete die erste Schublade. Darin lag nichts Besonderes. Eine Mappe, die er aufklappte. Schriftverkehr, geschäftliche Dokumente. Nichts, das ihm auf den ersten Blick etwas sagte. Er öffnete die zweite Schublade. Darin lag eine weitere Mappe. Obenauf ein Scheckheft. Er klappte die Mappe auf. Papiere, einige unsortierte Fotos. Albin nahm die Mappe heraus und blätterte durch die Bilder. Die meisten waren professionelle Aufnahmen, Modeshots, mit ein und demselben Model. Vermutlich Tournays Lebensgefährtin. Drei davon waren topless, andere zeigten die Frau zusammen mit Tournay in Urlauben, manche zeigten nur Tournay. Auf einem lehnte er lässig an einem Billardtisch und lächelte in die Kamera. Es sah aus, als sei das Bild in diesem Raum aufgenommen worden. Albin betrachtete den Hintergrund, der reichlich dunkel war, denn das Foto war mit einem Blitz gemacht worden und nur der Vordergrund korrekt belichtet.

»Sehen Sie manchmal Nachrichten?«

»Fast nie.«

»Hat Herr Tournay mal von einem van Gogh oder einem Cézanne gesprochen?«

Paulette schüttelte den Kopf. »Nicht dass ich wüsste. Ich kann mir aber nicht vorstellen, dass er Bilder von denen besaß – zumindest habe ich hier im Haus nie welche gesehen, und ich denke, so reich war Herr Tournay dann ja auch wieder nicht.«

Albin schaltete die Schreibtischlampe an, hielt das Foto darunter und war sich sehr sicher, dass die Aufnahme die nun leere Wand zeigte – mit dem Unterschied, dass die Wand zum Zeitpunkt der Aufnahme nicht leer gewesen war. Vielmehr hingen dort zwei Gemälde, und es sah so aus, als …

»Darf ich wissen«, fragte Castel, »was das hier wird, Albin?«

Albin blickte auf. Castel stand in der Tür. Die Haushälterin hatte sich auf den Flur zurückgezogen, wo Albin auch Theroux erkannte. Albin winkte Castel zu sich.

»Kommen Sie«, sagte er und wedelte mit dem Foto.

Castel kam heran. »Albin, das geht beim besten Willen nicht, und das wissen Sie ganz genau. Erstens kontaminieren Sie mit Ihren Spuren das komplette Haus. Zweitens geht Sie das alles nichts an, und drittens …«

»Castel«, kürzte Albin ab. »Reißen Sie sich mal zusammen. Seit Sie wieder fest im Sattel sitzen, reden Sie den gleichen Dünnschiss daher wie alle anderen.«

»Weil ich mehr Verantwortung trage.«

»Nein. Weil Sie eine Zauderliese sind, die statt schneller und effizienter Ergebnisse lieber den offiziellen Weg beschreitet und Angst um ihren Job hat, wenn sie abseits des Weges …«

»Ja«, sagte Castel kalt. »Ganz genau. Ich will meinen Job behalten und mir nicht dauernd dazwischenfunken lassen. Ich kann das auch ohne Sie, und ich habe Ihnen schon mal gesagt, dass ich nicht Zauderliese genannt werden will.«

»Sie sind aber eine«, erwiderte Albin und stand auf. »Eine Zauderliese, die von ihrer Furcht gelähmt wird.«

»Sie sind unmöglich, Albin.«

»Hier«, sagte Albin und gab Castel das Foto. »Ihr Ticket zur Beförderung. Sehen Sie sich das Foto an. Sprechen Sie mit der Haushälterin.«

»Was ist das?«

»Achten Sie auf diese Wand«, sagte Albin und deutete auf die leere Fläche im Raum.

Castel sah zu der Wand. Dann wieder auf das Foto. Wieder zur Wand, wieder auf das Foto. Dann zu Albin.

»Paulette?«, fragte Albin.

»Ja?«

»Haben Sie diese Bilder schon einmal gesehen?«

Paulette machte einige Schritte auf den Schreibtisch zu. Sie betrachtete das Foto und schüttelte den Kopf. »Nein. Aber es ist dieser Raum.«

»Wiederholen Sie bitte«, sagte Albin, »was Sie mir eben erzählt haben?«

»Also – ich sollte den Raum nie zum Putzen betreten. Herr Tournay wollte dieses Zimmer stets ganz für sich privat haben.«

»Hat er je etwas über diese Gemälde gesagt?«, fragte Castel.

»Nein, wie schon gesagt, ich …«

»Paulette«, fragte Castel, »sehen Sie manchmal Nachrichten im Fernsehen?«

»Nein, das habe ich schon Herrn Leclerc erklärt. Eher selten, muss ich sagen. Aber …«

»Ja?«, fragte Castel.

»Aber es wundert mich nicht, wenn er in diesem Raum

auch welche hatte. Zudem wurde ja die Tür bei dem Einbruch ebenfalls aufgebrochen und danach das Schloss erneuert, und offensichtlich fehlt ja etwas. Dennoch wundere ich mich, dass Herr Tournay dann der Polizei gesagt hat, dass aus seinem Privatraum nichts gestohlen wurde.«

»Kann man wohl sagen«, erwiderte Castel.

»Vielleicht fand Herr Tournay es ja nicht erwähnenswert, dass die Diebe die zwei Gemälde geklaut hatten, weil sie ja nichts wert waren«, sagte Paulette. Sie stockte. »Oder …«, fragte sie unsicher. »Oder – waren die doch etwas wert?«

Castel wendete sich zu Albin. »Denken wir dasselbe?«, fragte die Polizistin. Ihre Augen waren weit aufgerissen.

»Über Ihre Beförderung?«

»Über die Gemälde.«

Albin nickte langsam und sagte: »Ja, ich glaube, das tun wir. Wir sind uns ziemlich sicher, dass an dieser Wand der Cézanne und der van Gogh hingen.«

Theroux erschien in der Tür und sah sich um. »Alles in Ordnung hier unten?«, fragte er.

28

Für einige Minuten schwiegen alle. Theroux räusperte sich. Man konnte ihm beim Nachdenken geradewegs zusehen.

»Ehm«, sagte er und rieb sich mit dem Daumen über die Lippen. »Die Gemälde wurden bei Tournay gestohlen? Aber … Das sind Millionenwerte, warum hat er denn das nicht gemeldet, wenn er doch die anderen Diebstähle … Ehm. Okay. Es sollte niemand wissen, dass die Gemälde existierten, richtig?«

»Richtig«, sagte Castel.

»Richtig«, sagte Albin.

»Sie sind illegal erworben worden.«

»Völlig illegal«, bestätigte Castel.

Theroux sagte: »Wir müssen die Haushälterin noch mal neu vernehmen. Sie ist im Besitz des Generalschlüssels. Sie könnte ja einen Tipp an die Einbrecher gegeben haben.«

»Werdet ihr wohl«, sagte Albin.

»Was ist mit seiner … Ehefrau oder Lebensgefährtin?«, fragte Theroux.

»Ich weiß nicht, was mit der ist«, antwortete Castel. »Aber wir müssen sie überprüfen.«

»Sie«, fuhr Theroux fort, »könnte ebenfalls dahinterstecken. Es sind fast immer die Ehepartner. Und es liegt doch auf der Hand, oder? Sie hat von den Gemälden gewusst. Sie fährt also woanders hin, um sich ein Alibi zu verschaffen, und beauftragt ein paar Typen, die Gemälde zu stehlen und Lösegeld von Tournay zu erpressen.«

»Hm«, machte Albin, der das eher nicht glaubte.

»Überprüf das, Theroux«, sagte Castel. »Check die Frau. Du musst sie sowieso auftreiben und benachrichtigen.« Castel klang atemlos und schien nach wie vor ihre Gedanken zu sortieren.

Albin betrachtete die leere Wand. Er sagte: »Castel. Sie müssen das Foto begutachten lassen. Das muss hieb- und stichfest sein. Spannen Sie Ihren Freund aus dem Granet ein sowie ein paar andere Spezialisten. Sie sollen belegen, ob es sich tatsächlich um den van Gogh und den Cézanne handelt oder ob wir Tomaten auf den Augen haben, was ich nicht annehme.«

»Das weiß ich selbst, Albin«, erwiderte Castel.

»Außerdem brauchen wir …«

»Wir?«

»… außerdem braucht ihr Informationen aus der Sammlerszene. Die ganzen einschlägigen Hehler abklappern. Ein paar Kunsthändler befragen. Die Herkunft der Gemälde muss geklärt werden. Das ist das A und O.«

»Wir müssen noch jede Menge andere Sachen klären.«

»Es hängt alles zusammen. Eines wird zum anderen führen.«

Castel massierte sich nachdenklich die Unterlippe.

Theroux rieb sich den Nacken. »Wieso gehört alles zusammen?«, fragte er.

Albin erklärte: »Alles folgt einem roten Faden. Der rote Faden ist die Malerei. Erst wird bei Tournay eingebrochen.

Es werden Bilder gestohlen. Dann wird ein Kunsttransport überfallen, und im Lager der Kunstdiebe tauchen Tournays Kunstwerke auf. Darauf wird Tournay ermordet.«

Man konnte Theroux beim Nachdenken zusehen. »Du meinst … Die Lebensgefährtin steckt auch hinter den …«

»Nein«, unterbrach Albin, »meine ich nicht. Von der Frau rede ich gar nicht. Ich meine vielmehr, dass wir es mit einer Verdeckungsstraftat zu tun haben. Tournay wurde ermordet, damit er nicht redet.«

»Und, ehm …«, fragte Theroux. »Worüber sollte er nicht reden?«

»Er kann jemanden identifizieren«, sagte Castel leise und starrte auf den Boden. »Weil er bereits über die Rückgabe seiner Gemälde verhandelt hat und ein Lösegeld bezahlen wollte. Er kannte jemanden, der als Vermittler auftrat. Dann wurden die Kunstdiebe geschnappt, die Lösegeldzahlung platzte, denn der van Gogh und der Cézanne wurden von uns gefunden und beschlagnahmt. Früher oder später, das wusste der Vermittler, würde die Spur zu Tournay führen. Und der würde den Vermittler ans Messer liefern. Davor wollte er sich schützen und brachte Tournay um.«

Albin nickte. »Gut denkbar«, sagte er. »Bleibt die Frage, woher Tournay die Bilder ursprünglich hatte.«

»Ich glaube«, sagte Castel, »wir müssen zunächst den Mord klären.«

»Aber nicht auf das falsche Pferd setzen. Ihr müsst weiterdenken«, sagte Albin.

Castel und Theroux sahen ihn fragend an.

Albin nickte in Richtung der leeren Wand. Er sagte: »Diese Gemälde sind zig Millionen wert. Tournay wird jede Menge dafür bezahlt haben. Die Frage ist: Wem? Falls es stimmt und es sich um Raubkunst handelt, dann ist dieses Geschäft extrem illegal abgewickelt worden. Dem Verkäufer der Gemälde muss klar sein, was ihm blüht, wenn er geschnappt wird. Und dabei geht es nicht nur um das strafrechtlich Relevante, sondern auch um jede Menge Geld. Man würde kaum herausfinden, für wie viele Millionen Euro die Bilder tatsächlich verkauft wurden. Also würden die Behörden ihren Wert schätzen, und ich rede vom Finanzamt, denn das Geschäft wurde illegal und an der Steuer vorbei abgewickelt. Wenn der Verkäufer geschnappt würde, müsste er reichlich Geld nachzahlen. Sagen wir, er habe die Bilder illegal für zwanzig Millionen verkauft, aber ihr Marktwert wird mit zweihundert Millionen angesetzt. Dann muss er dem Fiskus deutlich mehr bezahlen, als er mit dem Verkauf überhaupt verdient hat. Mit anderen Worten: Er wäre bis in alle Ewigkeit pleite und käme außerdem wegen des Handels mit Raubkunst und Steuerhinterziehung in Höhe von mehreren Millionen Euro für ein paar Jahre in den Knast. Er schaltet also den Fernseher an und dreht durch, als er plötzlich den van Gogh und den Cézanne sieht, denn er hat das alles im Hinterkopf. Und er weiß: Tournay könnte mich identifizieren. Also weg mit ihm. Der gleiche Mechanismus würde bei Ihrer Vermittler-Theorie greifen, Castel.«

»Die ich für schlüssiger halte.«

»Weil sie auf der Hand liegt? Weil sie einfacher ist?«

»Sie liegt eher auf der Hand, weil es einen Vermittler gegeben haben muss. Tournays Kontakt zu dem Vermittler liegt zeitlich näher als der Ankauf der Gemälde, der schon zwanzig Jahre zurückliegen könnte. Er kann sie sonstwo gekauft haben – vielleicht in China.«

Albin zuckte mit den Schultern. »Denkbar«, sagte er.

Castel nickte. Theroux ebenfalls. Beide starrten auf die leere Wand und dann zur Tür, als dort ein Kollege von der Spurensicherung erschien und Unterschriften von den beiden wollte.

Albin blickte noch einmal zu dem Schreibtisch. Er hob die Unterlage etwas an und sah darunter eine Visitenkarte. Sie sah verblichen aus, hatte einen Knick und trug lediglich den Aufdruck: Vallier, L'Isle-sur-la-Sorgue. Er schob die Karte zurück.

»Bei allem, was ihr tut«, sagte er zu Castel und Theroux, bevor der den Raum verließ, »solltet ihr die Ursprungsfrage nicht aus den Augen lassen: Woher stammen die Bilder?«

29

L'Isle-sur-la-Sorgue – der Name für den Ort war treffend, denn Seitenarme der Sorgue umschlossen ihn tatsächlich wie eine Insel. Überhaupt war die gesamte Stadt voller Wasser, das in zahllosen Kanälen und unter vielen kleinen Brücken über grüne Algen hinwegfloss. »Stadt des Wassers« nannten manche daher auch den Ort, andere schwärmten vom Venedig oder Amsterdam der Provence, in dessen Altstadt überall Treppchen hinab zum Wasser und zu den alten Waschplätzen führten. Während der Fluss rauschte und gluckerte, raschelte und klingelte es in den Kassen der Antiquitäten- und Souvenirhändler, wenn die Touristen sich zum Beispiel eine Sodawasserflasche aus blauem Glas zu irrsinnigen Preisen kauften, alte Ricardgläser oder Aschenbecher, die Matteo längst weggeworfen hätte.

Albin hielt an der Ampelkreuzung und brummelte Flüche vor sich hin. Er hielt den Ort immer schon für ein Hindernis statt für eine Attraktion. Noch viel schlimmer war es mit dem Verkehr an den Wochenenden, wenn der große provenzalische Markt am Sonntagvormittag abgehalten wurde oder es Events wie den »Schwimmenden Markt« im August oder gar Messen mit mehr als fünfhundert Ausstellern aus dem ganzen Land gab und die Stadt in den Besuchermassen ertrank. Und was wurde dann überall verkauft? Ramsch. Krempel, den die Brocanteure ergatterten, wenn irgendwo eine Oma starb, und ihren gammeligen Küchentisch dann auf einem der zahlreichen Antikmärkte im Departement Vaucluse für viel Geld veräußerten. In L'Isle-sur-la-Sorgue konnten sie den Sperrmüll regelrecht vergolden und wohlhabenden Touristen aus Alabama oder London für ein paar Tausender als original provenzalischen »Shabby Chick« vertickern, den diese sich dann per Luftfracht in ihre Landhäuser in den Hamptons oder wo auch immer liefern ließen. Tja, wenn das die Oma gewusst hätte – sie hätte sich keine Sorgen um ihre Rente machen müssen.

L'Isle-sur-la-Sorgue jedenfalls – egal, ob Albin es für Ramsch oder Nepp hielt – hatte einen enormen Ruf bei Kunst- und Antiquitätenliebhabern aus aller Welt. Einige Hundert Händler und Hinterhof-Trödelmärkte hatten hier ganzjährig geöffnet. Was man andernorts in volkskundlichen Museen in Vitrinen wie Heiligtümer aufbewahrte, stapelte sich in L'Isle. Es gab riesige Hallen, die bis unters Dach mit allem vollgestopft waren, was das Herz eines Sammlers höher schlagen ließ. Für jeden Geschmack war etwas dabei. Man stand auf amerikanisch inspiriertes Chromdesign der Fünfziger? Kein Problem. Man liebte technische und nautische Messinginstrumente aus allen Epochen? Auch vorhanden. Antike Kochbücher, historische Postkarten, Bauhaus-Möbel oder Metalltische und -stühle von der Pariser Weltausstellung 1889? Hier gab es all dies. Man sammelte Gipshände von Handschuhherstellern aus dem Fin de Siècle, Art-Nouveau-Zahnbürstenhalter oder die Holzköpfe von Hutmachern? Irgendwo zwischen Cours Emile Zola, Avenue de la Libération, der Esplanade Robert Vasse, Avenue des Quattre Otages und der Avenue Charles Charmasson gab es das. Verlässlich.

Auf ebendiese Avenue bog Albin nun ab und warf den von der Sonne verblichenen Wahlkampf-Plakaten vom Front National einen Blick zu. Jemand hatte dem örtlichen Kandidaten und der örtlichen Kandidatin ein Hitlerbärtchen gemalt. Der Ortsvereinigung der Partei schien das gleichgültig zu sein – womöglich, dachte Albin, weil der im Süden sehr starke Front National nichts gegen solche Interpretationen einzuwenden hatte. Albin war Politik ziemlich egal. Aber ihm war klar, dass es gerade in einem touristischen Ort wie L'Isle im Winter vollkommen anders zuging als zur Hauptsaison. Im Herbst und Winter passierte hier nämlich fast gar nichts, was im Übrigen für die gesamte Region Vaucluse galt, die zu den fünf ärmsten der rund hundert Départements Frankreichs zählte. Das machte sich bei jeder Wahl bemerkbar. Die Rechten mit Marine le Pen und der Nichte Marion Maréchal-Le Pen lagen hier stets locker über dreißig Prozent. Und es hatte ein regionales Erdbeben gegeben, nachdem Marion bei der letzten Parlamentswahl nach internen Streitereien bekanntgab, sich zurückzuziehen und nicht erneut als Abgeordnete für das südfranzösische Département Vaucluse zu bewerben. Das war extrem schlecht bei den Wählern angekommen.

Das alles spielte für Albin keine Rolle. Ob Linke, ob Rechte – an den Kriminalitätsraten änderte sich nichts.

Direkt am Kreisverkehr und an der Abzweigung zur Avenue Charles Charmasson lag das Grand Hotel Henri mit einem angeschlossenen Gourmet-Restaurant. Von außen hätte man eher auf eine Jugendherberge getippt. Aber Albin wusste, dass es innen anders aussah. Ein TV-Sternchen war hier vor einigen Jahren auf ihrem Bett tot aufgefunden worden, und Albin war ziemlich verblüfft gewesen – über die luxuriösen Zimmer und darüber, was ein betrogener Ehemann mit einem Taschenmesser aus einem ehemals hübschen Gesicht alles machen kann. Ein Stück weiter stellte Albin seinen SUV auf dem Parkplatz des vietnamesischen Restaurants Le Saigon ab und holte Tyson aus dem Kofferraum. Er wartete auf eine Lücke im Verkehr und lief mit dem Hund unter dem Arm auf die andere Straßenseite.

Das dortige Grundstück wurde von einer kleinen Mauer eingefasst. Die grünen Metall-Flügeltüren des Tores standen weit offen. Dahinter lag ein kleiner, mit hellem Kies bestreuter Hof, der links und rechts mit Oliven- und Feigenbäumen bepflanzt war, an deren Ästen merkwürdige Säcke hingen. Sie erinnerten Albin an zusammengefaltete Hängematten, aber ein kleines Schild verwies darauf, dass es sich um die Installation eines skandinavischen Künstlers handelte.

Einige Treppenstufen führten schließlich hinauf zu einem aufwändig restaurierten Herrenhaus mit ockerfarbener Fassade und hellgrün gestrichenen Fensterläden. Die Eingangstür unter einem kleinen Balkon stand offen. In ein dezentes Schild aus schwarzem Metall war der Name *Michel Vallier* in goldenen Lettern graviert.

Albin ließ Tyson zu Boden und leinte ihn an. Schließlich betrat er das weiß gestrichene Innere und hörte nichts außer dem Klicken von Tysons Krallen auf dem polierten Steinboden sowie dem leisen Klingeln eines Windspiels. Er sah sich um und kam sich vor wie in einem Privatmuseum. Überall in den Ecken gab es Kameras. Die hohen Wände in den Räumen links und rechts des Flures waren mit moderner Kunst dekoriert. Links auf dem Flur neben dem Eingang zu einem Büroraum hing sogar ein alter Autoreifen an der Wand sowie ein Gemälde, das aussah, als habe man die Seitenwand aus einem Pariser Metro-Pissoir ausgebaut. Jemand namens Basquiat hatte es sogar signiert – aber vielleicht war der Name Bestandteil der Graffiti-Kritzelei, bezeichnete irgendeine Turnschuhfirma oder einen Rapper, und Albin kapierte es nicht. Eventuell handelte es sich sogar um ein arabisches Gebäck.

»Sie mögen Basquiat?«

Albin hob eine Augenbraue und wandte sich um. Wie aus dem Nichts waren ein Mann und eine Frau hinter ihm erschienen.

»Mir gefällt Leonardo da Vinci«, erwiderte Albin.

Der Mann lachte. Die Frau neben ihm war etwa halb so alt wie er, ganz in Schwarz gekleidet und trug einen feuerroten Pagenkopf. Sie verschwand lautlos in einem Büroraum, der Mann hingegen blieb stehen, wo er war. Albin nahm an, dass es sich um Michel Vallier handelte, Kunsthändler und Berater in der dritten Generation. Er trug einen zweireihigen Blazer mit Goldknöpfen zu einer blassroten Hose. Im graumelierten Haar funkelte Brillantine. Sein Ausdruck wirkte aristokratisch, überheblich und ein wenig gelangweilt, weil alles in seinem Gesicht leicht nach unten hing: die Lider, die Mundwinkel, das Doppelkinn.

»Leonardo da Vinci«, murmelte er und drehte einen Siegelring am Finger hin und her. »Damit kann ich nicht dienen.«

»Albin Leclerc von der Kriminalpolizei«, stellte sich Albin vor.

»Michel Vallier«, sagte Michel Vallier.

Er reichte Albin gerade bis zum Kinn und gehörte zu der Sorte Mensch, die eine Hand zu lange schüttelten und einem dabei deutlich zu nah kamen – wohl wissend, dass sie ihr Gegenüber innerhalb dieser Komfortzone verunsicherten. Vallier nutzte das aus, um in Albins Gesicht zu lesen, aber offensichtlich fand er nichts Interessantes.

»Basquiat«, sagte er schließlich und schüttelte immer noch Albins Hand, »hatte ein großes Comeback. Seine Arbeiten erzielen inzwischen über hundert Millionen Euro. Er zog es vor, zu verglühen statt zu verblassen. Sein Leben war so kraftvoll und dynamisch wie seine Bilder.«

»Sie haben Bilder für hundert Millionen Euro an der Wand?«, fragte Albin und drehte seine Hand aus der von Vallier, der wiederum lachte. Seine Kronen mussten ebenfalls ein Vermögen wert sein.

»Nein, diese Arbeit ist erheblich günstiger. Aber natürlich lässt sich alles beschaffen. Das ist die Profession unseres Hauses.«

Albin nickte. »Und wenn ich in einen van Gogh und Cézanne investieren möchte?«

Vallier blinzelte und trat einen Schritt zurück. Er schob eine Hand in die Sakkotasche und fragte: »Herr …«

»Leclerc.«

»Herr Leclerc, was führt Sie zu mir?«

»Rainier Tournay.«

Vallier setzte eine betroffene Miene auf. »Es ist entsetzlich. Ich habe es in den Nachrichten gehört. Ist es wirklich wahr? Der arme Mann ist tot? Ein Unglück? Gerade wurde doch erst bei ihm eingebrochen?«

»Er ist tot, ja.«

»Weiß man schon …?«

»Man weiß nichts. Außer, dass er Kunst gesammelt hat und Sie ein sehr angesehener Kunsthändler sind. Wir fanden Ihre Karte in seinen Unterlagen. Seine Dokumente werden noch gesichtet, aber wir würden gerne wissen, ob er Ihr Kunde war.«

»Kunde wäre zu viel gesagt«, erwiderte Vallier.

»Sie wissen von dem Einbruch bei ihm?«

»Die Kunstwelt ist klein.«

Vallier musterte Albin. Albin musterte Vallier.

»Er kaufte eher gelegentlich bei mir ein, und das ist auch schon einige Zeit her«, sagte Vallier. »Er bevorzugte die Konkurrenz, internationale Agenturen und Auktionshäuser. Wir waren gerade genug für den Kleinkram.« Vallier verzog das Gesicht und machte eine wegwerfende Geste.

»Welcher Kleinkram zum Beispiel?«

»Ich habe wirklich nicht alle Verkaufslisten im Kopf, Herr Leclerc.«

»Das erwartet auch niemand.«

Vallier blähte die Backen und tat so, als denke er angestrengt nach. Dabei war sich Albin sicher, dass der Händler ganz genau wusste, was er an einen Magnaten wie Tournay verkauft hatte.

»Zuletzt war es ein Napoleon III.-Nussbaumsekretär für das Schlafzimmer seiner Lebensgefährtin. Ich befürchte, sie benutzte ihn als Schminktisch. Und ein paar Lithographien von Matisse.«

Da war er auf einmal wieder, dachte Albin. Dieser Henri Matisse. Vallier sah Albin an, als warte er auf eine Reaktion. Was bemerkenswert wirkte, zumal Albin nicht genau wusste, worauf er reagieren sollte.

»Jedenfalls«, fuhr Vallier fort, »werden Sie feststellen, dass Herr Tournay nur ein sporadischer Kunde war, vor mehr als zehn Jahren dazu.«

»Seither nicht mehr?«

»Nein. Ich weiß nicht, bei wem er gekauft hat. Vielleicht bei Laurent Roubaud, aber das werden Sie schon herausfinden.«

»Roubaud ist …«

»Ein Kollege«, erwiderte Vallier kalt. Dann fragte er: »Wie darf ich übrigens Ihre Bemerkung wegen des Cézannes und des van Goghs verstehen?«

»Gibt es da etwas zu verstehen?«

»Nun, Sie haben die beiden Gemälde erwähnt, ja? Ein spektakulärer Fund. Aber damit habe ich nichts zu tun.«

»Was sollten Sie damit zu tun haben?«

»Eben gar nichts. Das ist so oder so nicht meine Größenordnung, wenngleich ich alles machbar machen kann.«

»Auch das Beschaffen verschwundener Bilder?«

»Ich muss doch sehr bitten, Herr Leclerc.« Vallier war schlagartig beleidigt. »Ich bin nur ein einziges Mal mit dem Gesetz in Konflikt geraten, was kein Geheimnis und sicherlich bei Ihnen aktenkundig ist, und …«

»Was war denn da los?« Albin merkte auf.

»Sie sind schlecht vorbereitet, Herr Leclerc. Ich nahm an, das sei der Hintergrund Ihres Besuches. Finden Sie es selbst heraus und machen Sie Ihren Job.« Vallier sah auf die Uhr. »Ich habe nun einen Termin.«

»Herzlichen Dank für Ihre Zeit«, sagte Albin, zog an Tysons Leine und bewegte sich zum Ausgang. Kurz davor drehte er sich noch einmal um. »Ach«, fragte er, »eines noch, Herr Vallier. Sie sind doch Fachmann: Sind Ihnen in den vergangenen Jahren fragwürdige Antiquitäten, Gegenstände oder Gemälde angeboten worden?«

»Ich mache keine fragwürdigen Geschäfte.«

»Ich frage ja auch nur nach Angeboten.«

»Mit Diebesgut kommt man nicht zu mir. Also wirklich.«

»Und mit Raubkunst?«

»Bitte?«

»Mit Nazi-Raubkunst.«

Vallier druckste herum. »Es werden einem immer mal Waren angeboten, deren Herkunft unklar ist. Davon lasse ich die Finger. Unser Haus hat einen tadellosen Ruf.«

Der, dachte Albin, allerdings einmal beschmutzt worden ist, so wie Vallier sich ausgedrückt hatte. Albin fluchte innerlich darüber, dass ihm nicht einfiel, worum es ging. Dieses dämliche nachlassende Gedächtnis!

»Was sind oder waren das für Angebote?«, fragte Albin.

Vallier machte eine abweisende Geste. »Diskretion gehört zu meinem Beruf. Wo keine Fragen, da keine Antworten – und je weniger man weiß, desto besser. Allerdings lege ich nicht für Herrn Roubaud meine Hand ins Feuer.«

»Weil?«

»Wie man hörte, hatte er vor einiger Zeit verschiedene exquisite Louis-Quatorze-Stühle und -Spiegel im Angebot. Wer weiß, woher die stammten.«

»Wertvoll?«

»So ein Stuhl kann um die zehntausend Euro kosten. Die Spiegel ebenfalls. Je nachdem.«

»Und woher könnten sie stammen?«

Vallier zuckte mit den Achseln. »Fragen Sie den, den es betrifft. Und nun läuft mir wirklich die Zeit davon.«

Albin nickte und wandte sich wieder zur Tür. Im Rausgehen warf er einen Blick in einen großen Nebenraum, der mit einigen teuer wirkenden antiken Möbeln zugestellt war. Neben der Tür befand sich ein Schirmständer, in dem mehrere alte und sehr wertvoll aussehende Gehstöcke mit silbernen, fein ziselierten Knäufen standen. Draußen angekommen, griff Albin nach dem Handy und suchte im Gehen Berthes Nummer aus dem Speicher. Er lief mit Tyson über die Straße und blieb neben seinem Auto stehen.

Berthe ging gehetzt ans Telefon. »Ja?«

»Meine liebe Berthe …«

»Mein lieber Albin, ich habe überhaupt keine Zeit.«

»Ich habe nur eine rasche Bitte – beziehungsweise eine Anregung.«

»Und ich habe zwei Tote auf dem Tisch. Meine Assistenten bereiten gerade alles vor.«

»Rainier Tournay.«

»Was ist mit dem?«

»Weißt du mehr über das Werkzeug, mit dem er getötet wurde?«

»Nicht mehr als gestern.«

»Könnte es ein Gehstock gewesen sein?«

Berthe schwieg einen Moment. »Natürlich könnte es ein Gehstock gewesen sein. Vorausgesetzt, dass er einen sehr schweren Knauf hatte. Solche gibt es ja.«

»Solche gibt es, in der Tat. Kannst du dir den Schädel daraufhin einmal ansehen?«

»Ich habe mir den Schädel bereits genau angesehen.«

»Noch genauer.«

»Albin – worauf willst du hinaus?«

»Falls es ein Stock war und falls er einen schweren Knauf hatte, sollten wir …«

»Wir?«

»... so viel wie möglich über diesen Knauf wissen, um den Stock identifizieren zu können.«

»Albin, du solltest das wirklich Caterine Castel und Alain Theroux überlassen. Die beiden sind keine Kinder mehr.«

»Sie haben halt alle Hände voll zu tun.«

»Du weißt, was ich meine.«

»Ich gebe ja bloß eine Anregung.«

»Mhm, genau, *bloß* eine Anregung.«

»Ich melde mich«, sagte Albin und beendete dann das Gespräch, bevor ihm Berthe noch weiter die Leviten lesen würde.

Dann setzte er Tyson in den Kofferraum und fuhr los, um einen weiteren Kunsthändler zu besuchen. Castel und Theroux würden ohne Zweifel die gleichen Spuren verfolgen wie Albin – aber, na ja, wie sollte man sagen? Drei Köpfe arbeiten besser als zwei? Abgesehen davon würden die beiden im Papierkram ersticken, sie hatten ohnehin Arbeit bis zur Halskrause und nun noch mehr obendrauf bekommen. Vielleicht würden sie einige wesentliche Details nicht auf Anhieb erkennen und nicht so schnell und flexibel agieren können wie jemand, der außerhalb des Systems stand, zum Beispiel Albin Leclerc.

Er warf einen Blick auf die Uhr. Veronique und Manon waren nach wie vor im Blumengeschäft, Clara im Kindergarten. Und er selbst würde unter anderen Umständen auf dem Sofa sitzen und die Wand anstarren.

Was war besser: Wände anstarren oder sich nützlich machen?

Gar keine Frage, dachte Albin und startete den Wagen.

Bevor er losfuhr, hielt er inne, weil ihm eine Idee gekommen war. Er wusste so gut wie gar nichts über das Marseille der vierziger Jahre und die Besatzung – im Wesentlichen nur das, was er in den letzten Tagen von anderen gehört hatte. Er nahm das Handy zur Hand, freute sich kurz darüber, dass es technisch möglich war, damit praktisch an jedem Standort das Internet nutzen zu können, hielt es sich dicht vor die Augen und rief Google auf, um nach einer bestimmten Homepage zu suchen. Er fand sie – nach drei Versuchen, den Suchbegriff korrekt einzugeben, denn seine Finger waren sehr groß und die Tastatur des Handys sehr klein. Er fand außerdem eine Telefonnummer und rief dort an, trug sein Anliegen vor und wurde zu einer sehr freundlichen Dame durchgestellt, der er wiederum sagte, was er wollte. Das sei gar kein Problem, erwiderte sie und verabredete einen Termin mit Albin.

Marseille, dachte er im Losfahren. Es war verflucht lange her, seit er zum letzten Mal dort gewesen war.

30

Castel wohnte etwas außerhalb von Carpentras in einem einfachen, kleinen Haus, das sie möbliert gemietet hatte. Als sie von Marseille hierhergekommen war, um den Job bei der Streifenpolizei anzutreten, hatte sie zunächst nach einem Apartment gesucht, war dann aber auf das ehemalige Ferienhäuschen gestoßen. Es war in einem rötlichen Ockerton gestrichen, aus billigen Materialien gebaut und vermutlich nie an Touristen vermietet worden. Es hatte kaum Fenster und war sehr einfach eingerichtet, nur mit dem Nötigsten ausgestattet, aber Castel brauchte nicht viel.

In der Nacht hatte sie entsetzlich geschlafen und stand jetzt vor der Küchenzeile, wo sie ihre Kaffeetasse abspülte und umgedreht zum Abtropfen hinstellte. Es war ein alter Becher, der den verblichenen Werbeaufdruck einer Firma trug, die Castel nichts sagte. Die Glasur der Keramik war rissig, und an einer Kante am Rand fehlte ein Stück. Und so fühlte sich Castel im Moment: wie eine leere Tasse, die zersprungen und wieder zusammengeklebt worden war.

Sie stützte sich mit feuchten Händen auf der Arbeitsplatte ab und schloss die Augen. Ihre Welt war aus Glas – dünn, und sie konnte jeden Moment zerspringen. Es gab so viele Baustellen, dass Castel nicht wusste, wo sie mit der Arbeit anfangen beziehungsweise wo sie sie fortsetzen sollte. Und genau so, wenn man ehrlich war, ging es ihr im Privatleben. Es war ebenso leer wie diese Tasse, zersprungen und notdürftig geflickt. Es gab kaum etwas, mit dem man das Gefäß füllen konnte.

Castel öffnete die Augen, lachte kurz auf und schüttelte den Kopf über ihre unsinnigen Gedanken. Das war nur eine blöde Tasse und sie selbst zum ersten Mal seit langem wieder richtig gefordert. Vielleicht überfordert? Nein, sie musste lediglich erst wieder lernen, was beruflicher Stress bedeutete.

»Na, komm«, sagte sie zu sich selbst, gab sich dann einen Ruck und nahm ihre Sachen, um zur Arbeit zu fahren. Sie verließ das Haus und öffnete das Klappfach unter dem Sitz ihres Motorrads, um den Helm herauszunehmen. Sie blickte in den diesigen Himmel, unter dem sich die Wärme wie unter einer Dunstglocke staute, setzte sich dann den Helm auf, ließ den Motor an und fuhr los.

Links und rechts neben ihrem Haus befanden sich Obstplantagen. Der Zuweg war geschottert und auf der einen Seite mit Müllcontainern zugestellt. Er führte auf eine schmale Ortsstraße, die zwischen Schilf, Hecken und Pinien verlief und den Namen Chemin de la Lègue trug. Sie führte Castel nach einigen Minuten ins Ortszentrum von Carpentras. Genervt wich sie diversen Lieferfahrzeugen aus und fuhr schließlich am Hôtel de Police vor, wo sie ihr Motorrad im Hinterhof abstellte und dann mit der personalisierten Chipkarte die Eingangstür öffnete. Sie ging die Treppenstufen hinauf zur Etage, wo sich ihr Büro befand, und stoppte an der Teeküche, um sich einen Kaffee aus dem Automaten mitzunehmen. Als sie die Teeküche wieder verließ, rannte sie beinahe ihren Chef Claude Montfavet um, der wie ein Felsblock im Wege stand.

»Guten Morgen«, sagte er.

»Guten Morgen, du meine Güte … Entschuldigung, ich war mit meinen Gedanken woanders«, erwiderte Castel.

Montfavet reagierte nicht darauf. Er sagte: »Sie kommen gerade richtig.«

Castel versuchte, seinen Gesichtsausdruck zu deuten, konnte es aber nicht. Dennoch hatte sie kein gutes Gefühl.

Montfavet machte eine Geste. »Kommen Sie in mein Büro. Wir haben eine Besprechung.«

»Okay«, sagte sie, schluckte trocken und folgte ihm.

Im Büro stockte Castel kurz – sie hatte es bereits geahnt. Dort saßen Roger Galibert und Henri Veber an einem Tisch, vor sich eine Thermoskanne mit Kaffee und diverse Aktenordner. Sie waren ins Gespräch vertieft und sahen nur kurz auf, als Castel und Montfavet hereinkamen. Montfavet nahm an seinem Schreibtisch Platz. Castel blieb nichts anderes übrig, als sich zu den beiden Beamten zu setzen, die, da war sie sich sicher, ihr jetzt den Fall wegnehmen würden. Wahrscheinlich war die Entscheidung bereits gefallen, denn Galibert und Veber wirkten sehr selbstsicher und grüßten Castel nur beiläufig.

Montfavet sagte: »Kommen wir zur Sache. Castel, Galibert und Veber übernehmen die Ermittlungsleitung in Bezug auf den Kunstraub und den Bilderfund. Sie, Castel, konzentrieren sich auf die Ermittlungen im Mordfall Tournay. Sie kooperieren und werfen Ihre jeweiligen Kompetenzen in einen Topf. Das Ganze bleibt in unserem Staatsanwaltschaftsbezirk angesiedelt. Ich will tägliche Berichte.«

Na toll, dachte Castel. Das kam garantiert von Bonnieux, der den Mord an Tournay nutzte, um Castel zurückzupfeifen, ohne sie auszubooten, und die Superprofis ans Werk zu lassen – unter der Voraussetzung, dass alles weiterhin auf seinem Schreibtisch blieb.

»Das ist beschlossene Sache?«

»Das ist beschlossene Sache.«

»Darf ich dazu noch etwas sagen?«

»Jederzeit.«

»Ich glaube, dass der Mordfall Tournay im Zusammenhang mit den Cézanne-Räubern steht. Ich glaube, dass der van Gogh und der Cézanne zusammen mit den Matisse-Bildern und anderem Diebesgut aus dem Haus von Rainier Tournay gestohlen wurde. Das eine hat Tournay gemeldet, das andere nicht, weil es um illegal erworbene Kunst ging. Wir sind zurzeit noch bei der Analyse seiner Konten, Computer, persönlichen Daten und ermitteln in seinem privaten Umfeld. Aber ich glaube, dass er bereits in Verhandlungen über den Rückkauf der Gemälde stand und von einem unbekannten Vermittler ermordet wurde, nachdem die Bilder von uns beschlagnahmt worden waren.«

»Dann arbeitet umso enger zusammen«, sagte Montfavet.

»Interessante Theorie«, sagte Veber. »Wir sehen uns das mal an.«

»Ich dachte, das sei mein Part?«, fragte Castel.

»Wir haben bessere und schnellere Mittel, um Tournay transparent zu machen.«

Galibert ergänzte: »Castel, sagen wir es so: Mit unseren Möglichkeiten arbeitet die gesamte Sonderkommission effizienter, ohne Umwege über offizielle Anträge gehen zu müssen, okay? Wir arbeiten mit Ihnen Hand in Hand.«

Castel sah zu Montfavet. Montfavet rührte sich nicht.

Castel stand auf: »Ja, wenn das so ist, dann hole ich mal

meinen Kram zu dem Fall aus dem Büro und reiche ihn an die neue Ermittlungsleitung weiter.«

Galibert lächelte: »Das wäre sehr hilfreich.«

Castel lächelte nicht zurück, sondern drehte sich einfach um und verließ das Büro grußlos. Sie ging mit großen Schritten über den Flur und war in der Stimmung, irgendetwas zu zerschlagen oder jemandem eine reinzuhauen.

»Castel?«

Hinter ihr rief jemand. Sie sah sich über die Schulter um und blieb dann stehen. Es war Montfavet. Seine Silhouette füllte den Flur aus und kam wie die Front eines Tankers auf sie zu. Kurz vor dem Zusammenprall blieb er stehen.

»Veber und Galibert sind die bessere Wahl für den einen Job. Sie sind die bessere Wahl für den anderen Job.«

»Wenn Sie das denken.«

»Sie sind eine gute Polizistin und wissen selbst sehr gut, dass die Sache für uns zu groß und zu speziell ist. Veber und Galibert machen das dauernd. Wir nicht.«

»Aber Bonnieux …«

»Der Staatsanwalt hat erreicht, was er will, und freut sich ein Loch in den Bauch.«

»Eine kleine Warnung zuvor wäre trotzdem ganz gut gewesen. Dann hätte es mich nicht kalt erwischt.«

»Ich bekam die Anweisung erst heute früh auf den Tisch. Außerdem sind wir nicht bei der Wohlfahrt. Sie sind nicht aus Zucker, und im Übrigen haben Sie es kommen sehen.«

Castel zuckte mit den Schultern. »Es ist okay. Es ist Ihre Entscheidung.«

»Es ist eine Anweisung.«

»Klar.«

»Und Sie halten sich dran.«

Castel nickte.

»Es gibt immer noch Leute da draußen, die lieber sehen würden, dass Sie für den Rest Ihres Lebens Einkaufswagen im Supermarkt zusammenschieben. Denen wollen wir keinen Zündstoff liefern.«

»Herzlichen Dank für die Fürsorge, aber ich komme gut alleine klar.«

»Nein, kommen Sie nicht.«

»Ich …«

»Sie drehen im roten Bereich und wollen zu viel auf einmal. Das kann ich verstehen. Es ist eine Riesensache. Jede Menge Prestige. Jeder will was vom Kuchen, der auf Ihrem Geburtstagstisch steht. Niemand gibt gerne etwas davon ab. Kennen Sie den Spruch aus der Werbung für dieses hässliche Auto, den Smart?«

»Nein.«

»Reduce to the max.«

»Ich erinnere mich.«

»So machen wir es, Castel. Reduce to the max. Ruhen Sie sich auf den Lorbeeren aus, die Zentrale der Cézanne-Räuber entdeckt und millionenschwere Kunstwerke gefunden zu haben. Und klären Sie den Mordfall Tournay.«

Damit drehte sich Montfavet um und stiefelte zurück in sein Büro. Castel hatte ihn noch nie so viel am Stück reden hören, und – ja, und er hatte recht. Galibert und Veber waren die bessere Wahl. Tatsächlich fühlte sie sich sogar erleichtert, sich ab jetzt auf das zu konzentrieren, was sie gut konnte. Jetzt hatte sie ein klares Ziel vor Augen und nicht mehr einen diffusen Berg von Arbeit, der jeden Tag größer und komplexer wurde.

Zugeben würde sie das gegenüber Montfavet und den anderen natürlich nicht. Und sie musste innerhalb des Hôtel de Police nun damit leben, zurückgesetzt worden zu sein. Aber damit kam sie klar. Sie war mit weitaus schlimmeren Dingen klargekommen.

Dennoch musste sie jetzt noch etwas klären, das vielleicht unmittelbar mit den verschollenen Gemälden und dem Anschlag auf den Transporter zusammenhing – ganz einfach deswegen, weil es auch unmittelbar den Mord an Rainier Tournay betreffen konnte.

Sie betrat ihr Büro und schaltete den Computer ein. Nachdem er hochgefahren war, schaute sie in ihre dienstlichen E-Mails und fand eine aus der Kriminaltechnik. Die Kollegen hatten das Foto aus dem Schreibtisch von Rainier Tournay vergrößert und verbessert. Man konnte nun die Gemälde im Hintergrund sehr gut erkennen. Castel sah keinen Unterschied zu den Originalen, aber das musste nichts heißen. Sie schickte das Bild an ihre private E-Mail-Adresse, öffnete die Mail mit ihrem Handy und lud das Foto herunter. Dann öffnete Sie WhatsApp, suchte die Nummer von Jean Villeneuve heraus und schickte das Bild an den Kurator. Dazu schrieb sie:

Wäre es möglich, dass diese Bilder und unsere zwei Gemälde identisch sind?

Wenige Minuten später machte es »Ping«. Villeneuve hatte zurückgeschrieben.

Unglaublich! Wo haben Sie denn das gefunden? Auf den ersten Blick würde ich sagen: Ja. Aber das ist keine gutachterliche Aussage. Ich müsste das Original sehen. Und selbst dann …

Können Sie bekommen. Wann?

Ich bin erst nach Museumsschluss verfügbar. 18 Uhr wäre eine gute Zeit, aber da haben Sie sicher schon Feierabend.

18 Uhr. Wir könnten was essen gehen. Sie wählen das Restaurant.

Ausgezeichnet. Fast wie ein Date ☺

☺

Castel tippte sich mit dem Handy ans Kinn und schmunzelte. Ein *Date*. Ein *Date* mit einem attraktiven Mann. Wie lange war das her? Jahre. Aber es würde tatsächlich etwas anderes als ein klassisches Date werden und absolut kein Rendezvous – denn da waren immer noch die Informationen über Villeneuve, die Castel von Nadia erhalten hatte. Die Gelegenheit, den Mann daraufhin abzuklopfen, ohne dass es im Rahmen einer offiziellen Befragung erfolgte, war perfekt, dachte Castel.

31

Avignon wirkte an diesem Tag äußerst geschäftig. Der Verkehr entlang der Rhône war unerträglich. Albin schlängelte sich mühsam hindurch und hörte im Radio die Nachrichten. Laut Wetterbericht sollte es bald vorbei sein mit der unerträglichen Schwüle. Es wurden Unwetter erwartet, nach denen sich die Luft wieder verbessern würde – oder auch nicht. Je nachdem, wie der Wind stand, würden sich die Gewitter nur an der Küste austoben, oder aber sie würden irgendwo an der Biscaya wüten und an den Pyrenäen steckenbleiben, so genau könne man das zurzeit noch nicht sagen. Ganz große Klasse, dachte Albin. Was sollte man mit solchen Vorhersagen anfangen?

In der Innenstadt war es noch voller als auf dem äußeren Ring. Überall hingen Plakate, die auf das Theaterfestival hinwiesen. Manche sagten, Avignon sei eine Stadt des Theaters. Andere behaupteten, die Stadt selbst sei ein großes Theater. Albin hingegen wusste – wie alle Polizisten –, dass es in der Stadt besonders zur touristischen Hauptsaison viel Theater gab, und zwar mit Kleinkriminellen wie Taschen- oder Autodieben.

Schließlich hatte er Glück, fand einen freien Parkplatz, legte seinen abgelaufenen Polizei-Parkausweis auf das Armaturenbrett und klemmte ihn so in dem Spalt zwischen der Kunststoffverschalung und der Windschutzscheibe fest, dass die Jahreszahl am unteren Ende des Schildes verschwand und von außen nicht zu lesen war. Er stieg aus und fühlte sich, als würde ihm ein warmer Waschlappen aufs Gesicht gelegt. In den engen Gassen zwischen den hohen Häuserfronten staute sich die Hitze und vermischte sich zudem noch mit Abgasen. Er öffnete den Kofferraum, nahm Tyson heraus, leinte ihn an und setzte sich mit ihm auf dem schmalen Bürgersteig in Bewegung.

»Was meinst du zu dem ganzen Fall?«, murmelte er zu Tyson.

Tyson trottete vor sich hin, hechelte und schwieg. Der Hund gab nicht immer eine Antwort. Nur dann, wenn er auch wirklich etwas zu Albins Gedankengängen beizutragen hatte, und im Moment und in dieser Hitze fühlte sich Albins Gehirn ohnehin an wie mit Watte ausgestopft.

Nach wenigen Minuten Fußweg ließ er das eher miese Quartier hinter sich, dachte angesichts diverser Graffiti über diesen Basquiat und insbesondere über diesen Vallier nach und gelangte schließlich an der alten Stadtmauer in einen Bezirk, in dem verschiedene Galerien ansässig waren, darunter der Kunsthandel von Laurent Roubaud.

Das Geschäft verbarg sich hinter einer dezenten Fassade im Erdgeschoss eines bürgerlichen Hauses. Im Unterschied zu dem von Michel Vallier konnte man aber nicht einfach so eintreten, sondern musste vorher schellen, was Albin tat. Er sah eine Videoüberwachungsanlage sowie ein Fisheye-Objektiv neben dem Klingelschild. Albin wollte gerade ein zweites Mal den Knopf betätigen, als die Tür mit einem Summen aufsprang. Er trat ein.

Im Inneren war es kühl. Nichts wirkte so modern wie im Geschäft von Michel Vallier. Hier schien vielmehr die

Zeit stehengeblieben zu sein. Die Räume waren groß und standen voller Antiquitäten – Möbel, Gemälde, alles Mögliche. Es roch nach einer Mischung aus Staub, Firnis und einem unbestimmbaren Duftöl. Zwischen den zum Flur hin offenen Räumen befand sich ein Foyer mit Fliesen im Schachbrettmuster. Darauf stand ein Mann in den besten Jahren, der einen leichten, hellblauen Sommeranzug trug und Albin aus wachen Augen durch eine randlose Brille ansah. Albin nahm an, dass es sich um Laurent Roubaud handelte.

»Guten Tag«, sagte der Mann, lächelte zu Tyson herab und fragte Albin: »Mag er etwas Wasser? Es ist immer noch unerträglich draußen.«

»Etwas Wasser ist nie verkehrt«, erwiderte Albin.

Der Mann wendete sich zur Seite und zog einen Napf unter einem dekorativen Barocksessel hervor, öffnete dann eine Flasche Perrier ohne Kohlensäure, die nebst Gläsern auf einer ebenfalls barocken Anrichte zur Erfrischung bereitstand, und goss den Napf voll. Ein gut vorbereiteter Hundefreund. Das brachte Punkte.

»Mein Name ist Laurent Roubaud«, stellte der Mann sich schließlich vor. »Herzlich willkommen in meinem Geschäft, Herr …«

»Leclerc.«

»… Herr Leclerc. Womit kann ich Ihnen dienen?«

Albin sah sich um, machte dann Tyson von der Leine los, damit er etwas trinken konnte. Wozu es keiner Aufforderung bedurfte: Tyson machte sich sofort über das Wasser her und schlabberte los. Albin schaute an Roubaud vorbei, ließ seinen Blick über die Spiegel und Gemälde an den Wänden gleiten und blieb kurz an einer Vitrine hängen, in der mehrere Regenschirme und elegant aussehende Gehstöcke ausgestellt waren.

Er sah Roubaud an und sagte: »Ich arbeite als Berater für die Polizei. Sicherlich haben Sie vom Tod Rainier Tournays erfahren.«

Roubaud sah betroffen auf seine Schuhspitzen und dann zurück zu Albin.

»Aber natürlich, fürchterliche Sache, ganz tragisch«, sagte er. »Ich hoffe, es klärt sich schnell auf.«

»Das hoffe ich ebenfalls. Tournay war ein großer Sammler. Ich glaube, er war Ihr Kunde, und zurzeit unterhalten wir uns mit allen und jedem, wenn Sie verstehen.«

»Natürlich.«

»Er war Ihr Kunde?«

»Er hat einige Dinge bei mir erworben, ja. Kein Stammkunde. Natürlich kann ich alles möglich machen, aber Herr Tournay spielte, was seine maßgeblichen Investitionen anging, in einer anderen Liga.«

»Das hat mir Herr Vallier ebenfalls gesagt.«

»Vallier?« Roubaud lupfte eine Braue und straffte sich.

»Michel Vallier aus L'Isle-sur-la-Sorgue.«

»Er ist mir durchaus bekannt.«

»Ihr Konkurrent?«

»Ein Mitbewerber.« Roubaud seufzte leise und schüttelte kaum vernehmbar den Kopf. Man schien sich gegenseitig nicht zu mögen, dachte Albin. Vallier hatte vorhin Roubaud damit belasten wollen, Möbel von zweifelhafter Herkunft zu verkaufen. Mal sehen, ob Roubaud ähnlich agieren würde.

Albin entschied sich für die Provokation. »Wir interessieren uns für Kulturgut ungeklärter Herkunft.«

Roubaud zögerte einen Moment. »Das werden Sie bei mir nicht finden. Worum geht es denn genau? Sie sprechen doch nicht von den beiden Gemälden, die plötzlich aufgetaucht sind?«

»Ganz allgemein, meine ich. Wie kommen Sie auf die Gemälde?«

»Die Medien sind voll davon. Es ist ein sehr markanter Fund. Das geschieht nicht alle Jahre. Wenn gänzlich unbekannte Werke großer Meister auftauchen, gibt es eigentlich nur vier Alternativen: Es sind seltene Dachbodenfunde, sie wurden von Erben bislang für unecht gehalten, sie wurden vor Jahren gestohlen oder es handelt sich um Raubkunst.«

»Interessant, dass Sie den Begriff erwähnen: Raubkunst. Vallier nannte ihn ebenfalls.«

Roubaud zuckte mit den Schultern. »Jeder Fachmann wird das ins Kalkül ziehen. Die Nazis haben überall in Europa sehr viel Kunst und Antiquitäten beschlagnahmt. Zigtausende Gegenstände sind immer noch verschwunden. Gleichzeitig sind sehr viele Fälschungen auf dem Markt. Man muss die Augen weit offenhalten.«

»Herr Vallier erwähnte den Begriff Raubkunst im Zusammenhang mit Stühlen, die bei Ihnen angeboten worden sein sollen.«

Roubaud schaute zunächst drein, als habe Albin ihm eine Ohrfeige verpasst. Dann lachte er auf und sagte: »Unfassbar. Dass hat dieser … dieser Vallier behauptet?«

Albin nickte.

»Ich bin sprachlos.«

»Nicht die feine englische Art von ihm.«

»Absolut nicht. Ich habe immer schon wenig von ihm

gehalten, aber jetzt ist er noch tiefer in meiner Wertschätzung gesunken.«

»Also war da nichts dran?«

»Nein! Ich weiß nicht einmal, von welchen Stühlen er überhaupt redet!«

»Er erwähnte Louis-Quatorze-Stühle im Wert von zehntausend Euro pro Stück. Und Spiegel.«

Albin machte eine Geste zur mit Spiegel behangenen Wand und in den großen Raum, der voller Möbel stand. Jeder davon hätte für Albin ein Louis-Quatorze sein können. Er hatte keinen Schimmer, woran man die erkannte.

Roubauds Gehirn schien auf Hochdruck zu arbeiten. Seine Augen rollten zur Seite. In einer Vernehmung ein klassisches Zeichen dafür, dass sich die Gedanken einer Person zeitlich zurückbewegten. Schauten sie nach rechts, dachte die Person meist auf dem Zeitstrahl nach vorne gewandt und damit in die Zukunft. Nach links hieß: Er versucht, sich wirklich zu erinnern.

»Ich weiß, was er meint«, sagte Roubaud. »Warten Sie.«

Er drehte sich um und verschwand in einem kleinen Büro. Albin betrachtete Tyson, der mit dem Saufen fertig war. Tyson blickte auf und schleckte sich über die Lefzen.

»Die hauen sich gegenseitig in die Pfanne«, sagte Albin in Gedanken.

Die mögen sich nicht, erwiderte Tyson.

»Dabei haben sie keinen Anlass, sich in die Pfanne zu hauen.«

Es sei denn, sie hassen sich wirklich sehr.

»Möglich. In jedem Fall haben sie ein Faible für Spazierstöcke. Jeder hat welche im Angebot.«

Ich denke, viele Antiquitätenhändler haben solche Stöcke,

Chef. In früheren Jahren war es Mode, damit herumzulaufen. Es galt als elegant. Bestimmt gibt es Massen solcher Gehstöcke.

Albin blickte wieder auf, als der sehr aufgebracht wirkende Roubaud zurückkam und einen Aktenordner in der Hand hielt. Er knallte ihn regelrecht auf den Tisch mit den Wasserflaschen, schlug ihn auf und tippte auf eine bebilderte Seite.

»Hier«, sagte er. »Die hier. Die muss er gemeint haben. Lächerlich!«

Albin warf einen Blick auf die Stühle. Geschwungenes Gestell, roter Samt mit einem sehr feinen floralen Muster. Sie sahen alt aus. In einer Folie auf der anderen Seite steckten Dokumente und Verträge.

»Also keine Raubkunst?«

»Herr Leclerc, ich bitte Sie! Natürlich nicht. Es ist unverschämt, mir das vorzuwerfen. Ich sollte Vallier verklagen. Die Stühle sind von mir nachweislich und mit Kaufvertrag angekauft worden, und zwar aus dem Nachlass von Madame Marie-Thérèse Bourdon in Beaumes de Venise, und dann von mir weiterveräußert worden. Ich habe keine Ahnung, wie sich Vallier erdreisten kann, mir so etwas zu unterstellen! Ausgerechnet Vallier!«

»Darf ich von dem Vertrag ein Foto machen?«

»Warum?«

»Weil ich mir Namen so schlecht merken kann.«

Roubaud zuckte mit den Schultern und nickte gleichzeitig. Albin nahm das Handy und machte ein Bild.

»Es ist …« Roubaud lachte leise auf und schob die Hände in die Hosentaschen. »Es ist ohnehin beachtlich, den Namen Vallier im Zusammenhang mit Herrn Tournay zu hören. Ich nahm an, sie würden schon sehr lange keine Geschäfte mehr miteinander machen – nach dem Vorfall.«

»Nach welchem Vorfall?«, fragte Albin und schob das Handy zurück in seine Hosentasche.

»Die gefälschten Matisse-Lithographien.«

Albin durchzuckte es, aber er gab sich ungerührt. Scheiße, jetzt fiel ihm alles wieder ein. »Worum ging es?«, fragte er.

»Es sollte doch auch polizeilich bekannt sein?«

Darauf hatte Vallier also angespielt. Und schon wieder dieser Matisse … Albin erinnerte sich an die Bilder, die Chauvet für Louis Fosse gefertigt hatte. Und dass Chauvet noch einige angefertigt hatte, die er mit einer Echtheits-Expertise von einem Kunsthändler verkauft hatte – aber mit der Facette des Fosse-Chauvet-Falls war Albin damals nicht persönlich befasst gewesen. Dieser Kunsthändler war offensichtlich Michel Vallier gewesen.

»Wir«, antwortete Albin, »sind noch nicht so weit, fürchte ich. Die Mühlen mahlen manchmal langsam, aber sehr präzise. Was war da noch gleich los mit den Lithographien?«

Roubaud leckte sich über die Lippen und schien zu überlegen, ob er auspacken sollte oder nicht. Albin hielt das Zögern für gekünstelt – der Mann war in Rage und wollte es seinem Konkurrenten heimzahlen. Also ließ Albin ihm Luft, um zu reden.

»Nun, ich vergebe mir ja nichts dabei«, sagte Roubaud. »Sie werden es ohnehin in Ihren Akten haben. Herr Vallier hatte vor einigen Jahren gefälschte Lithographien von Matisse an Herrn Tournay verkauft. Ziemlich gut gemachte, das muss man zugeben. Es gab einen großen Skandal, als das aufflog. Vallier tat alles, um sich reinzuwaschen, aber der Makel bleibt natürlich. Er schwor Stein und Bein, nicht gewusst zu haben, dass es sich um Fälschungen handelte. Schließlich wurde der Fälscher ermittelt und verurteilt. Vallier bekam eine Geldstrafe und musste natürlich die Summe an Herrn Tournay zurückzahlen. Die Lithographien wurden beschlagnahmt. Daraufhin kam Herr Tournay zu mir, und ich sorgte für Ersatz – dieses Mal natürlich die originalen Lithographien. Zeitgenössische und moderne Kunst sind zwar nicht mein ureigentliches Metier, aber natürlich kann ich auch solche vermitteln.«

Roubaud schmunzelte vor sich hin.

»Wer war dieser Fälscher?«, fragte Albin.

»Er hieß Nicolas Chauvet«, sagte Roubaud.

Bingo, dachte Albin.

32

»Er heißt Nicolas Chauvet«, sagte Albin.

»Von dem haben Sie doch kürzlich erzählt?«, erwiderte Castel und ließ die Finger über die Tasten fliegen. »Nicolas Chauvet, der …«

»… seinerzeit für Louis Fosse Gemälde kopiert hat, damit er sie bei den Raubzügen austauschen kann. Der Chauvet, der die Kopien der Cézannes für das Musée Granet gefertigt hat. Er hatte vor seiner Knastzeit …«

»… noch ein paar weitere Bilder gefälscht und verkauft, nämlich Lithographien von Matisse.«

»Ja«, sagte Albin. »Sollte aktenkundig sein. Suchen Sie danach, Castel.«

Albin war aus Avignon direkt zur Polizei nach Carpentras gefahren und in Castels Büro marschiert – ohne zu wissen, ob sie überhaupt da wäre. War sie aber – und absolut nicht darüber erfreut, dass Albin hier plötzlich und unangemeldet auftauchte und sich außerdem auf ein Neues in die Ermittlungen einmischte. Als er jedoch seine Informationen auspackte, wirkte sie interessiert, hörte sich alles an und befragte schließlich die Polizei-Datenbank.

Albin sah sich ein wenig in Castels Büro um. Hier war er noch nie gewesen und musste sagen: Es fehlte jede persönliche Note. Es hing nicht einmal eine Urlaubspostkarte von einer Freundin an der Wand. Albin erinnerte sich an

Castels Wohnung in diesem grässlichen ehemaligen Ferienhaus. Dort sah es aus, als habe Castel es möbliert bezogen, seitdem nicht einen Deut an der Wohnung verändert und lediglich ein paar Toilettenartikel ins Bad gestellt. Vielleicht fühlte sie sich noch nicht zu Hause in Carpentras. Tyson schien ähnliche Gedanken zu haben. Er lag unter dem Schreibtisch und so dicht an Castels Turnschuhen wie möglich, die ihm jede Menge interessante Informationen darüber vermittelten, wo sie in den vergangenen Stunden und Tagen herumgelaufen war. Gelegentlich hob er die Nase, schien etwas zu schnüffeln, den Duft zu verorten, einzusortieren und wissend zu nicken, bevor er sein Kinn wieder auf den Vorderläufen ablegte.

»Da haben wir den Fall«, murmelte Castel und drehte den Monitor ein wenig, damit Albin auch sehen konnte. Sie seufzte leise. »Ach, ich mag Matisse. Diese Bilder von der Côte d'Azur … Ich mag sie wirklich. Diese Farben.«

Tja, dachte Albin und blickte über die Schulter. Ihm gefiel Matisse ebenfalls. Dieser Kerl hatte es geschafft, oftmals mit nur wenigen Pinselstrichen den Geist des südlichen Frankreichs einzufangen. Die Bilder sprachen mit einem. Und Albin erinnerte sich, dass er deswegen nicht mit dieser Facette des Fosse-Chauvet-Falls befasst und über die Details informiert gewesen war, weil der Betrug erst herauskam, als Chauvet schon im Knast saß und Albin längst etwas anderes zu tun hatte. Zumindest hatte Chauvet während seiner Tätigkeit für Fosse diverse Bilder kopiert beziehungsweise *noch einmal gemalt*, wie er selbst es ausdrückte. Bei Lithographien war das nicht so einfach, weil es sich nicht um Malerei handelte, sondern um Druckgraphiken. Man musste dazu zunächst eine Druckvorlage auf Stein herstellen, benötigte eine Presse und mehr. Jede Menge Krempel, und alles musste passen: Abgesehen von der Fälschung der ursprünglichen Zeichnung musste das Papier dem Original gleichen oder sogar identisch sein, die Farben, der Prozess der Herstellung war am besten derselbe, und schließlich musste die Signatur gefälscht werden, wozu man dasselbe Bleistiftmodell verwenden sollte wie Henri Matisse persönlich – falls er denn Bleistifte zum Signieren benutzt hatte.

Jedenfalls, wo Chauvet gerade dabei gewesen war, hatte er für seine persönlichen Zwecke einige Lithos gemacht und sie schließlich an den Mann gebracht, in diesem Fall zunächst an Michel Vallier. »Ein verarmter russischer Kunstmaler gelangt an Druckgraphiken für zehntausende Euro?«, muss der sich gedacht haben. Bei der polizeilichen Vernehmung gab er dem Protokoll nach an, Chauvet habe behauptet, seine damalige Lebensgefährtin habe sie ihm vermacht – eine stinkreiche Witwe aus Monaco, deren zügelloser, hedonistischer Lebensstil sie nach Argentinien getrieben habe, wo sie in der Kommune irgendeiner Sexualsekte verschwunden sei. Vallier war gemäß seiner Aussage zwar skeptisch, aber seine Expertise als Kunsthändler sowie die Befragung eines weiteren Fachmanns und Matisse-Galeristen aus Paris ergab, dass Vallier die Lithographien für echt hielt. Gab er zumindest zu Protokoll. Doch wenn Albin Kunsthändler wäre und jemand so Abgerissenes wie Chauvet mit einem Stapel sündhaft teurer Graphiken unter dem Arm hereinmarschiert käme – na ja, dachte Albin, kein Wort würde er dem abkaufen. Vallier musste, bei aller Liebe, zumindest Scheuklappen aufgesetzt haben. Nicht dass man sofort an Fälschungen hätte denken müssen, aber zumindest an geklaute Hehlerware.

Vallier hatte die Bilder jedenfalls an Rainier Tournay verkauft. Dann war Louis Fosse festgenommen worden und Nicolas Chauvet mit seinen Matisse-Fälschungen medienwirksam aufgeflogen. Das hatte Tournay alarmiert, der sich nun intensiv für die Herkunft seiner Lithographien interessierte und schließlich zur Kenntnis nehmen musste, von wem sein Kunsthändler sie erworben hatte. Vallier bemühte sich nach Kräften um Schadensbegrenzung, nachdem die Lithos als ausgezeichnete Fälschungen identifiziert worden waren, aber Tournay zeigte ihn trotzdem an. Am Ende erhielt Tournay sein Geld zurück, und Michel Vallier musste seither mit einer Geldstrafe sowie einem beschädigten Ruf leben, ließ sich aber für den entstandenen finanziellen Schaden von seiner Versicherung auszahlen.

»Der Hund«, sagte Albin.

»Allerdings«, erwiderte Castel. »Man könnte beinahe unterstellen, dass er es von Anfang an auf Versicherungsbetrug abgesehen hatte.«

»Zumindest sah er sich auf der sicheren Seite. Lass es doch Fälschungen oder Hehlerware sein, na und? Falls es auffliegt, arrangiere ich mich mit dem Kunden, kassiere das Geld von meiner Versicherung, nachdem ich ihr nachgewiesen habe, dass ich eine zweite Meinung in Paris eingeholt und damit Fürsorge habe walten lassen. Die Versicherung prüft das nach, sieht unter dem Gutachten die Unterschrift eines angesehenen Matisse-Galeristen, der die Bilder vielleicht nur oberflächlich angesehen oder von Vallier, zusätzlich zu seinem Honorar, unter der Hand ein paar Scheine für sein Wohlwollen bekommen hat – und die Versicherung hat keine andere Wahl als zu zahlen.«

»Möglich«, sagte Castel und lehnte sich zurück. »Und was hat das am Ende mit Rainier Tournay zu tun?«

»Es gibt jetzt eine Verbindung zwischen Chauvet und Tournay.«

»Und? Der van Gogh und der Cézanne sind als echt zertifiziert worden. Es sind keine Fälschungen, die eventuell Nicolas Chauvet gemalt haben könnte.«

Albin nickte. »Aber?«, fragte er.

Castel dachte nach.

»Aber …«, sagte sie dann zögernd. »Aber im Knast könnte Chauvet neue Kontakte geknüpft haben. Zur kriminellen Szene hatte er durch seine Arbeit für Louis Fosse sowieso welche und zudem Verbindungen in die Kunst- und Sammlerszene. Vielleicht haben sich seine Wege mit den Kunstdieben gekreuzt, und Chauvet hat den Tätern Insiderinfos über den bevorstehenden Cézanne-Transport gegeben. Parallel hat er die Kopistenarbeit für das Musée Granet aufgenommen.«

»Zum Beispiel«, sagte Albin.

»Chauvet könnte außerdem als Mittelsmann gedient haben, als es um die Verhandlungen über das Lösegeld für die gestohlenen Gemälde ging.«

»Vielleicht hat er die Bilder sogar an Tournay vermittelt.«

»Sie meinen: den illegalen Ankauf des van Gogh und des Cézanne?«

Albin nickte.

»Aber Tournay würde doch niemals wieder ein Wort mit Nicolas Chauvet wechseln – beziehungsweise sofort annehmen, dass der ihm erneut Fälschungen andrehen würde?«

»Chauvet«, sagte Albin, »könnte sich persönlich entschuldigt und gesagt haben: Zur Wiedergutmachung würde ich Ihnen einen Kontakt aus dem Knast vermitteln, der Sie absolut umhauen wird.«

»Könnte so gewesen sein. Oder es war ganz anders.«

»Ja«, sagte Albin. »Aber hören Sie auf Ihr Gefühl und Ihre Intuition, Castel. Der Name Chauvet kommt in diesem Fall inzwischen ziemlich häufig zur Sprache, und immer wieder im Zusammenhang mit Cézanne, mit Matisse, mit Lithographien, mit Kriminalität, mit dem Museum, mit …«

»Ja, ist ja schon gut.« Castel machte eine abwehrende Geste. »Ich werde ihn mir ansehen.«

»Ich war kürzlich bei ihm.«

»Sie … Was?«

»Ich habe ihn besucht, um ein Gefühl für ihn zu bekommen. Er wohnt in Malaucène. Hat dort ein Häuschen gekauft. Keine Ahnung, woher er das Geld hat.«

»Und?«

»Und was?«

»Was sagt er?«

Albin zuckte mit den Achseln. »Alles und nichts. Er freut sich darüber, dass man ihm eine neue Chance gibt und er für ein Museum als Kopist arbeiten darf.«

»Das ist alles?«

»Er hat ebenfalls einen Mops. Ein Mädchen. Sie mag Tyson, denke ich.«

Castel rollte genervt mit den Augen und blähte die Backen. Albin betrachtete sie amüsiert. Wie ein bockiges kleines Mädchen sah sie aus. Albin fiel etwas ein. Er blickte auf die Uhr.

»Verdammt«, sagte er dann.

33

Albins schlechtes Gewissen erreichte ein Rekordniveau, als er den Kindergarten betrat und über den stillen Flur hastete. Als er den fast leeren Gruppenraum erreichte, kassierte er einen vorwurfsvollen Blick der Erzieherin und sah Clara, wie sie ganz alleine auf dem Teppich saß und konzentriert einer Puppe die Haare bürstete. Alle anderen Kinder waren schon fort.

»Tut mir sehr leid«, murmelte Albin.

»Na ja«, sagte die Erzieherin, »sind ja nur fünf Minuten zu spät.«

Clara hingegen schien das Zuspätkommen ihres Opas nicht viel auszumachen. Sie nahm seine Entschuldigung schweigend zur Kenntnis und fragte, ob er und Tyson Verbrecher gejagt hätten, worauf Albin antwortete: »So in der Art.«

Sie waren gerade zu Hause angekommen, als auch Veronique und Manon eintrafen. Sie hatten den Blumenladen heute etwas früher als üblich geschlossen. Nach einem gemeinsamen *Café au lait* lud Manon ihre Tochter schließlich ins Auto und fuhr mit ihr nach Hause – na ja, zumindest dorthin, was vorübergehend ihr Zuhause war, bis sich ein besseres fand. Albin war immer noch etwas mulmig zumute, wenn er die beiden verabschiedete. Es war wie ein zweiter Prozess des Abnabelns, Manon zuzutrauen, mit der bösen Welt da draußen alleine klarzukommen. Das heißt: mit der Bedrohung, die ihr Exmann oder Noch-Mann darstellte. Zwar war eher nicht davon auszugehen, dass der Mistkerl sich noch einmal in ihre Nähe trauen würde. Aber man wusste ja nie. Typen wie ihm war so ziemlich alles zuzutrauen.

Dann zog sich Albin mit einem Buch aufs Sofa zurück, während Veronique in der Küche herumwerkelte. Sie packte alles Mögliche aus, das sie auf dem Nachhauseweg zum Kochen eingekauft hatte.

»Du liest?«, fragte sie beiläufig.

»Ich lese«, erwiderte Albin und blätterte in dem Buch.

»Was liest du denn?«

»Einen Bildband über Cézanne. Habe ich in der Bücherei geholt.«

»Kann man das nicht googeln?«

»Natürlich kann man das. Aber es macht einen Unterschied, ob du etwas googelst oder es dir in einem Buch aus der Bibliothek ansiehst«, sagte Albin.

»Wenn du meinst.«

Ja, meinte er. Albin hatte das Buch in der Bibliothèque Inguimbertine in Carpentras entliehen. Sie galt als eine der ältesten städtischen Büchereien Frankreichs und war Mitte des 18. Jahrhunderts von Joseph-Dominique d'Inguimbert gegründet worden, damals der Bischof von Carpentras. Wenn es um verlässliches Wissen ging, ließ Albin nichts auf Bücher kommen. Ins Internet konnte jeder Blödmann etwas schreiben, völlig ungeprüft und frei nach Schnauze. In Bücher nicht. Man ließ seinen Wagen ja auch nicht vom Gemüsemann um die Ecke reparieren, bloß weil er einen Schraubenzieher halten konnte.

»Was hast du heute gemacht?«, fragte Veronique.

»Alles Mögliche.«

»So genau wollte ich es gar nicht wissen.«

»Mhm.«

»Und warum liest du ausgerechnet ein Cézanne-Buch?«

»Ich sollte mich mehr für Kunst interessieren. Ich brauche ein Hobby.«

»Stimmt. Du wolltest ja Maler werden.«

»Vielleicht.«

Veronique lachte auf. »Du liest das doch wegen dieser Diebstähle und weil sie den Sammler umgebracht haben.«

Albin blickte ertappt auf.

»Du gehst aber nicht wieder Caterine und Theroux auf die Nerven? Du hast versprochen, es nicht mehr zu tun.«

Albin legte das Buch zur Seite, stand auf und ging in die Küche. Er legte Veronique von hinten die Hände um die Hüften, küsste ihren Nacken und blickte ihr über die Schulter.

»Was wird das Wundervolles zum Abendessen?«, fragte er.

»Du brauchst gar nicht vom Thema abzulenken, Albin Leclerc«, erwiderte sie. »Und es gibt *Tian de Carpentras.* Fisch mit Spinat. Kümmere dich um den Fisch und die Persillade.«

Albin begann, sich zu kümmern, und erfuhr, dass für den Dichter Frédéric Mistral *Tian de Carpentras* das einzig wahre Gratin war. Man benötigte frische und gekochte Eier, Parmesan, Olivenöl und Milch, Mangold und Spinat, Sardellen, Semmelbrösel sowie Klippfisch ohne Haut und Gräten. Dieser wurde zerpflückt und kam mit dem zerhackten Gemüse in eine Schüssel, wo er mit dem Käse, der

Milch, den Eiern und dem Öl verrührt und mit Salz, Pfeffer sowie Muskatnuss gewürzt wurde. Die Masse strich man dann in eine gefettete Backform und drückte die Sardellen mit den gekochten Eihälften hinein und streute schließlich die Semmelbrösel drüber, womit Albin gerade beschäftigt war.

Veronique öffnete den Backofen und fragte: »Du kannst es nicht sein lassen, oder?«

»Was meinst du?«

»Stell dich nicht dumm, Albin.«

Albin hob die Backform an. Er sagte: »Wenn du den Blumenladen aufgeben würdest – würdest du dir dann keine Blumen mehr kaufen wollen und ins Haus stellen? Wären dir Blumen auf einmal für den Rest deines Lebens gleichgültig und du würdest nicht einmal mehr an einer schnuppern wollen?«

»Natürlich nicht.«

»So ist es bei mir auch. Nur dass es nicht um Blumen geht.«

Veronique betrachtete Albin eine Weile schweigend von der Seite. Dann deutete sie mit einem Nicken auf die Auflaufform und den Ofen und sagte: »Verbrenn dir nicht die Finger!«

34

Der Kellner servierte Castel einen Salat mit Hühnerbruststreifen und stellte einen Teller mit Pasta vor Jean Villeneuve ab. Eine Flasche Rosé stand auf dem Tisch, außerdem eine Flasche Wasser.

»Na, endlich«, sagte Villeneuve, der ein helles Polohemd trug, sich abwesend mit der Hand über die Brust fuhr und abwechselnd die Serviette und die mit Tomatensoße garnierten Nudeln ansah.

»Ich dachte schon, wir müssen verhungern«, erwiderte Castel mit einem Lächeln und schenkte sich und Villeneuve Wein nach. Die Flasche war bereits fast leer. Da Castel heute fast nichts gegessen hatte, war sie ganz schön angesäuselt.

Das Restaurant war randvoll, drinnen wie draußen, wo Castel und Villeneuve einen Platz unter den Platanen gefunden hatten. Er entschied sich schließlich, die Serviette zu entfalten und sich auf den Schoß zu legen, obwohl er eigentlich sein Shirt schützen wollte. Aber die Serviette wie ein Lätzchen in den Ausschnitt zu stecken war ihm dann wohl doch zu albern. Castel nahm ihr Weinglas und verbarg ein Schmunzeln dahinter. Kleine Schlucke, dachte sie, nur noch klitzekleine, bevor du etwas gegessen hast.

Villeneuve strich sich über den Dreitagebart. »Was die Fotografien und die bearbeiteten Vergrößerungen angeht«, sagte er und griff nach dem Besteck.

»Ja?«, fragte Castel und tat es ihm gleich.

»Ich würde davon ausgehen, dass es sich um die betreffenden Gemälde handelt. Für ein verlässliches Gutachten müsste man natürlich tiefere Analysen vornehmen.«

»Wie viel Prozent Wahrscheinlichkeit, dass es sich um die Bilder handelt?«

»Vom ersten visuellen Eindruck siebzig Prozent. Nehme ich die gegebenen Informationen und die Rahmenbedingungen hinzu, ändert sich die Einschätzung. Neunzig Prozent.«

»Was meinen Sie mit Rahmenbedingungen und Informationen?«

»Ich kann mir kaum vorstellen, dass Rainier Tournay ausgerechnet von den verschwundenen Bildern Kopien an der Wand hängen hatte. Das wäre ein geradezu lächerlicher Zufall.«

»Das stimmt«, erwiderte Castel und machte sich über den Salat her. »Wie kommen Sie auf Tournay?«

»Warum?«

»Ich habe nie erwähnt, woher das Foto stammt.«

»Aber es liegt doch auf der Hand?«

»Ja?«

»Ein bedeutender Kunstsammler stirbt, und Sie bitten mich wenige Stunden später um eine Expertise?«

Castel zuckte mit den Schultern. »Sie kannten Tournay?«

»Nur seine Reputation als Sammler. Ich weiß auch, dass kürzlich bei ihm eingebrochen wurde und dass er einmal in einen Betrugsskandal wegen gefälschter Bilder verwickelt war.«

»Sie sind erstaunlich gut informiert.«

»Nicolas Chauvet hat als Kopist für unser Museum gearbeitet. Ich bin daher im Bilde über die Vorgeschichte. Über seine kriminellen Arbeiten und auch über die Sache mit Michel Vallier und Tournay.«

»Hut ab.«

»Caterine, ich kann doch niemanden so nah an die Originalbilder lassen, dem ich nicht voll und ganz vertraue. Chauvet ist brillant und hat eine zweite Chance verdient.«

»Das ist großzügig«, sagte Castel und dachte dann an die Informationen, die sie von Nad über Villeneuve erhalten hatte. Sie wartete noch auf den richtigen Zeitpunkt, um dezent darauf zu sprechen zu kommen. Oder sollte sie es besser sein lassen?

»Wie kam der Kontakt zu ihm zustande? Über Vallier?«

»Nein. Vallier hat uns gelegentlich Angebote gemacht. Viele Händler tun das. Aber ich halte ihn für zwielichtig. Auf Chauvet sind wir über unseren Restaurator gestoßen.«

»Und was halten Sie von Chauvet?«

Villeneuve aß unbeirrt weiter. »Er ist ein verrückter Typ. Ein typischer Künstler und Althippie. Über seine Vertrauenswürdigkeit kann ich nur sagen, dass er uns nichts aus seiner Vita verheimlicht hat. Er ist ein brillanter Maler. Nicht viele verstehen sich auf die altmeisterlichen Techniken, und wenn ich *verstehen* sage, meine ich das exakt so. Es gibt einen Unterschied zwischen dem bloßen Anwenden von Techniken und dem Begreifen, dem Fühlen.«

»Ja«, sagte Castel.

»Was interessiert Sie an Chauvet?«

Castel legte das Besteck zur Seite, trank einen Schluck Rosé und sagte: »Wie Sie wissen, interessieren wir uns für alle Mitarbeiter des Musée Granet. Wir wissen immer noch nicht, ob es aus dem Umfeld des Museums womöglich einen Tipp über den Cézanne-Transport gab.«

»Sie haben sicher viel zu tun.«

»Der Fall ist inzwischen höher angesiedelt. Bei Interpol und Europol. Es gibt einige ausgemachte Spezialisten, die die Ermittlungsleitung übernommen haben.«

»Aha?«, entgegnete Villeneuve und blickte interessiert auf. »Und Sie …«

»Ich ermittle in dem Mordfall Tournay.«

Villeneuve tupfte die Lippen ab und lächelte. »Haben Sie mich auch schon überprüft?«, fragte er.

»Natürlich«, sagte Castel und blickte ihn unverwandt an.

Villeneuve wirkte überrascht und zugleich etwas betroffen. »Oh«, machte er, griff zum Weinglas und trank einen großen Schluck. »Und was haben Sie herausgefunden?«

»Was gäbe es denn über Sie herauszufinden?«, fragte Castel und lehnte sich etwas vor.

»Vielleicht viel weniger Interessantes als über Sie, Caterine?«, erwiderte Villeneuve mit einem charmanten Lächeln.

»Essen wir deswegen zu Abend?«, fragte Castel. »Damit Sie mich besser kennenlernen können?«

Villeneuve schmunzelte immer noch. »Sie sind sehr direkt.«

»Gut erkannt.«

»Sie sind auch sehr attraktiv. Ich dachte einfach, es sei netter, bei einem Abendessen zu reden und das Angenehme mit dem Nützlichen zu verbinden. Ganz unverbindlich.«

»Vielleicht verbindlich unverbindlich?«

Villeneuve lachte.

Castel schmunzelte und fühlte sich zunehmend betrunken. »Jedenfalls danke«, sagte sie.

»Für die Einladung müssen Sie sich nicht bedanken.«

»Ich meinte für das Kompliment.«

»Auch dafür nicht.«

Castel lehnte sich noch etwas weiter vor, stellte die Arme auf die Ellenbogen und stützte ihr Kinn auf den Händen ab. »Sie sind gut im Ablenken«, sagte sie.

»Wovon?«

»Von sich.«

Villeneuve sah sie fragend an.

Castel sagte: »Jean Villeneuve, zweiundvierzig Jahre alt, ledig, kinderlos, wohnhaft in Aix-en-Provence, geboren in Brest, Studium der Kunstwissenschaft an der Sorbonne, Assistenz am Louvre, danach ein Job im Museum in Aix, keine Vorstrafen, allerdings zwei überzogene Kreditkarten, drei laufende Darlehen bei zwei unterschiedlichen Banken und damit insgesamt ein Schuldenstand von annähernd dreihunderttausend Euro.«

Villeneuve schwieg eine ganze Weile, drehte das Weinglas auf dem Tisch hin und her und rührte das Essen nicht mehr an. Castel fragte sich für einen Moment, ob sie über das Ziel hinausgeschossen war. Ob der Alkohol und der lockere Rahmen der Unterhaltung ihre Zunge zu sehr gelöst hatten. Die Antwort war: Ja. *Du bist ein Dummkopf, Castel. Hättest du besser deine große Klappe gehalten. Ein anderes Herangehen wäre taktisch klüger gewesen.* Andererseits hatte sie geplant, Villeneuve inoffiziell abzuchecken, und bei einer offiziellen Vernehmung wäre das Gespräch sowieso auf seine Finanzlage gekommen. Außerdem waren finanzielle Nöte in jedem Fall ein mögliches Motiv für Straftaten –

zum Beispiel Insidertipps aus dem Museum gegen eine Summe X.

»Sie haben mich durchleuchtet«, sagte Villeneuve schließlich und formulierte es als Feststellung, nicht als Frage.

»Wir überprüfen alle Mitarbeiter des Museums«, sagte Castel. »Nicht Sie spezifisch, Jean.«

»Sie denken wirklich, dass ich …«

»Dass Sie – was?«

»Dass *ich* etwas mit dem Raubüberfall zu tun haben könnte? Das glauben Sie ernsthaft?«

»Ich denke gar nichts. Es ist eine ganz normale kriminalistische Vorgehensweise, Personen aus dem Umfeld einer Straftat zu überprüfen. Das ist nichts Persönliches.«

»Sie glauben, dass ich mich verkauft hätte.«

»Ich wiederhole …«

»Dass ich Paul Cézanne verkauft hätte. Haben Sie auch nur die Spur einer Ahnung, was mir mein Beruf und die Malerei bedeuten?«

»Ich glaube gar nichts. Viele Menschen geraten unverschuldet in eine finanzielle Schieflage.«

»Meine Finanzen gehen Sie überhaupt nichts an. Meine Konten erst recht nicht.«

Castel trank einen Schluck Wein. Er brannte sauer in ihrer Kehle.

Du riesiger Dummkopf … Ein Fingerspitzengefühl wie andere Menschen Ellenbogen … Aber nun war die Kuh auf dem Eis, da konnte Castel sie auch einige Pirouetten drehen lassen.

Castel sagte: »Noch einmal: Jeder kann in eine finanzielle Schieflage geraten. Wenn es keine unerklärlichen Kontenbewegungen, zum Beispiel hohe Abbuchungen oder hohe

Einzahlungen gibt, deren Zweck sich nicht erklären lässt, ist ja alles in Ordnung.«

»Dann sollten Sie wissen, dass bei mir alles in Ordnung ist.«

»Ich weiß, dass es bei Ihnen keine unerklärlichen Buchungen von großen Summen gibt. Darf ich trotzdem fragen, wie es zu so hohen Schulden gekommen ist?«

Villeneuve musterte Castel, als habe sie etwas Ekelhaftes im Gesicht. Sie war solche Blicke und weitaus Schlimmeres von Vernehmungen gewöhnt. Dennoch versetzte es ihr einen Stich. Sie mochte Villeneuve. Und gerade hatte sie ihm sinnbildlich voll zwischen die Beine getreten.

Villeneuve nahm die Serviette vom Schoß, faltete sie zusammen und warf sie auf den Tisch. »Das geht Sie nichts an.« Er nahm seine Geldbörse aus der Umhängetasche, zog einige Geldscheine hervor und warf sie auf den Tisch. »Aber zum Bezahlen reicht es noch. Beruhigt Sie das?«

»Jean …«

»Außerdem wissen Sie doch, wie es zu den Schulden gekommen ist. Sie wissen ja alles oder glauben jedenfalls, alles zu wissen.«

Castel schwieg.

»Mann verliebt sich in Frau. Frau und Mann kaufen ein sehr großes Haus. Frau findet einen anderen und trennt sich. Frau meldet private Insolvenz an. Mann bleibt auf den Krediten sitzen, muss das Haus versteigern und bekommt nur einen Bruchteil vom Erlös. Ganz einfach. Und lange kein Grund …«, sagte Villeneuve und stand auf, »etwas wie das zu tun, was Sie mir unterstellen wollen.«

»Ich unterstelle Ihnen nichts.«

»Sie tun etwas viel Schlimmeres«, sagte er und beugte

sich zu Castel. »Sie heucheln Sympathie, um mich auszuhorchen. Sie sollten sich schämen, Caterine. Ich hatte mehr Stil von Ihnen erwartet. Schade. Sehr schade.«

Damit drehte er sich um und ging fort. Castel spürte die Blicke der anderen Gäste und des Personals.

Klasse gemacht, Cat, dachte sie. *Ganz große Klasse.*

35

Nikolai Shevchenko alias Nicolas Chauvet entkorkte eine neue Flasche und trat drei Schritte von der Leinwand zurück. Er betrachtete das Bild. Mila, die schwarze Mopsdame, hockte auf dem Boden und musterte es ebenfalls. Draußen war es stockfinster und schwül wie in den Tropen. Drinnen ebenfalls, wo lediglich zwei Kaltlicht-LED-Spots brannten, die auf die Staffelei ausgerichtet waren. Es roch nach einer Mischung aus Farbe, Terpentin, Leinöl und Zigaretten – dem herrlichsten Parfüm der Welt. Auf dem tragbaren CD-Spieler lief Charles Aznavour. Der armenische Bastard war mit Mitte neunzig noch auf Welttournee gewesen und hatte die Stadien gefüllt. Cocteau hatte über ihn gesagt, er habe die Verzweiflung populär gemacht.

Jetzt sang er: *»Es ist schon lange her, ihr kennt die Zeit nicht mehr, mit euren zwanzig Jahren. Montmartre lag im Mai, wir waren jung und frei, und an den Fenstern sahen wir schon den Flieder blühen. Die Zeit ist längst dahin, als wir so glücklich waren. Mein Magen war so leer, und du warst mein Modell, das ist schon lange her. La Bohème, la bohème …«*

Chauvet nahm einen Schluck aus der Flasche und rieb die mit Karmesinrot befleckte linke Hand am offenen Hemd ab. Leck mich mit La Bohème, Aznavour, dachte Chauvet und erinnerte sich an die Jahre in Kiew in seinem kleinen Atelier und an die Zeit an der Kunsthochschule. Jung und frei war er ebenfalls gewesen, und zu essen hatte er auch nichts gehabt. Und sein Modell … Na ja, *eines* seiner Modelle damals. *Das* Modell.

Chauvets Mopsmädchen hieß nicht nach der Schauspielerin Mila Kunis. Eine andere Mila war ihre Namenspatin, die ebenfalls schwarzes Haar und schwarze Augen gehabt hatte. Tausend Mal hatte Chauvet sie gezeichnet, wie sie sich im kalten Winterlicht auf dem Klappbett vor dem Küchenfenster räkelte. Heute war sie vermutlich fett und hässlich und hatte zwanzig Enkel. Aber damals … Sie hatte ihn für einen erfolgreichen Saxophonspieler mit Taschen voller Geld verlassen und verdiente es nicht anders, als denselben Namen wie ein Hund zu tragen, denn Nikolai hatte gelitten wie ein Hund und alle Bilder von ihr verbrannt – bis auf einige wenige, die er bis heute in einer Mappe versteckt hielt.

La Bohème, la bohème.

Es klang verflucht romantisch, dieses armselige Künstlerleben – Luft und Liebe und Rotwein. Aber auch nur, wenn einer wie Aznavour darüber sang. Ansonsten war das ein Scheiß, in dem sich Leute suhlten, die damit keine Erfahrung hatten und sich wünschten, ihrem Nine-to-five-Job für einen Moment zu entfliehen, für einen Moment sich frei zu fühlen.

Aber: Fuck you. Von wegen Freiheit. Geld. Darum ging es. Danach strebte alles. Geld und Kunst und Liebe und Rotwein. Wer etwas anderes behauptete, war ein Lügner. Jeder Maler träumte von nichts anderem als Lastwagenladungen voller Euroscheine mit seinen Bildern zu verdienen. Alles andere war Illusion.

Geld gab Sicherheit. Sorgen zerstörten die Kreativität. Geld zu haben verschaffte Freiheit. Jeder Euro ein Stück mehr. Und wer das Gegenteil behauptete und unterstellte, dass man als Künstler leiden müsse und daraus die Kraft für seine Arbeit ziehen – das war nichts als Bullshit. Wer will denn schon freiwillig leiden? Solchen Mist konnten nur Leute verzapfen, die noch nie unter einer Brücke schlafen und sich aus dem Mülleimer ernähren mussten. Geld brauchst du, wenn du frei sein willst und unbeschwert an der Kunst arbeiten. Nur darum geht es. Mit Geld kannst du Kunst machen, Wein und Weiber kaufen. Das eine hing untrennbar mit dem anderen zusammen – Chauvet wusste es, denn er hatte es erfahren.

»Das wird sehr gut, Mila«, sagte Chauvet, schlurfte dann mit nackten Füßen zu einem Beistelltisch, um sich eine Zigarette anzuzünden.

Er hatte gerade einen Millet auf der Staffelei. Jean-François Millet, und zwar »Der Mann mit der Hacke«. Millet war ein Sohn wohlhabender Bauern und zeit seines Lebens von den Motiven der Landwirtschaft geprägt gewesen. Er galt Mitte des 19. Jahrhunderts als ein großer Vertreter des französischen Realismus wie Gustave Courbet oder Camille Corot und beeinflusste die nachfolgenden Impressionisten wie Vincent van Gogh erheblich. Ein Bankdirektor hatte die Kopie bei Chauvet in Auftrag gegeben, weil er das Gemälde einmal irgendwo gesehen hatte und es ihm immer noch als Inbegriff der Arbeit erschien. Er wollte es in seinem Institut in Übergröße aufhängen, um sich selbst und seine Angestellten jeden Tag daran zu erinnern, was harte Arbeit bedeutete und dass ihre Arbeit daraus bestand, die Früchte der Arbeit anderer zu verwalten, zu vermehren und nebenbei auf diesem Feld so viel für das Unternehmen zu ernten wie nur eben möglich.

Chauvet inhalierte, stieß den Rauch langsam wieder aus und betrachtete die Leinwand – die satten Erdtöne, den erschöpften Mann in Holzschuhen, der einen steinigen Acker urbar machen wollte, sich auf seine Hacke stützte und eine kurze Pause zum Atemholen nahm, bevor er weiterarbeiten würde. Das Bild glich der Vorlage wie ein Ei dem anderen. Chauvet wusste, wie das ging. Als er noch Nicolai Shevchenko gewesen war, hatte er alle altmeisterlichen Techniken und die Restaurierung von Kunstwerken an der Nationalen Akademie der Bildenden Künste und Architektur gelernt. Nirgends vermittelten sie die klassische Malerei besser als an den Hochschulen im Osten. Im Westen nahmen sie einen auf, wenn man auf das Handwerk schiss und sich nur für seinen persönlichen Stil interessierte. Im Osten hatte man nur eine Chance, wenn man wie wirklich malen konnte. Dazu musste ein Maler verstehen, was die alten Meister getan hatten. Es war wie bei einem Dirigenten, der eine Sinfonie zunächst mental durchdringen musste, der begreifen musste, wozu man Hörner und wozu Celli brauchte, bevor er sich von den Vorgaben löste und das Werk frei interpretierte. Nicht anders war es nach Chauvets Meinung in der Malerei. Echte Kunst schaffte man nicht dadurch, dass man der Allererste war, der einen signierten Toilettendeckel ausstellte, oder auf die Idee kam, Bilder mit Klecksen wie ein Kind zu malen. Nein, die Moderne war einfach nicht Chauvets Welt.

Er hüllte das Gemälde in eine weitere Wolke aus Zigarettenqualm und gönnte sich noch einen großen Schluck aus der Weinflasche.

»Weißt du, Mila«, sagte er, »bald ziehen wir beide hier Leine. Dann gehen wir nach Südspanien, nach Malaga.

Nicht mehr lange, dann kaufe ich das Haus an der Küste, und wir laufen von morgens bis abends am Strand herum und sitzen in der Zwischenzeit im Schatten und …«

Chauvet sah sich um, als Mila zuckte, aufsprang und Geräusche von sich gab, die man bei einem Mops Kläffen nannte.

»Malaga, aha? Davon haben Sie mir noch nie erzählt«, sagte die Stimme des Mannes, der wie aus dem Nichts im Atelier aufgetaucht war. Chauvet hatte die Tür offen stehen lassen, damit ein Luftzug die Hitze vertrieb.

»Malaga«, bestätigte Chauvet und trank einen weiteren Schluck aus der Flasche. »Aber das geht Sie auch gar nichts an, oder? Warum soll ich es also Ihnen erzählen, zum Henker?«

»Gefällt es Ihnen in Frankreich nicht mehr?«

»Ich will ans Mittelmeer. Wegen des Klimas. In Aquitanien und bei Bordeaux langweilt mich die Landschaft. Alles flach. Die Biscaya ist zu nah – außerdem zu viel schlechtes Wetter. Die Côte d'Azur ist mir zu mondän.

»Zwischen Malaga und Marbella leben außerdem mehr Millionäre, nicht?«

»Und viele junge Frauen.« Chauvet grinste breit. Seine Zähne waren vom Wein verfärbt. »Was wollen Sie? Wir haben uns lange nicht gesehen, und dann schleichen Sie sich an und stehen hier plötzlich völlig unangekündigt in meiner Kathedrale der Kunst?«, fragte Chauvet.

»Sie haben von unserem Problem gehört, nehme ich an.«

»Ich habe kein Problem.«

»Doch. Haben Sie. Und Sie wissen, was ich meine.«

Chauvet trank noch etwas. »Ich weiß, was Sie meinen«,

erwiderte er dann. »Leclerc war bei mir, dieser verschissene Polizist. Er ist Pensionär, hat einen Mops wie ich, aber einen Rüden.«

»Was wollte er?«

»Herumschnüffeln. Keine Ahnung, was er genau ist, privater Ermittler, Berater, Privatdetektiv, ich weiß es nicht.«

»Was wollte er, habe ich gefragt?«

»Nichts Bestimmtes.«

»Er kommt hierher, schnüffelt herum – und will nichts Bestimmtes?«

»So war es.«

»Und dann?«

»Und nichts. Leclerc kann mich mal.«

Der Mann schwieg einen Moment. »Rainier Tournay ist tot«, sagte er dann.

»Habe ich im Radio gehört. Tournay war ein kompletter Vollidiot.«

Der Mann schwieg erneut und betrachtete das Bild auf der Staffelei. Dann widmete er sich wieder Chauvet.

»Ich habe mich zwei Dinge gefragt«, sagte er. »Erstens: Wer hat unser Problem verursacht? Zweitens: Wer ist für das Folgeproblem verantwortlich?«

»Ich weiß nicht, wovon Sie reden«, antwortete Chauvet, obwohl er sehr gut wusste, worauf der Mann hinauswollte.

Der Mann sagte: »Unser ursächliches Problem ist, dass jemand den Kunstdieben, die den Cézanne-Transport überfallen haben, einen Tipp gegeben hat. Das hat alles ins Rollen gebracht. Als ein solcher Tippgeber kommen nicht viele Personen in Frage.«

»Waren Sie es womöglich?«, fragte Chauvet provokant und zog die Zigarette bis zum Filter herunter.

Der Mann lachte auf. »Nein«, erwiderte er. »Ich habe das Gefühl, dass Sie das waren.«

Chauvet schwieg und drückte die Zigarette im Aschenbecher aus.

Der Mann sagte: »Mit kopierter Kunst allein lässt sich kein Häuschen in Malaga bezahlen.«

»Ich kopiere nicht«, sagte Chauvet. »Ich male neu.«

»Wie auch immer«, erwiderte der Mann. »Außerdem hat jemand diesen Kunstdieben mitgeteilt, was sich bei Tournay so alles holen lässt – zum Beispiel ein Cézanne und ein van Gogh. Alles relativ problemlos, wird dieser Jemand erklärt haben – und zudem, was sich wo an Sicherheitstechnik bei Tournay befindet. Dafür kommen ebenfalls nicht sehr viele Personen in Frage, meinen Sie nicht auch?«

»Blödsinn«, sagte Chauvet und ließ die Weinflasche in seiner Hand etwas tiefer gleiten, so dass er sie nun am Hals wie eine Keule fasste. »Ich habe damit nichts zu tun.«

»Daraus ist ein riesiger Schlamassel entstanden, Herr Chauvet.«

»Ich habe damit nicht das Geringste zu tun.«

»Doch«, erwiderte der Mann. »Haben Sie. Die Polizei wird das herausfinden. Dieser Leclerc ahnt es vielleicht schon, sonst wäre er nicht bei Ihnen gewesen. Und am Ende kann das alles zu mir führen, was ich absolut nicht zulassen werde.«

Chauvet zuckte mit den Schultern. »Wozu?«, fragte er. »Wieso sollte das zu Ihnen führen? Dummes Zeug. Davon hätte niemand etwas.«

»Doch«, sagte der Mann. »Die Polizei hätte etwas davon – und Sie, Chauvet, wenn Sie mich denen ans Messer liefern, um für sich selbst Vorteile rauszuhandeln.«

»Totaler Quatsch«, brummte Chauvet und blinzelte. Er umfasste den Flaschenhals so fest, dass die Knöchel weiß hervortraten.

Der Mann schwieg. Er nahm seinen Gehstock hoch und deutete auf den Millet. »Das ist übrigens eine ganz ausgezeichnete Arbeit. Aber wenn Sie mich fragen, stimmt mit der Farbgebung etwas nicht.«

Chauvet lupfte die Brauen. »Was soll damit nicht stimmen?«

Der Mann drehte den Gehstock in der Hand und fasste ihn am unteren Ende an. Der schwere Knauf glitzerte im Licht der LED-Scheinwerfer.

Der Mann sagte: »Es mangelt an Rottönen.«

36

Leclerc, dachte der Mann im Rausgehen. Der Kerl schnüffelte überall herum. Er war ein verdammter Plagegeist, der extrem gefährlich werden konnte und der Meute stets eine Nasenspitze voraus zu sein schien.

Und diese Nasenspitze konnte entscheidend sein.

Der Mann zog einen weißen Lappen aus der Tasche seiner dünnen Jacke und wischte damit den Silberknauf des Gehstocks ab. Der weiße Stoff verfärbte sich rot. Vermutlich, dachte der Mann, war er ebenfalls überall mit Blut besudelt. Das kam davon, wenn man herumspritzte wie Jackson Pollock, nur dass ihm der Stil von Jackson Pollock und abstrakter Expressionismus nicht sonderlich gefielen.

Ihm war schlecht vor Aufregung, und kurz hatte er das Gefühl, sich übergeben zu müssen.

Am Auto, das er in einiger Entfernung geparkt hatte, öffnete er den Kofferraum. Er zog sich komplett nackt aus, stopfte die Kleidung und Schuhe in Müllsäcke und wischte sich überall am Körper mit Feuchttüchern sauber, die er ebenfalls in den Sack steckte. Die Hände und das Gesicht reinigte er nochmals, akribischer, und fühlte seine Haare nach Blutspuren ab, fand aber keine. Dann knotete er den Plastikbeutel zusammen, nahm eine Sporttasche und zog sich die neuen Sachen an.

Schließlich verstaute er den Stock im Kofferraum. Es war

ein Erbstück – in vielerlei Hinsicht. Es gab fraglos bessere Instrumente, um zu erledigen, was er zu erledigen hatte. Aber der Stock hatte gewissermaßen Tradition. Er war … Nun, er war wie ein Schwert, das der eine Gralshüter dem nächsten weitergereicht hatte.

Der Mann warf den Kofferraum zu, öffnete das Auto und setzte sich hinter das Steuer. Im Rückspiegel untersuchte er sein Gesicht, nochmals seine Haare und nahm die Brille aus einem Ablagefach, um sie aufzusetzen. Dann griff er nach dem Telefon, um einen Anruf zu erledigen.

Es dauerte ewig, bis angenommen wurde. Der Mann hörte das typische Röcheln, das schwere, nasse Atmen.

»Bist du es?«, fragte die Stimme.

»Ich bin es.«

»Ist der Gral in Sicherheit?«

»Er ist noch nicht vollkommen in Sicherheit.«

»Du musst ihn schützen!«

»Ich weiß, und das tue ich.«

Der Mann hörte ein Schluchzen. »Es war falsch«, sagte die brechende Stimme. »Es war ein großer Fehler. Ich habe einen großen Fehler gemacht. So eine schlimme Dummheit.«

»Niemand konnte wissen, dass es diese Richtung nehmen würde.«

»Ein großer Fehler. Nun musst du den Gral schützen. So wie ich es getan habe.«

»Genau das mache ich ja, aber …«

»Es gibt kein Aber.«

»… aber es ist ein viel größerer Fehler, den Gral nicht vollkommen in Sicherheit zu bringen.«

»Er ist sicher, wo er ist – solange du ihn beschützt.«

»Er wäre an einer anderen Stelle sehr viel besser aufgehoben.«

»Zu spät. Es ist zu gefährlich.«

»Das ist mir klar.«

Schweigen. Husten. Feuchtes Atmen. Dann wieder ein Schluchzen und Jammern. »Es war so falsch …«

»Es ging nicht anders, und das weißt du auch. Das Geld war nötig, um …«

»Ich weiß, ich weiß. Ist er wirklich in Sicherheit, mein Junge?«

»Wie ich bereits sagte: noch nicht ganz.«

»Du arbeitest daran?«

»Ich arbeite daran.«

»Und die Polizei?«

»Sie ist eine große Gefahr. Aber ich kümmere mich darum. Es gibt einen Schnüffler, ein Pensionär, Expolizist. Er heißt Leclerc.«

»Beseitige ihn.«

»Ich weiß nicht, ob das klug ist.«

»Beseitige ihn. Hüte den Gral. Es ist deine heilige Aufgabe.«

Der Mann atmete tief ein und tief aus.

»Hörst du?«

»Ja.«

»Du musst dich um den Schnüffler kümmern.«

»Wir werden sehen. Ich lasse mir etwas einfallen«, sagte er, bevor er das Gespräch beendete.

37

Castel und Theroux fuhren schweigend über die Bundesstraße. Der Himmel war so dicht und grau, als wollte er sie unter sich erdrücken. Es waren erlösende Gewitter angekündigt worden, schon wieder, aber sie waren ein weiteres Mal an Carpentras vorbeigezogen. Spätestens morgen sollte sich das Wetter wieder klären und frischer Wind die Wolken fortblasen.

»Tournays Lebensgefährtin war vollkommen entsetzt«, sagte Theroux. »Sie ist ein Modell und bei einem Shooting in Buenos Aires. Verdammt, warum bekomme ich nie solche Jobs?«

»Weil du nicht fotogen bist«, erwiderte Castel und lenkte den Wagen um die Kurve.

»Sehr lustig«, sagte Theroux. »Sie will ihren Auftrag abbrechen und umgehend zurückkehren.«

»Was denkst du über sie?«

»Ich denke, dass sie im Monat so viel verdient wie ich in einem Jahr. Die ist auf niemanden finanziell angewiesen, war es vorher auch schon nicht und kann außerdem jeden Sugardaddy der Welt um den Finger wickeln. Die braucht nicht noch mehr Geld.«

»Hast du es überprüft?«

»Die Anträge dafür laufen.«

Castel nickte und verkniff sich einen Kommentar, um wie

viel leichter es in Bezug auf die Informationen über Jean Villeneuve gewesen war. Zwei, drei Mausklicks von Nadia – bingo. Andererseits hatte sie gestern Abend gesehen, wohin es führen konnte, wenn man die Hintergründe zu den Zahlen auf den Konten nicht kannte. Sie hatte dilettantisch gehandelt, sagte sich Castel. Wie eine Anfängerin – eine angetrunkene zudem, der vom Wein die Zunge gelöst worden war. Aber es änderte nichts daran, dass massive Geldsorgen ein starkes Motiv für alles Mögliche sein konnten, und Villeneuve hatte solche Geldsorgen – was auch immer sie verursacht haben mochte. Für eine Sekunde ging ihr die Frage durch den Kopf, ob sie Villeneuve vielleicht umso intensiver ins Visier nahm, je näher er ihr kam – und ihn umso drastischer fern von sich halten wollte, je mehr sie ihn mochte? Sozusagen eine emotionale Schutzreaktion? Angst, sich eventuell in ihn zu verlieben?

Sie bogen um eine weitere Kurve. Der Weg wurde zusehends schlechter. Schließlich fuhren sie an dem alten Bauernhaus vor, in dem Nicolas Chauvet lebte. Eine Tür stand offen, und noch bevor sie parken konnten, schoss ein kleiner schwarzer Hund hervor und lief aufgeregt im Kreis herum. Castel musste schmunzeln. Es war ein Mops. Einer wie Tyson, nur in Schwarz.

Theroux stieg aus. Castel tat es ihm gleich, und direkt hüpfte der Mops aufgeregt kläffend und knurrend an ihr empor.

»Na, du?«, sagte sie. »Was ist denn los?«

Sofort schoss der Hund wieder zurück ins Haus, stoppte in der offen stehenden Tür und drehte sich zu den Polizisten um.

»Nicht gut«, sagte Theroux und atmete tief durch.

»Nein«, erwiderte Castel, die ein beklemmendes Gefühl beschlich, als sie auf das Haus zuging.

Keine Menschenseele weit und breit. Alles war still bis auf das Knurren des Hundes, der nun im Haus verschwand.

Schweigend traten Castel und Theroux ein und fanden sich im Halbdunkel eines großen Ateliers wieder. Überall standen bemalte und leere Leinwände auf Staffeleien herum. Auf einer sah Castel ein Gemälde, das einen Feldarbeiter darstellte. Merkwürdige Spritzer verunzierten die Oberfläche. Sie sahen aus wie …

Castel blickte zu dem Hund, der hinter der Ecke eines großen Tisches verschwand, dann aufgeregt wieder auftauchte und auffordernd kläffte. Castel und Theroux blickten um den Tisch herum.

»Scheiße«, murmelte Theroux.

Auf dem Boden lag ein älterer Mann in einer Blutlache. Ihm war der Schädel eingeschlagen worden. Castel hatte keinen Zweifel daran, dass es sich bei der Leiche um Nicolas Chauvet handelte.

38

Albin hielt auf dem Parkplatz des Instituts für Rechtsmedizin der Universität Nîmes in einer schattigen Haltebucht und machte den Motor aus. Dann nahm er eine Tüte mit Schokocroissants vom Beifahrersitz. Tyson ließ er dieses Mal im Wagen – draußen war es zwar drückend heiß, aber die Sonne schien nicht und würde den Wagen nicht aufheizen. Außerdem würde er nur kurz bleiben. Er betrat das Foyer, meldete sich nicht an der Anmeldung, sondern blieb davor stehen, nahm das Telefon und rief Berthe an, die umgehend dranging.

»Ich bin's«, sagte er.

»Das höre ich, Albin.«

»Ich stehe am Empfang. Lass mich rein.«

Berthe gab ein genervtes Geräusch von sich und beendete das Gespräch. Eine Minute später kam sie um die Ecke. Außer ihrer knallroten Brille war sie ganz in Weiß gekleidet, inklusive weißem Kittel. Sie fragte: »Du hast nicht wieder diese Schokocroissants dabei, um mich zu bestechen?«

Albin blickte auf die Tüte in seiner Hand. »Ich?«, fragte er, »Schokocroissants? Die magst du doch gar nicht.«

Ohne die Miene zu verziehen, drehte sich Berthe um, machte mit der Hand eine »Bitte folgen«-Geste und marschierte los. Die Sohlen der Turnschuhe quietschten auf dem Boden.

Sie ließ ihr Büro links liegen und bog in die Teeküche ein, wo eine Tasse Kaffee auf dem schlichten Tisch stand. Daneben lag ein Tablet-Computer, auf dessen Display ein Spiel im Pausenmodus zu erkennen war. Irgendetwas mit Karten. Berthe setzte sich, überkreuzte die Beine und die Hände und sah Albin aufmerksam an, blieb aber stumm wie ein Fisch. Albin blieb ebenfalls stumm, setzte sich zu Berthe an den Tisch und schob ihr vorsichtig die Tüte mit den Croissants zu, die sie geflissentlich ignorierte.

»Nein«, sagte sie schließlich.

»Ich kam zufällig vorbei und dachte, ich sage mal schnell hallo und verschwinde dann wieder.«

»Die Antwort ist trotzdem: Nein.«

»Ich will nichts von dir.«

»Und ob.«

»Das ist ein reiner Freundschaftsbesuch.«

Berthe lachte. Albin lehnte sich nach vorn und riss die Tüte behutsam auf. Der Duft von Gebäck flutete den Raum. Berthe riskierte einen Blick und sah dann wieder zu Albin.

Er sagte: »Freunde teilen alles.«

»Du kannst mich mit deinen Croissants nicht kaufen.«

»Aber du magst sie doch so gern.«

»Was willst du?«

Mit den Fingerspitzen schob Albin die Tüte noch etwas näher zu Berthe.

»Ich habe mich gefragt«, erwiderte er, »ob es inzwischen Genaueres über die Tatwaffe gibt.«

»In dem Tournay-Fall?«

Albin war klar, dass sich Berthe dumm stellte. Er hatte sie ja kürzlich extra wegen der Tatwaffe in diesem Fall angerufen. »Ja«, sagte er.

Berthe nahm eines der Croissants, biss hinein, wischte sich einige Krümel vom Mundwinkel ab und spülte dann mit Kaffee nach. Sie zögerte einen Moment. Dann tippte sie auf dem Tablet herum und drehte es schließlich zu Albin. Es zeigte die Großaufnahme einer Kopfwunde und außerdem Bilder derselben Wunde, die mit einem Graphikprogramm oder Fotofiltern bearbeitet worden waren.

Berthe erklärte: »Wie wir schon wissen, war es ein Schlag mit einem stumpfen Gegenstand seitlich gegen den Kopf. Es muss ein mit viel Schwung geführter Schlag mit starker Krafteinwirkung gewesen sein.«

»Ich hatte dich ja gefragt, ob es ein Gehstock …«

»Darf ich ausreden?«

»Natürlich.«

»Viel Schwung und viel Kraft – das führt zu der Annahme, dass ein langer Gegenstand verwendet wurde, wegen der Hebelwirkung, ja?«

»Ja. Verstehe.«

»Der Gegenstand könnte mit einem schweren metallischen Ende versehen gewesen sein.«

»Metall?«, fragte Albin.

»Edelmetall. Wir haben die Wunde analysiert und minimale Abriebspuren von Silber gefunden.«

Albin sagte nichts.

»Silber«, fuhr Berthe fort, »könnte im Zusammenhang mit der spezifischen Form des Abdrucks am Schädel zum Beispiel für …«

»… den Knauf von einem Gehstock sprechen?«

Berthe biss vom Croissant ab und sagte: »Ja. Du hast also entweder deine Hausaufgaben gemacht oder eine Vorahnung gehabt.«

»Beides«, sagte Albin und dachte an die Gehstöcke, die er bei den Kunsthändlern gesehen hatte.

»Es könnte aber auch etwas anderes gewesen sein«, sagte Berthe.

Albin merkte auf.

»Tournay hatte doch viele Kunstobjekte im Haus. Der Täter könnte einen Pokal oder eine kleine Skulptur verwendet haben.«

»Keine Ahnung, ob er so was besaß.«

»Cat und Theroux werden es wissen, Albin.«

Albin nickte und bewegte den Kopf nach vorne, um die Detailfotos von der Kopfwunde besser betrachten zu können.

»Was sind das für Muster?«, fragte er.

»Abdrücke von der Tatwaffe. Wenn wir unterstellen, dass es tatsächlich ein Gehstock gewesen sein könnte, dann gibt es ja unterschiedliche Knaufformen. Als Kugel oder länglich, wobei wir es in unseren Fall mit einem länglichen zu tun hätten. Der Schwung wurde gegen den Kopf geführt – im Prinzip wie mit einem Hammer. Mit dem Unterschied, dass dieser Hammer nicht mit der Schlagfläche auftraf, sondern seitlich. Wenn du jemandem mit einem Turnschuh ins Gesicht trittst, drückt sich das Muster der Sohle ein. So ähnlich ist es in diesem Fall. Der Stock, falls es einer war, muss verziert gewesen sein.«

Berthe wischte auf dem Tablet herum und zeigte Albin weitere Bilder, die mit besonderen Filtern von Profiprogrammen bearbeitet worden waren, um die Abdrücke in der Haut von Rainier Tournay herauszuarbeiten. Sie waren extrem fein, fragmentarisch, und man konnte absolut nicht davon sprechen, dass ein eindeutiges Muster daraus ablesbar wäre. Es gab hier einen Strich, dort einen, an anderer Stelle eine geschwungene Welle oder sich überkreuzende Linien. Dennoch war es eine Blaupause, mit der man die Tatwaffen identifizieren könnte.

Pokal, Figur, Gehstock.

Gehstock, dachte Albin.

Während Berthe sich nun endgültig über die Tüte mit den Croissants hermachte, fragte Albin, ob er einen Ausdruck von dem fragmentarischen Muster haben könne, und versicherte sich mit einer Nachfrage bei Berthe, dass Theroux und Castel so schnell wie möglich ebenfalls einen bekommen würden. Natürlich würden sie das, sagte Berthe, aber alles, was den offiziellen Weg gehen musste, brauche seine Zeit. Ganz einfach deswegen, wusste Albin, weil Berthe im Namen des Instituts noch alle möglichen Häkchen klicken und Formulare ausfüllen sowie ihre einzelnen Untersuchungsschritte nachvollziehbar belegen musste, bevor sie das Bild ordnungsgemäß in die amtlichen Untersuchungsergebnisse einfügen konnte – die außerdem von dem Uni-Institut zusätzlich akkurat dokumentiert und der Staatsanwaltschaft in Rechnung gestellt werden mussten, was insbesondere für spezielle Labor-Sonderleistungen wie die vertiefende Analyse der Abdrücke an Rainier Tournays Schläfenbein galt.

Heilige Scheiße, dachte Albin beim Rausgehen. Die Welt wurde immer komplizierter. Mehr Technik. Mehr Digitales. Auf der einen Seite redeten sie einem ein, dass das Leben noch nie so leicht und simpel und kundenfreundlich war wie heute. Auf der anderen Seite musste man ein halber Systemadministrator sein, um zurechtzukommen.

Und das war rundherum symptomatisch für die Zeit,

überlegte Albin beim Öffnen des SUVs. Die Komplexität nahm immens zu. Man blickte einfach nicht mehr durch – und wenn es die Gebildeten schon schwer hatten, was war dann erst mit den Dummen?

Nach Matteos Meinung, das hatte er kürzlich im Café Midi bei einer Diskussion an der Theke festgestellt, ging es allen nur um Tarnung. Unternehmen, Behörden, wer auch immer – sie alle wollten sich laut Matteo hinter einem Vorhang von Bürokratie unsichtbar machen, damit man die Strohhalme nicht spürte, mit denen sie einem das Blut aussaugten, beziehungsweise das Geld aus den Taschen. Sie saßen einem wie Mücken im Nacken und schlossen immer mehr Zahlungsverträge, Zusatzgebühren und sonst was ab – und erklärten einem so lange die diversen tollen Optionsmodelle für ein Produkt, bis einem schwindelig war, meinte Matteo. Früher hatte eine Wurst einen festen Preis gekostet, und es gab keine Wurst light, mittel oder professional mit Ratenzahlung, die bequeme Wurstflatrate oder die Wurstflat mit Option auf Käse. Heute schon. Permanent musste man Entscheidungen treffen. Das wirkliche simple Leben war ein anderes – und die Sehnsucht danach wurde immer größer. Kein Wunder, dachte Albin beim Einsteigen, dass die Leute alle zu diesen Ritter- und Mittelaltermärkten rannten und so viele Bücher über die Katharer und Albigenser und Kreuzzüge lasen, wie sie nur konnten, weil sie meinten, dass im herrlich einfachen Mittelalter alles angenehmer gewesen war. Albin war sich da nicht so sicher. Das Mittelalter war nach seiner Meinung eine eher ziemlich miese Epoche gewesen und Leute in seinem Alter wären damals längst tot gewesen.

Dennoch: Die guten alten Zeiten. Vorbei waren sie.

Heute konnte niemand mehr, wie Albin soeben, mit einem Ausdruck aus der Rechtsmedizin herausmarschieren – es sei denn, er bewegte sich außerhalb der Matrix.

Albin legte das Papier auf den Beifahrersitz. Dabei fiel ihm ein, dass er in der hinteren Hosentasche noch immer diese unverschämte Broschüre stecken hatte. Die vom Altersheim mit diesem Türmchen als Logo. Er hob den Hintern vom Fahrersitz an, zog sie aus der Tasche und warf sie achtlos in das Ablagefach der Mittelkonsole. Schließlich ließ er den Wagen an, damit die Klimaanlage mit der Arbeit begann, und nahm das Handy, um Castel anzurufen. Sie ging sofort dran.

»Castel«, sagte Albin wie aus der Pistole geschossen, »sprechen Sie mit Berthe. Suchen Sie nach einem Gehstock mit gemustertem Silberknauf als Tatwaffe. Antiquitätenhändler verkaufen solche, zum Beispiel Roubaud in Avignon oder Vallier in L'Isle-sur-la-Sorgue. Beide haben mit Rainier Tournay zu tun gehabt, im Fall von Vallier gibt es zusätzlich eine Verbindung zu Nicolas Chauvet, und …«

»Chauvet ist tot«, sagte Castel.

»Was?« Albin konnte es nicht fassen.

»Wir stehen gerade in seinem Atelier, Albin. Theroux und ich haben ihn dort tot aufgefunden. Er wurde erschlagen.«

»Lassen Sie mich raten – mit einem Stock?«

»Das wissen wir natürlich noch nicht.«

Aber auszuschließen, dachte Albin, war es sicherlich nicht.

39

»Wie kommt er denn auf Gehstock und Kunsthändler?«, fragte Theroux genervt.

»Das«, erwiderte Castel und steckte das Handy wieder ein, »fragst du die Falsche.«

Castel und Theroux standen draußen auf dem Hof von Chauvets Haus, der inzwischen mit den hinzugerufenen Rettungswagen und Polizeifahrzeugen von der Gendarmerie und der Spurensicherung vollgeparkt war. Die Rechtsmedizin würde hier ebenfalls sehr bald auftauchen. Falls Berthe Dienst hatte, könnte Castel sie direkt nach dem Stock fragen.

»Kennst du Vallier und Roubaud?«, fragte sie Theroux.

Theroux überlegte. »Das sind Kunsthändler.«

»Albin hat ein paar Dinge herausgefunden. Vallier und Chauvet hatten miteinander zu tun. Es gibt auch eine Verbindung zu Tournay.« Castel erklärte Theroux die Zusammenhänge, während ihr ein Gedanke immer wieder durch den Kopf ging: Gestern Abend hatte sie mit Jean Villeneuve beim Essen über Nicolas Chauvet gesprochen. Dann war Villeneuve empört aufgesprungen und hatte das Restaurant verlassen. Der Notarzt hatte eben bei der Leichenbeschau gesagt, dass Chauvet seit höchstens zwölf Stunden tot sei. Villeneuve hätte also Zeit und Gelegenheit gehabt, hierher zu kommen und Chauvet umzubringen.

Doch warum sollte er das tun? Um Spuren zu verwischen, die zu ihm führen könnten – weil *er* der Tippgeber aus dem Umfeld des Museums war und weil *er* außerdem von dem Cézanne und dem van Gogh in Rainier Tournays geheimem Zimmer gewusst hatte, und zwar lange bevor Castel ihm davon erzählt und ihn um seine Einschätzung gebeten hatte. Dass es diese Gemälde gibt, könnte ihm zum Beispiel Chauvet erzählt haben – und Villeneuve mochte sich gedacht haben: Wenn ich meine Informationen für dreihunderttausend Euro an ein paar Kriminelle verkaufe, dann bin ich saniert. Möglich, dachte Castel.

»Hörst du mir überhaupt zu?«, fragte Theroux.

»Was? Ich war in Gedanken, tut mir leid.«

»Ich wollte wissen, was wir jetzt mit dem Hund machen?«

Theroux deutete auf den schwarzen Mops, der traurig zu seinen und Castels Füßen am Boden lag und ins Nichts zu starren schien. Es war eine Hündin, und da sie nun ihr Herrchen verloren hatte und Theroux und Castel die ersten Menschen gewesen waren, die sie nach der schrecklichen Tat erblickt hatte, hatte sie die Polizisten offensichtlich als neue Bezugspersonen erwählt. Wenn man doch nur ihre Gedanken lesen könnte, dachte Castel. Denn sie hatte womöglich den Täter gesehen und beobachtet, was er mit ihrem Herrchen angestellt hatte.

»Ich weiß nicht«, erwiderte Castel, »was wir mit dem Hund machen. Ruf das Tierheim an.«

Theroux verzog das Gesicht. »Aber … Das ist grausam, Castel.«

Die Polizistin zuckte mit den Schultern. Es wurde gemeinhin nun einmal so gemacht. Herrenlose Tiere kamen ins Tierheim. Sie blickte zu der Hündin. Die reagierte sofort, sah Castel an, setzte sich auf und wackelte mit ihrem Hinterteil. Castel blickte in die großen, dunklen Augen mit den langen Wimpern. Die großen, dunklen Augen blickten zurück. Irgendetwas geschah.

»Ich kümmere mich erst mal um sie«, sagte Castel, »danach sehen wir weiter.«

40

Und dann war das Meer da. Satt und tintenblau.

Eben hatte Albin rechts von der A7, der Autoroute du soleil, auf dem Weg nach Süden noch schier endlose Flächen von Speditionen und Autoanbietern gesehen. Mit einem Mal blitzte dann das Meer zwischen den Gebäuden auf, war dann wieder fort, im nächsten Moment wieder da und wurde für eine Weile zu einem konstanten Begleiter. Schließlich verschwand es wieder und machte riesigen, flachen Lagergebäuden Platz, die in gesichtslose Fachmarktzentren übergingen. An den Betonpfeilern der Unterführungen waren Graffiti gemalt. Der Verkehr wurde immer dichter, die Kritzeleien immer mehr. In den kurzen Tunneln und an Schallschutzwänden glichen die Betonwände inzwischen Leinwänden wie der im Geschäftshaus von Michel Vallier, vor der der Kunsthändler über diesen Basquiat gesprochen hatte.

Riesige Wohnblocks erschienen links und rechts der Fahrbahn. Die Bebauung wurde dichter und dichter. Ältere und neue Häuser, hässliche, turmhohe Bürogebäude mit gepflegten Fassaden, schäbige Bauten aus dem vorletzten Jahrhundert, dazwischen die Autobahn. Schließlich fuhr Albin ab und weiter auf der Avenue Leclerc, ausgerechnet, dann durch einen langen Tunnel – und fand sich mit einem Mal mitten im Großstadtgewirr von Marseilles Stadtbezirk

Nouailles wieder, wo es aussah, als habe man das historische Viertel einer durchschnittlichen südfranzösischen Stadt auf die zehnfache Größe aufgepumpt. Alles war höher, breiter, dichter – mehr Verkehr, mehr Menschen, mehr Platanen, die Straße zerfurcht von den Schienen der Straßenbahnen, links und rechts Geschäfte, Passanten, Cafés, riesige Werbeplakate vor historischen Fassaden stattlicher Bürgerhäuser aus dem 19. Jahrhundert.

Fast erschien es, dachte Albin, als durchdringe man verschiedene Schichten einer Zwiebel, bis man zum Kern vorstieß. Die Vororte, die er eben passiert hatte – na ja, allein vom Hinsehen wusste man als Polizist schon, was in den Wohnblocks vor sich ging. Die Einwandererquoten waren immens hoch – mehr als ein Drittel der Einwohner war muslimischer Abstammung – und damit auch die sozialen Probleme, die Arbeitslosigkeit und die Kriminalität. Man sagte, dass es nirgends mehr Waffen und Drogen gab als in dieser Stadt, was durch ihre Lage am Meer direkt gegenüber von Nordafrika begünstigt wurde. In den Vorstädten herrschte Kriegszustand. Ohne Schutzwesten und schwere Waffen traute sich keine Streife dorthin. Die Drogenclans hatten alles fest in der Hand. Täglich gab es Tote, viel Elend und jede Menge Armut. Aber ein Schmelztiegel der Kulturen war Frankreichs älteste Stadt zu jeder Zeit gewesen, mit allen Vor- und Nachteilen, die das mit sich gebracht hatte.

Auf der anderen Seite war Frankreichs zweitgrößte Stadt nach Paris einer der modernsten und angesagtesten Flecken des Landes. Überall gab es Architektur aus allen möglichen Epochen zu sehen, todschicke Geschäfte und Restaurants. Pompöse Neu- und Umbauten waren entstanden, als Marseille 2013 europäische Kulturhauptstadt wurde. Und eigentlich, dachte Albin, war die Stadt mit ihrer Geschichte und ihrer Lage unvergleichlich in der Welt. Der Puls von Marseille war überall deutlich zu spüren, selbst in der letzten Gasse.

Bevor Albin ein weiteres Mal abbog, konnte er für einen ganz kurzen Moment wieder das Meer sehen – die Bucht am Vieux Port, wo sich ein Riesenrad für die Touristen drehte und zahllose Boote und Yachten vor Anker lagen. Eben wie in fast jeder Marina in fast jedem früheren Fischerort an der Küste, bloß in Marseille war diese zwanzigmal größer als in Cassis oder St. Tropez.

Er hatte verdammtes Glück, tatsächlich einen Parkplatz an der Rue Henri Barbusse zu finden, ohne ins Parkhaus fahren zu müssen. An der Straße lag ein hochmodernes Einkaufszentrum, in dem es so ziemlich alles zu kaufen gab und das von außen einem gelandeten Ufo glich. Ungewöhnlicherweise – oder vielleicht gerade wegen des architektonischen Kontrasts – umschloss es einen kleinen Park mit römischen oder griechischen Ruinen, denn die Griechen waren die Ersten gewesen, die hier siedelten, um die Mündung der Rhône für den Handel mit den Stämmen im Inland zu nutzen.

Im Erdgeschoss des Gebäudes war passenderweise das *Musée d'Histoire de Marseille* untergebracht, in dem man durch gläserne Wände Blicke auf jene Ruinen und die Ursprünge der Stadt im Park werfen und sich im Inneren mit der jüngeren Geschichte Marseilles befassen konnte. Dazu zählte auch der unrühmliche Abschnitt im Zweiten Weltkrieg, in dem Marseille erst zum unbesetzten Frankreich zählte, dann von den Deutschen okkupiert und schließlich mit Hilfe der Amerikaner befreit wurde. Beide hatten Teile der historischen Innenstadt zerstört – die Wehrmacht sehr gezielt mit Sprengsätzen, die Amerikaner ebenfalls gezielt, aber mit Bomben gegen die Deutschen. Der Fokus der Ausstellung lag aber eher auf der Befreiung 1944. Vermutlich, weil der andere Teil der Geschichte unangenehmer war, denn die Marseiller hatten mit den Deutschen kooperiert und ihr Stadtviertel auf Anforderung der Wehrmacht selbst in die Luft gesprengt sowie durch die französische Polizei Tausende Verhaftungen und Deportationen vorgenommen. Nein hatte damals keiner gesagt – zugegeben, das wäre auch lebensbedrohlich gewesen.

Albin hatte sich nach seinem Besuch bei Michel Vallier telefonisch mit Dr. Simone Levy verabredet, die ihn jetzt bereits an der Kasse empfing. Sie mochte in Manons Alter sein, trug eine helle Jeans, eine ebenfalls helle Bluse, Gladiatorensandalen und wirkte darin so lässig wie jemand, der gerade von einem Hippie-Rock-Festival in der kalifornischen Wüste kam. Eine promovierte Historikerin hatte sich Albin jedenfalls anders vorgestellt.

Immerhin hatte sie einen Dutt – wenngleich einen, der modisch mit einer großen Holzklammer zusammengesteckt war. Sie begrüßte Albin herzlich, Tyson noch herzlicher und bat beide mit in die Dauerausstellung, wo es eine kleine Ecke mit einem Café gab. Viel Betrieb war hier nicht – eigentlich gar keiner. Die anderen Attraktionen der Stadt schienen für Touristen interessanter zu sein. Von hier aus hatte man einen guten Blick auf den grünen Innenhof mit den Ruinen.

Auf dem Tisch, an dem Simone Levy Platz nahm und Albin bat, es ihr gleichzutun, lagen einige Aktenordner und Broschüren. Levy musste sie dort bereits hingelegt haben.

Den Aufschriften nach hatten alle etwas mit dem Zweiten Weltkrieg zu tun und zeigten entsprechende Fotomotive aus der Zeit in Schwarzweiß.

Simone Levy sortierte einige Dinge, lächelte dazwischen zu Tyson und Albin.

Dann fragte sie: »Sie sind also Polizist?«

»Ich war einer«, erwiderte Albin. »Oder bin immer noch einer, allerdings in Pension. So ganz wird man das nicht los. Ist wie ein Virus.«

Die Historikerin lachte. »Ja, es geht manchen Kollegen meines Berufsstands ähnlich. Im Ruhestand verfassen sie Publikationen oder kuratieren Ausstellungen, gehen in Vereine, die sich mit Geschichte befassen. Ist wohl auch ein Virus.«

Albin lächelte zurück.

»Sind Sie denn privat hier? Für ein Forschungsprojekt? Oder ist es gewissermaßen dienstlich?«

»Ein bisschen was von beidem. Frau Dr. Levy …«

»Könnten Sie das Frau Doktor weglassen, Herr Leclerc? Ich fühle mich dann immer wie eine Kieferorthopädin.«

Albin schmunzelte und nickte.

»Also«, sagte sie und faltete die Hände über einigen Broschüren. »Marseille zur Zeit der Besatzung und der Deportationen – was kann das mit einem Polizeifall zu tun haben?«

»Das weiß ich selbst noch nicht. Sie haben von dem Fund des van Goghs und des Cézannes gehört?«

Es war der Wissenschaftlerin am Gesicht abzulesen, dass ihr Gehirn arbeitete, Informationen sortierte, in Verbindung miteinander brachte und schließlich die entsprechenden Schlüsse daraus zog.

»Oh«, sagte sie dann und nickte langsam. »Ich verstehe. Sie denken an Raubkunst.«

»Es wäre eine Möglichkeit.«

»Solche kostbaren Gemälde, die wie aus dem Nichts auftauchen …«

»… müssen irgendwem vorher einmal gehört haben, und wenn sie der Wissenschaft bislang unbekannt waren …«

»… liegt es nahe, dass sie über Jahrzehnte hinweg von der Bildfläche verschwunden und zu einer Zeit im privaten Besitz gewesen sind, als die Wissenschaft sich noch nicht so intensiv um Gemälde gekümmert hat wie heute und wertvolle Gemälde moderner Maler noch nicht den Stellenwert besaßen wie jetzt.«

»So in der Art, Frau Levy.«

»Was wissen Sie über die Geschichte vom besetzten Marseille?«

»Dass sie unangenehm ist und man nicht gerne darüber spricht.«

Levy schmunzelte und nickte. »Erinnerungskultur ist nicht unsere Stärke – zumindest, wenn sie nichts mit der Größe unserer Grande Nation und ihrem Stolz zu tun hat, sondern eher mit ihren Schwächen. Auf den Widerstand sind wir stolz, auf unsere Helden. Über die Kollaboration reden wir nicht so gerne. Doch natürlich gibt es Gedenktafeln an die Deportation und Erinnerungsstätten.«

»Erzählen Sie mir etwas darüber.«

Levy nahm einige Broschüren und Ordner, schlug sie auf und schob sie Albin hin, damit er darin blättern konnte, während sie sprach.

»Marseille«, erklärte sie, »war in den dreißiger und vierziger Jahren voller Flüchtlingen, die den Nazis entkommen wollten. Nach der Invasion der Deutschen gehörte die Stadt zum freien Teil Frankreichs unter der Vichy-Regierung, die mit den Deutschen kollaborierte und sogar selbständig diverse antijüdische Gesetze beschloss. Außerdem gab es sehr viele Widerstandsgruppen in Marseille. Die Deutschen verloren den Krieg in Nordafrika. Die Alliierten hatten die Oberhand gewonnen. Die Wehrmacht fürchtete zwar vor allem eine Invasion entlang der Atlantikküste, aber sie musste nun damit rechnen, dass auch über den Maghreb eine Invasion mit dem Ziel Marseille vorbereitet werden könnte. Die Stadt hätte einen sehr wichtigen Brückenkopf und Kriegshafen für die Alliierten dargestellt. Über das freie Südfrankreich wären die Panzer sehr schnell nach Norden vorgestoßen, ohne dass sich jemand ihnen in den Weg stellte. Also änderten die Deutschen ihren Plan und besetzten die Freie Zone Ende 1942 – und damit auch Marseille. Die Nazis stießen in eine verwinkelte Großstadt vor, die einerseits voller Widerstandskämpfer war und andererseits voller Juden. Eine Säuberung war aus Sicht der SS also dringend nötig, und die erfolgte drei Monate nach der Besetzung im Januar 1943.«

»Die Nazis räumten auf«, sagte Albin.

»Weitaus perfider: Sie ließen die Franzosen aufräumen, um sich selbst nicht die Hände schmutzig zu machen und ihre Ressourcen zu schonen. Die Gestapo entwickelte die Operation Sultan und zwang die Verwaltung, sie umzusetzen – wobei sie auf keinen sonderlich großen Widerstand stieß. Es ging um das Hafenviertel Le Panier, in dem viele Juden, Kriminelle, Schieber und Widerstandskämpfer lebten. Es wurde geräumt und sollte anschließend gesprengt werden, wobei es sowohl zu Evakuierungen als auch zu

Massenverhaftungen und Deportationen von zigtausenden Menschen kam. Die Deutschen wollten zunächst das komplette, sehr verwinkelte und kaum zu kontrollierende Viertel dem Erdboden gleichmachen, denn dazu gab es einen direkten Befehl aus Berlin. Die Präfektur verhandelte jedoch und errang einen Deal: Die Deutschen waren bereit, die zu sprengende Fläche auf ein Gebiet von vierzig Hektar zu reduzieren, falls die französischen Behörden die Evakuierung und die Verhaftungen selbst vornehmen würden. Und so geschah es. Man schob einen angeblichen Anschlag des Widerstandes auf die Besatzer als Grund vor, um die gut geplante und strukturierte Razzia vorzunehmen. Le Panier wurde abgeriegelt, Haus für Haus durchkämmt und anschließend in die Luft gejagt. Man geht davon aus, dass ungefähr tausendfünfhundert Gebäude zerstört wurden.«

»Eine ganze Kleinstadt.«

»Ja. Im kollektiven Bewusstsein wurde das später gerne verdrängt und mit amerikanischen Bombenangriffen vermengt. Es lag ja auch zeitlich nicht weit auseinander. Am 27. Mai 1944 warf die U.S. Air Force etwa achthundert Bomben ab, am selben Tag auch über Nizza, Lyon und anderen Städten. In Marseille gab es dadurch zweitausend Tote. Die Razzia davor forderte ebenfalls sehr viele Opfer. Rund vierzigtausend Menschen wurden überprüft und der größte Teil von ihnen nach Frejus evakuiert. Etwa sechstausend Menschen wurden verhaftet, eintausendsechshundert von ihnen später ins Internierungslager verbracht und die meisten danach in das KZ Sachsenhausen. Etwa achthundert Juden aus Marseille wurden nach Auschwitz und Sobibor deportiert. Keiner überlebte. Am 6. Juni 1944 landeten die Alliierten dann in der Normandie und am 15. August in

Südfrankreich. Die Deutschen saßen in der Zange, schoben ihre Kräfte kopflos zwischen den Fronten hin und her, sprengten Hafenanlagen in Marseille und versuchten, die Stadt zu halten, was ihnen aber nicht gelang. Die Résistance und freie französische Verbände sowie Truppen aus Nordafrika befreiten die Stadt schließlich am 28. August. Die Deutschen, die die verlustreichen Kämpfe überlebt hatten und noch nicht nach Norden entkommen waren, kapitulierten. Es kam zu Rachemorden, auch in späteren Jahren noch.«

»Was geschah nach der Kapitulation?«

»Das große Aufräumen begann. Und natürlich der Wiederaufbau des Hafens und der zerstörten Quartiere. Einige verdienten sich dabei eine goldene Nase.«

Albin merkte auf. »Inwiefern?«

»Es war früher schon die Rede davon, dass die Präfektur im Hafenviertel gerne etwas unternehmen würde. Dass die Deutschen es sprengen ließen, kam natürlich größeren und kleineren Immobilienspekulanten, Investoren, Banken und Baufirmen wie gerufen.«

»Verstehe«, erwiderte Albin, und dachte: vierzig Hektar entsprachen einer Fläche von vierhundert mal vierhundert Metern und damit etwa dem Zentrum von Carpentras. Eine solche Fläche im Mittelpunkt einer Großstadt wie Marseille war pures Gold wert. Nach heutigen Maßstäben musste man mit einem Gegenwert von hunderten Millionen Euro, wenn nicht sogar Milliarden rechnen. »Eine Goldgrube«, sagte er.

»Absolut«, stimmte Dr. Simone Levy zu und schlug einige Aktenordner auf, in denen originale Fotos aus den Quartieren jener Zeit zu sehen waren, auch Aufnahmen aus privaten Wohnungen in Bürgerhäusern. »Das sind Aufnahmen aus der Zeit vor der großen Razzia«, erklärte sie.

»Was ist mit den Besitztümern passiert?«, fragte Albin.

»Viele Menschen nahmen natürlich ihre Hauseinrichtungen und Wertgegenstände mit, als sie evakuiert wurden. Bei denen, die man verhaftete, und bei den Juden war das natürlich nicht so. Sie wurden geräumt, die Gestapo und die SS beschlagnahmten ihren Besitz. Die jüdischen Geschäftsleute im Viertel, Bankiers, Juweliere, Diamanten- und Kunsthändler, verloren alles.«

»Gab es viele Kunsthändler dort? Ich dachte, es sei ein mieses Viertel gewesen.«

»Für manche war es wie ein Ghetto, ein Stetl. Man war unter sich. Gleich um die Ecke mochten dann das Rotlicht regieren und kriminelle Banden. Wie das in einer Großstadt eben so ist. Und vergessen Sie nicht: vierzig Hektar sind wirklich eine Menge. Innerhalb eines solchen Areals findet man in einer Metropole die unterschiedlichsten Gesellschaftsschichten.«

Albin nickte und betrachtete die Bilder und Dokumente, die die Historikerin ihm zeigte. Das Stadtmuseum hatte die Geschichten und Daten von hunderten jüdischen Familien aus Marseille aufgearbeitet, die von den Nazis getötet wurden – Arme, Reiche, Hübsche, Hässliche, Kinder, Greise. Er sah Fotos von prächtigen Bankierswohnungen und schäbigen Schusterläden, von Spelunken und feinsten Stoffgeschäften. Auf vielen Fotografien der gehobenen Familien sah er Gemälde an den Wänden, Spiegel, elegante Möbel. Er stellte sich vor, dass die Nazis das alles in Beschlag genommen hatten. Warum nicht auch einen van Gogh und einen Cézanne?

Albin kniff die Augen zusammen und musterte ein ganz bestimmtes Bild genauer. Es zeigte eine gutbürgerlich wirkende Familie im Speiseraum ihrer elegant eingerichteten Wohnung. Es gab Dienstpersonal, das ebenfalls für die Kamera posierte. Die zwei älteren Söhne trugen eine Kippa.

»Die Familie von Nathalie und Lucien Ginsberg«, erklärte Simone Levy. »Nathalie Ginsberg war Rechtsanwältin. Er war Importeur von Rohdiamanten aus Afrika. Die gesamte Familie wurde in Auschwitz getötet.«

Und ihre Besitztümer, dachte Albin, wurden konfisziert wie die von hunderten anderer Familien. Mehr als achthundert Wohnungs- und Geschäftseinrichtungen, wobei sicherlich nach Brauchbarem und Wertvollem gesiebt und der Rest vernichtet wurde. Dennoch musste es sich um einige LKW-Ladungen gehandelt haben, die die Deutschen aus Marseille abtransportieren ließen.

»Darf ich das Bild abfotografieren?«

»Natürlich«, sagte Simone Levy. »Ist etwas Besonderes damit?«

Albin nahm das Handy hervor und machte eine Aufnahme. »Würden Sie sagen«, fragte er und deutete auf das Foto, »dass diese Stühle an den Tischen Louis Quatorze sind?«

Levy betrachtete das Bild genauer. »Ich bin keine Fachfrau«, sagte sie. »Aber es könnte gut sein.«

»Danke«, sagte Albin.

Die Stühle waren ihm gleich aufgefallen. Sie erinnerten sehr an den Typ Stuhl, den er im Katalog von Laurent Roubaud gesehen und die sein Konkurrent Michel Vallier als Raubkunst bezeichnet hatte. Roubaud konnte zwar die

Herkunft belegen, aber das musste nicht unbedingt etwas heißen.

Albin steckte das Handy wieder ein. »Sie hatten von Rachemorden in späteren Jahren gesprochen«, sagte Albin. »Aber die Deutschen waren doch weg? Waren das Lynchmorde unter Kollaborateuren? Rein professionelles Interesse. Ist ja alles Jahrzehnte her.«

»Manches noch nicht so lange.«

Albin merkte auf.

»Ich weiß es nicht sicher und müsste nachschlagen«, sagte Simone Levy, »aber in den siebziger oder achtziger Jahren sind auf dem Land vor der Stadt zwei frühere SS-Soldaten tot aufgefunden worden. Es handelte sich um Touristen aus Deutschland, die zum Wandern hergekommen waren. Dass sie an den Gräueltaten von Marseille beteiligt waren, fand man erst später heraus. Die Täter kennt man bis heute nicht – glaube ich jedenfalls, da haben Sie als Polizist bessere Quellen, Herr Leclerc.«

»Die waren mit ihren Familien hier?«

»Das weiß ich wirklich nicht. Es war wohl eine Tour in ihre eigene Vergangenheit, die allerdings tödlich endete.«

»Wissen Sie zufällig«, fragte Albin, »wie die Männer ums Leben kamen?«

»Soweit ich weiß«, antwortete die Historikerin, »hat man sie erschlagen.«

41

Das Hôtel de Police der Division Nord an der Rue Odette Jasse war für verschiedene Arrondissements der Stadt zuständig. Es lag direkt an der Bahnlinie, umgeben von diversen Häuserblocks und so günstig, dass man innerhalb von zwei Minuten auf der Autobahn A7 war. Eine bessere Anbindung hatte keine der zahlreichen Polizeistationen der Stadt. Und anders als die meisten residierte das Kommissariat der Division Nord in einem modernen Neubau, der aus Sicherheitsgründen von Zäunen, Mauern und Schranken umgeben war, an denen man sich anmelden musste.

Albin tat genau das, meldete sich an der Schranke als Besucher an und stellte den Wagen auf einem Stellplatz unter einer Überdachung gegen die Sonne ab. Er nahm Tyson aus dem Kofferraum und ging mit ihm zum Haupteingang des schneeweißen Gebäudes, das man von der Architektur her mit einer Schule verwechseln konnte. Am Eingang meldete sich Albin noch einmal an und sagte, zu wem er wollte und warum. Der junge Uniformierte an der Sicherheitsschleuse stellte ihm einige Fragen, griff dann zum Telefon und führte ein kurzes Gespräch. Schließlich nickte er und erklärte Albin den Weg.

Der Ex-Commissaire ging durch einige Flure. Tyson folgte ihm hechelnd zum Fahrstuhl. Überall herrschte Betriebsamkeit. Ermittler in Zivil liefen hin und her, manche trugen Waffen, andere keine, dafür aber Aktenordner mit sich herum. Verhaftete wurden hereingeführt. Auf einigen Bänken saßen Personen mit matten Blicken, deren Anwälte auf sie einredeten. Von draußen gellte ein Martinshorn. Drei Polizisten, die aussahen, als bräuchten sie dringend eine Mütze Schlaf, spurteten zu einem Ausgang. Albin konnte sich ein Lächeln nicht verkneifen. Ja, dachte er, so musste das sein. So ging Polizei.

Im unteren Geschoss ging er durch einen weiteren Flur, bis er schließlich am Ziel angekommen war. Dort stand Alfonse Berriaud in Uniformhose und hellblauem Kurzarmhemd. Mit den Jahren war er nicht schlanker geworden und hatte auch nicht mehr Haare bekommen, sondern deutlich weniger. Lediglich sein dunkelgrauer Asterix-Schnäuzer war prächtig wie eh und je. Berriaud grinste mit einem Blick auf Tyson und begrüßte Albin mit Handschlag.

»Herzlichen Glückwunsch zum Geburtstag«, sagte Albin.

Berriaud grinste immer noch. »Das haben sie dir an der Pforte wirklich abgekauft?«

»Ich habe gesagt, dass ich einem alten Kollegen zum Geburtstag gratulieren will. Ich habe nicht behauptet, dass er Geburtstag hat.«

Berriaud zwirbelte am Schnäuzer und lachte. »Du bist im Ruhestand?«

»Absolut.«

»Lange her, Albin, dass ich dein hässliches Gesicht gesehen habe.«

»Ja, lange her. Polizeischule in den Siebzigern, und wie oft hatten wir danach miteinander zu tun?«

Berriaud machte eine abschätzende Geste. »Zehn Mal?«

»Durchaus.«

»Castel ist jetzt bei euch, wie man hört?«

»Du kennst sie?«

»Vom Hörensagen. Hatte mich schon darauf vorbereitet, dass man sie zu mir ins Archiv schickt. Kann jede Hilfe gebrauchen. Vor allem hübsche Hilfe.«

Albin lachte. Mit Castel hätte Berriaud keinen Spaß gehabt. Er sollte bald in Pension gehen und war ein ausgezeichneter Polizist, für das Archiv vollkommen überqualifiziert. Allerdings hatte vor einigen Jahren ein Gangmitglied auf Speed den Einsatzwagen mit einem AK47 beschossen, den Berriaud steuerte. Sein Partner starb. Er selbst wurde schwer verletzt. Die Kugeln hatten seine Beine zerfetzt. Operationen, Reha, Vorruhestandsangebote, dann der Job im Archiv.

»Was kann ich für dich tun, Albin?«, fragte er.

Albin erklärte es.

Berriaud überlegte eine Weile. »Ich nehme an«, sagte er mit einem bedeutungsvollen Blick, »du willst als engagierter Hobbyhistoriker gerne wissen, ob wir etwas darüber haben, um dann später ganz offiziell um Akteneinsicht in diesem verjährten Fall zu bitten? Denn sonst darf ich dir die Akten nicht zeigen.«

Albin nickte. »Genau das war meine Idee. Es geht um Kriminalfälle und Ortsgeschichte.«

»Logisch«, sagte Berriaud, der natürlich wusste, dass das Humbug war. Albin hatte nur den Ball aufgegriffen, der ihm zugespielt worden war.

Berriaud drehte sich um, fütterte einen Computer mit Informationen und griff sich dann eine Gehhilfe, um humpelnd in den Gängen zwischen übermannshohen Regalen zu verschwinden.

So hättest du auch enden können, wenn dir was im Einsatz passiert wäre, sagte Tyson und blickte zu Albin hoch.

»Nie im Leben«, erwiderte Albin leise.

Falsch, denn nie im Leben wärst du in den Vorruhestand gegangen. Dann hätten sie dich auch ins Kellerarchiv gesteckt.

»Und ob ich gegangen wäre. Ich hätte eine Abfindung kassiert und gesagt: Leckt mich doch alle.«

Von wegen. Du kannst nämlich nicht davon lassen. Du bist süchtig.

»Quatsch.«

Du bist längst im Ruhestand – und machst immer noch weiter. Du hättest gebettelt, bei der Truppe bleiben zu können, und sogar einen Job in der Kantine angenommen, um nur ein bisschen Polizeiluft schnuppern zu können und mitzubekommen, was läuft.

»Gelogen.«

Gar nicht gelogen.

»Doch. Einen Job in der Kantine hätte ich nicht genommen. Niemals.«

Aber jeden anderen?

Albin schwieg und sah wieder auf, als Berriaud mit einer dicken Akte zurückkehrte und sie auf den Tresen warf.

»Wir haben tatsächlich eine Akte da. Gehört zum noch nicht digitalisierten Bestand. Ist eine Scheißarbeit, dieses Digitalisieren. Mache zum Glück nicht ich. Machen irgendwelche Studenten von der Uni, die mal Archivare werden wollen«, sagte Berriaud.

»So was kann man studieren?«

Berriaud zuckte die Schultern. »Aber wie gesagt: Du darfst die Akte nicht einsehen. Dazu müsste ich einen genehmigten Antrag haben und dann alles dokumentieren.«

»Natürlich.«

»Vielleicht willst du dich aber versichern, dass es die richtige Akte ist?«

»Wird wohl besser sein. Sonst wäre die liebe Mühe umsonst.«

»Eben«, sagte Berriaud und setzte sich schnaufend auf seinen Bürostuhl, während Albin damit begann, die Akte durchzusehen.

Dr. Simone Levy hatte es bereits angedeutet: Der Fall lag weit zurück. Die Akte war einige Jahrzehnte alt, die Berichte noch auf der Maschine getippt, die Fotos klassische Abzüge aus dem Labor. Zudem zeigte die Aufschrift auf der Front der Kladde, dass es sich um einen »Cold Case« handelte – bis heute war kein Täter gefunden worden, der die zwei deutschen Touristen im Sommer 1972 getötet hatte. Es gab nicht die geringste Spur zu dem oder den Mördern und über mögliche Motive lediglich Mutmaßungen, die unmittelbar mit der Vita der Deutschen in Verbindung standen. Ohnehin waren die Ermittlungen schwierig gewesen, weil die Behörden innerhalb von Europa zu dieser Zeit noch nicht so durchlässig zusammengearbeitet haben wie heute. Es wurden keine E-Mails, sondern Briefe hin und her geschickt, die außerdem noch ins Deutsche oder Französische übersetzt werden mussten, damit die Behörden sie jeweils verstehen konnten.

Für Albin stellte sich der Sachverhalt wie folgt dar:

Franz Altmann und Josef Hartmann reisten mit ihren

Ehefrauen aus Deutschland nach Südfrankreich, um dort einen zweiwöchigen Urlaub zu machen. Sie waren mit Autos unterwegs und nutzten wechselnde Hotels im Bereich zwischen Marseille, Aix, Nîmes und Carcassone. Hartmann und Altmann waren oft alleine unterwegs, weil sie Wandervögel waren, während die Damen lieber einkaufen gingen und sich an der Küste oder in Restaurants vergnügten. Hartmann und Altmann waren im Zweiten Weltkrieg beide Sturmbannführer in einem der Totenkopfverbände der SS und in derselben Division gewesen. In Russland waren sie Anfang 1945 in Kriegsgefangenschaft geraten, aus der sie erst Anfang der fünziger Jahre zurückkehrten.

Einige Zeit lebten sie unauffällig in Hamburg und Stuttgart, bis sie Ende der Fünfziger jeweils vor Gericht gestellt wurden, weil beide mit Verbrechen der SS in Frankreich und insbesondere in der Ukraine in Zusammenhang gebracht werden konnten. Über diese Prozesse mussten sich beide wohl wiedergetroffen haben – und sie gingen auch beide für jeweils zehn Jahre in den Knast, womit klar war: Das waren keine Leichtgewichte. Die zwei hatten ziemlich schlimme Dinge zu verantworten.

Jedenfalls freundete man sich später an und unternahm 1972 eine gemeinsame Reise nach Südfrankreich, wo Hartmann und Altmann zwischen 1941 und 1943 gedient hatten. In der Zeit vor der Landung der Alliierten in der Normandie hatten sie es vor allem mit der Résistance zu tun gehabt. Sie waren aber auch für das Konfiszieren und Sichern bestimmter antiker Bauwerke und Museen für die Stiftung »Ahnenerbe« der Nazis zuständig gewesen, die im Süden Frankreichs außer nach Kunstschätzen auch nach Reliquien wie dem Heiligen Gral suchen ließ. Dazu wurden diverse alte Templer- und Katharerfestungen von Nazi-Wissenschaftlern durchkämmt und untersucht.

Total bekloppptes Indiana-Jones-Zeug, dachte Albin. Aber niemand hatte je behauptet, dass die Nazis zurechnungsfähig gewesen wären.

Schließlich wurde das Vichy-Frankreich von den Deutschen besetzt. Hartmann und Altmann gingen nach Marseille, wo sie an den Deportationen beteiligt waren sowie an der Abwicklung von Verhaftungen und Durchsuchungen im Zusammenhang mit der Sprengung des Panier-Quartiers. Nach der Landung in der Normandie und kurz vor der Landung in der Provence war ihre Einheit mit der »Sicherung von kriegswichtigem Inventar« befasst gewesen. Was auch immer das sein mochte. Es konnte sich um Munition oder Waffen gehandelt haben. Aber das würde man nicht als »Inventar« bezeichnen. Es könnte um Dokumente gegangen sein. Aber auch das war eher kein »Inventar«, für das man einen ganzen Trupp von SS-Soldaten abkommandieren musste. Bei »Inventar« könnte es hingegen um Dinge gegangen sein, die in Marseille beschlagnahmt worden waren. Und »kriegswichtig« deshalb, weil es sehr wertvolles »Inventar« war, das man »sichern« musste, damit es niemandem in die Hände fiel, zum Beispiel den anrückenden Amerikanern und den französischen Kräften.

Einen Tag vor der Befreiung Südfrankreichs war die SS-Einheit schließlich Hals über Kopf aus dem Süden abgezogen worden, wurde nach Mittelfrankreich verlegt und schließlich nach Russland, wo Hartmann und Altmann brutale Säuberungsaktionen in der Ukraine zu verantworten hatten, für die man sie später verurteilte.

Nach Aussagen ihrer Ehefrauen waren sie im betreffenden Sommerurlaub 1972 oft alleine unterwegs gewesen, um Burgen und Festungen und Stätten zu besichtigen, die sie während ihrer Stationierung in Südfrankreich kennengelernt hatten. Es ging darum, in alten Erinnerungen zu schwelgen und auch Dörfer und Kneipen zu besuchen, die sie von damals noch kannten. Und dabei, so die Mutmaßung der Ermittler, musste wohl irgendjemand die beiden Deutschen erkannt haben. Jemand, der direkt oder indirekt mit ihnen zu tun gehabt hatte, vielleicht selbst beim Widerstand gewesen war und wusste, wofür Hartmann und Altmann verantwortlich zeichneten. Möglicherweise hatten der oder die Täter die beiden Deutschen auch nur als symbolisches Objekt gewählt, um die Verbrechen jener Zeit zu sühnen. Denn genau darum schien es zu gehen: Rache.

An einem Dienstag waren die beiden zu einer Wanderung aufgebrochen und nicht ins Hotel zurückgekehrt. Ein Schäfer fand zwei Tage später die Leichen mitten in der Landschaft. Die Fotos in den Akten zeigten große Blutlachen und an den Schädeln schwere Schlagverletzungen. Tod durch stumpfe Gewalteinwirkung, hieß es im Obduktionsbericht. Die schlimmen Schläge könnten mit einer Hacke oder einem Knüppel verursacht worden sein. Oder mit dem Knauf eines schweren Gehstocks.

Gehstock.

Leck mich, dachte Albin. Und fand außerdem eine andere Tatsache sehr bemerkenswert: Hartmann und Altmann hatten, gemäß der Kopie eines Kaufvertrages, einen Kleinlaster erworben, mit dem sie in der Gegend unterwegs gewesen waren. Das Fahrzeug hatte die Polizei in der Nähe des Fundortes sichergestellt. Wozu, fragte sich Albin, kaufte man sich einen kleinen LKW im Urlaub – und fuhr dann damit zum Wandern?

»Alles klar?«, fragte Berriaud.

»Ja, alles klar.«

»Sind es die richtigen Akten?«

»Nein, sind die falschen. Damit kann ich nichts anfangen. Gut, dass ich noch mal hereingeschaut habe«, erwiderte Albin und schob die Mappe Berriaud zu, der sie zusammenklappte, um sie fortzubringen.

»Weißt du, wo das ist?«, fragte Albin Berriaud und nannte den Fundort der Toten.

»Klar«, erwiderte Berriaud, drehte sich wieder um – und erklärte Albin, wie man dorthin kam.

42

Marseille war zwar eine Hafenstadt direkt am Meer und nahe der Rhône-Mündung gelegen. Die Stadt war in Richtung Inland jedoch durch Gebirgsketten geschützt, auch in Richtung Osten und Westen, wo die Calanques lagen – ein sehr beliebtes Ziel für Wanderer mit einer unüberschaubaren Zahl von einsamen Buchten zwischen steilwandigen Einschnitten in die Felsmassive, die an skandinavische Fjorde erinnerten. Im Norden lag das Massif de l'Étoile, das praktisch unmittelbar an die Stadt angrenzte und seine höchste Stelle am Grand Puech mit siebenhundertachtzig Metern fand. Wie in den Dolomiten oder den Dentelles de Montmirail stachen an verschiedenen Stellen pittoreske graue Kalkstein-Felsnadeln zwischen Dickicht, Gestrüpp und Kiefernbewuchs hervor. Die Markanteste davon war wohl der über siebenhundert Meter hohe Pilon du Roi, der die Mitte des Massivs markierte und den man leicht mit dem Turm einer Burgruine verwechseln konnte.

Albin wählte den kürzesten Weg über Palama, das noch zum 13. Arrondissement zählte, und fuhr auf Serpentinen die Berge hinauf. Er passierte eine Reitschule, steuerte den Wagen durch den extrem engen und an beiden Seiten mit Kiefern bewachsenen Chemin de Palama, dessen extrem schlechter Straßenbelag immer mieser wurde und schließlich nur noch aus Schotter bestand. Ein weiteres Mal war

Albin froh, dass er sich zum Abschied vom Polizeidienst einen SUV gekauft hatte – damals noch, weil er glaubte, dass man als Hundebesitzer einen haben müsse, wenngleich ein Offroader sehr groß und sein Mops sehr klein war. Schließlich ging es nicht weiter – aber Albin war ohnehin nahe der Stelle angekommen, auf die Berriaud ihn hingewiesen hatte.

Er parkte den Wagen, holte Tyson aus dem Kofferraum und sah sich um. Es war windig hier oben, roch nach Kräutern, Kiefern, und man konnte die Bucht von Marseille und das glitzernde Meer sehen sowie die große Funk- und Sendestation auf dem Pic de l'Étoile. Erinnerte alles ein wenig an den Ventoux im Kleinformat, dachte Albin, und stapfte voran.

Er folgte dem im Zickzack verlaufenden Weg über einen Hügelkamm, und schließlich eröffnete sich ihm auf der anderen Seite der Blick auf das Inland. Vor ihm lagen einige Dörfer, die sich an die sanften Hänge des Massivs schmiegten, und zerklüfteter hellgrauer Stein. Albin genoss den Ausblick einige Momente lang, bevor er sich wieder in Bewegung setzte. In einer Spitzkehre des Trampelweges wählte er einen Pfad, der zwischen hohen Felstürmen hindurchführte, stieg über Geröll hinweg und befand sich schließlich oberhalb einer Ruine, die man mit dem Wagen zwar besser von der anderen Seite des Höhenzuges erreichen konnte, aber man hätte einen Umweg von mindestens dreißig Kilometern machen müssen, und die hatte sich Albin sparen wollen.

Er vergrub die Hände in den Hosentaschen und ließ den Blick erneut in die Ferne schweifen, orientierte sich und brachte die Topographie schließlich in Einklang mit den Beschreibungen, die er vorhin in der alten Polizeiakte gelesen hatte. Tyson hockte neben ihm auf dem Boden, schnupperte gelegentlich in der Luft herum, betrachtete ansonsten ebenfalls die Landschaft und genoss sicherlich die Stille, die im scharfen Kontrast zu der lauten, lebhaften Großstadt stand, die nicht einmal eine Viertelstunde entfernt lag.

Albin kniff die Augen zusammen und folgte mit dem Blick dem Verlauf einer Straße, der sich in der Ferne eine schmale Bahnlinie anschloss. Sie schien bergauf zu gehen und zu einigen kleineren Gebäuden zu führen, die verlassen wirkten. Sie waren von einer Felsspitze zum Teil verdeckt, auf der sich die Ruine befand. Schwer zu sagen, was das einmal gewesen sein mochte – ein Wachturm, eine mittelalterliche Befestigungsanlage. Jedenfalls schien es sich um kein touristisches Ziel zu handeln. Alles wirkte sehr einsam, schwer zugänglich und komplett verlassen.

Und genau dort unten, in der Nähe der kleinen Gebäude und bei den Schienen, mussten die beiden Deutschen damals ihren Kleinlaster geparkt haben. Unweit davon waren sie erschlagen aufgefunden worden.

»Was, zum Teufel«, murmelte Albin in Richtung von Tyson, »hat das alles zu bedeuten?«

Frag mich etwas Leichteres, Chef, erwiderte Tyson, der erst zu Albin blickte und dann einer Hummel hinterhersah.

»Ich habe keine leichten Fragen.«

Wenn du mich fragst: Es räumt jemand auf.

»Um die Fäden abzuschneiden, die zu ihm führen könnten. Das liegt ziemlich auf der Hand. Dazu muss man kein Hellseher sein.«

Die Frage ist: Wer?

»Und die Frage ist: Ist er schon fertig?«

Wer sollte denn noch an der Reihe sein?

»Keine Ahnung. Wir werden sehen. An die Burschen im Knast kommt er schlecht heran. Das wird schwieriger. Aber vielleicht spielen die gar keine Rolle.«

Du denkst nach wie vor, dass …

»… dass es mit dem van Gogh und dem Cezanne zu tun hat, womit denn sonst?«

Dann noch mal alles Schritt für Schritt?

»Entweder spielt die Person eine Rolle, die den Tipp für den Überfall auf den Gemäldetransport gegeben hat. Oder es spielt die Person eine Rolle, die den Hinweis gab, dass seltene Gemälde im Keller von Rainier Tournay hängen. Die Reaktion, der Mord an Tournay, folgte kurz auf die Veröffentlichung, dass die verschwundenen Bilder entdeckt wurden. Daher denke ich immer noch, dass der Mörder eher etwas mit Tournays Gemälden zu tun hat als mit dem Überfall auf den Transport.«

Es waren dieselben Diebe.

»Ja.«

Was etwas bedeuten kann, aber nicht muss.

»Nein. Professionelle Kunstdiebe stehlen professionell Kunst, und zwar immer und immer wieder. Das ist kein singuläres Ereignis, und daher ist es auch kein Wunder, dass man in ihrem Lager die Beute aus verschiedenen Raubzügen fand. Es könnte sein, dass sie bezüglich der bei Tournay gestohlenen Gemälde einen anderen Hinweisgeber hatten als bei dem Anschlag auf den Cézanne-Transport.«

Oder den gleichen.

»Auch das kann sein.«

Ich habe das Gefühl, dass Castel den Kurator ins Auge gefasst hat.

»Als Mittäter oder als Liebhaber?«

Beides. Ich glaube, er gefällt ihr.

»Ist ein gutaussehender und kluger Bursche. Ich würde sagen: Zu klug, um sich auf die schiefe Bahn zu begeben.«

Wer weiß.

»Man schaut allen nur vor den Kopf.«

Ich ahne, was in deinem vor sich geht.

»Auch dazu muss man kein Hellseher sein.«

Die Stühle, die du vorhin im Museum gesehen hast, haben dich sehr an etwas erinnert.

»An die, die ich in diesem Ordner bei Roubaud gesehen habe.«

Die beiden sind nicht ganz koscher. Vallier und Roubaud. Hauen sich gegenseitig in die Pfanne. Der eine redet von Raubgut, der andere handelte mit gefälschten Lithographien.

»Sehe ich auch so.«

Und was die beiden toten Nazis angeht …

»… frage ich mich, was die Kerle hier wollten. Leihen sich einen LKW und fahren in eine gottverlassene Gegend. Wozu? Und ich frage mich, warum sie ausgerechnet hier und ausgerechnet auf eine Art und Weise umgebracht worden sind wie einige Jahrzehnte später Tournay und Chauvet.«

Vielleicht wollten sie jemanden treffen oder etwas abholen.

»Kann sein.«

Vielleicht war es gar keine Rache für begangene Gräueltaten. Vielleicht ist damals etwas Ähnliches passiert wie heute.

»Jemand hat aufgeräumt. Auch damals schon«, sagte

Albin, nahm die rechte Hand aus der Hosentasche und kratzte sich das Kinn.

Du glaubst, es hängt alles irgendwie zusammen, Chef? Die Vergangenheit mit der Gegenwart?

Albin nickte langsam.

Tyson zuckte zusammen, als Albins Telefon klingelte. Albin zog es aus der Hosentasche und musterte das Handy. Die Nummer auf dem Display sagte ihm nichts. Er nahm das Gespräch an.

»Vallier hier«, meldete sich eine atemlose Stimme.

Der Antiquitätenhändler. Albin war überrascht. »Was kann ich für Sie tun?«, fragte er.

»Ich muss mit Ihnen sprechen. Dringend.«

Vallier klang gehetzt. Eingeschüchtert. Er sprach leise – als telefoniere er und niemand sollte es mitbekommen.

»Worüber?«, fragte Albin.

»Nicht am Telefon. Wir sollten uns treffen.«

»Sofort?«

»Später. Heute Abend.«

»Sie müssten mir schon andeuten, worum es geht, Herr Vallier.«

Albin hörte den Kunsthändler schwer atmen. Er schien mit sich zu ringen. »Ich habe von Chauvets Tod gehört. Ich habe damit nichts zu tun.«

»Wer sollte denn annehmen, dass Sie damit etwas zu tun haben – und warum?«

»Die Polizei. Ganz egal. Wegen dieser Lithographien, aber das ist lange her. Tournay ist tot. Chauvet ist tot. Ich … Ich mache mir große Sorgen.«

»Um Ihre Sicherheit?«

Vallier schwieg.

Albin sagte: »Sie sollten meine Kollegen anrufen, Castel oder Theroux. Ich kann Ihnen …«

»Nein«, unterbrach Vallier. »Ich will mit Ihnen reden, weil …«

Albin wartete ab.

»… weil Sie kein richtiger Polizist mehr sind und mir nichts anhängen können und wir außerdem schon einmal miteinander gesprochen haben.«

»Worum geht es also, Vallier?«

»Nicht am Telefon.«

»Wo dann?«

Vallier sagte Albin das Wann und Wo. Ein eher ungewöhnlicher Ort, dachte Albin.

»Warum dort?«, fragte er.

»Ganz einfach. Es liegt auf meinem Heimweg. Ich gehe dort regelmäßig joggen. Ich möchte mich weder in meiner Galerie noch zu Hause mit Ihnen treffen. Dann werden Fragen gestellt, die ich nicht beantworten will.«

»Verstehe.«

»Kommen Sie?«, fragte er. »Es ist sehr dringend, Herr Leclerc.«

»Ja«, sagte Albin. »Ich komme.«

Dann beendete Vallier das Gespräch. Albin musterte das Handy ratlos und ließ es wieder in der Hintertasche seiner Jeans verschwinden.

Was will er wohl von dir?, fragte Tyson.

»Keine Ahnung«, erwiderte Albin. »Aber es trifft sich ganz gut. Ich wollte ohnehin mit ihm sprechen.«

Über die Louis-Quatorze-Stühle, die du auf den Fotos im Museum gesehen hast und die denen von Roubaud so ähnlich sehen?

»Richtig. Besser, erst mit Vallier darüber zu reden. Er wird bereitwillig mehr erzählen als Roubaud, um seinem Konkurrenten zu schaden. Falls überhaupt etwas dahintersteckt. Roubaud kann die Herkunft der Stühle belegen, wie du dich erinnerst. Es gab Rechnungen, Kaufverträge, Quittungen. Abgesehen davon wird es mehr als eine Handvoll solcher Stühle in einem ähnlichen oder identischen Design geben.«

Vallier hat gesagt, er macht sich Sorgen wegen der beiden Ermordeten, Nicolas Chauvet und Rainier Tournay …

»… und weil er mit beiden zu tun hatte. Er macht sich Sorgen um sich selbst und seine Sicherheit. Ich glaube, er fürchtet, dass etwas auffliegen könnte – oder dass er selbst in Gefahr gerät, solange da draußen ein Mörder herumläuft. Was wiederum bedeutet, dass Vallier tiefer involviert ist, als ich annahm. Denn sonst müsste er wegen der Vorfälle ja keine Angst haben.«

Richtig, Chef. Und ich mache mir Sorgen um die kleine Mila.

Scheiße, dachte Albin. Der arme Hund von Nicolas Chauvet. Man würde ihn ins Tierheim bringen. Es war eher nicht anzunehmen, dass jemand von den Einsatzkräften Mila adoptieren würde. Auf der anderen Seite war Mila vielleicht die einzige Zeugin des Mordes. Dann würden Castel und Theroux und Berthe Mila gewissermaßen sicherstellen, um sie nach Spuren abzusuchen. So oder so war es Mist.

»Eins verspreche ich dir«, murmelte Albin zu Tyson und blickte auf die verfallene Burgruine. »Wenn Castel den Hund ins Tierheim gibt, reiße ich ihr den Kopf ab.«

Und ich beiße ihr in den Hintern.

»Ich bitte darum. Jetzt komm«, sagte Albin und setzte

sich in Bewegung, um zum Auto zurückzugehen. Bis zu der Verabredung mit Vallier dauerte es noch. Zeit genug, dachte Albin, nach Hause zu fahren, sich ein wenig mit den Ruinen zu befassen, an denen die Deutschen erschlagen worden waren, und die alten Akten zu rekapitulieren.

43

»Was ist das?«, fragte Clara nach dem Essen.

Albin saß mit ihr auf dem Sofa. Veronique und Manon hatten ihn aus der Küche gescheucht, damit er ihnen beim Aufräumen und Abspülen nicht im Weg war. Nicht dass sie seine Hilfe grundsätzlich verschmähten. Aber seine Küche war nicht sonderlich groß, Albin allerdings schon, und er nahm dort laut Veronique ständig Raum für zwei Personen ein, stand ihr vor den Füßen herum und sortierte den Geschirrspüler in der Regel nicht nach ihren Wünschen ein, was dann noch mehr Arbeit machte, als wenn sie das Gerät von vornherein selbst befüllte.

»Diese Ruinen waren mal ein Bergwerk«, erklärte Albin mit einem Nicken auf Veroniques iPad, das auf seinem Schoß lag, während im Hintergrund irgendetwas Irres mit rosa Einhörnern und anderen merkwürdigen Wesen im Fernsehen lief.

»Eine Goldmine?«

»So in der Art. Menschen haben zu allen Zeiten Löcher in die Erde gebohrt, um dort nach Erz zu suchen. So nennt man das. Daraus macht man Metall und …«

»Dimanten wachsen auch in der Erde.«

»Diamanten. Mit einem A.«

»Damanten, Rubine, Edelsteine, Gold wächst da auch und Silber.«

Silber. Exakt.

Zum Beispiel in Gosier de la Terre, einer uralten Silbermine am Massif de l'Étoile, über die Albin gerade im Internet las. Die verlassenen Bauwerke und Schienen, die er vorhin gesehen hatte, standen im Zusammenhang mit dem alten Bergwerk. Ebenfalls der verfallene Turm auf dem Felsen. Er hatte im Internet einige alte Fotos gesehen, die vom Anfang des vorherigen Jahrhunderts stammten, und einige noch ältere Zeichnungen mit dem markanten Turm.

Aus dem *Schlund der Erde*, wie die alte Mine bezeichnet wurde, war bereits im 11. und 12. Jahrhundert Silber gefördert worden. Die Leute gruben sich damals bis in eine Tiefe von hundert Metern in den Felsen. Die Ausbeute hielt sich allerdings in Grenzen und wurden erst später während der Industriellen Revolution vollkommen ausgereizt. Fast hundert Menschen arbeiteten in der Hochphase von Gosier de la Terre in der Mine. Es wurde fast fünfhundert Meter tief gegraben, und zwar in diversen Stollen, die den Berg wie einen Schweizer Käse durchlöcherten. Kurz vor dem Ersten Weltkrieg war die Mine dann aufgegeben worden, weil die Vorkommen erschöpft waren. Seitdem stand alles leer.

Das Mittelalter war eine wilde Zeit im Süden Frankreichs gewesen und Silberminen eine fette Beute für fremde Heere, Söldner oder Plünderer, weswegen eine kleine Befestigungsanlage zum Schutz errichtet worden war. Sie war mehrfach heftig umkämpft gewesen und hatte verschiedentlich den Besitzer gewechselt. Flüchtige Katharer hatten sich darin vor der Inquisition versteckt, als landauf, landab nach ihnen gesucht wurde.

Angehörigen des Templerordens hatte das Bergwerk ebenfalls einmal gehört, bis Philipp der Schöne die Templer ausrotten ließ, um ihre Besitztümer zu konfiszieren. Als die Päpste nach Avignon kamen, forderten sie ihren Anteil an der Mine. Hugenotten verschanzten sich in den Bergen und nutzten den Wachturm. Kurz: Gosier de la Terre hatte viel erlebt und viel gesehen, aber niemanden je wirklich reich gemacht.

Nachdem sie stillgelegt worden war, hatten Archäologen sie in Beschlag genommen und wie die früheren Bergbaugesellschaften nichts Nennenswertes zutage gefördert. Die für die Wissenschaft interessanten Bergbaustrukturen aus dem Mittelalter und nachfolgenden Jahrhunderten waren durch die ständige Modernisierung zur Ausbeutung der Silbervorkommen systematisch vernichtet worden. Die Mine wurde aus Sicherheitsgründen verriegelt.

Die Nazis nahmen das Bergwerk in späteren Jahren neu unter die Lupe – wie viele andere der alten Minen ebenfalls. Einerseits suchten sie nach Verstecken und Lagern der Résistance und wurden diverse Male fündig. Andererseits gab es die Stiftung »Ahnenerbe« der SS, die der vom Okkultismus besessene Heinrich Himmler höchstpersönlich mitgegründet hatte. Die Forschungsgemeinschaft betrieb archäologische, anthropologische und historische Untersuchungen, unternahm Expeditionen in alle Welt – und raubte Kulturgüter, wo sie sie in die Finger bekam.

Einer ihrer sogenannten Wissenschaftler war Otto Rahn, der sich intensiv mit den Katharern und dem Süden Frankreichs befasst hatte und zu dem Schluss gekommen war, dass die Katharer den Heiligen Gral gehütet und in der Festung Montségur in den Pyrenäen versteckt haben mussten. Man ließ ihn in Frankreich forschen. Vor dem Zweiten Weltkrieg und angesichts der Bedrohung durch Deutschland wurde es der französischen Regierung aber mit forschenden Deutschen im Land zu bunt. Man hatte den Kerl achtkantig hinausgeworfen. Die Chance, später im besetzten Frankreich erneut herumzuschnüffeln, hatte er nicht mehr, denn er starb 1939 unter mysteriösen Umständen.

Die Idee vom Heiligen Gral aber hatten die SS-Forscher nicht vergessen – dass er in der Burg Montségur nirgends aufzutreiben war, war ja kein Wunder, hieß es. Denn als die Katharer verfolgt, attackiert und schließlich vernichtet wurden, würden sie den Gral ja wohl woanders versteckt haben, zum Beispiel in irgendwelchen alten Stollen. Weswegen neue Forscher kamen und sich unter anderem Gosier de la Terre vorknöpften, dort aber weder einen Gral noch sonst etwas fanden, wenn man den Geschichtsbüchern Glauben schenken konnte.

Was für ein verrücktes Pack, dachte Albin und erklärte Clara am Beispiel einiger Bilder, dass man im Mittelalter Kinder unter Tage geschickt hatte, um in den engen Röhren im Felsen herumzukriechen und Edelmetall abzubauen. Was Clara schrecklich fand.

Albins Gedanken drifteten immer wieder ab. Er fragte sich erneut, was die beiden Deutschen mit einem LKW am Gosier de la Terre getrieben haben mochten, und gab sich selbst die Antwort: Er wusste, dass die Nazis in einigen deutschen Bergwerken in den Alpen Tonnen von Gold und Raubkunst gebunkert hatten. Vielleicht, dachte Albin, hatte man im Gosier de la Terre Raubkunst aus dem Süden Frankreichs eingebunkert? Und die Ex-SS-Soldaten wussten davon, weil sie damals geholfen hatten, das Material als »kriegswichtiges Inventar« dort zu verstecken? Sie waren vielleicht zurückgekehrt, weil sie glaubten, …

weil sie glaubten, dass immer noch etwas dort versteckt war, brummte Tyson, der unter dem Tisch lag und verfolgte, was im Fernsehen vor sich ging.

»Aber das hätte man doch längst gefunden. Oder die Nazis hätten es noch im Krieg abtransportiert.«

Wer weiß?

»Die wesentliche Frage ist doch: Wer hat die beiden Deutschen damals wirklich umgelegt? Und warum?«, fragte Albin weiter.

Es ist dein Job, das herauszufinden. Oder besser: Der Job von Castel und Theroux. Aber ich würde sagen …

»Ja?«

Ich würde sagen: Der Mörder war jemand, der vielleicht ebenfalls davon wusste und möglicherweise verhindern wollte, dass die Nazis in die Mine gelangen. Zumindest wäre das eine Möglichkeit. Könnte natürlich trotzdem ein Racheakt der Résistance gewesen sein.

»So oder so: Der Täter von damals müsste heute ein Greis sein.«

Ein solcher Greis wird eher nicht für die Morde an Tournay und Chauvet verantwortlich sein.

»Nein«, erwiderte Albin und blickte auf die Uhr auf dem iPad.

Zeit, sich um die Sitzmöbel des Sonnenkönigs zu kümmern und außerdem zu erfahren, was Michel Vallier auf dem Herzen hatte. Albin wendete sich zu Clara und murmelte ihr zu: »Ich habe eine wichtige Aufgabe für dich: Ich habe heute Abend eine Verabredung. Passt du inzwischen auf Tyson auf?«

Tyson spitzte die Ohren.

»Na klar«, sagte Clara strahlend.

»Eine Verabredung? Mit wem hast du denn noch eine Verabredung?«, rief Veronique aus der Küche.

»Ein heimliches Rendezvous?«, fragte Manon mit einem Lächeln.

»Verdammt, ihr habt mich ertappt«, sagte Albin und stand auf. Er dachte nach und sagte: »Es geht sozusagen um eine Beratung.«

Veronique sah ihn fragend an. Manon ebenfalls.

»Eine Ermittlung. Man bat mich um meine Expertise«, erklärte er.

»Theroux?«, fragte Veronique.

»Castel?«, erkundigte sich Manon.

Albin nahm an, dass die beiden immer noch bis über beide Ohren in der Arbeit steckten und vermutlich eine Nachtschicht einlegten, um die Berichte zum Mord an Chauvet zu tippen.

»Weder noch«, sagte Albin. »Ich darf nicht darüber reden.«

Veronique runzelte die Stirn.

»Also doch ein Rendezvous«, sagte Manon.

Albin ging in die Küche und küsste Veronique in den Nacken. Sie wich aus.

»Wann bist du zurück?«, fragte sie kühl.

»Dauert nicht lange«, antwortete Albin. »Dauert wirklich nicht lange.«

44

Hier also joggte jemand wie Vallier, dachte Albin und parkte den Wagen an den Fischerteichen bei L'Isle. Sollte er vielleicht auch mal tun. Oder doch eher nicht. Es gab gewichtige ästhetische Gründe, die dagegensprachen. Ein schwitzender, rotgesichtiger Kerl jenseits der sechzig Jahre, der ungelenk und keuchend die Landschaft verschandelte … Nein, Spazierengehen mit Tyson reichte vollkommen aus.

Er hätte den Hund natürlich mitnehmen können für eine abendliche Runde, aber er hatte das Gefühl, dass Tyson heute besser bei Clara aufgehoben wäre, und außerdem wollte er ihr eine Freude machen, denn er fühlte sich immer noch schuldig, weil er sie zu spät vom Kindergarten abgeholt hatte.

Außerdem hatte er ein schlechtes Gewissen wegen Veronique. Ihre Reaktion vorhin war deutlich gewesen. Ihr passte es nicht, dass er Geheimnisse vor ihr hatte und außerdem wieder in Polizeiarbeit involviert war. Wahrscheinlich würde er sich ein Donnerwetter anhören müssen, wenn er nachher zurückkam. Oder noch schlimmer: Sie würde ihn vorwurfsvoll anschweigen.

Albin stieg aus dem Wagen und blickte durch die Baumkronen zum Himmel. Die Dämmerung senkte sich über die Provence. Die Grillen zirpten. Über den Teichen schwirrten Myriaden von Mücken. Libellen sausten darüber hinweg. Die Luft war frisch und würzig. Sie roch nach einer Mischung aus Thymian, Rosmarin und Pinien.

Albin sah sich um und erkannte einen Porsche Cayenne. Es war das einzige Fahrzeug, das hier außer seinem SUV stand, daher musste es das von Vallier sein. Von Vallier selbst war allerdings weit und breit nichts zu sehen. Wahrscheinlich joggte er immer noch. Albin sah auf die Uhr. Es war bereits eine Viertelstunde über die Zeit.

Er trat an einen der Teiche heran. Hier fischte immer sein Kollege Bruno Grinamy von der Spurensicherung, von dem er sich gelegentlich eine Forelle holte. Grinamy sollte längst in Pension sein wie Albin. Aber sie hatten ihn gebeten, doch noch etwas länger zu machen. Grinamy hatte nicht abgelehnt. Warum hatte niemand Albin gefragt, ob er noch ein paar Jährchen dranhängen wollte? Tja. Vermutlich war ein alter Bock wie er dem Nachwuchs mehr im Wege als Grinamy und wurde für nicht mehr so fit gehalten, wie man an der Front sein musste. In der Kriminaltechnik hingegen war der Fitnessgrad vollkommen egal.

Albin zog die zerknautschte Packung Gitanes aus der Hosentasche, steckte sich eine an und paffte eine weiße Wolke in die Abendluft. Das Wetter war endlich erträglicher geworden. Die drückende Schwüle und die Wolken waren fort und hatten einem herrlichen südfranzösischen Klima Platz gemacht. Besser so als Sturzbäche und Gewitterfronten, dachte Albin und blies den Qualm durch die Nasenlöcher aus. Das Land war ziemlich ausgedörrt. Schwere Regenfälle hätten zu Überflutungen und Erosion geführt und wären eher schädlich als heilsam gewesen.

Er merkte auf, als er eine Art leises Keuchen oder Schnaufen hörte. Gedämpft und aus der Ferne. Vermutlich kam nun endlich Vallier herangelaufen. Albin sah sich um, betrachtete den Weg, der in den kleinen Wald führte. Vallier sah er aber nirgends und hörte auch keine Schritte nahen, die zu den anderen Geräuschen gepasst hätten. Na, meine Güte, dachte er, gehe ich ihm eben ein wenig entgegen.

Er drehte sich um und betrat den mit feinem Kies geschotterten Weg, der um die Zuchtteiche herumführte, und ging in den Pinienwald hinein.

»Hallo«, rief er. »Vallier?«

Eine Antwort kam nicht. Da war nur leises Rascheln im Unterholz, wo Albins Rufen offensichtlich ein Tier aufgeschreckt hatte.

Es wurde kühler, dunkler, die Luft frischer, ihr Duft noch harziger. Seine Schritte knirschten. Vallier sah er immer noch nicht. Albin stoppte, warf die Kippe auf den Boden und trat sie aus. Er spähte in den Wald, lauschte. Keine Spur von Vallier. Keine Schritte zu hören. Kein Schnaufen. Gar nichts. Also ging Albin weiter. Er blickte sich über die Schulter um. Die Teiche waren nicht mehr zu sehen. Sein Wagen ebenfalls nicht. Er sah wieder nach vorne, wo der Weg eine scharfe Biegung machte.

Nach weiteren drei Schritten sah Albin ein Paar Turnschuhe und begriff, dass dort jemand auf dem Boden lag.

45

Scheißescheißescheiße.

Dem Mann schlug das Herz bis zum Hals. Er presste sich mit dem Rücken an die Wand einer kleinen Fischerhütte – mehr ein Verschlag als ein Gebäude. Sie war mit Moos bewachsen und stand am Rande eines der Teiche. Es waren nur wenige Meter durch das Dickicht von Büschen und kleinen Bäumen bis zu dem Kiesweg, auf dem nun der riesige Kerl stand, bei dem es sich unzweifelhaft um Albin Leclerc handelte.

Und der andere Kerl auf dem Kiesweg lag genau vor ihm. Michel Vallier, der hier abends seine Joggingrunden drehte.

Der Mann hatte Ort und Zeit perfekt abgestimmt, um Vallier hier zu überraschen, und die Überraschung war gelungen. Als der Mann auf einmal vor Vallier stand, war der Kunsthändler wie eine Salzsäule erstarrt und hatte gefragt, was das solle und um was es gehe. Der Mann hatte es Vallier erklärt, worauf Vallier verschreckt antwortete, dass die Polizei gleich hier sein werde, und zwar in Gestalt von Albin Leclerc, dem gegenüber Vallier auspacken wollte. Schlechte Idee, hatte der Mann erwidert und die angebliche Verabredung Valliers mit Leclerc für eine vorgeschobene Drohgebärde und für Unfug gehalten.

Als Vallier dann die Flucht ergreifen wollte, hatte der Mann ihn gestoppt, und zwar mit zwei gezielten Schlägen gegen den Hinterkopf. Der Silberknauf des Gehstocks hatte die Hirnschale mit einem Knacken gespalten. Der Mann hatte einen weiteren Schlag nachgesetzt, als Vallier schon am Boden lag, und ihm den Schuh zwischen die Schulterblätter gestemmt, um den Knauf wieder aus dem Schädel herauszuhebeln, denn er war tief eingedrungen. Dann, als der Mann zu seinem Auto gehen wollte, hatte er das Rufen und die schweren Schritte gehört.

Also doch kein Bluff von Vallier?

In Panik hatte sich der Mann ins Unterholz geschlagen, denn der herannahende Leclerc schnitt ihm den Rückweg zum Parkplatz ab, in dessen Nähe, auf einem abseits gelegenen Waldweg, er sein eigenes Auto abgestellt hatte.

Und jetzt, jetzt gab es überhaupt keinen Ausweg mehr. Es sei denn, dachte der Mann, er könnte übers Wasser gehen und die Flucht ergreifen, indem er über den Teich spurtete. Was natürlich unmöglich war. Er war gefangen wie eine Ratte und umklammerte den schwarzen Stock so heftig, dass die Knöchel weiß hervortraten. Vom rot verfärbten Silberknauf lief dickes Blut herab.

Der Mann presste sich noch fester an die Rückwand des Unterstandes und betete, dass Leclerc ihn nicht sehen und auch nicht nach ihm suchen würde, sondern sich verpissen und irgendwen anrufen oder Hilfe holen. Dann wäre der Weg frei, so dass er selbst entkommen könnte. Im anderen Fall, dachte der Mann, dem eine rote Schliere träge über die Hand rann, hatte er nur eine Möglichkeit, hier heil herauszukommen: Leclerc ebenfalls den Schädel einzuschlagen.

46

Mit einigen großen Schritten war Albin bei dem am Boden liegenden Mann. Es musste Vallier sein, obwohl man ihn auf den ersten Blick kaum identifizieren konnte. Sein Kopf war ein einziger Brei.

Albin keuchte vor Entsetzen. Überall Blut. Der Kies war damit befleckt, Valliers Sportbekleidung vollgesogen. Aus dem Schädel sickerte es zwischen einer Mischung aus Hirnmasse und Knochensplittern heraus. An der Halsschlagader war kaum noch Puls zu spüren, am Handgelenk auch nicht. Albin überprüfte beides gleichzeitig.

Vallier – erschlagen wie die anderen.

Es konnte noch nicht lange her sein. Albin sah sich hektisch um. Der Täter mochte noch in der Nähe sein. Aber Albin musste sofort Hilfe holen. Es sah nicht danach aus, aber vielleicht war bei Vallier etwas zu retten. Bei der Kopfverletzung eher unwahrscheinlich, aber immerhin lebte er noch.

Albin zog das Handy aus der Hosentasche und wählte den Notruf. Er sagte, was los war und wo er sich befand, wobei er sich weiter umsah, aber nichts weiter als Wald erblickte. Keine Menschenseele außer ihm und dem, was von Vallier noch übrig war. Er wählte eine weitere Nummer, die von Castel. Sie ging nicht dran. Dann die Nummer von Theroux. Nichts geschah, verflucht.

Der Täter, dachte Albin, konnte jedenfalls noch nicht weit gekommen sein. Er musste Vallier aufgelauert haben, um ihn wie Tournay und Chauvet aus dem Verkehr zu ziehen. Die Frage war, ob er das sowieso geplant hatte oder ob er mitbekommen hatte, dass sich Vallier mit Albin treffen wollte. Aber von wem hätte er das hören sollen?

Albin sah sich noch einmal um. Wohin könnte der Täter geflohen sein? Eigentlich nur in zwei Richtungen: die, aus der Vallier gekommen war, oder tiefer in den Wald hinein. Auf der anderen Seite lag ja der Teich. Dort ging es nicht weiter. Oder doch?

Albin machte einen Schritt ins Unterholz, um diese Annahme zu überprüfen.

47

Castel stand unter der Dusche und ließ sich abwechselnd von einem heißen und einem eiskalten Strahl den Nacken massieren. Sie stellte das Wasser aus und hörte den letzten Klingelton eines Anrufes auf ihrem Handy, das im Wohnzimmer lag.

Klasse. Wer rief sie schon auf dem Handy an? Die Arbeit. Dabei war sie gerade erst nach Hause gekommen und hatte sich den gesamten Tag mit den Ermittlungen bei Chauvet und dem anschließenden Schreiben von Berichten befasst. Sie schnappte sich ein Handtuch – und stolperte fast über den kleinen Mops, der vor der Badezimmertür gelegen und auf sie gewartet hatte. Der Hund gab einen Quietschlaut von sich, sprang auf und lief fort, um sich unter dem Couchtisch in Sicherheit zu bringen.

»Oh, Entschuldigung«, sagte Castel. »Das war wirklich keine Absicht. Ich wusste nicht, dass du da liegst.«

Na ja, dachte sie, Kunststück. Sie hatte vielmehr komplett vergessen, dass sie Chauvets kleinen Mops vorübergehend adoptiert hatte. Das Tier hörte auf den Rufnamen »Mila«, wie sie in Papieren gelesen hatte, die bei Chauvet sichergestellt worden waren – nebst allerlei anderen Dingen. Das Leben des Mannes – das heißt: sein Vorleben – würde nun gründlich untersucht, und sie sollte der Teufel holen, wenn dabei nicht etwas auffallen würde. Das Gefühl sagte ihr, dass Nicolas Chauvet in den Kunstraub verwickelt war. Immerhin hatte der inhaftierte Zeuge keinen Zweifel daran gelassen, dass es einen Insider als Tippgeber gegeben hatte – jemanden, der sehr intensiv mit Kunst zu tun hatte.

Castel rubbelte sich die Haare trocken und ging zum Tisch, auf dem das Handy lag.

Blieb die Frage, was mit Jean Villeneuve war, und außerdem die noch wichtigere Frage, was sie mit ihm tun sollte. Ihr ging nicht aus dem Kopf, dass sie ihm gestern Abend beim Essen von Chauvet erzählt und ihm außerdem deutlich gemacht hatte, dass er als Verdächtiger in Frage kam. Dann hatte er das Restaurant verlassen, um … beleidigt zu schmollen? Um zu Hause Dinge in Sicherheit zu bringen? Oder war er womöglich zu Chauvet gefahren und hatte ihn erschlagen? So oder so müsste sie mit ihm reden und dabei auch überprüfen, ob er Alibis hatte. Daran führte kein Weg vorbei. Und falls sie sich irrte, würde ihn das noch ärgerlicher machen, beziehungsweise noch mehr enttäuschen. Damit musste sie dann leben.

Castel wickelte sich das Handtuch um den Oberkörper. Sie nahm das Handy, weckte es auf und sah, von wem der Anruf gekommen war. Sie seufzte genervt.

»Auch das noch«, sagte sie zu sich selbst – und rief dann Albin Leclerc zurück.

48

Der Mann zitterte am ganzen Körper. Er hörte ein Knacken und ein Rascheln, was nur bedeuten konnte, dass Leclerc sich umsah – und näher kam. Er spürte ein Brennen im Unterleib, umklammerte den schwarzen Stock noch fester und überlegte fieberhaft, was er nun tun sollte.

Blöde Frage. Es gab nur eine Antwort darauf.

Er senkte den Stock, so dass der Silberknauf fast den Boden berührte. Behutsam drehte er sich zur Seite. Sein Körper war nun etwas seitlich aufgestellt. Er hielt den Stock wie ein Golfschläger und überlegte, dass das eine schlechte Idee war, denn dann müsste er den Schlag von unten nach oben ausführen und würde vielleicht nur den Oberkörper treffen. Das würde nichts bringen. Er müsste Leclerc voll am Kopf erwischen, um ihn auszuknocken, und nach dem ersten Schlag sofort nachsetzen. Also hob er den Stock wieder etwas an und hielt ihn nun wie ein Spieler beim Baseball und damit in Kopfhöhe. Sobald Leclerc um die Ecke blicken würde, würde er zuschlagen. Mitten ins Gesicht …

Der Mann atmete langsam und so leise und tief wie möglich ein. Er hielt die Luft an. Wieder raschelte es. Äste knackten unter schweren Schritten.

Dann gab es mit einem Mal ein lautes und schrilles Geräusch. Der Mann zuckte zusammen und schloss die Augen.

49

Albin blieb stehen und fischte das Telefon aus der Hintertasche seiner Jeans. Er war nur wenige Schritte ins Unterholz gegangen, und tatsächlich befand sich dort nur der Teich sowie eine Art Fischerhütte oder Unterstand. Jedenfalls konnte in dieser Richtung kein Mensch entkommen – es sei denn, er wäre fähig, über das Wasser zu laufen, und das hatte seit Jesus von Nazareth keiner mehr geschafft.

Albin drehte sich wieder um, ging zum Weg zurück und nahm gleichzeitig das Gespräch an. Es war Castel.

»Es hat Vallier erwischt«, sagte er und trat an den Körper heran, um mit der freien Hand nochmals den Puls zu fühlen. Aber da war keiner mehr. Besser so für Vallier, dachte Albin. Mit einer so schweren Kopfverletzung wäre er wohl sowieso gestorben oder hätte künftig nur noch das Leben einer Amöbe geführt.

»Was?«, rief Castel zwischen Knacken und Rauschen in der Leitung.

»Vallier ist tot!«

»Die Verbindung ist schlecht, ich verstehe Sie nicht gut, und …«

»Ich verstehe Sie auch schlecht!«

»Ich habe auf Lautsprecher geschaltet. Ich komme gerade aus dem Bad.«

»Und ich stehe mitten im Wald.«

»Was? Moment …« Castel machte etwas mit dem Telefon. »Ist es jetzt besser? Ich habe den Lautsprecher ausgestellt …«

»Castel!«, sagte Albin und sprach deutlich lauter, wenngleich die Verbindung nun etwas besser zu sein schien. »Vallier ist tot!«

»Tot? Vallier?«

Albin bestätigte es. Er erklärte Castel in kurzen Worten, was vorgefallen war – wo er Vallier gefunden hatte und wie er ums Leben gekommen war. Er versicherte Castel außerdem, dass er Hilfe gerufen hatte, die in Kürze eintreffen würde – und zwar, wie in solchen Fällen üblich, das volle Programm: Streifenwagen, Rettungswagen, Notarzt, Feuerwehr. In wenigen Minuten würde es hier vor Menschen nur so wimmeln.

»Gott«, schnaufte Castel. »Ich komme, so schnell es geht. Warum wollten Sie Vallier treffen?«

Albin machte ein genervtes Geräusch, weil genau in diesem Augenblick Theroux zurückrief. Er hantierte mit dem Handy herum und suchte nach einer Möglichkeit, um Theroux' Gespräch abzuwürgen, was ihm schließlich gelang.

»Ich wollte Vallier treffen«, erklärte er, »weil er mir etwas erzählen wollte. Und ich wollte ihn zu ein paar Stühlen befragen.«

»Stühle?«

»Ich war in Marseille. In den Bergen sind dort vor mehr als dreißig Jahren zwei Deutsche erschlagen worden, ehemalige SS-Leute, und zwar auf dieselbe Art und Weise wie Tournay, Chauvet und jetzt Vallier. Das ist kein Zufall! Schon mal von Gosier de la Terre gehört?«

»Bitte?«

»Gosier de la Terre!« Albin sprach es laut und akzentuiert aus.

»Nie gehört. Wie kommen Sie auf das alles, Albin?«

Castel klang gehetzt und angestrengt. So, als würde sie sich anziehen und nebenbei herumlaufen.

»Ich habe mit einer Historikerin gesprochen. Meine Theorie ist: Vielleicht sind seinerzeit in Marseille von den Nazis haufenweise Kunstschätze geraubt und an einem sicheren Ort versteckt worden – zum Beispiel in einer alten Silbermine. Die Deutschen wollten nachsehen, ob die Sachen noch da sind und sich selbst daran bedienen. Aber sie wurden vorher umgebracht. Zu diesem Raubgut könnten der Cézanne und der van Gogh gehören. Jemand, der die geraubten Kunstschätze von damals in Besitz genommen hat, hat die Gemälde veräußert – und kappt jetzt alle Drähte, die zu ihm führen könnten.«

»Ja. Gut. Irre«, schnaufte Castel, die halb abwesend zu sein schien.

»Und was haben Stühle damit zu tun?«, fragte sie weiter.

»Vallier hat mir gesagt, dass Laurent Roubaud, der Kunsthändler aus Avignon, fragwürdige barocke Stühle verkauft hat, bei denen es sich um Raubkunst handeln könnte. Roubaud konnte die Herkunft erklären. Dennoch habe ich solche Stühle auf dem Foto einer jüdischen Familie aus Marseille gesehen, die deportiert und ermordet wurde.«

»Ich … Ich kann nicht ganz folgen, Albin.«

»Egal. Schwingen Sie Ihren Hintern hierhin. Ich muss zu diesem Bergwerk.«

»Ich bin gerade dabei, meinen Hintern in Bewegung zu setzen! Aber Sie, Albin, halten Ihren Hintern still und bleiben an Ort und Stelle!«

Albin hörte ein Martinshorn. Es schien aus verschiedenen Quellen zu stammen.

»Castel! Der Hund von Chauvet – was ist mit dem?«

»Sie haben die Nerven, jetzt über Hunde zu sprechen?«

»Es handelt sich immerhin um eine Möpsin. Sie ist doch nicht im Tierheim?«

»Nein! Sie ist bei mir!«

Albin stutzte kurz. »Bei Ihnen?«

»Ja! Und Sie rühren sich nicht von der Stelle!«

»Nie im Leben.«

»Sie bleiben da, bis die Kollegen eingetroffen sind und ich mit Theroux da bin!«

»Selbstverständlich bleibe ich hier, bis die Rettungskräfte eingetroffen sind.«

Damit drückte Albin das Gespräch weg. Die Sirenen wurden lauter. Wie versprochen würde er die Kollegen in Empfang nehmen. Was er danach tat, war natürlich eine ganz andere Sache, und dass er auf Castel und Theroux warten würde, hatte er schließlich nicht gesagt.

50

Der Mann biss sich auf die Unterlippe, bis es nach Blut schmeckte. Er hatte alles mitangehört und vieles von dem verstehen können, was Leclerc am Telefon gesagt hatte, denn er hatte sehr laut und aufgeregt gesprochen. Der Mann schloss die Augen. Hörte die Sirenen, die nun alle anderen Geräusche übertönten.

Vorbei, dachte er. Alles war vorbei. Kein Ausweg. Die Deutschen. Das Bergwerk. Der Gral.

Der Mann öffnete die Augen und blickte auf den Teich, der direkt vor ihm lag. Das Wasser schwappte beinahe gegen seine Schuhspitzen.

Er musste den Gral schützen. Das war seine Aufgabe. Er musste Leclerc daran hindern, ihn zu finden und alles zu zerstören.

51

Albin hastete zum Wagen. Jetzt waren sein SUV und Valliers Porsche nicht mehr die einzigen Fahrzeuge. Vielmehr stand alles voll mit Streifen- und Rettungswagen und einem Mannschaftswagen von der Feuerwehr, dessen Besatzung hier zwar nichts zu tun hatte, aber zum Standardrepertoire bei einem Leichenfund gehörte. Albin hatte den Einsatzkräften und den Kollegen von der Gendarmerie, die hier zuständig waren, alles erklärt und sich dann zur Seite gestellt, wo er warten sollte, bis die Kriminalpolizei eintraf.

Er hatte überlegt, ob er zu einer Notlüge greifen sollte, und sich die Worte schon zurechtgelegt. Dass er sofort weiterfahren müsse, weil er für seine Frau Medikamente aus der Notfallapotheke geholt habe und sie dringend darauf warte. Aber darauf würden sich die Gendarmen kaum einlassen und es ihm nicht abkaufen: Schließlich standen sie hier ja nicht vor einer Apotheke, sondern mitten im Wald an den Forellenteichen. Also hatte er wahrheitsgemäß geschildert, wer er war, nämlich der frühere Commissaire Albin Leclerc, und dass er zwar wisse, dass der Finder einer Leiche der erste und zunächst wichtigste Zeuge sei. Aber trotzdem müsse er sofort verschwinden. Jedoch sei er jederzeit erreichbar und die Kripokollegen Castel und Theroux seien sowieso bereits im Anmarsch.

Einer der Gendarmen wollte sich keinen Bären von diesem alten Mann aufbinden lassen, von wegen Expolizist und so. Er stellte allerdings mit einem Anruf bei der Leitstelle fest, dass es einen Ex-Commissaire Albin Leclerc sehr wohl gab und der Mann anscheinend tatsächlich die Wahrheit gesprochen hatte.

Schließlich ließen sich die Polizisten erweichen – sie hatten Albins Aussage, seine Personalien und seine persönliche Versicherung als Ex-Kollege, dass er der Kriminalpolizistin Caterine Castel und ihrem Partner Alain Theroux bereits alles am Telefon erklärt habe und ihnen alles noch einmal zu Protokoll geben werde. Es sei doch völlig egal, sagte Albin, ob er das hier vor Ort oder später auf der Wache täte.

»Die beiden tauchen in fünf Minuten auf«, hatte Albin gesagt. »Dann übernehmen die zwei den Toten hier sowieso, und ihr seid aus der Sache raus. Ist dann deren Bier, wie es hieß. Abgesehen davon hackt eine Krähe der anderen ja kein Auge aus.« Albin klopfte jedem auf die Schulter. »Gute Leute, ihr beiden. Habt Schneid. Stolz der Gendarmerie, was? Kenne ich eure Väter?«

Jetzt öffnete Albin den SUV, setzte sich hinein und fuhr rasch vom Parkplatz. Im Rückspiegel sah er, dass ein ziviler Wagen mit einem Affenzahn herangefahren kam. Ein Blaulicht war auf dem Dach montiert. Albin kannte das Auto. Meist waren Castel und Theroux mit einem solchen Modell aus dem Polizeifuhrpark unterwegs. Gerade noch geschafft, dachte er, denn die beiden hätten ihn fraglos nicht einfach gehen lassen – zumal Castel sich denken konnte, dass Albin den Plan hatte, sich etwas anzusehen, das ihm keine Ruhe ließ: Gosier de la Terre.

52

Gosier de la Terre.

Der Mann knirschte mit den Zähnen. Er war klatschnass und stank wie eine aus dem Tümpel gezogene Kröte, wie ein modriger Karpfen. Die Autositze waren bereits vollgesogen – aber er war davongekommen.

Er hatte es ausgenutzt, dass sich Leclercs Aufmerksamkeit auf das Telefonat und die anrückende Polizei richtete. Mit einem Schritt voran war der Mann in den Teich getreten, hatte sich hingehockt und ins Wasser gleiten lassen. Dann war er untergetaucht, hatte sich – mit dem Stock in der Hand und kräftigen Ruderbewegungen – unter Wasser voranbewegt, war zum Luftholen behutsam aufgetaucht und dann unter der Oberfläche weitergeschwommen, bis er auf der anderen Seite des Teiches angekommen war und wieder Boden unter den Füßen spürte. Wie ein Scharfschütze war er aus dem Wasser, durch den Morast und ins Schilf gerobbt, hatte mit einem Blick über die Schulter das viele Blaulicht in rund fünfzig Metern Entfernung am anderen Ufer gesehen und war schließlich an Land gekrochen.

Niemand hatte ihn bemerkt.

In einem weiten Bogen war er dann um den Wald und die Teiche herumgelaufen, bis er schließlich sein Auto erreichte und tropfnass einstieg. Jetzt saß er hinter dem Steuer und sah, wie ein silberner SUV aus der Einfahrt zu den Teichen herausschoss. Am Steuer saß ein einzelner Mann mit weißgrauem Haar. Einen Moment später jagte ein anderes Auto an dem Mann vorbei. Grelles Blaulicht blitzte. Dann bog der Wagen in die Einfahrt, die der SUV eben verlassen hatte.

Der Mann zündete den Motor und gab so ruckartig Gas, dass der inzwischen wieder blitzblanke Gehstock mit dem silbernen Knauf in den Fußraum rutschte. Etwa fünf Minuten später kam das Heck des SUV in Sichtweite. Wenn den Mann nicht alles täuschte, dann fuhr Leclerc in Richtung Süden. Kurz darauf, als sie die Autobahn erreichten, war sich der Mann hundertprozentig sicher, dass der Ex-Commissaire tatsächlich in Richtung Süden fuhr. Und als er eine halbe Stunde später von der Autobahn abfuhr und sich auf eine Landstraße einfädelte, hatte der Mann keinen Zweifel mehr, was Leclercs Ziel war. Genau das, was er vorhin in dem Telefonat angedeutet hatte.

Der Schlund der Erde, in dem der Gral ruhte.

53

Es war stockfinster, als Albins SUV im Schritttempo über einen gepflasterten Weg rumpelte. Im Süden glühte der Himmel orangefarben von den nahen Lichtern Marseilles. Im Licht der Scheinwerfer sah Albin nichts als Felsen, Büsche und Unkraut. Abwechselnd blickte er nach vorn und auf das Navigationssystem, wo sich ein kleiner blauer Pfeil, der den Standort seines Wagens anzeigte, entlang eines grauen Striches bewegte, bis dieser ein Ende fand und sich aus der Dunkelheit vor dem Wagen die grauen Silhouetten von verfallenen Gebäuden schälten.

Albin stoppte den Wagen, schaltete das Fernlicht ein, zog die Handbremse an, stellte den Motor aus und öffnete die Fahrertür. Er stieg aus und sah sich um, hörte den Wind und das leise Hintergrundrauschen der Großstadt. Er sah Bahngleise, zwischen deren Schwellen wilder Lavendel und Rosmarin wuchsen. Sie führten zu einer Rampe vor einem der Gebäude. Schwer zu sagen, zu welchem Zweck die Schienen einmal gedient haben mochten. Es schien, als seien sie seit hundert Jahren nicht mehr benutzt worden. Überall waren verwitterte Schilder mit amtlichen Siegeln der Stadt Marseille angebracht, die das Betreten verboten, sowie andere Hinweise, die besagten, dass man sich auf Privatbesitz befand und Gefahr drohte, für die man bei widerrechtlichem Betreten selbst verantwortlich sei.

Am Ende der Gleise stand ein rostiger Prellbock. Dort befand sich eine Art Plattform aus Stein oder Beton, in die Schienen eingelassen waren, weitaus schmalere jedoch als das Bahngleis. Sie endeten vor einer großen Holzwand im Felsen, die aus massiven Bohlen gebaut war. Etwa in der Mitte gab es eine Schiebetür aus leichterem Holz. An der Wand waren weitere Warntafeln angebracht, die das Betreten verboten und auf denen das Wort »Lebensgefahr« doppelt unterstrichen und in Rot gedruckt war, wie Albin im hellen Scheinwerferlicht gut lesen konnte. Die Hinweise wirkten etwas neuer als die Blechschilder an den Bauten und trugen die Unterschrift »Der Bürgermeister«. Andere wiesen wiederum darauf hin, dass man sich auf Privatbesitz befand.

Albin sah sich die Schiebetür genauer an. Sie hing in rostigen Angeln und war mit einer eher nicht so rostigen Kette und einem im Vergleich relativ neuen Vorhängeschloss verriegelt worden. Albin fasste nach einem Griff und ruckte daran. Die Tür klapperte ein wenig in der schwebenden Laufleiste, die an die dicken Eichenbohlen geschraubt worden war. Die Eisenkette klirrte. Sonst tat sich nichts.

Albin schätzte, dass die ehemals wohl grün lackierten Bretter, die die Tür bildeten, so dick wie sein kleiner Finger waren. Aus ebenso starken Gliedern bestand die Kette. Hier kam niemand rein, der nicht hereinsollte – es sei denn, er würde die komplette Pforte aus den Angeln rammen. Auch das Schloss ließ sich kaum aufbrechen, man könnte höchstens die Kette mit einer professionellen Flex aufschneiden.

Albin dachte nach, fummelte dann die zerknautschte Packung Zigaretten aus der Hosentasche, steckte sich eine an und ging zurück zum Wagen. Er zog den Zündschlüssel ab, ließ das Standlicht brennen, nahm sein Handy sowie eine Maglite aus dem Handschuhfach und ging wieder zurück zu der Pforte, wobei er paffte, den Rauch der zwischen die Zähne geklemmten Zigarette durch die Nasenlöcher ausstieß und den Schlüsselbund in der Hand herumschnappen ließ wie ein Araber seine Gebetskette. Er stoppte vor der Schiebetür, stellte sich etwas seitlich hin, so dass so viel Licht wie möglich auf das Schloss fiel. Er nahm den Schlüsselbund hoch und suchte nach dem Dietrich, der sich daran befand.

Als Polizist kam man immer mal wieder in die Situation, Schlösser öffnen zu müssen, was man eigentlich natürlich nicht durfte. Man musste Feuerwehren oder Schlüsseldienste antanzen lassen und ordentlich dokumentieren, aus welchen Notfallgründen man sich Zutritt verschaffen musste. Als Staatsgewalt mit Einsatz von Gerätschaften durfte man das nur dann tun, wenn dringende Gefahr im Verzug war. Andererseits, falls es gerade nicht anders ging, die Zeit drängte oder man sich einen Ermittlungsvorteil verschaffen wollte, ging man auch mal den unkonventionellen Weg einer Türöffnung und machte es eben rasch selbst.

In seinen besten Zeiten brauchte Albin für ein durchschnittliches Schloss zwei Minuten. Vor vielen Jahren hatte er sich von Etienne Gaspard, dem Einbrecherkönig, nach dessen Verhaftung in die Feinheiten dieser Technik einweihen lassen. Gaspard hatte Albin alles gezeigt, weil er sich davon etwas Hafterleichterung versprach. Kooperation mit der Staatsgewalt war immer äußerst förderlich, hatte Albin ihm damals erklärt. Das Erlernte war Albin jedenfalls schon mehrfach zupassgekommen. Er hoffte, dass es auch dieses

Mal klappen würde. Sehr anspruchsvoll sah das Vorhängeschloss, auch wenn es massiv war, jedenfalls nicht aus.

Albin setzte den Dietrich an, bohrte damit eine Weile in dem Schloss herum und kniff ein Auge gegen den Zigarettenqualm zu. Er spürte, dass einige Widerstände in der Mechanik nachgaben – und schließlich sprang der Verschluss mit einem satten Klicken auf. Nicht so schnell wie früher, aber immerhin: Er konnte es noch.

Albin löste die Kette von der Tür und legte sie mitsamt dem Schloss auf den Boden. Dann schob er die Tür auf.

Ein feuchter, erdiger Geruch schlug ihm entgegen, als er in die Schwärze dahinter starrte. Ziemlich dämlich, dachte er im nächsten Moment, mitten in der Nacht das Areal und das alte Bergwerk inspizieren zu wollen. Allerdings wäre es im Inneren eines solchen Bergwerks natürlich auch tagsüber stockfinster, von daher …

Albin schaltete die Maglite ein. Vor ihm öffnete sich ein langer, dunkler Tunnel von etwa vier Metern Breite und drei Metern Höhe. Die Wände waren mit verwittertem Holz beschlagen, auf dem diverse Kabelstränge verliefen. Dahinter trat der blanke Felsen hervor. Die Decke war mit Streben abgestützt. Auch dort verliefen Kabelstränge. In regelmäßigen Abständen waren Lampen angebracht. Der staubige Boden bestand aus Stein, auf dem die schmalen Schienen verliefen, die Albin draußen an der Rampe bemerkt hatte. Die Schienen verloren sich im Dunkel vor Albin, der sich weiter umsah und an einen Schaltkasten herantrat. Er war mit Sicherungen und kleinen Hebeln gespickt. Schwer zu sagen, wozu das alles dienen sollte. Mit etwas Glück würde einer davon die Lampen einschalten, aber das war eher unwahrscheinlich, denn sicherlich gab es hier oben keinen Strom mehr. Albin probierte es dennoch, legte diverse Schalter um und drückte auf Knöpfe, ohne dass irgendetwas passierte.

Er schaute wieder nach vorn und tastete die Wände mit dem Strahl der Taschenlampe ab. Schließlich warf er die Zigarette fort und trat die Kippe aus. Das Knirschen seiner Schuhsohle auf dem Boden hörte sich unnatürlich laut an und hallte ein wenig. Dann atmete er langsam und kräftig ein und wieder aus – und ging tiefer in den Schlund der Erde hinein.

54

Castel und Theroux stoppten in einigem Abstand zu Valliers Leiche. Die Spurensicherung war bereits dabei, das Areal in Beschlag zu nehmen, und verhinderte mit Absperrungen, dass der Bereich um den Fundort der Leiche mit weiteren fremden Spuren kontaminiert wurde.

»Zu was führt das alles nur?«, fragte Theroux und starrte auf sein Handy, als erwarte er einen Anruf des Papstes, der ihm die Frage beantworten würde.

»Ich weiß es nicht«, erwiderte Castel, blinzelte in das rotierende Blaulicht eines Polizeiwagens und gestikulierte einen der Polizisten herbei, um ihm zu sagen, dass er das verdammte Ding endlich mal ausschaltete.

Theroux schob das Handy in die Hosentasche. »Was hat dieser Vallier damit zu tun?«

»Die wesentlich wichtigere Frage ist«, sagte Castel, »warum sich Leclerc mit ihm treffen wollte.«

Castel erzählte Theroux von dem Telefonat mit Albin.

»Scheiße«, sagte Theroux und fuhr sich mit der Hand durch das Gesicht. »Und er glaubt, dass diese alten Fälle und die neuen etwas miteinander zu tun haben?«

»Er glaubt, dass es möglich wäre. Von der Hand weisen kann man es nicht. Wenn es stimmt, was Albin sagt, ist der Modus operandi identisch. Wenngleich das nicht zwingend etwas zu sagen hat, und außerdem müsste der Täter dann echt sehr alt sein.«

»Warum wollte sich Vallier mit Albin treffen?«

»Um ihm etwas zu erzählen. Ich weiß nicht, was. Albin meinte, Vallier wollte auspacken.«

»Worüber?«

»Keine Ahnung. Vermutlich über Zusammenhänge zwischen den Morden und dem Kunstraub. Albin glaubt, dass Vallier eine Rolle bei alldem gespielt hat und Angst um sein Leben bekam, nachdem die Morde geschahen.«

»Wir hetzen von einem Tatort zum nächsten und finden eine Leiche nach der anderen. Hier räumt jemand ganz gewaltig auf, Cat.«

»Mhm«, machte sie.

»Wo ist Albin jetzt?«, fragte Theroux dann.

Castel hatte bereits befürchtet, dass Albin verschwunden sein würde, wenn sie eintrafen. Und auf dem Parkplatz hatte sie seinen Wagen nirgends gesehen, was ihre Annahme bestätigte. Schließlich hatten die Gendarmen ihnen erzählt, dass Albin sich vom Tatort entfernt sowie sich auf Castel und Theroux berufen hatte, wofür die beiden Polizisten sich einen Anschiss von Castel einfingen, diesen allerdings stoisch über sich ergehen ließen, weil sie der Meinung waren, nichts falsch gemacht zu haben. Davon, dass Albin mit einem Hund unterwegs war, hatten sie nichts gesagt. Was gut oder schlecht sein konnte. Castel hatte Mila bei sich gelassen und hoffte, dass der Mops nicht die ganze Wohnung auseinandernehmen würde.

Sie sagte zu Theroux: »Ich habe ihn am Telefon nicht gut verstanden. Der Empfang hier und in meiner Wohnung ist fürchterlich. Aber ich meine, er hat etwas von einem alten Bergwerk erzählt.«

»Bergwerk?«

Castel nickte. »Gosier de la irgendwas.«
»Was soll das sein? Und wo? Was will er da?«
Castel seufzte. »Ich habe keine Ahnung, Theroux.«

55

Der Mann bog auf eine holprige Piste ab und bemerkte, dass etwas auf dem Handydisplay blinkte. Es lag im Ablagefach der Mittelkonsole und leuchtete rot auf.

»Verflucht«, zischte der Mann.

Das Signal konnte nur eine Bedeutung haben: Leclerc war im Berg. An der gesicherten Tür zum Hauptstollen war eine Alarmanlage angebracht, die eine App aktivierte, falls jemand die Tür öffnete oder das Schloss aufbrach. Es gab weitere Sicherungen im Inneren, aber im Grunde reichte es völlig aus zu wissen, dass die Pforte zum Gral geöffnet worden war. Das war schlimm genug.

Der Mann gab Vollgas. Die Reifen drehten durch. Kies spritzte auf.

Wie, zum Teufel, war der alte Knacker auf diesen Ort gekommen? Was hatte seine Aufmerksamkeit auf Gosier de la Terre gerichtet? Und wie war er in die Mine eingedrungen?

Der Mann fand keine Antwort darauf. Aber es spielte sowieso keine Rolle. Fakt war, dass sich Leclerc nun im Berg befand, und das war entsetzlich. Vielleicht würde der Kerl gar nicht tief genug eindringen. Und falls doch, dann stand er vor einer verschlossenen Tür, die er niemals …

Aber, dachte der Mann, Leclerc hatte die andere Tür ja ebenfalls geöffnet. Wie auch immer ihm das gelungen war. Und wenn er jetzt an der zweiten Tür scheiterte, würde er vermutlich anderntags mit einer professionellen Ausrüstung anrücken oder einem Heer von Polizisten, der Feuerwehr und wer weiß wem noch, die schweres Gerät einsetzten.

Dann wäre alles verloren. Jetzt gab es noch eine geringe Chance, dass sich alles zum Guten wenden würde. Denn er hatte zwar mitgehört, wie Leclerc mit jemandem über Gosier de la Terre telefoniert hatte. Aber das musste nichts bedeuten. Wenn das Telefonat dazu gedient hätte, Verstärkung zu rufen, dann wäre diese Verstärkung bereits hier. War sie aber nicht. Leclerc war allein. Der Mann musste ihn unbedingt aufhalten.

Und dazu war jedes Mittel recht.

56

Die Dunkelheit umfing Albin wie eine kalte, feuchte Decke. Er hörte nichts außer seinen eigenen Schritten und seinem Atem. Mit jedem Meter, den er sich vorwärtsbewegte, schien die Finsternis tiefer zu werden, die Luft kälter und der Schlund, der in die Eingeweide des Berges führte, roher, archaischer. Holzverschalungen an den Wänden gab es nicht mehr. Wo der Fels anfangs noch recht glattgeschliffen erschien, war er jetzt nur noch grob behauen. In regelmäßigen Abständen wurde der Stollen von beindicken Eichenstreben gestützt. Unter der Decke waren im Licht der Taschenlampe vereinzelt Tropfsteine zu erkennen.

Die Schienen führten weiter, bis der Weg eine Biegung nahm, der Stollen noch schmaler wurde und schließlich zu einem Abgrund führte, über dem eine Mechanik mit großen Rollen angebracht war, an der ein mit kräftigen Drahtseilen befestigter Metallkorb baumelte. Albin vermutete einen Fahrstuhl, mit dem Bergleute abgeseilt worden waren – zugegeben, ein ziemlich alter und außerordentlich unkomfortabler Fahrstuhl. Man musste schon ziemlich abgebrüht oder risikofreudig sein, um in ein solches Ding zu steigen. Aber die Leute hatten damals keine Wahl gehabt.

Hinter dem Schacht, der zu tiefergelegenen Stollen führen musste, gab es weitere Gänge, die sich wie die Bohrlöcher eines Wurmes in die Felsen fraßen. Sie machten den

Eindruck, als seien sie weitaus älter, weniger abgesichert und außerdem nicht zur Erschließung in den Berg getrieben worden, sondern als sei dort hart gearbeitet und Erz gefördert worden. Kurz vor dem Abgrund, über dem der Fahrstuhlkorb schwebte, öffnete sich außerdem ein Gang, der nach rechts führte und augenscheinlich so gut ausgebaut zu sein schien wie der Hauptstollen.

Und es gab Spuren.

Sie waren Albin schon vorhin aufgefallen, während er mit der Maglite herumleuchtete und sich die Schienen besah. Der gesamte Boden war mit einer hellen, staubigen Schicht bedeckt, unter der sich der viel dunklere Stein befand. Erst hatte Albin noch geglaubt, dass die im Staub sichtbaren Spuren von den Güterloren stammen mussten, die frühere Bergwerkarbeiter hin und her geschoben hatten. Aber das war nicht schlüssig, denn Loren gab es hier nirgends mehr, und bei genauerem Hinsehen schienen die Spuren von Reifen zu stammen. Albin konnte sich allerdings nicht vorstellen, dass hier drinnen mit einem LKW oder Auto manövriert worden war. Platz genug wäre zwar da gewesen – selbst, wo der Hauptstollen inzwischen deutlich verengt war und man fast das Gefühl hatte, mit den Fingerspitzen die Wände berühren zu können, wenn man nur die Arme weit ausstreckte. Man hätte aber durchaus rückwärts herein- und dann vorwärts wieder herausfahren können. Aber für LKW-Reifen waren die Spuren nicht breit genug. Sie passten eher zu einer Schubkarre, einem Transportwagen, den man mit der Hand schieben konnte, oder ähnlichem.

Außerdem sah Albin die Abdrücke von Schuhen. Es waren nicht genug, um von Bergleuten zu stammen, die hier vor mehr als hundert Jahren geschuftet hatten. Es wirkte, als seien es stets dieselben Schuhe gewesen, die außerdem stets den identischen Weg gegangen waren, und zwar zwischen den Spuren im Staub, die von den Reifen stammen mussten.

Alle Spuren führten zunächst noch auf den Aufzug zu, bogen dann aber nach rechts in den Gang ab. Albin folgte ihnen und wandte sich ebenfalls nach rechts, um in den Stollen hineinzuschauen.

Er hatte nicht mit dem gerechnet, was er dort sah.

57

Mit knirschenden Reifen stoppte der Wagen direkt neben dem SUV, der Albin Leclerc gehörte. Damit verpuffte der allerletzte Funken Hoffnung des Mannes, dass der Sensor an der Haupttür lediglich eine Fehlfunktion hatte. Schließlich blinkte es auf dem Smartphone-Display erneut auf. Dieses Mal war eine Lichtschranke aktiviert worden – was bedeutete, dass Leclerc bereits weit vorangekommen war und sich in unmittelbarer Nähe zum Gral befand.

Der Mann stellte den Motor aus und griff ins Handschuhfach. Er nahm eine Papiertüte hervor, rollte sie auf und entnahm eine kurzläufige Pistole sowie einige Patronen. Er hatte bislang darauf verzichtet, die Schusswaffe einzusetzen, und sich stets auf den Stock verlassen. Aber dieses Mal hatte er das Gefühl, als werde der Stock nicht ausreichen, denn im Gegensatz zu den anderen Männern würde er bei Leclerc kaum das Überraschungsmoment auf seiner Seite haben. Wenn er Leclerc konfrontierte, würde es auf einen Kampf hinauslaufen, und es war besser, so gut wie möglich darauf vorbereitet zu sein.

Die Pistole glänzte silbern in der Hand des Mannes. Sie war recht klein, extrem unauffällig, modifiziert und einschüssig. Er kippte den Lauf, lud sie und steckte die Waffe nebst weiterer Munition in die Hosentasche. Dann nahm er den Gehstock mit dem Silberknauf, holte tief Luft und stieg aus dem Wagen. Er schloss die Autotür so lautlos wie möglich und bewegte sich rasch voran. Er fluchte innerlich, als er die geöffnete Haupttür zum Stollen sah. Wie hatte Leclerc sie aufbekommen? Das Schloss war nicht zerbrochen, die Kette ebenfalls nicht. Aber er konnte unmöglich einen Schlüssel haben?

Müßig, sich darüber den Kopf zu zerbrechen. Der Mann ging hinein und nutzte die Taschenlampen-App seines Smartphones, um den Weg vor sich auszuleuchten. Dann bewegte er sich vorsichtig voran. Schritt für Schritt. So leise wie möglich. Wie ein Leopard auf der Jagd, dachte der Mann, dessen Puls gegen die Wände seiner Adern hämmerte und dem der Angstschweiß in Strömen am Rücken hinabfloss.

58

Albin hatte zunächst angenommen, der abzweigende Stollen würde tiefer in den Berg führen. Was aber nicht stimmte. Er endete nach wenigen Metern vor einer gemauerten Wand. Sie wirkte massiv, allerdings wie nachträglich in den Stollen gezogen. In der Mitte befand sich eine etwa zwei Meter breite, mit Rostblumen übersäte Flügeltür aus Metall mit schweren Beschlägen. Es machte keinen Sinn, einen Gang in einem verlassenen Bergwerk derartig abzuriegeln – es sei denn, man wollte etwas absichern, das sich hinter dieser Tür befand. Etwas, das entweder sehr gefährlich oder sehr kostbar war.

Albin fasste nach dem rostigen Griff. Er ließ sich bewegen, aber die Tür nicht. Er leuchtete mit der Maglite auf das Schloss. Es schien auf den ersten Blick nicht schwerer zu knacken zu sein als das Vorhängeschloss, aber das musste nichts heißen. Es konnte sich um eine Sicherheitstür handeln, wie sie früher an Luftschutzbunkern oder in Gefängniszellen eingebaut wurden. Dann wäre die Sache anspruchsvoller, denn man musste einen Schlüssel mehrfach herumdrehen. Und es wäre noch schwieriger, falls das Schloss im Inneren verrostet war und klemmte.

Andererseits mochte es sich um ein älteres Buntbart-Zapfenschloss handeln – die Art, die häufig in älteren Wohnungstüren verbaut war, in die man Schlüssel mit großen, aber einfachen Bärten hineinschob. Wie Albin vor Jahren gelernt hatte, waren solche eher leichter zu knacken, und man hatte sehr viel mehr Spielraum, um mit dem Dietrich darin herumzustochern als bei den eher schmalen, neuartigen Schlössern.

Albin ließ es auf den Versuch ankommen. Er klemmte sich die Taschenlampe unter den Arm und machte sich ans Werk. Er klappte den Dietrich auf – ein Lockpickingset, das wie ein Schweizer Taschenmesser an seinem Schlüsselbund baumelte und unterschiedlich geformte Picks bereitstellte. Stunde um Stunde hatte Albin vor vielen Jahren damit zugebracht – zunächst vergeblich, dann mit immer mehr Erfolg. Wie ein Chirurg bearbeitete er das Schlüsselloch, spürte die Widerstände und verstand, wie die Mechanik funktionierte. Es klackte mehrfach metallisch und hohl, als einige Stifte im Inneren einrasteten.

Dann stockte Albin in der Bewegung, drehte den Kopf und blickte nach hinten.

War da ein Geräusch gewesen? Schritte? Ein Schaben auf dem staubigen Boden?

Er wartete eine Minute, lauschte, hörte aber nichts als seinen eigenen Atem. Alles war still. Er musste sich getäuscht haben. Also machte er weiter. Und schließlich schnappte das Schloss auf. Albin hielt die Luft an, als er die Tür aufschob und mit der Taschenlampe in den Raum dahinter leuchtete.

Er war sich nicht sicher, was er erwartet hatte, dort vorzufinden. Vielleicht eine gigantische Halle voller Kisten mit aufgedruckten Hakenkreuzen wie in Indiana Jones. Oder auch gar nichts. Allerdings nicht das, was im Lichtkegel auftauchte.

Albin presste die Faust auf die Lippen und keuchte hinein. »Meine Güte«, murmelte er, schwenkte die Maglite und setzte einen Fuß vor den nächsten, um den Stollen zu betreten.

Der Stollen war deutlich breiter und höher, als der Eingang vermuten ließ. Seine Wände und die Decke sahen aus, als seien sie mit Beton besprüht worden – vermutlich, um ihn gegen eindringendes Wasser zu schützen. Ähnlich musste es in einem alten Luftschutzbunker aussehen. Unter der Decke befanden sich Lampen. Außerdem sah Albin einen modern wirkenden Schaltkasten zu seiner Linken. Dort blinkten kleine Kontrollleuchten. Kabel führten zu leise summenden Generatoren und symmetrisch aufgestellten weißen Schränken auf Rollen, die über Lüftungsschlitze verfügten. Albin dachte an mobile Klimaanlagen. Jedenfalls war hier alles präpariert worden, um das sicher zu lagern, was sich unter einem großen Baldachin aus Holz befand, der auf beindicken Ständern und auf dem Boden ausgelegten Holzbohlen ruhte. Mehrere sehr große Regale, jedes sicherlich fünf bis sechs Meter lang und drei Meter hoch, befanden sich dort, außerdem Tische. Wie in einem Archiv.

Auf den Bohlen lagen jede Menge zusammengerollte Teppiche. Dort standen außerdem antik wirkende Stühle und Tische, über die transparente Baufolien geworfen worden waren. Albin sah wuchtige Kisten mit Aufdrucken in deutscher Sprache. Auf den Tischen standen ebenfalls welche. In den unteren Regalfächern waren zahllose Bilderrahmen in den verschiedensten Formaten zu erkennen – allesamt aufgereiht wie die Bücherrücken im Schrank einer Bibliothek. In den oberen Fächern erkannte Albin Lüster aus Kristall, Lampen und Kerzenleuchter, die golden glänzten. An einer der Wände lehnten an die fünfzig Spiegel, ebenfalls in den verschiedensten Größen und mit Folie geschützt. Albin kam sich vor, als habe er das Lager einer Antiquitätenhandlung oder eines Museums betreten. Aber ihm war klar, dass das, was sich hier befand, noch sehr viel größer und wertvoller war.

Es musste das Versteck sein, in dem die Nazis das Raubgut aus Marseille versteckt hielten – nur dass dieser Raum in der Zwischenzeit ausgebaut worden war.

Albin wendete sich nach links zum Schaltkasten. Er leuchtete ihn mit der Maglite an und legte drei Schalter um, worauf das Summen der Generatoren lauter wurde. Einer davon klang wie ein anspringender Motor, der sich rasch warmlief und die Halle mit dem Surren eines Zweitakters erfüllte. Albin drückte zwei Knöpfe – und kniff die Augen zusammen, als die Deckenbeleuchtung entflammte. Es wurde nicht gleißend hell – gewöhnliche Neonröhren unter einer gut vier Meter hohen Decke sorgten für eine eher mittelmäßige Ausleuchtung. Aber seine Augen hatten sich bereits an die Dunkelheit gewöhnt und brauchten einen Moment, um sich an die neuen Verhältnisse anzupassen.

Albin ging voran, betrat das Podest aus Holzbohlen und klappte mit der Schuhspitze einen der Teppiche um. Orient. Feinste Arbeit. Massen davon. Er ging zu einem der Tische, auf dem mehrere stabile Holztruhen standen. Die Aufdrucke wirkten fabrikneu: »Heeresmunition – 8,8 cm Pzgr.«

Albin öffnete eine Kiste, was ein schepperndes Geräusch machte. Das Innere war mit Wachspapier ausgelegt worden. Ansonsten war alles voller Silberbesteck. Albin blickte in die nächste und übernächste Kiste. Wieder Silberbesteck.

Insgesamt ausreichend, um damit Hunderte von Tischen zu decken.

Er wendete sich zu einem der großen Regale und ließ das Licht der Maglite darüberstreichen. Er trat näher und zog auf dem Weg die Plane von einigen verzierten Stühlen ab, die nach seiner Meinung aus dem Barock oder dem Rokoko stammen mussten – schwer zu schätzen, wie viele davon es hier gab. Fünfzig? Hundert?

Vor dem Regal bewunderte Albin die Intarsien an einigen nicht minder kostbar aussehenden Sekretären aus dunklem Holz. Dann öffnete er einige der Metallkassetten, die ihm eben aufgefallen waren. In allen befand sich Schmuck. Hunderte von Ketten, Ringen, Manschettenknöpfen. In einem ebenerdigen Fach erkannte Albin vor seinen Füßen einen Ständer, auf dem drei Samurai-Schwerter ruhten. Daneben lagen weitere dekorative Stichwaffen – kunstvoll gearbeitete Schwerter, Säbel, Degen und Messer sowie diverse Gehstöcke mit Griffen aus Elfenbein und Silber.

Und dann waren da die Gemälde, lose und hochkant aufgestellt. Man konnte die Rahmen durchblättern wie Langspielplatten. Albin sah moderne Malerei und klassische Malerei. Er sah Stillleben, Tafelbilder, Landschaftsgemälde, naturalistisch dargestellte Jagdgesellschaften und Porträts oder geometrisch aufgelöste, abstrakte Bilder sowie solche, die in schreienden und falschen Farben gemalt worden waren – grüne Himmel und gelbe Flüsse.

Eines der Gemälde zog er heraus. Es war nicht sehr groß, hatte das Format einer zusammengefalteten Tageszeitung und lag oben auf den anderen Rahmen. Er klemmte die Maglite unter die Achsel und hielt den Rahmen mit gestrecktem Arm von sich weg, um das Bild zu betrachten.

Es schien recht alt zu sein und zeigte eine Landschaft mit Windmühlen, Kühen und Planwagen im Sonnenuntergang und unter dräuenden dunklen Wolken.

Eine Stimme übertönte das Generatorensummen.

»Aert van der Neer. Ein niederländischer Meister des Barock. Mögen Sie Barock, Herr Leclerc?«

Albin zuckte zusammen. Er drehte sich um.

»Langsam«, sagte die Stimme. Sie kam Albin bekannt vor, aber er konnte sie nicht zuordnen. »Sehr langsam. Legen Sie bitte das Bild fort. Es ist sehr kostbar. Fort mit Ihrer Taschenlampe. Nehmen Sie die Hände hoch und drehen sich zu mir. Dann entfernen Sie alles aus Ihren Taschen und legen es ab. Ebenfalls sehr langsam.«

»Sie sind geliefert«, sagte Albin und legte das Gemälde wieder zurück.

Er verfluchte sich. Eben hatte er beim Öffnen der Tür noch gemeint, Schritte zu hören, aber nicht darauf reagiert. Er hatte es nicht einmal in Betracht gezogen, dass er verfolgt oder beobachtet werden könnte. Schließlich wusste niemand, dass er hier war.

»Nein«, sagte die Stimme. »Sie sind geliefert, Leclerc. Sie haben Ihre Nase zu tief in Dinge gesteckt, die Sie nichts angehen.«

Albin legte die Maglite ins Regal. Dann drehte er sich herum.

In der Eingangstür stand ein schlanker Mann mit einer Brille auf der Nase. In der linken Hand hielt er einen Gehstock mit silbernem Knauf. Mit der rechten hielt er eine Waffe auf Albin gerichtet – schwer zu sagen, was für eine es war.

Albin kannte den Mann.

Es handelte sich um Laurent Roubaud, den Antiquitätenhändler aus Avignon.

»Sie haben ein beeindruckendes Lager«, sagte Albin.

»Das ist wahr«, erwiderte Roubaud.

»Alles Raubkunst.«

»Sagen wir: Es ist alles aufgefundene Kunst und der Raub verjährt. Womit ich nichts gutheißen will, was die Nazis getan haben, absolut nicht.«

»Ach, nein?«

»Nein.«

»Aber Sie bereichern sich an ihrer Beute.«

»Niemand, dem all das vorher einmal gehört hat, lebt noch, Herr Leclerc.«

»Das ändert nicht viel.«

»Wenn Sie meinen.«

»Ziemlich mutig, das alles hier zu horten. Mit ein paar alten Schlössern abgesichert, die man knacken kann.«

»Ein Hochsicherheitstrakt wäre auffälliger, meinen Sie nicht?«

»Vermutlich.«

»Außerdem sind Sie durch Lichtschranken gelaufen, die eine App auf meinem Handy aktiviert haben.«

Mist, dachte Albin. Er fragte: »Stammten die Gemälde von Cézanne und van Gogh ebenfalls von hier?«

»Ja«, sagte Roubaud und kam langsam näher. »Es hat sich als großer Fehler erwiesen, die Gemälde zu veräußern. Aber es konnte vor einigen Jahren niemand wissen, dass sie einmal geraubt werden würden und die Spur zu Tournay führt, zu Chauvet und zu Vallier – und damit am Ende auch zu mir. Sie wissen, was ich meine.«

»Sie alle steckten unter einer Decke?«

»Bedingt«, sagte Roubaud. »Vallier war nur am Rand beteiligt. Er wusste nicht exakt, worum es ging, und erhielt eine gewisse Summe, um den Mund zu halten. Aber als die Bilder gestohlen und schließlich aufgefunden wurden, wurde er zur Gefahr für mich. Im Lauf der Jahre haben wir uns zerstritten, wie Sie vermutlich gemerkt haben.«

»Und wie hing Chauvet mit drin?«

»Chauvet und Vallier machten Geschäfte mit Tournay, der ja ein bedeutender Sammler war. Er war damals an bestimmten Möbeln interessiert, über die ich verfügte, was er nicht wusste. Vallier schon. Vallier vermittelte Tournay an mich und erhielt dafür eine Provision. So lernte ich Tournay kennen, der geradewegs süchtig nach bedeutender Kunst war. Wie sich der Zufall traf, konnte ich ihm solche ebenfalls vermitteln.«

»Den Cézanne und den van Gogh?«

»Richtig.«

»Es hätten Fälschungen sein können. Sind es vielleicht sogar. Man bezahlt doch nicht hundert Millionen …«

»… niemand hat von hundert Millionen geredet, Herr Leclerc. Das eine ist der Schätzwert, das andere ist das, was ein Sammler zu zahlen bereit wäre. Das Dritte ist, wie dringend der Verkäufer das Geld benötigt. Und das Vierte ist, was ein Sammler unter den jeweils gegebenen Bedingungen realistisch bezahlen kann – Sie können dafür keine Kredite aufnehmen oder dergleichen, wenn Sie verstehen, was ich meine. Derlei Dinge fallen auf. Sie können nur Geld einsetzen, dessen Zweck Sie verschleiern können – oder Geld, das es offiziell nicht gibt. Schwarzgeld, das Sie auf Konten außer Landes gesammelt haben. Und wir befanden uns nicht auf einer Auktion bei Sotheby's.«

»Verstehe«, sagte Albin. »Aber Raubkunst bleibt Raubkunst. Daran ändert sich nichts.«

»Tournay wurde über die Herkunft der Bilder aufgeklärt. Es spielte für ihn keine Rolle. Er sah eine Chance auf ein ausgezeichnetes Geschäft. Er wollte die Bilder unbedingt haben. Ich wollte sie unbedingt verkaufen. Er war bereit, ausreichend zu bezahlen. Also kamen wir ins Geschäft. Chauvet gab seine fachliche Expertise. Das war allerdings, noch, bevor Vallier und er ihn mit den Matisse-Lithographien über den Tisch gezogen haben.«

»Das alles hat mit den Kunstdieben nichts zu tun, die …«

»… die den Cézanne-Transport überfallen haben? Nein, damit habe ich nichts zu tun. Für Nicolas Chauvet lege ich meine Hand nicht ins Feuer. Ich nehme an, dass er im Gefängnis Personen kennengelernt hat, wenn Sie verstehen.«

»Personen, denen er Tipps gab – auch den Tipp, dass Tournay wertvollste Gemälde besitzt, die er offiziell nicht als gestohlen melden kann.«

»Ja, das denke ich. Er konnte mich jedenfalls nicht vom Gegenteil überzeugen. Leider brachte mich das alles in erhebliche Gefahr.«

»Deswegen haben Sie Chauvet und Tournay und Vallier getötet. Um Ihre Spuren zu verwischen. Weil sie unweigerlich zu Ihnen führen würden und damit zu diesem Schatz.«

»So ist es, Herr Leclerc. Vorhin am See hätten Sie mich fast erwischt. Ich war hinter der Fischerhütte versteckt und habe Ihr Telefonat mitangehört.«

Verdammt, dachte Albin. »Dann wissen Sie, dass es hier gleich von Polizei nur so wimmeln wird.«

»Das denke ich nicht.«

»Ich habe meiner Kollegin von Gosier de la Terre erzählt.«

»Das habe ich mitangehört. Das Gespräch klang für mich allerdings nicht danach, dass Sie sich zur Besichtigung der Mine Verstärkung angefordert haben.«

»Darauf würde ich nicht wetten.«

»Wie auch immer«, sagte Roubaud, »bitte die Taschen leeren. Ganz langsam, sonst muss ich schießen.«

»Das werden Sie doch sowieso.«

Roubaud sagte: »Nein. Vielleicht werde ich Sie auch erschlagen wie die anderen.« Und schwang den Stock hin und her, den er in der anderen Hand hielt.

»Das Erschlagen scheint Tradition zu haben. Vor vielen Jahren ist das hier schon einmal geschehen, ein paar alte SS-Leute im Urlaub, aber da waren Sie noch ein Kind«, sagte Albin, leerte vorsichtig die Taschen und legte alles auf den Tisch vor sich. Schlüsselbund, Geldbörse, das Handy, das hier im Berg ohnehin nutzlos war, weil es keinen Empfang gab … Roubaud blieb stehen, wo er war, ungefähr fünf Meter von Albin entfernt.

»Ist mir ein Rätsel«, sagte Roubaud, »wie Sie auf das Bergwerk gekommen sind. Ist mir ebenfalls ein Rätsel, wie Sie das mit den SS-Leuten herausgefunden haben.«

»Ich bin Polizist«, erwiderte Albin und nahm die Hände hoch. Seine Blicke flitzten herum. Er wog seine Chancen und Risiken ab.

»Sie *waren* Polizist, Leclerc, und das ist das Idiotische. Warum müssen Sie herumschnüffeln und Ihr Leben riskieren? Können Sie sich nicht benehmen wie jeder andere Pensionär?«

»Nein, kann ich nicht.«

»Ich möchte Sie nicht töten, wirklich nicht.«

»Dann lassen Sie es eben.«

»Es geht mir wie Ihnen: Ich kann nicht anders.«

»Man hat immer eine Wahl.«

»Ich nicht. Ich muss den Gral beschützen.«

»Gral?«, fragte Albin und scannte weiterhin die Umgebung, ohne den Kopf zu bewegen, erinnerte sich daran, was hinter ihm war, was neben ihm.

»Nun, Sie stehen mittendrin.«

Albin nickte. »Hatten Sie hier auch Ihre kostbaren Stühle gelagert? Die, über die wir in Ihrem Geschäft gesprochen haben?«

»Sie stammen von hier.«

»Und der Besitznachweis, den Sie mir gezeigt haben?«

»Gefälscht.«

Roubaud zuckte mit den Schultern. Er machte dazu eine Geste mit der Waffe, bevor er sie wieder in Albins Richtung wendete. Jetzt konnte Albin sehen, dass es ein Deringer war. Alt, klein, verziert, gut gepflegt. Die Art von Waffe, die ein Antiquitätenhändler problemlos in seinem Geschäft lagern und die man mit wenigen Handgriffen scharf machen konnte, nachdem man zunächst bei der Polizei nachgewiesen hatte, dass sie entschärft worden war. Man goss Blei in den Lauf, bekam seine Sammlererlaubnis, dann bohrte man den Lauf wieder auf. Mehr brauchte man für den Typ von Hinterladerwaffe nicht, die in der Regel nicht größer als ein Handteller und für den Einsatz auf kürzeste Distanz gedacht war: zu wenig Durchschlagskraft und viel zu ungenau, im Grunde nicht mehr als ein besseres Messer. Es gab Deringer mit doppeltem oder einfachem Lauf. Roubauds hatte nur einen Lauf und damit nur eine Patrone in der Kammer. Damit blieb ihm nur eine Chance, Albin zu erwischen. Albin schluckte, dachte nach, wog seine Chancen ab.

Sie standen nicht gut.

59

Castel schlug eine Mücke tot, die es sich auf ihrem Unterarm bequem gemacht hatte. Das war schon die vierte. Ein Wunder, dass es nicht noch mehr waren. Die Kollegen von der Spurensicherung hatten am Waldweg mehrere Scheinwerfer aufgestellt, die das Dunkel erleuchteten, aber auch die Plagegeister anzogen, von denen es hier an den Teichen Myriaden gab. In der Camargue zählte man die Moskitos neben den Stieren und den weißen Pferden im Sommer sogar zu den regionalen Markenzeichen.

Mit der Taschenlampe in der Hand suchte sie das Unterholz ab, während Theroux am Rand des von der Forensik abgesperrten Bereichs stand und mit den Gendarmen und der Rechtsmedizinerin sprach. Dazwischen hatte sie immer wieder versucht, Albin zu erreichen, aber entweder hatte er das Gerät ausgeschaltet, oder der Akku war leer. Unter Castels Schuhen knackten kleine Äste. Farne und langes Gras raschelten. Sie entdeckte einen Unterstand oder eine kleine Fischerhütte, die sich unmittelbar am Ufer befand. Im Licht der Taschenlampe sah sie einen Schwarm Moskitos über der grünlichen Wasseroberfläche tanzen. Na, schönen Dank.

Castel wollte direkt wieder umdrehen, aber ihr fiel etwas auf. Sie richtete die Lampe noch einmal auf das Ufer und sah, dass dort Schilfrohre umgeknickt waren. Direkt vor dem Unterstand. Sie ging näher heran und verfluchte sich dafür, dass sie nichts Langärmliges angezogen hatte. An der Rückseite der Hütte, die dem Teich zugewandt war, sah sie zertretenes Gras. Sie leuchtete über die Bretter, wo an einigen Stellen Moos abgewischt worden war. Sie leuchtete wiederum auf den Boden, hockte sich dann hin und war sich ziemlich sicher, auf einigen der abgebrochenen Halme dunkle Tropfen zu sehen. Nicht viele, nur ein paar, aber groß genug, um aufzufallen. Getrocknetes Blut sah so aus. Dann richtete sie den Lichtstrahl wieder auf das Ufer, das etwa zwei Meter entfernt lag. Die Schilfhalme waren so abgeknickt, dass es aussah, als habe sich etwas vom Wald aus in Richtung Wasser durch den Bewuchs bewegt.

Mit anderen Worten: Vielleicht hatte sich Valliers Mörder hier versteckt, hatte auf ihn gelauert und war durch den Teich geschwommen, um zu entkommen. Warum war er nicht zu Fuß geflohen? Eventuell, dachte Castel, weil er gestört worden war. Von wem sonst als Albin, der sich hier ja mit Vallier verabredet hatte. Und die Blutstropfen auf dem Gras mochten von Vallier stammen. Vielleicht, dachte Castel, und ihr wurde für eine Sekunde eiskalt, stammten sie aber weder von Vallier noch von Verletzungen, die der Täter womöglich erlitten haben könnte.

Im nächsten Moment wischte sie den Gedanken, dass Albin etwas geschehen sein könnte, wieder beiseite. Er hatte ja mit den Gendarmen gesprochen und war danach verschwunden. Ihm konnte hier an der Fischerhütte nichts passiert sein, das war Unsinn. Dennoch musste Castel den Teich absuchen lassen, denn der Täter könnte irgendetwas darin versenkt haben, zum Beispiel die Tatwaffe. Außerdem musste der mögliche Fluchtweg rekonstruiert werden, die Blutspuren näher untersucht … Für einen Moment sah sie in Gedanken jemanden vor sich, der Albins Körper ins Wasser schleppte, um ihn zu versenken. Was natürlich totaler Blödsinn war, aber …

»Scheiße«, zischte Castel. Sie hatte ein schlechtes Gefühl. Sie drehte sich um und stapfte durch das Unterholz zurück zu Theroux.

»Und?«, fragte er. »Was gefunden?«

»Denke schon«, erwiderte sie.

»Echt? Und was?«

»Wo ist dieses Bergwerk?«

»Welches Bergwerk? Hier ist jedenfalls keines.«

»Theroux, tu nicht blöder, als du bist.«

»Äh …«

»Mann! Gosier Irgendwas! Worüber Albin mit mir gesprochen hat!«

»Ich sagte ja vorhin schon: keine Ahnung.«

»Gosier de la Terre?«, fragte einer der Gendarmen.

»Genau! Das war es«, erwiderte Castel.

»Ich stamme aus Simiane-Collongue«, sagte der Gendarm. »Als Kinder haben wir oft in den Bergen gespielt, aber Gosier war uns immer verboten. Zu gefährlich. Natürlich waren wir trotzdem manchmal dort zum Spielen. Aber es war gruselig. Eine alte Mine und ein paar Ruinen. Es spukte dort, hieß es. Alles ist verrammelt und abgesperrt. Aber manchmal, nachts, hörte man von dort Geräusche. Und das war mehr als nur das Heulen des Windes in den alten Schächten.«

Mit einem Klatschen schlug Castel eine weitere Mücke tot. »Können Sie mir sagen«, fragte sie den Polizisten, »wie man dorthin kommt?«

60

Albin sagte: »Sie sollten die Waffe niederlegen, Roubaud. Sie haben keine Chance.«

Roubaud schmunzelte. »Ich weiß nicht genau«, erwiderte er, »wie Sie auf das Bergwerk gekommen sind, aber Sie kommen hier nicht mehr heraus. Und außer Ihnen weiß niemand …«

»Falsch«, sagte Albin. »Sie haben das Telefonat mit meiner Kollegin verfolgt. Es kann nicht mehr lange dauern, bis die Polizei eintrifft. Das Spiel ist aus. Machen Sie es nicht noch schlimmer.«

Tatsächlich hoffte Albin, dass Castel darauf kommen würde – sie würde sich schrecklich aufregen, dass er den Tatort verlassen hatte, sich an den Namen Gosier de la Terre aus dem Telefongespräch erinnern und herkommen. Rechnen konnte er damit allerdings nicht. Er war auf sich allein gestellt. Aber die Hoffnung starb bekanntlich zuletzt.

Roubaud sagte: »Sie haben erst alles schlimm gemacht, Leclerc.«

»Ihr Gral ist verloren. Finden Sie sich damit ab. Erstaunlich genug, dass Sie alles hier im Bergwerk gelassen haben.«

»Es war hier immer gut versteckt. Die Nazis haben den Schatz auf der Flucht vor den Amerikanern hiergelassen. Er geriet in Vergessenheit – abgesehen von zwei früheren SS-Leuten erinnerte sich niemand mehr daran. Dafür haben die zwei gesorgt. Von der damaligen Truppe, die die Güter hier untergebracht hat, haben kaum welche den Krieg überlebt. Die Nazis waren immer strenge Buchhalter, aber die zwei SS-Leute haben alle Dokumente verschwinden lassen, die auf Gosier de la Terre hingedeutet haben, um sich später alles unter den Nagel zu reißen.«

»Dann kamen die zwei her – und verloren ihr Leben. Wer hat die Deutschen getötet?«

Roubaud schwieg.

»Jedenfalls«, sagte Albin, »haben Sie das Versteck in den Zwischenjahren ausgebaut, wie man deutlich sieht.«

»Das war nicht ich.«

»Etwa der Heilige Geist?«

Roubaud schmunzelte erneut. »Im Dorf unten ging das Gerücht um, es würde hier oben spuken, weil in den Nächten merkwürdige Geräusche zu hören waren. Witzig, nicht?«

»Absolut nicht witzig.«

»Es wird nun Zeit, Herr Leclerc«, sagte Roubaud, »dass Sie einen Unfall haben.«

»Unfall?«

»Sie sind beim Betreten des Bergwerks abgestürzt. In den Schacht dort vorne.«

Albin dachte an den ungesicherten Abgrund, über dem der Metallkorb der früheren Bergleute baumelte. Er ahnte, was Roubaud plante: Albin in den Schacht stoßen. Aber das müsste Roubaud erst einmal gelingen.

Albin blickte nach unten. Unter dem Tisch, vor dem er stand, stapelten sich weitere Metallkassetten. Obenauf standen die Munitionskisten. Roubaud konnte also allenfalls ein Drittel von Albins Körper ins Visier nehmen – mit einem vermutlich aufgebohrten Deringer im Halbdunkel. Nicht gerade die allerbesten Chancen auf einen Treffer für einen ungeübten Schützen. In seinem Rücken, wusste Albin, war das Regal mit den Gemälden, den Schmuckkassetten, und im untersten Fach …

Albin fragte: »Wie sollte ich Ihrer Meinung nach denn in den Schacht fallen?«

»Sie werden hineinspringen und auf die jämmerliche Chance hoffen, dass der Schacht nicht allzu tief ist oder Sie sich irgendwo festhalten können. Andernfalls schieße ich Ihnen in den Kopf. Und wir Menschen klammern uns gern an die Hoffnung, nicht? Da sind Sie nicht anders.«

»Sie wollen mich im Schacht verschwinden lassen, damit es wie ein Unfall aussieht, und dann verschwinden?«

»Das ist der Plan.«

»Sie begehen einen Denkfehler, Roubaud.«

»Lassen Sie mich an der allerletzten Weisheit Ihres Lebens teilhaben?«

»Sie sind nur ein Antiquitätenhändler. Aber ich bin ein gerissener Hund.«

Und damit ließ sich Albin einfach flach auf den Boden fallen und keuchte, als der Aufprall ihm die Luft aus den Lungen trieb. Einen Wimpernschlag später krachte ein ohrenbetäubender Schuss. Holzsplitter rieselten auf Albin herab. Die Kugel aus Roubauds Deringer hatte eine der Truhen erwischt. Albin musste schnell sein. Schneller, als Roubaud nachladen konnte. Auf der Seite liegend riss er eines der Samuraischwerter vom Ständer.

Doch bevor er es aus der Scheide ziehen konnte, kam Roubaud schon um die Ecke und holte mit seinem Gehstock aus. Der Silberknauf blitzte im Neonlicht auf. Albin packte das Schwert an beiden Enden, hielt es Roubaud entgegen und wehrte den Schlag ab. Dann einen weiteren. Noch einen. Albins Handgelenke knackten. Roubaud brüllte wie ein wütender Stier. Albin kroch rückwärts über den Boden. Fort von dem wahnsinnigen Mann, der wie ein Irrer auf ihn einschlug, um ihn zu töten.

Als Roubaud ein weiteres Mal ausholte, gelang es Albin endlich, das Schwert aus der Scheide zu ziehen. In derselben Bewegung schlug er in Richtung von Roubaud, spürte dann einen heftigen Treffer mit dem Silberknauf an der linken Schulter und hörte gleichzeitig einen Aufschrei. Roubaud hielt sich eine Wunde am Oberschenkel, wo Albin ihn mit dem offensichtlich rasiermesserscharfen Schwert erwischt hatte.

Albin kam auf die Beine und fasste nach der immer noch eingeschalteten Maglite, die mit ihm zu Boden gefallen war. Er stolperte rückwärts, stürzte beinahe über einige der aufgerollten Teppiche und sah, dass Roubaud seinen Deringer nachlud. Den Mann mit dem Schwert anzugreifen – nein, das war zu riskant. Schließlich lief Albin los, um den Stollen zu verlassen, in dem ein fuchsteufelswilder Roubaud fluchend den Hinterlader hochnahm und Albin einen laut knallenden Schuss hinterherjagte, der sich in eine Felswand bohrte und staubige Splitter herausriss.

Links oder rechts abbiegen. Zwei Alternativen für Albin. Nach links ging es in den langen Stollen, der erst nach einigen hundert Metern zum Ausgang führte. Jede Menge Platz und Zeit für Roubaud, um Albin in den Rücken zu schießen. Der Weg nach rechts führte zu dem Fahrstuhl, der über dem Schacht baumelte, und den viel älteren und engeren Gängen. Eine Sackgasse, die allerdings Deckung bot. Albin entschied sich instinktiv für den Weg nach rechts.

Mit einigen großen Schritten kam er an dem ungesicherten Schacht an, der in eine bodenlose Tiefe zu führen schien. Der Fahrstuhl war nicht mehr als eine rostige Blechkabine, die darüber baumelte. Albin lief darum herum, um sich auf der Rückseite zu verschanzen. Er hörte Roubaud schimpfen und Laufschritte im Stollen hallen, umfasste den Griff des Schwertes fester und schaltete die Maglite aus. Er schluckte schwer, spürte sein Herz heftig schlagen – zu heftig für seinen Geschmack. Schlagartig wurde ihm eiskalt, als er sich seiner Chancen bewusst wurde und realisierte, dass es darauf hinauslaufen würde, dass Roubaud entweder aufgab oder Albin ihn ausschalten würde. Das Erste war eher nicht zu erwarten. Das zweite war sehr gefährlich und nicht sehr aussichtsreich – ein Mann mit einer Pistole, wenn auch nur ein Deringer, gegen einen anderen mit einer, zugegeben, sehr langen und sehr scharfen Stichwaffe. Zumindest schien Roubaud verletzt zu sein. Albin wusste nicht, wie schwer. Aber als er jetzt die sich nähernden Schritte hörte, klang es ungleichmäßig. Als ob Roubaud ein Bein nachzog.

»Leclerc!«, rief er.

Albin blieb ruhig. Er sah Lichtreflexe. Roubaud musste ebenfalls eine Taschenlampe haben und damit herumfuchteln.

»Leclerc! Ich weiß, wo Sie sich verstecken!«

Damit wanderte der Lichtkegel auf die Metallkabine. Wieder krachte es ohrenbetäubend. Ein Hammerschlag traf das Innere der Kabinenwand vor Albin, der dahinter geduckt verharrte und still blieb.

Schritte. Ächzen. Schmerzhaftes Stöhnen. Schleifende Geräusche. Metallisches Klicken. Roubaud lud wieder nach und kam näher.

»Roubaud!«, rief Albin jetzt. »Geben Sie auf. Ich weiß, dass ich Sie erwischt habe. Sie brauchen einen Arzt. Wenn Ihre Oberschenkelarterie verletzt ist, werden Sie innerhalb der nächsten paar Minuten jämmerlich verbluten. Geben Sie auf, und ich helfe Ihnen! Was Sie jetzt tun, ist absolut sinnlos. Ihr Schatz ist nicht mehr zu retten – und sehen Sie es positiv: Sie werden der Weltöffentlichkeit erklären können, dass Sie es waren, der das Raubgut aus Marseille …«

Schuss.

Hammerschlag gegen das Metall vor Albin.

Dieses Mal spritzte ihm Rost entgegen. Die Kugel hatte das Blech sichtlich eingedellt. Durch einen fingerbreiten Schlitz in der Rückwand der Fahrkabine schnitt das Licht der Taschenlampe und wurde heller und heller.

»Kommen Sie hervor«, keuchte Roubaud. »Kommen Sie hervor, und wir verhandeln.«

»Nein«, erwiderte Albin. »Es gibt nichts zu verhandeln, so lange Sie eine Pistole in der Hand halten. Werfen Sie das Ding in den Schacht. Sie müssen so oder so näher kommen, wenn Sie mich mit Ihrem Spielzeug oder Ihrem Gehstock erwischen wollen.«

»Genau das wird passieren.«

Albin legte die Taschenlampe auf den Boden und umfasste den Griff des Schwertes mit beiden Händen. Er hörte Roubauds Schnaufen. Dann rumpelte es. Roubaud war in den Fahrstuhl getreten anstatt den Weg drumherum zu wählen und Albin von der Seite zu erwischen – vermutlich, weil er annahm, dass Albin dort mit dem Schwert auf ihn lauern und zustechen würde. In dem Korb hatte er zumindest den Schutz der Rückwand, glaubte Roubaud wohl. Der Metallkorb bewegte sich und schlug gegen die Kanten des Schachts, senkte sich mit einem Ruck einige Zentimeter ab. Die Seile und die Mechanik knackten gefährlich laut.

»Roubaud«, zischte Albin. »Geben Sie auf und kommen Sie da raus!«

»Jetzt«, keuchte Roubaud, »sind Sie geliefert!«

Albin wurde vom Licht der Taschenlampe geblendet, das durch den Schlitz der Rückwand fiel. Roubaud zwängte sich dagegen, rammte den Lauf der Pistole gegen den Spalt, um hindurchzuschießen. Jetzt musste Albin schnell sein.

Er bewegte das Schwert und stieß die Spitze durch die Öffnung hindurch. Er spürte einen weichen Widerstand. Er hörte Roubaud aufschreien. Es krachte und blitzte. Albins rechtes Ohr wurde für einen Moment taub. Ein Luftzug streifte seine Schulter. Dann ein heißes Brennen. Ein dumpfer Aufschlag im Korb.

Im nächsten Moment knallte es noch lauter. Wie eine Peitsche schoss ein gerissenes Drahtseil von oben herab und schlug auf den Boden. Der Passagierkorb stürzte kreischend etwa einen Meter nach unten. Er verkantete sich mit einem heftigen Ruck im Schacht.

Albin sprang auf, warf das Schwert fort, schnappte sich die Maglite und schaltete sie ein. Er lief um den Schacht herum, aus dem das marode Metall ächzte und stöhnte. Er richtete den Lichtstrahl auf den Korb, der etwa bis zur Hälfte im Schacht steckte. Albin hockte sich hin, ignorierte das Brennen an der Schulter und strahlte in die verkeilte Fahrstuhlkabine.

»Roubaud!«, rief er und hustete. Die Luft war voller Staub.

Er sah den Mann am Boden liegen. Er blickte hinauf zu Albin, die Augen weit aufgerissen.

»Kommen Sie! Ich ziehe Sie heraus!«

Roubaud nickte zitternd. Er lehnte sich an die Seitenwand, rutschte daran hinauf, bis er stand, und machte dann einen Schritt nach vorn.

Ein Fehler.

Der Korb, der sich eben noch im Gleichgewicht befunden hatte, geriet aus der Balance. Wieder krachte es. Die Kabine ruckte im Schacht. Albin sprang zurück und sah noch kurz Roubauds Blick, als er begriff, was als Nächstes passieren würde.

Mit einem metallischen Kreischen stürzte der Fahrstuhl ab. Albin hörte es aus dem Schacht verschiedentlich knallen und rumpeln. Die Geräusche wurden immer leiser, bis es schließlich einen leisen, dumpfen Aufschlag gab, dessen Echo durch den Berg hallte.

61

Blaulicht mischte sich mit rot strahlenden Rückleuchten und gleißendem Weiß von auf Stativen angebrachten Scheinwerfern. Menschen gingen hin und her. Absperrbänder wurden befestigt, Fotos geschossen, Videos gemacht. Ein Trupp der Feuerwehr rückte mit schwerem Gerät an. Seilwinden. Dieselgeneratoren. Hydraulische Aggregate. Der Bereich vor dem alten Bergwerk, dachte Albin, hatte sich in eine Hollywood-Filmszene verwandelt.

Er selbst saß auf der Stoßstange eines Rettungswagens und knöpfte sich gerade das Hemd zu, das an der Schulter von Blut dunkel verfärbt war. Die Kugel aus Roubauds Deringer hatte ihn gestreift und eine Fleischwunde gerissen, die der Notarzt eben mit drei Stichen genäht und ihm obendrein eine Spritze verpasst hatte, die auch gegen den Schmerz der Prellung wirken würde, die Roubauds Stock an Albins Bizeps verursacht hatte. In den nächsten paar Tagen, hatte der Arzt gesagt, würde der linke Arm jede Menge widerliche Farbtöne annehmen und weh tun. Gab weitaus Schlimmeres, dachte Albin.

Es war kühl. Bald würde die Sonne aufgehen. Man hatte Albin eine Decke angeboten, die er genauso ablehnte wie zur weiteren Untersuchung in eine Klinik gefahren zu werden. Nicht nötig, aus einer Mücke einen Elefanten zu machen. Andere, das wusste er, sähen das wohl anders. Zum

Beispiel Theroux, der Albin zunächst wegen seiner Einmischung nach allen Regeln der Kunst langgemacht hatte und jetzt irgendwo im Inneren des Berges verschwunden war. Er hatte Albin allen Ernstes als störrischen Esel bezeichnet, weil er nicht ins Krankenhaus wollte – *»in seinem Alter«*. Und da hatte Albin erst recht auf stur geschaltet.

Jetzt kam Castel herüber. Sie hatte eine durchsichtige Tüte unter den Arm geklemmt, hielt zwei Pappbecher in der Hand und reichte Albin einen davon. Es war Kaffee. Castel pustete über den Rand ihres Bechers und blickte in den grauen Morgenhimmel.

»Ein Samuraischwert, hm? Wie in Kill Bill«, sagte sie.

Albin zuckte mit den Schultern, was ein wenig ziepte, und schlürfte etwas Kaffee. Er schmeckte grauenvoll.

»Hatte gerade nichts anderes zur Hand. Wer ist Bill?«, fragte Albin.

Castel machte mit der freien Hand eine wegwerfende Geste, die Albin bedeuten sollte: Vergiss es. »Es ist unfassbar«, sagte sie, »was sich alles in dem Stollen befindet. Das muss sehr, sehr viele Millionen Euro wert sein.«

»Und Sie haben es gefunden, Castel. Erst den Cézanne und den van Gogh – jetzt noch den ganzen Rest dazu. Ihre Freunde von Interpol und Europol werden sich vor Scham unter dem Tisch verstecken.«

»*Sie* haben das gefunden, Leclerc, nicht ich.«

»Ich hatte lediglich eine kleine Eingebung, mehr nicht. Die Lorbeeren brauche ich nicht.«

»Ich auch nicht. Vor allem nicht, wenn es die von wem anders sind.«

»Doch, brauchen Sie. So viel Lorbeeren wie nur möglich. Seien Sie nicht so bescheiden und denken Sie daran, dass Sie immer noch Feinde und Neider haben. Ihr Freund Villeneuve wird jedenfalls vor Freude weinen.«

»Falls er überhaupt noch mit mir spricht.«

»Warum?«

»Ich hatte ihn auf dem Korn. Ich lag falsch.«

»Na und? Wir alle liegen mal falsch.«

»Ich habe ihn auf eine Art und Weise aufs Korn genommen, die er mir zu Recht übelnimmt. Ich habe es übertrieben.«

»Zu viel Adrenalin im Blut. Passiert uns allen. Mit dem Alter werden Sie ruhiger. Dauert nicht mehr lang.«

Castel wollte Albin spielerisch gegen die Schulter boxen, stoppte aber angesichts seiner Verletzung kurz vorher. Sie trank nun ebenfalls einen Schluck und schwieg.

»Roubaud war dumm«, sagte sie. »Er hätte alles aussitzen können.«

»Inwiefern?«

»Ich glaube nicht, dass wir ihm den Verkauf des van Gogh und des Cézanne hätten nachweisen können. Selbst wenn Leute wie Vallier oder Tournay oder Chauvet ihn mit Aussagen belastet hätten, hätte er sich einfach ausschweigen und abwarten können und im schlimmsten Fall eine kleine Haftstrafe kassiert. Abgesehen davon hätten die drei sich mit ihren Aussagen ja gegenseitig belastet. Wir hätten jede Menge Beweise gegen Roubaud erbringen müssen, und ich bin mir nicht sicher, ob das gelungen wäre. Zudem hätten wir ihn doch kaum hiermit in Verbindung gebracht.« Castel machte eine Geste zum Bergwerk.

»Er hatte Angst, dass wir den Schatz finden. Er wollte jemanden schützen. Es steckt noch etwas mehr dahinter, denke ich.«

»Was denn noch mehr?«

»Weiß ich nicht.«

»Wen wollte er schützen?«

»Irgendjemand muss das Versteck in dem Stollen ursprünglich entdeckt haben. Das war nicht Laurent Roubaud. Irgendjemand hat in den Siebzigern zwei Altnazis getötet, die das Versteck plündern wollten. Das kann er ebenfalls nicht gewesen sein.«

»Ein Verwandter von Roubaud?«

»Möglich. Oder ein Kunde, der Gegenstände aus dem Versteck verkaufen wollte und sich damit an Roubaud wandte. Ein Vertrauter. Ein Ex-Geschäftspartner. Das werdet ihr schon klären, Castel.«

Castel seufzte. »Es gibt so einige Dinge zu klären, in der Tat.«

»Auch mit Ihrem Kurator?«

Castel lachte kurz auf und schwieg, nickte aber dann.

»Sie mögen den Burschen, richtig?«

Castel sagte immer noch nichts und zog dann den Beweismittelbeutel unter dem Arm hervor. Darin befand sich Albins Handy.

»Ich denke«, sagte Castel und wandte sich zum Gehen, »zuallererst haben *Sie* einige Dinge zu klären, Albin. Das Telefon klingelt immer wieder. Es dürften sicher schon zehn Anrufe von Veronique drauf sein.«

»Scheiße«, sagte Albin leise und riss den Beutel auf.

»Sie hat auch bei Theroux und mir angerufen und macht sich schreckliche Sorgen. Ich habe gesagt, ich kümmere mich darum, dass Sie sich melden. Stellen Sie sich auf was ein, alter Mann.«

»Alter Mann?«

Castel grinste und ging dann fort. Albin stellte den Kaffeebecher zwischen den Schuhen ab, fummelte die zerknautschte Zigarettenpackung aus der Hosentasche und steckte sich eine an. Er klemmte die Kippe zwischen die Zähne, nahm den Becher wieder auf und trat einige Schritte vom Fuhrpark der Rettungskräfte fort. Schließlich lehnte er sich an einen Felsen, stellte dort den Becher ab, inhalierte tief, stieß den Rauch durch die Nase aus – und rief Veronique zurück. Sie war sofort dran.

»Albin«, keuchte sie und klang eher besorgt und erleichtert als fuchsteufelswild. »Geht es dir gut?«

»Alles in Ordnung«, erwiderte Albin und paffte. »Tut mir schrecklich leid. Es ist etwas Unvorhergesehenes dazwischengekommen.«

»Caterine und Alain haben es mir erzählt. Caterine sagt, du seist verletzt, und Alain sagte, du wolltest nicht in die Klinik. Was ist dir passiert? Geht es dir wirklich gut? Sei nicht dumm und fahr ins Krankenhaus.«

»Nur ein Kratzer.«

Albin hörte, dass Veronique weinte. Er fühlte sich, als würden ihm mit Angelhaken Fleischstücke aus dem Leib gerissen.

»Auf dich ist geschossen worden«, flüsterte sie.

»Aber nur mit einer winzig kleinen Pistole.«

Veronique lachte kurz auf und schnäuzte sich die Nase. »Geht es dir wirklich gut?«

»Ja. Geht es. Und es tut mir wirklich leid. Ich ...«

»Du bist, wie du bist, Albin Leclerc. Ich werde dich nicht mehr ändern. Männer wie du können sich nur ändern, wenn sie es wollen, und du willst es gar nicht. Damit muss ich leben.«

Die Faust des schlechten Gewissens presste Albins Herz wie einen Schwamm zusammen.

»*Kannst* du denn damit leben?«, fragte Albin und sog an der Zigarette.

»Du machst es mir wirklich nicht immer leicht«, erwiderte Veronique. »Weißt du: Ich … Ich hatte nicht erwartet, einen alten Haudegen abzubekommen, der auf sich schießen lässt und sich ständig in Gefahr begibt, statt sein Pensionärsdasein zu genießen und sich im Ruhestand der Familie zu widmen.«

»Und ich hatte nie damit gerechnet, die schönste und beste Frau von Carpentras abzubekommen.«

»Lenk nicht ab.« Albin hörte Veronique seufzen und sich dann die Nase putzen. »Du hast einen Schatz gefunden?«, fragte sie dann.

»Eine Halle voller Raubkunst, die die Nazis aus Marseille verschleppt haben.«

»Daher stammten auch diese berühmten Gemälde?«

»Der Cézanne und der van Gogh. Wurde alles den jüdischen Familien gestohlen, die in KZs ermordet wurden. Nehme ich zumindest an. Man wird das in den nächsten Tagen alles noch genauer herausfinden.«

»Albin?«

»Ja?«

»Du bist unmöglich.«

»Ich weiß.«

»Aber ich bin stolz auf dich. Wenn das wirklich Raubkunst ist, wie du sagst – dann bin ich stolz auf dich. Vielleicht kann geschehenes Unrecht ein bisschen wiedergutgemacht werden, und du hast dafür gesorgt.«

Jetzt wurde Albin warm ums Herz.

»Ich bin froh«, sagte sie, »dass es dir gutgeht. Komm schnell nach Hause. Du bist weiß Gott noch nicht reif für das Altersheim, und ich kann damit leben.«

Albin beendete das Gespräch mit einem Lächeln und schnippte die Zigarette fort. Er trank einen Schluck Kaffee. Noch nicht reif für das Altersheim ...

Er musste grinsen. Die Sonne ging auf. Sie ließ die Turmruine über dem Bergwerk in einem tiefen Orangerot aufleuchten. Das Grinsen verging ihm.

Leck mich, dachte Albin, warf den Kaffeebecher fort und lief zu seinem Auto.

62

Albin hielt auf dem Parkplatz, stieg aus und nahm die zusammengerollte Regenjacke, die er für den Fall von schlechtem Wetter immer dabei hatte aus dem Staufach an der Tür, ebenso wie ein Paar Gummistiefel aus dem Kofferraum. Er zog die Jacke über, obwohl er sich wahrscheinlich darin totschwitzen würde, aber irgendwie musste er sein blutiges Hemd verbergen.

Während er den Reißverschluss zuzog, betrachtete er das vor ihm liegende Gebäude. Es war groß und wirkte einerseits hochmodern, andererseits alt und erhaben. Der zentrale Bauteil bestand aus einem kleinen Schlösschen. Links und rechts daneben schlossen sich Anbauten an, für die der Denkmalschutz sicherlich beide Augen zugedrückt und außerdem irgendein Architekt einen Preis gewonnen hatte. Es gab viel Metall, viel Glas und nur dezente Farben, die an den Ockerton des Schlösschens in der Mitte angepasst waren. Alles lag in einer weitläufigen, äußerst gepflegten Parkanlage unweit von Marseille und halb auf dem Weg nach Aix-en-Provence. Rasensprenganlagen verrichteten ihren Dienst und wässerten Flächen, auf denen man sicherlich ausgezeichnet seine Fähigkeiten im Golfen verbessern und das Putten üben konnte. Überall zwitscherten Vögel. Libellen huschten im Tiefflug über das Gras, auf dem die Wassertropfen im Licht der frühen Morgensonne in Spektralfarben glitzerten. Eine echte Idylle – aber eine, die sehr luxuriös und äußerst kostspielig wirkte.

Albin verschloss den SUV mit der Fernbedienung und ging zum Eingang, wo sich die Glasschiebetüren automatisch öffneten. Schlagartig wurde ihm etwas schwindelig – die Aufregung, der Schlafmangel, die Wirkung der Schmerztabletten und der Spritze und dann noch diese schwüle Wärme hier drinnen, kombiniert mit dem schwachen Geruch nach einer Mixtur aus Mensch, Putzmittel und Urin. Fürchterlich. Albin blieb stehen und wartete einen Moment, bis die hellen Flecken vor seinen Augen wieder verschwanden und sich sein Kreislauf stabilisiert hatte.

Er sah einige Menschen im weitläufigen Foyer, das an den überdimensionierten Empfang in einer Krankenhausstation erinnerte, die jemand in ein Nobelhotel verfrachtet hatte. Obwohl es sehr früh am Morgen war, herrschte reges Treiben. Zwei ältere Damen durchquerten, über ihre Rollatoren gebeugt, im Zeitlupentempo die Halle, deren Wände mit freundlichen und sonnigen Fotografien aus der Natur dekoriert waren: Bienen, Blumen, Eichhörnchen, Flamingos, Pferde. Ein einzelner alter Mann stand verwirrt vor einer Fensterscheibe, die mit den Umrissen von Raubvögeln beklebt war. Er sprach mit der Luft oder imaginären Personen und ließ sich dann bereitwillig von einer Pflegerin mitnehmen, die lächelnd auf ihn einredete und ihn unterhakte. Einen Moment später wich Albin zwei weiteren Frauen in Weiß aus, die große Wagen herumschoben, auf denen Dutzende Teller unter Plastikabdeckungen standen sowie eine Reihe von großen Thermoskannen. Das Frühstück, nahm er an. Um diese frühe Uhrzeit würde er nicht einen Bissen herunterbekommen.

Albin gab sich noch einige Augenblicke, um sich zu akklimatisieren. Schließlich bewegte er sich auf den langen weißen Tresen zu, in dessen Mitte das goldene Logo der Einrichtung prangte – ein kleiner Berg mit einem Türmchen oben auf. Darunter stand der Name des exklusiven Seniorenwohnheims: Maison de Retraite. Auf dem Tresen stand ein Aufsteller mit Broschüren.

Eine Frau mittleren Alters tauchte hinter einem großen Computerbildschirm auf. Sie trug ein hellgraues Kostüm mit einem goldenen Abzeichen am Revers, dem Logo der Einrichtung. Andere Angestellte trugen dasselbe. Gut zu unterscheiden, dachte Albin: Die in den weißen Kitteln gehörten zum Bodenpersonal, die in den hellgrauen Anzügen zur Verwaltung.

»Einen wunderschönen guten Morgen«, sagte die Frau in einem professionell-freundlichen Ton. »Wie kann ich Ihnen helfen? Interessieren Sie sich für unsere Einrichtung oder möchten Sie jemanden besuchen?«

»Alles drei«, sagte Albin.

Die Frau lupfte eine Augenbraue.

»Ja zu allem«, erläuterte Albin. »Sie können mir helfen. Ich interessiere mich für die Einrichtung. Und ich möchte jemanden besuchen.«

Die Frau schien zufrieden mit der Antwort zu sein. »Zu wem möchten Sie?«

Albin lächelte unschuldig. »Ich möchte zu Madame Marie-Thérèse Bourdon. Ich kenne sie aus Beaumes de Venise und hörte, dass sie inzwischen hier lebt.«

Marie-Thérèse Bourdon.

Roubaud hatte den Namen der Frau erwähnt, als Albin ihm im Antiquitätengeschäft nach den Stühlen gefragt hatte. Angeblich war die Frau die Eigentümerin der wertvollen Sitzmöbel gewesen. Albin hatte die Dokumente in Roubauds Mappe mit dem Handy abfotografiert, um sich den Namen zu merken. Und nun war er hier, um etwas zu überprüfen, das ihm vorhin plötzlich in den Sinn gekommen war. Eigentlich mehrere Dinge gleichzeitig.

Vor allem hatte ihn die Ansicht vom Bergwerk mitsamt dem Turm im Morgengrauen an das Logo dieser Einrichtung erinnert. Es war auf den Flyer gedruckt, den er kürzlich mit der Post bekommen und sich darüber aufgeregt hatte, dass man ihm jetzt schon Werbung für Seniorenheime schickte. Wenngleich, das musste man zugeben, für eine durchaus mondäne Einrichtung, die er sich vermutlich niemals würde leisten können.

Albin hatte keine Ahnung, wie und ob das miteinander zusammenhängen könnte – Gosier de la Terre und das Maison de Retraite. Aber sein Gefühl sagte ihm, dass es möglich war.

Die Frau am Tresen überlegte und fütterte dann den Computer mit dem Namen, den Albin ihr genannt hatte.

»Nein«, sagte sie schließlich. »Eine Frau Bourdon habe ich hier nicht.«

»Oh«, machte Albin und kratzte sich im Nacken. »Da habe ich mich dann wohl verhört. Entschuldigen Sie bitte, dass ich Sie von der Arbeit abhalte …«

»Sie ist verstorben. Tut mir sehr leid, Herr …«

»Leclerc. Die Gute ist verstorben? So ein Jammer.«

Die Frau nickte betroffen.

»Aber doch sicher nicht der alte Roubaud, oder?«, fragte Albin und versuchte sein Glück. Entweder er landete einen Treffer – oder eben nicht. »Mit dem war sie doch hier, hat man mir gesagt«, log Albin. »Na, der alte Roubaud. Der lebt doch hoffentlich noch?«

»Roubaud?«

»Ja, der Senior. Der Vater von Laurent, dem bekannten Antiquitätenhändler.«

»Sie meinen *Herrn* Baptiste Roubaud?«

Albin spürte, dass sich im Tonfall und in der Haltung der Frau etwas änderte.

»Ja, *den* Roubaud meine ich, den guten Baptiste. Er ist doch bei Gesundheit? Dann besuche ich eben ihn. Er wird sich sicher freuen«, sagte Albin und hoffte, dass die Frau ihm seinen Bluff abkaufte.

»Aber einen Termin bei Herrn Roubaud Senior haben Sie nicht?«

Termin?, dachte Albin.

»Nein«, sagte er. »Es sollte ja eine Überraschung werden. Ich hatte die liebe Marie-Thérèse und ihn so lange nicht gesehen, und … *Termin?*«, wiederholte Albin ungläubig und etwas irritiert. »Also, wenn ich das gewusst hätte, dann … Ich komme extra aus Avignon.«

Die Frau am Tresen zwinkerte ihm zu. »Ich sehe mal, was ich tun kann«, sagte sie und griff zum Telefon.

63

Einige Momente später bewegte sich Albin im Schatten der Angestellten durch die Flure und Etagen des Wohnheims. Eine zweite Frau, deutlich jünger und schlanker, kam ihnen entgegen und begrüßte Albin per Handschlag.

»Julie Salvy«, stellte sie sich vor. »Ich kümmere mich um Herrn Roubaud.«

Nachdem er der Empfangsdame ein dankbares Lächeln geschenkt hatte, wandte sich Albin Julie Salvy zu und folgte ihr. Sie sah eher wie eine Privatsekretärin aus als wie eine Krankenschwester. Sie liefen durch weitere Flure und über Treppen.

»Sie kennen Herrn Roubaud von früher?«, fragte sie mit schwingenden Hüften, ohne sich dabei umzusehen.

»Ja.« Albin überschlug das Alter von Laurent Roubaud und setzte es ins Verhältnis zu seinem eigenen und spielte mit den spärlichen Informationen, die ihm zur Verfügung standen. »Ich war Trainer der Fußballmannschaft von Laurent«, erklärte er, »dem Sohn vom Alten. Er hätte bestimmt eine Chance gehabt, zu Olympique Marseille zu kommen, aber er wollte ja nicht. Auf dem Sportplatz freundet man sich oft mit den Vätern an.«

»Ich kann mir Herrn Roubaud so gar nicht auf dem Sportplatz vorstellen.«

»Er war auch nicht oft da. Aber wir lagen auf einer Wellenlinie.«

»Aha. Das galt auch für Madame …«

»Marie-Thérèse. So ein Zufall, dass sie ebenfalls hier lebte. Sie war meine Nachbarin, hat sich rührend um meine Mutter gekümmert. Dann war ich eine Weile im Ausland und hörte nun, dass sie in diesem wunderbaren Heim untergebracht ist. War.«

»Wir mögen das Wort *Heim* nicht sonderlich gerne, Herr Leclerc.«

»Jedenfalls war ich von den Socken, als ich hörte, dass Roubaud, der alte Haudegen, ebenfalls hier lebt.«

»Na ja«, sagte Julie Salvy, stoppte vor einem Fahrstuhl und öffnete dessen Tür per Tastendruck. »Warum sollte er auch nicht hier leben?«

»Weil es fürchterlich teuer aussieht?«

Ein Schmunzeln umspielte den Mund der Frau. Die Fahrstuhltür öffnete sich. Sie und Albin gingen hinein. Salvy presste ihren Daumen auf eine Glasfläche, worauf ein grünes Licht aufleuchtete. Dieser Fahrstuhl schien äußerst privat zu sein.

»Herr Roubaud bekommt sehr selten Besuch«, sagte Salvy und verschränkte die Hände, während sich der Fahrstuhl in Bewegung setzte. »Eigentlich kommt meist nur sein Sohn Laurent, wenn überhaupt. Seit die Trägerschaft anders geregelt ist, brauchen wir nicht einmal mehr Videokonferenzen, um zu kommunizieren. Abgesehen davon wird Herr Roubaud Senior sicherlich an keiner mehr teilnehmen wollen.«

»Mhm«, machte Albin, dessen Gedanken sich überschlugen.

»Sie waren scheinbar sehr lange fort, Herr Leclerc? Oder Sie hatten sehr lange keinen persönlichen Kontakt mehr zu Herrn Roubaud?«

»Man verliert sich aus den Augen«, erwiderte Albin. »Warum?«

»Sie scheinen nicht zu wissen, dass diese Einrichtung ihm gehört?«

Nein. Albin hatte keinen Schimmer gehabt. Er sagte: »Doch, natürlich, wer weiß denn das nicht?«

»Sie wirkten so überrascht, dass er selbst hier die Ruhe genießt.«

»Ist nur, weil ich dachte, dass Ärzte sich nicht selbst behandeln oder …« Er machte eine abwinkende Handbewegung. »Ach, vergessen Sie es einfach. Laurent weiß seinen Alten wenigstens in den besten Händen. Der Junge hatte immer seinen eigenen Kopf. Wäre er mal hier mit eingestiegen in diese Luxuseinrichtung, statt einen Laden in Avignon zu eröffnen.«

»Er ist ja immerhin im Vorstand der Stiftung«, erklärte Salvy und bewegte sich nach vorn. Im selben Moment stoppte der Fahrstuhl. Die Kabinentür glitt auf. Salvy verließ den Fahrstuhl. Albin ebenfalls.

»Stiftung?«, fragte er.

»Herr Roubaud Senior hat sich vor einer Reihe von Jahren in der großen Immobilienkrise von seiner Gesellschaft getrennt und dieses Gebäude erworben. Er hat es zu dem ausgebaut, was es heute ist. Sie hätten es früher einmal sehen sollen: ein verfallenes Schloss, mehr nicht. Inzwischen ist es eine der modernsten Einrichtungen ihrer Art in ganz Frankreich, und eine bessere Versorgung mit einem vergleichbaren luxuriösen Ambiente finden Sie wohl nirgends.

Herr Roubaud hat schließlich eine Stiftung gegründet und dieser Stiftung dann die Trägerschaft für unser Haus übertragen. Das geschah vor einigen Jahren, als er selbst krank wurde und seitdem hier lebt.«

Donnerwetter, dachte Albin. Da lief der Hase also entlang. Er spürte förmlich, wie einige Zahnräder in seinem Gehirn einrasteten.

»Und der Junge wollte nicht die Geschäftsführung übernehmen?«

»Dazu kann ich nichts sagen, Herr Leclerc«, erwiderte Salvy im Gehen.

Ihre Schritte waren auf dem dicken Teppichboden nicht zu hören. Gemälde hingen links und rechts an den Wänden, kostbare Spiegel. Albin betrachtete auch Sessel und Tische, die zur Dekoration aufgestellt waren und sehr alt und teuer wirkten. Er hatte eine Vermutung, woher sie stammten. Er hatte außerdem eine dringende Vermutung, warum Laurent Roubaud lieber auf dem Antiquitätenmarkt tätig geworden war, anstatt dass er die Geschäftsführung eines Immobilienunternehmens oder die Führung der Stiftung eines Luxus-Wohnheims für Senioren übernommen hatte.

Julie Salvy stoppte am Ende des Flurs. Links ging es in ein Büro, wo ein großer Computerbildschirm auf einem modernen Tisch stand. Es schien sich um ihr Reich zu handeln. Aber die junge Frau wandte sich nach rechts, wo sich eine große Glastür befand sowie ein Touch-Display, auf das sie ihren Daumen drückte. Mit einem Summen sprang die Tür auf. Salvy öffnete sie ein Stück weiter und bat Albin herein.

»Herr Roubaud? Hier ist ein Besucher für Sie. Herr …«

»Leclerc«, sagte Albin und hörte das Hallen seiner eigenen Stimme durch den Raum, der außerordentlich groß und außerordentlich leer war.

Die Decke war wie die Wände weiß gestrichen und mit Stuck verziert. Zwei Flügeltüren öffneten sich zu einem Balkon, von dem aus man in den Park blicken konnte. Ansonsten sah Albin lediglich einen großen Fernseher, auf dem gerade eine Sendung ohne Ton lief. Davor stand ein wuchtiges Krankenhausbett, neben dem sich diverse medizinische Gerätschaften aufreihten. Auf einem am Gestell angebrachten Tischchen stand ein Teller mit Obst. Daneben lag ein Telefon mit übergroßen Tasten. Außerdem sah Albin zwei kleine Bilderrahmen, die der Person zugewandt waren, die unter einer dünnen Decke im Bett lag – ein dürrer alter Mann mit grauer Haut, in dessen Armen Schläuche steckten. Eine Sauerstoffmaske lag auf seiner Brust. Er drehte sich etwas zur Seite, um Albin aus matten Augen anzusehen.

»Was?«, fragte er mit flacher Stimme.

Albin sah zu Julie Salvy. Sie verließ den Raum rückwärts und schloss die Tür hinter sich. Albin sah wieder zu dem Bett. Dann ging er hin, hörte seine Schritte auf dem Parkettboden und außerdem ein leises Rauschen, das von den Geräten kommen musste, die den Mann am Leben hielten oder seine Lebensfunktionen überwachten.

»Sie sind also Roubaud«, sagte Albin.

»Baptiste Roubaud«, murmelte der Mann und schien in Albins Gesicht nach etwas zu suchen, aber das Gesuchte nicht zu finden. »Wer sind Sie?«, fragte er.

»Albin Leclerc. Ich bin ein Polizist. Das heißt: früher einmal war ich es.«

Langsam, sehr langsam bekam Roubauds Gesicht Farbe. Damit schien gleichzeitig das Leben in ihn zu fließen, denn er richtete sich etwas auf und stützte sich auf die Ellenbogen. Sein Blick wurde lebhafter, seine Stimme lauter.

»Polizist?«, fragte Roubaud. »Sind Sie … Sind Sie *der* Polizist?«

»Hat Ihr Sohn Ihnen von mir berichtet?«

»Laurent … Halten Sie sich fern von ihm! Halten Sie sich fern von allem! Verschwinden Sie!«, blaffte Roubaud.

»Ihr Sohn«, sagte Albin, »ist ein Mörder. Und Sie sind ebenfalls einer.«

Der Mann keuchte und richtete einen knochigen Finger auf Albin, wie um ihn zu verfluchen. »Sie verdammter …«, sagte er drohend.

»Die beiden Deutschen damals am Gosier de la Terre, das waren Sie, nicht? Sie haben beide erschlagen, weil die Kerle sich unter den Nagel reißen wollten, was im Bergwerk versteckt war. Ich sage bewusst *war*, denn das ist es jetzt nicht mehr, Roubaud. Das Spiel ist aus. Ihr Kartenhaus stürzt zusammen.«

»Der Gral …«, keuchte Roubaud.

»Der Gral«, sagte Albin, »ist gefunden worden. Ich habe ihn gefunden. Sie hätten ein ehrlicher Mann bleiben sollen und Ihren Fund damals melden. Hätte ja keiner gemerkt, wenn Sie eine Kleinigkeit abgezweigt hätten. Aber so …« Albin zuckte mit den Schultern.

Roubaud schnappte nach Luft wie ein Fisch auf dem Trockenen.

Albin fragte: »War es Zufall, dass Sie das alles gefunden haben?«

Roubaud schmatzte mit den Lippen. Er sackte in die Kissen. Jegliche Farbe wich wieder aus seinem Gesicht. »Mein Vater«, röchelte er, »war Lokführer. Er fuhr einen Waggon. Ich war dabei.«

»Er fuhr den Waggon aus Marseille zum Bergwerk?«

»Der Gral. Alles war so wunderbar. Nur er und ich wussten von ihm. Ich musste ihn schützen. Mein Sohn Laurent musste ihn schützen. Der Gral ist alles, was wir besitzen. Der Schlüssel zur Unsterblichkeit. Wir sind die Wächter der Glückseligkeit.«

Albin lehnte sich etwas nach vorn. Mit der Fingerspitze drehte er die Bilderrahmen auf dem am Bett befestigten Tisch um. In dem einen befand sich ein Foto von dem van Gogh. In dem anderen eines von dem Cézanne. Es waren Schwarzweißaufnahmen. Vor beiden stand ein kleiner Junge mit einem Funkeln in den Augen und einem strahlenden Lächeln im Gesicht.

»Falsch«, sagte Albin. »Sie sind ein Aasgeier und Mörder. Und Mord verjährt nicht. Ihren letzten Atemzug werden Sie im Knast tun, Roubaud. Dafür sorge ich. Jetzt sofort.«

Damit drehte sich Albin um und verließ das Zimmer. Ihm war übel.

64

Albin betrachtete die Pillendose mit erheblichem Missfallen. Er entnahm zwei Tabletten, nahm sie ein und spülte sie mit einem Schluck Wasser herunter. Dann ließ er den ovalen Metallbehälter wieder zuschnappen und in der Hosentasche verschwinden. »Les Anis de Flavigny« war in einem Jugendstil-Schriftzug darauf gedruckt, und das Wort »Menthe«.

»Du ziehst dir die Minzbonbons ziemlich häufig rein«, sagte Matteo im Gehen. Er trat gerade aus den Eingeweiden des Café du Midi heraus und stellte einen dampfenden Kaffee in einer dickwandigen Tasse vor Albin auf den Bistrotisch.

»Bin süchtig danach«, knurrte Albin.

Er musste die Pillen wegen der Wunde an der Schulter gegen die Schmerzen und zur Vorbeugung von Entzündungen noch eine Weile regelmäßig nehmen und kam sich dabei vor wie ein alter Mann. Deswegen versteckte er sie in der Pfefferminzdose und trug sie mit sich herum.

»Sie riechen nicht nach Pfefferminze«, sagte Matteo.

Albin beugte sich über die Kaffeetasse und fächelte sich den Dampf zu. Der beste Kaffee, den man in diesen Breitengraden bekommen konnte.

»Dein Kaffee«, sagte er, »riecht auch nicht nach Kaffee. Eher nach aufgewärmtem Spülwasser und alten Socken.«

»Du lutscht die Bonbons nicht einmal. Du wirfst sie ein und schluckst sie runter.«

Matteo bückte sich, um Tyson, der unter dem Tisch im Schatten lag, eine Schale Wasser hinzustellen. Albin wandte sich beim Anblick auf den aufgehenden Vollmond in Matteos tiefsitzenden Jeans ab.

»Ich lutsche sie deswegen nicht«, erklärte er, »weil der Geschmack deiner Plörre dann noch weniger zum Aushalten wäre.«

»Minze würde den Geschmack überdecken.«

»Wenn ich sie lutschen würde, schmecken meine Zigaretten nach Menthol.«

»Ausreden.« Matteo stellte sich wieder hin und zog ohne nennenswerten Erfolg die Jeans hoch. »Also, wozu sind die? Blutdruck?«

»Nein.«

»Herz?«

»Nein.«

Matteo klopfte sich auf den Unterleib.

»Meine Prostata ist okay«, sagte Albin.

»Aber dein Gehirn nicht. Sind die Pillen dafür?«

»Nein.« Albin deutete mit dem Kinn auf seine Schulter und erklärte: »Schusswunde.«

Matteo lupfte die Augenbrauen und war sichtlich beeindruckt. »Von einer Pistole?«

»Wovon denn sonst?«

»Wegen dieser Sache?« Matteo deutete in Richtung Café und Fernseher. Er wusste, dass Albin mit dem Fund der Gemälde und auch mit dem Fund im Bergwerk zu tun hatte.

»Wegen dieser Sache«, bestätigte Albin.

»Der hat auf dich geschossen? Laurent Roubaud?«

»Ja.«

»Wenn ich eine Schusswunde von einem Scheißkerl wie Roubaud hätte«, sagte Matteo, »würde ich sie mit Stolz jedem zeigen und mich nicht wegen der Pillen verstecken. Das sind verdammte Heldenpillen.«

Albin brummelte etwas Unverständliches zur Antwort und trank einen Schluck Kaffee. Matteo hatte einerseits nicht Unrecht. Albin konnte stolz darauf sein, einen maßgeblichen Teil zur Lösung des Falles beigetragen zu haben, wenngleich das Wort »Held« deutlich zu hoch gegriffen war. Andererseits musste man das alles nicht an die große Glocke hängen. Den Erfolg sollten andere einheimsen, und sie taten das auch – allen voran die zwei Kerle von Interpol und Europol sowie Bonnieux.

Eben, als Albin und Tyson auf ihrer morgendlichen Runde bei Matteo stoppten, lief auf dem kleinen Fernseher über dem Tresen eine Nachrichtensendung, die Matteo aufmerksam verfolgte. Albin kannte die zwei Interpol-Burschen zwar nicht, die das Kamerateam durch das Bergwerk führten, aber er hatte keinen Zweifel, dass es das Duo war, das Castel die Fäden aus der Hand genommen hatte. Dann wurden ihre Namen im Untertitel eingeblendet, und Albin sah sich in seiner Annahme bestätigt.

Im nächsten Moment lief der Nachrichtensprecher draußen herum, erklärte einige Dinge und kam dann mit Staatsanwalt Luc Bonnieux ins Gespräch, der die großartige Zusammenarbeit mit den Euro-Behörden lobte, die nach seinen Worten mit der schlagkräftigen Ermittlergruppe rund um Caterine Castel und Alain Theroux zu einem weiteren spektakulären Schlag gegen das Verbrechen im Vaucluse geführt hätte sowie zu Gerechtigkeit nach so vielen Jahren. Zu allem Überfluss kamen dann noch der Polizeichef von Marseille und der Bürgermeister hinzu, die ebenfalls etwas vom Kuchen abhaben wollten: Schließlich befand sich das Bergwerk in ihrem Verwaltungsbezirk. Albin war zumindest zufrieden, dass Castel und Theroux namentlich erwähnt worden waren, ging dann nach draußen und murmelte dabei zu Matteo: »Bring mir einen von deinen miesen Kaffees raus. Und stell den Fernseher leiser, bist du schwerhörig?«

Jetzt wandte sich Albin kurz von Matteo ab und blickte zur Straße. Der Verkehr an diesem Morgen war moderat. Albin nippte am Kaffee und betrachtete die Lieferwagen. Der vom Blumengrossisten hielt gerade an und verdeckte die Fassade von Veroniques Geschäft. Auf der anderen Seite des Transporters würde sie die Lieferung in Empfang nehmen. Manon war ebenfalls im Laden.

Sie hatte mit Veronique kürzlich eine Debatte darüber begonnen, ob sie nicht einen zweiten Laden eröffnen sollten, und zwar in einem der umliegenden Dörfer und mit einem anderen Schwerpunkt – mehr auf Dekoration und Mitbringseln statt auf frischen Schnittblumen, denn mit denen konnten Touristen eher nichts anfangen. Albin fand die Idee nicht sonderlich gut. Es gab jede Menge Geschäfte in der Provence, mit einem solchen Angebot. So viele Lavendelblütenbeutel und Lavendelseifenbrocken, dass man daraus in null Komma nichts ein Duplikat der Kathedrale von Chartres errichten konnte und noch genug Material für Marseilles Wahrzeichen Notre-Dame de la Garde übrig hatte. Aber Albin wollte Manon, die die letzten Jahre in der Großstadt Paris verbracht hatte, nicht den Wind aus den Segeln nehmen. Er freute sich stattdessen darüber, dass sie damit begann, an einer Perspektive für ihr Leben zu arbeiten.

Veronique dachte ebenso und hatte Manon gesagt, dass das eine gute Idee wäre, aber es bestimmt noch andere gäbe und sich Manon, wenn sie ehrlich sei, beruflich doch bestimmt noch etwas Besseres vorstellen könnte, als in Gordes oder sonstwo Lavendelhonig und Teller mit provencalischen Mustern zu verkaufen. Außerdem sei das alles nicht so einfach: Man müsse eine geeignete Räumlichkeit in guter Lage finden und mieten, Waren einkaufen, Steuern zahlen und den ganzen Tag lang im Geschäft stehen sowie wirklich viel umsetzen, damit noch etwas überbleibe, und benötige außerdem gewisse betriebswirtschaftliche und buchhalterische Grundkenntnisse. Was Manon zum Nachdenken gebracht hatte. Solche Kenntnisse konnte man sich zwar aneignen, aber Manon verfügte nicht darüber – bis zur Geburt ihrer Tochter hatte sie an der Sorbonne als wissenschaftliche Assistentin gearbeitet und mit Geld nicht das Geringste zu tun gehabt. Daher hatten sie die Idee von einer Zweigstelle zunächst zurückgestellt.

»Steht Veronique zu dir?«, fragte Matteo jetzt und deutete in Richtung Blumenladen.

»Wie meinst du das?«

»Macht sie dir wegen deiner Kapriolen die Hölle heiß?«

»Tut sie«, antwortete Albin.

»Könnte auch anders sein«, meinte Matteo.

»Ich weiß. Ich hab Glück.«

»Verdammtes Glück. Meine Alte würde mich aus dem Haus jagen.«

Albin lachte kurz auf. »Glaub nicht, dass Veronique gut findet, was ich tue. Aber sie ist klug genug, um zu wissen, was sie verändern kann und was nicht. Sie dreht an den Stellschrauben, die leichtgängig sind.«

»Solche hast du?«

»Wenige.«

»Ein Mann muss tun, was ein Mann tun muss. Es gibt schmutzige Jobs, und irgendwer muss sie erledigen«, sagte Matteo, zog das Wischtuch aus der Hosentasche und fuhr damit über den Bistrotisch.

»Wer hat das gesagt? Gary Cooper?«

»John Wayne. Aber Cooper auch.« Matteo warf einen Blick auf die Kirchturmuhr. »Ah, wird Zeit«, sagte er und ging wieder ins Café zurück.

Albin blickte unter den Bistrotisch. Tyson schaute hechelnd zurück.

Na, zum Glück, schien Tyson zu sagen, *zitiert er nicht Marine Le Pen.*

»Macht er doch trotzdem dauernd.«

Es geht mir damit auch dauernd auf die Nerven.

»So ist er eben.«

Hast du das gerade wirklich gesagt? So ist er eben? Du nimmst ihn in Schutz?

»Trotzdem ist er natürlich ein rechtsradikaler Halsabschneider, der seine Kunden in der schäbigsten Spelunke des Südens abwechselnd über den Tisch zieht oder vergiftet.«

Tyson wirkte erleichtert und widmete sich wieder seinem Wasser. Albin hörte die Kirchenglocken schlagen und sah einen Moment später einen weißen Renault Megane vorfahren, unter dessen Motorhaube nach Albins Wissen ein 150-PS-Motor brummte – ausreichend Leistung, um andere schnelle Autos verfolgen zu können. Castel und Theroux stoppten neben dem Café und stiegen aus, um sich in der Frühstückspause einen Kaffee und einen Cappuccino zu gönnen. Sie wirkten nicht überrascht, Albin bereits dort sitzen zu sehen. Tyson gab einen Mix aus Fiepen und freundlichem Knurren von sich und sprang auf, um die beiden zu begrüßen. Albin hob lediglich die Hand.

»Na, so ein Zufall«, sagte er. »Ihr beide seid ebenfalls hier?«

»Ja, totaler Zufall«, erwiderte Theroux, zog sich mit dem Fuß einen Stuhl heran und setzte sich.

Castel schmunzelte lediglich, nahm ebenfalls Platz und tätschelte Tyson, der wie verrückt an ihren Hosenbeinen schnüffelte, den Kopf.

Da, schien er zu sagen, *Mila, ich rieche sie, überall der Duft der kleinen Ukrainerin!*

»Was macht dein Mops?«, fragte Albin.

Castel lachte auf.

»Ich habe nichts dagegen, wenn Sie mich kopieren, Castel. *Sie* müssen damit leben, dass man sich über Sie lustig machen wird, nicht ich.«

»Der Hund ist nicht mehr bei mir«, erklärte Castel.

Albin merkte auf.

»Einerseits will ich Sie eben nicht kopieren, Albin. Andererseits fehlt mir absolut die Zeit, mich um einen Hund zu kümmern. Ich hatte zunächst Theroux gefragt, aber …«

Theroux wehrte mit den Händen ab. »Ich und ein Mops: Nie im Leben.«

Castel grinste. »Also habe ich eine Freundin aus meiner Marseiller Zeit gefragt. Sie hat Familie, das hätte prima gepasst, aber sich um einen Hund zu kümmern, das war ihr zu viel. Sie ist eh mehr der Katzentyp. Tja, und jetzt …«

Und jetzt, genau, was jetzt? Tyson blickte fragend und hechelnd zu Castel auf.

»Und jetzt?«, fragte Albin.

»Und jetzt ist Mila ein Museumshund.«

»Museumshund?«, fragte Albin.

»Jean Villeneuve«, erklärte Castel.

»Ach«, machte Albin, lehnte sich zurück und steckte sich eine Gitanes an.

Castel zuckte mit den Schultern und streckte das Gesicht in die Sonne. »Ich hatte nach dem Fund im Bergwerk und im Zuge der weiteren Ermittlungen zwangsläufig wieder mit ihm zu tun. Das war vorprogrammiert. Ich habe ihn zuvor um ein privates Treffen gebeten, um mich bei ihm in aller Form zu entschuldigen.«

Theroux blickte überrascht. »Weswegen das denn? Davon weiß ich nichts? Das ist aber unprofessionell, und …«

»Schschh«, machte Castel. »du musst nicht alles wissen. Jedenfalls hat er akzeptiert, und ich hatte Mila dabei. Er mochte sie. Sie mochte ihn. Er sagte, dass er früher immer einen Hund gewollt habe. Ich fragte ihn daraufhin, ob er sich um Mila kümmern wolle. Sehr gerne, hat er erwidert und sich beim Museum erkundigt, ob er den Hund mit zur Arbeit nehmen könne, was die Museumsleitung angesichts der geringen Größe und dem Naturell eines Mopses erlaubte. Kunststück: Der Museumsdirektor hat ebenfalls einen.«

Albin grinste und stieß den Zigarettenrauch durch die Nasenlöcher aus.

»Wie weit seid ihr mit den Ermittlungen?«, fragte er.

»Ziemlich weit«, erklärte Theroux, während Matteo bereits mit den Getränken für die zwei herauskam. Er hatte sie wohl von drinnen kommen sehen und wusste, was sie für gewöhnlich bestellten.

Theroux redete weiter. »Auf einmal passte alles.« Er schnippte mit den Fingern. »Einfach so. Mit dem Fund im Bergwerk fügte sich alles zusammen. Die Kunstdiebe, die den Cézanne-Transport überfallen hatten, waren absolute Profis. Sie haben mit Scanner-Software den Funkverkehr des Sicherheitstransport-Unternehmens überwacht und Trojaner in die Software eingespeist. Was bedeutet: Sie waren in der Lage, das Navigationssystem von dem Kunsttransport zu überwachen. Die waren über alles genau im Bilde. Wir haben auf Chauvets Konten große Bareinzahlungen entdeckt, die er als Preis für den Verkauf von eigenen Kunstwerken verbucht hat. Das waren aber Provisionen für Insidertipps. Zwei der Kunstdiebe haben vor einigen Jahren mit ihm im Knast gesessen. Wir gehen davon aus, dass daher seine Kontakte stammten. Wir nehmen an, dass es wie folgt ablief: Er bekam den Auftrag für die Cézanne-Kopien und gab den Hinweis auf den Kunsttransport. Dafür kassierte er ab. Er gab außerdem den Hinweis auf …«

»… den Cézanne und den van Gogh im Keller von Tournay?«, fragte Albin.

»Ja.«

Albin nickte. Das war ihm bereits klar. Er wusste, wie das zusammenhing und welche Rolle Laurent Roubaud dabei gespielt hatte. Laurent Roubaud, der nach Albins Meinung als »Gralshüter« Kunstwerke aus dem Nazi-Schatz verkaufte, damit das Geld floss. Denn man hätte zwar annehmen sollen, dass die Familie Roubaud nur so im Geld schwamm. Aber das war nicht mehr der Fall.

Albin hatte sich intensiver mit der Roubaud-Stiftung befasst und außerdem noch einmal einen Termin mit der Historikerin Simone Levy verabredet, um zu überprüfen, ob seine Annahmen stimmten. Danach hatte er sich mit Castel getroffen und ihr von seinen Ergebnissen berichtet. Castel hatte wiederum die Resultate der Hausdurchsuchung bei Laurent Roubaud ins Rennen geworfen und von den Befragungen des alten Baptiste Roubaud berichtet, der angesichts des Todes seines Sohns zusammengebrochen war und schließlich reinen Tisch gemacht hatte, nachdem er wieder vernehmungsfähig war. Castel hatte sich anschließend intensiv mit ihren Kollegen von Interpol und Europol zusammengesetzt, die sich einige Dokumente aus Deutschland besorgten sowie die alten Fallakten aus Marseille anforderten.

Unter dem Strich ergab sich eine durch und durch sagenhafte Schweinerei.

Die Geschichte ging wie folgt: Der alte Lokführer Roubaud hatte für die Nazis einen Transport mit Raubgut aus Marseille zum Bergwerk Gosier de la Terre gefahren und dabei seinen kleinen Sohn Baptiste mitgenommen. Nach der Landung der Alliierten in der Normandie und der Landung in der Provence ergriffen die Deutschen Hals über Kopf die Flucht, ohne vorher das Depot im Bergwerk räumen zu können. Vater und Sohn Roubaud fanden das heraus und freuten sich ein Loch in den Bauch. Der Alte versilberte einige Schätze aus dem Fund und verkaufte sie illegal an amerikanische Offiziere. Den Erlös verbuchte er offiziell als überraschende Erbschaft und kaufte sich davon ein mittelgroßes Grundstück in dem Teil Marseilles, den die Deutschen hatten sprengen lassen – ein enormer Glücksgriff. Auf dem Eckgrundstück entstand ein Geschäfts- und Wohnhaus, woraufhin der Alte seinen Job als Lokführer an den Nagel hängte und einige Jahre später ein zweites Wohnhaus in Marseilles Zentrum erwarb. Das Geld floss, man gründete eine Immobiliengesellschaft, die nach dem Tode des Vaters in den sechziger Jahren von Baptiste Roubaud übernommen wurde.

Und der Gral blieb, wo er war: im Schlund der Erde.

Baptiste Roubaud hatte sich zwar dafür eingesetzt, die Kunstschätze an einem anderen Ort unterzubringen. Er war der Meinung, es sei zu unsicher: Landstreicher oder Jugendliche könnten sich Zugang zum verriegelten Bergwerk verschaffen oder – weiß der Geier – die Stadt Marseille beschließen, in dem alten Stollen Sondermüll zu deponieren. Außerdem könne das Klima im Berg, Feuchtigkeit und Kälte, den Kunstwerken schaden. Aber der Vater blieb stur und lenkte nicht ein. Nichts war nach seiner Meinung sicherer als ein Schatz tief im Berg und auch nirgends besser zu überwachen als dort. Aber er gab immerhin so viel bei, dass er sagte: »Erwerben wir das Grundstück, damit es sonst niemand tut. Sichern wir die Stollen gegen Eindringlinge und gegen die Witterung.« Worum sich Baptiste dann kümmerte.

Eines Tages fuhr er wieder einmal hinaus aus Marseille nach Bouc-Bel-Air auf der anderen Seite des Gebirges, wo sich ein großes Schotter- und Zementwerk befand. Vor Ort kaufte er einige Säcke auf Kosten der Immobilienfirma, um damit die Wände im Bergwerk abzudichten. Er stoppte auf dem Rückweg an einer Bar Tabac in Le Pins, um eine kalte Cola zu trinken. Dort hörte er vom Patron, dass sich zwei Deutsche mit ihren Frauen im Ort einquartiert hätten und von seinem Schwager, der im Zementwerk arbeitete, einen alten LKW kaufen wollten.

Der Patron war früher im Widerstand gewesen und hatte Freunde im Kampf gegen die Deutschen verloren. »Die zwei Männer trugen Kurzarmhemden«, sagte der Patron. »Ich konnte ihre Blutgruppentätowierungen sehen. Die waren bei der Waffen-SS.« Also holte der Patron seinen Totschläger unter dem Tresen hervor und warf die Deutschen raus.

Die beiden Deutschen waren Franz Altmann und Josef Hartmann, über die Albin bereits in den alten Fallakten gelesen hatte. Sie waren aus der Kriegsgefangenschaft gekommen, hatten sich wiedergefunden und waren aufgebrochen, um nach dem vergessenen Schatz im Bergwerk zu suchen. Einen Schatz, den es offiziell nicht gab, denn Hartmann und Altmann, die damals als Offiziere den Abtransport geleitet hatten, ließen alle Dokumente darüber verschwinden. Ihnen war klar, dass die Kunstwerke im Berg ansonsten den Amerikanern oder Franzosen in die Hände fallen würden. Sie wollten ebenfalls sicherstellen, dass kein anderer Deutscher die Schätze nach dem Krieg fände – es sei denn Hartmann und Altmann selbst, falls sie überlebten. Ihnen musste allerdings klar gewesen sein, dass der Lokführer und sein Sohn vom Bergwerk wissen würden – man konnte nur mutmaßen, was Hartmann und Altmann darüber dachten: Vielleicht hatten die Roubauds den Ort verraten oder nicht, und als die zwei Deutschen dann vor Ort nachschauten, das Bergwerk unversehrt fanden und nirgends etwas über einen Fund von Raubkunst im Gosier de la Terre in den Medien entdeckten, mussten sie wohl annehmen, dass alles noch da wäre. Möglicherweise waren sie sogar in die Mine eingedrungen, um sich dessen zu versichern. So könnte es gewesen sein.

Baptiste Roubaud war jedenfalls alarmiert. Er heftete sich an die Spuren der Deutschen und lief ihnen schließlich über den Weg. »Ich war geschockt«, hatte Roubaud gegenüber der Polizei ausgesagt. »Ich erkannte Altmann sofort wieder. Er hat mir auf der Lokomotive Schokolade gegeben. Ich hatte sie nicht gegessen. Wegen der Totenköpfe an seiner Uniform und an der Mütze dachte ich, die Schokolade sei vergiftet.« Roubaud beschloss dann, dass es nur einen Weg gab, den Schatz zu beschützen. Er musste erledigen, was der Patron aus der Bar Tabac versäumt hatte: die zwei Deutschen töten.

Und das tat Baptiste Roubaud schließlich, indem er den Gehstock eines jüdischen Bürgers aus dem Stollen holte, der über einen sehr schweren Silberknauf verfügte, und den Deutschen auflauerte, um sie zu töten. »Ich fand es passend«, stand in Roubauds Geständnis, »sie totzuschlagen wie räudige Hunde und dazu einen Gegenstand zu benutzen, der jemandem gehörte, den die zwei Nazis auf dem Gewissen hatten.«

Sein eigenes Gewissen hingegen blieb über die Jahre hinweg offensichtlich unberührt: Er fand, dass er Kerle umgebracht hatte, die es sowieso verdienten. Er hielt es außerdem für vollkommen in Ordnung, dass man die Morde an den Deutschen als Racheakt ehemaliger Widerstandskämpfer verbuchte. So in der Art sei es ja auch gewesen, gab er zu Protokoll: er, Baptiste Roubaud, als eine Art Widerstandskämpfer, der die Verschleppten und Ermordeten sühnte und das Letzte schützte, was von ihnen geblieben war. Aber natürlich, fand Albin, redete der alte Mistkerl sich die Morde nur schön. Er selbst führte ja nach der Methode »wo kein Kläger, da kein Richter« ein Luxusleben vom Besitz der Verschleppten und hatte absolut nicht aus ehrbaren Rachemotiven getötet, sondern aus purer Habsucht.

Vielleicht war es also die gerechte Reaktion des Schicksals, dass Baptiste Roubaud, inzwischen selbst Vater eines erwachsenen Sohnes namens Laurent, vor einigen Jahren kurz vor dem Ruin stand. Er hatte sich an der Börse verspekuliert. Ein Bankencrash kostete ihn Unsummen. Hinzu kam eine massive Immobilienkrise in Marseille, die durch die Verschiebung von gesellschaftlichen Schichten innerhalb der Stadt bedingt war – kurz: Das Viertel wurde erheblich mieser. Roubauds Geschäftshäuser standen mit einem Mal leer. Sie waren nur noch schlecht oder zu Schleuderpreisen zu vermieten, und irgendwann gar nicht mehr. Investitionen in die Bauten lohnten sich nicht. Also verfielen sie und mit ihnen ihr Marktwert. Eine andere Gesellschaft bot an, die Bauten zu einem lächerlichen Preis zu erwerben – der allerdings ausreichend war, um Roubauds Schulden zu decken. Es musste dringend etwas getan werden. Die rettende – zugegeben, fand Albin, ziemlich brillante – Idee hatte schließlich Laurent Roubaud.

Matteo servierte Castel und Theroux den Kaffee und den Cappuccino. Albin paffte vor sich hin. Matteo sah zwischen den dreien hin und her und fragte: »Darf ich von den Herrschaften etwas wissen?«

»Klar«, sagte Castel.

»Ihr wart doch alle in diesem Altersheim bei Marseille. Ich suche was für meine Mutter. Ist das bezahlbar?«

»Für Hollywoodstars schon«, sagte Albin.

Theroux nickte. »Allerdings«, sagte er, »wird es wohl künftig billiger, nach dem Skandal.«

»Dem Skandal wegen der ganzen Raubkunstsache?«, fragte Matteo. »Habe ich im Fernsehen verfolgt. Dass ihr alle nicht mit Orden behangen seid wie ein nordkoreanischer General …«

Castel lachte.

»Aber schön isses da?«

»Schön ist es dort«, bestätigte Castel. »Aber es war halt nur eine Geldwaschanlage.«

Denn genau das, dachte Albin, war Laurent Roubauds Idee gewesen. Simpel und effizient. Er machte dem Vater klar, dass kein Ausweg blieb, als große Teile des Schatzes zu verkaufen, um zu neuem Vermögen zu gelangen. Dazu wurde Laurent Roubaud als Antiquitäten- und Kunsthändler tätig, statt in die Immobiliengesellschaft einzusteigen. Man gab sich einige Jahre, damit Laurent sich etablieren konnte, und hielt das väterliche Unternehmen wirtschaftlich so gerade eben noch über Wasser. Schließlich verkauften die Roubauds die kostbarsten Werke aus dem Schatz, den Cézanne und den van Gogh, an Rainier Tournay für einige Millionen Euro – was ein herber Schlag für den alten Baptiste Roubaud war, der enorm an den Gemälden gehangen hatte. Aber es ging nicht anders.

Das Geld wurde mit einigen undurchsichtigen Immobilienverkäufen gewaschen, floss in den Ankauf und die Sanierung des Seniorenheims Maison de Retraite, und anschließend wurden alle Firmen Baptiste Roubauds liquidiert und in eine Stiftung umgewandelt. Die Einnahmen aus dem Betrieb deckten so gerade die laufenden Kosten, die enorm gewesen waren. Aber die Roubauds mussten flüssig bleiben, wozu Laurent seine Tätigkeit als Antiquitäten- und Kunsthändler weiter ausübte – aber auch das Maison de Retraite selbst.

»Geldwaschanlage?«, fragte Matteo.

Castel und Theroux nickten.

»Wie soll das denn gehen?«

»Dürfen wir nicht sagen«, erwiderte Castel.

»Aber ich«, bemerkte Albin und holte zum Erklären aus. »Du hast also ein Bergwerk voller Antiquitäten und willst sie loswerden. Du machst sie legal, indem du einen Vorbesitzer organisierst, auf den du dich berufen kannst. Wie gelangst du als Antiquitätenhändler zumeist an deine Ware? Aus dem Nachlass von Verstorbenen, den die Erben veräußern, oder weil jemand seinen Haushalt auflöst und ins Altenheim geht. So geriet zum Beispiel eine Marie-Thérèse Bourdon aus Beaumes de Venise nach ihrem Tod plötzlich in den Besitz von kostbaren Stühlen. Laurent Roubaud hat mir die Dokumente gezeigt. Sieht alles echt aus. Kein Zweifel. Du weißt: Wenn du wolltest, könntest du den Namen nachprüfen und im Telefonbuch nachsehen oder dich sonstwie nach Marie-Thérèse Bourdon erkundigen. Du würdest feststellen: Aha, die gab es also wirklich, prima. Macht aber natürlich keiner. Du denkst bloß: Das sieht aber alles sehr seriös aus. Und den Effekt hat Roubaud bezweckt.«

»Die haben die toten Omas und Opas aus dem Altenheim benutzt, um ihre Raubkunst zu verkaufen?«

»Sozusagen«, sagte Castel. »Wir haben in Laurent Roubauds Geschäft und in seiner Wohnung mehrere Aktenordner mit gefälschten Dokumenten gefunden – alte Rechnungen und Versicherungsscheine, die Verstorbene aus dem Maison als die Verkäufer und Vorbesitzer von solchen Kunstwerken oder Antiquitäten ausweisen, die aus dem Raubkunstschatz stammten.«

Albin erklärte: »Du kommst also in Roubauds Laden und sagst: Was für ein großartiger Schreibtisch für hunderttausend Euro! Und bevor du fragen kannst, ob denn der auch echt ist und woher der stammt, kommt schon Laurent Roubaud an, hält dir Fotos und Dokumente unter die Nase und sagt: Der gehörte vorher Dr. Verdu aus Arles, der ihn in Paris gekauft hat. Und du sagst: Ist ja ein Ding. Und bohrst nicht weiter nach. Du kaufst es ihm ab.«

»Schweinerei«, sagte Matteo.

Albin erklärte: »Laurent Roubaud hatte Zugriff auf jede Menge Daten von Bewohnern der Alteneinrichtung und wusste, wann dort jemand verschied. Das nutzte er aus, um die illegale Raubkunst scheinbar zu legalisieren, um sie dann verkaufen zu können. Füllte teilweise einfach irgendwelche Formulare aus, die den optischen Anschein eines offiziellen Besitzdokumentes hatten – Kaufverträge und Fotos von den jeweiligen Objekten und solche Sachen. Das Verrückte ist, aus Datenschutzgründen hätte er dir eigentlich sowieso niemals sagen dürfen: Das gehörte vorher Dr. Verdu aus Arles. Und auch keine Adresse herausrücken, damit du Dr. Verdu anrufen kannst und fragen: Stimmt das auch? Aber wenn du dennoch recherchiert hättest, hättest du zumindest herausgefunden, dass es einen Dr. Verdu in Arles einmal gab und dass dieser kürzlich verstorben ist, was dich wiederum beruhigt hätte.«

»Hütchenspielertricks«, sagte Theroux und trank etwas Kaffee.

»Hütchenspielertricks«, pflichtete Albin ihm bei.

Castel fügte hinzu: »Man wirbelt mit einigen offiziell erscheinenden Papieren herum, nennt Namen, Daten, Fakten. Das schafft Vertrauen. Nur darum ging es, um den teuren Gegenständen eine neue Geschichte und Herkunft anzudichten. Alles Lug und Trug.«

»Fiel aber am Ende auf.«

»Fiel am Ende aber auf. Nicht die Hütchenspielerei, aber ein paar andere Dinge«, bestätigte Albin und löschte die Zigarette, ohne zu erläutern, wem genau das aufgefallen war. Alle am Tisch wussten es ja sowieso.

Castel sagte: »Hinter Roubauds Betrugsmodell steht außerdem ein ziemlich kompliziertes Buchungsverfahren, denn er musste ja die Erlöse aus seinem Antiquitätengeschäft dem Altenheim zuschieben – vereinfacht gesagt hat Roubaud dazu Rechnungen von der Stiftung an die Verstorbenen geschrieben und diese dann mit dem Erlös aus seinen Verkäufen beglichen. So als ob die Verstorbenen ihre Schulden mit dem Verkauf von Wertgegenständen finanziert haben, verstehst du? Er hat den Anschein erweckt, sozusagen im Auftrag der Stiftung zu handeln, und Provisionen kassiert. Wie gesagt: Alles ziemlich komplex.«

»Jupp«, machte Matteo und runzelte die Stirn.

»Der Kardinalfehler war«, fuhr Castel fort, »dass Roubaud jemanden wie Chauvet ins Boot geholt hat, von dem er eigentlich wissen musste, dass er ihm nicht vertrauen konnte. Aber er dachte wohl, dass Chauvet sich kaufen lässt, wenn der Preis stimmt. Das war nur zum Teil richtig. Jedenfalls wird das gesamte Roubaud-Imperium jetzt einstürzen. Das Maison ist mit dem Ankauf illegaler Raubkunst errichtet und betrieben worden – mit Millionen von Euro, die zumindest mit dem Verkauf der Gemälde an Tournay an der Steuer vorbei getätigt worden sind.«

Matteo fragte: »Ich dachte, Sie dürfen das alles nicht erzählen?«

Castel fragte zurück: »Habe ich irgendetwas erzählt?«

Matteo machte eine abwinkende Geste. »Nur Zeugs, das ich eh nicht verstanden habe.« Damit drehte er sich um und ging wieder zurück ins Café.

Albin lehnte sich vor und drückte die Zigarette aus. »Und jetzt?«, fragte er.

»Baptiste Roubaud ist alt und krank. Dennoch werden die zurückliegenden Morde aufgearbeitet, der Betrug … Schwer zu sagen, was mit ihm passieren wird.«

»Bis die Sache vor Gericht kommt«, sagte Theroux, »ist er vielleicht schon tot.«

»Schon möglich«, seufzte Castel.

»Was geschieht mit den Gegenständen aus dem Bergwerk?«

»Darüber hat der Streit schon begonnen«, sagte Castel. »Die Stadt Marseille reklamiert alles zunächst für sich. Man wird versuchen, Angehörige der Opfer zu finden, denen ein rechtmäßiges Erbe zustehen würde. Dazu müssen natürlich alle Gegenstände erst mal den tatsächlichen Vorbesitzern zugeordnet werden. Außerdem werden Anwälte und Gutachter bemüht, um zu überprüfen, ob das Raubgut nach so vielen Jahren überhaupt zurückgegeben werden muss.«

Eine Heidenarbeit für die Historikerin Simone Levy, dachte Albin, das alles aufzuarbeiten. Ebenfalls eine Heidenarbeit für die Justiziare, aber die bedauerte Albin sehr viel weniger.

Castel erklärte weiter: »Ein Teil wird sich vielleicht im

Museum wiederfinden. Eventuell werden die Waren, die Roubaud bereits verkauft hat, beschlagnahmt – dann gucken die Käufer in die Röhre. Ich kann mir vorstellen, dass es darüber sehr viele Rechtsstreits geben wird. Was den van Gogh und den Cézanne angeht, wird bereits gestritten.«

»Aha?«, fragte Albin und leerte seine Kaffeetasse in einem Zug.

»Na ja, die Gemälde haben einen immensen Wert. Die Stadt Marseille meint, dass die Bilder aus dem Fundus an Raubkunst stammen und damit ihr zufallen müssen, da die Raubkunst ja auf dem Gebiet der Stadt Marseille aufgefunden wurde. Unsere Seite wiederum vertritt die Auffassung, dass die Gemälde bei Rainier Tournay gestohlen wurden, der im Vaucluse lebte, und außerdem auf unserem Gebiet im Versteck der Kunstdiebe entdeckt wurden, weswegen die Gemälde also uns zufallen müssten und zum Beispiel ins Granet nach Aix gebracht werden, damit man sie dort ausstellt. Generell wird man aber auch in diesem Fall erst einmal feststellen müssen, wem sie ursprünglich gehört haben und ob es Nachfahren oder Angehörige gibt.«

»Am Ende«, sagte Theroux und streckte sich in dem unbequemen Metallstuhl, »isses völlig egal. Das Zeug ist wieder da. Die Verantwortlichen sind geschnappt.«

»Wohl wahr«, sagte Albin und stand auf. »Das ist euer Verdienst. Herzlichen Glückwunsch.« Auch Tyson erhob sich. Er wusste, dass es jetzt gleich wieder losgehen würde.

»Na ja«, sagte Castel mit einem Lächeln und sah zu Albin auf. »Nicht nur unserer.«

Albin sagte nichts und legte zehn Euro auf den Tisch. Sollte Matteo damit machen, was er wollte.

»Albin?«, fragte Castel.

»Hm?«

Castel sah zu Theroux. Theroux blickte zu ihr und nickte leicht. Castel sagte: »Ich habe über etwas nachgedacht.«

»Nachdenken ist nie verkehrt«, erwiderte Albin.

Theroux und Castel wechselten einen weiteren Blick. Albin war gespannt, was das zu bedeuten hatte. Die heckten doch etwas aus.

Castel sagte: »Wir haben in der Vergangenheit mehrfach zusammengearbeitet. Jetzt wieder. Sie bekommen jedes Mal einen Sack voller Probleme an den Hals, wenn Sie sich einmischen und weil Sie sich einmischen. Das hat doch keinen Sinn.«

Albin nickte. »Ich bin fertig damit. Das war das allerletzte Mal. Versprochen. Ab jetzt bin ich nur noch Pensionär.«

»Das meinte ich nicht«, sagte Castel. »Ihre Expertise hat uns zu einer Reihe von Ermittlungserfolgen verholfen. Nur deswegen hat Staatsanwalt Bonnieux Sie noch nicht in den Knast gesteckt.«

Albin lachte. »Soll er nur kommen und es versuchen. Als ich noch im Dienst war, konnte er mich schon nicht beeindrucken, aber ich musste mich beugen. Jetzt aber kann er mich mal kreuzweise, der Lackaffe.«

Castel lehnte sich vor und fasste nach Albins Unterarm. Das hatte sie noch nie getan – ihn, Albin Leclerc, berührt.

»Albin«, sagte sie und klang nun wirklich ernst, »es kann fürchterlich nach hinten losgehen mit Ihrer Einmischung. Aber machen wir uns nichts vor: Sie werden es wieder tun.«

»Niemals mehr.«

»Doch, das werden Sie.«

»Nein.«

»Deswegen habe ich einen Vorschlag.«

»Vergessen Sie es. Ich gehe nicht ins Altersheim.«

Theroux lachte laut auf. Castel nicht.

Sie sagte: »Polizeilicher Berater.«

Die Worte klingelten in Albins Ohren. »Polizeiliche Berater gibt es nicht«, erwiderte er. »Das ist Hollywoodquatsch.«

»Gutachterliche Tätigkeit. Bei Bedarf auf Honorarbasis.«

»Ich bin kein Gutachter.«

»Im Grunde schon, allerdings auf eigene Faust.«

»Honorar ist mir völlig schnuppe.«

»Für eine offizielle gutachterliche Beratung muss man aber eines bekommen.«

»Hm.«

»Ein offiziell angestellter Gutachter könnte in einem bestimmten Rahmen tätig sein, der auch vor Gericht standhält, damit einem kein Anwalt einen Strick daraus drehen kann, wenn ein Unbeteiligter sich einmischt.«

»Tja.«

»Ein Staatsanwalt würde sich darüber bestimmt freuen.«

»Mir ist scheißegal, worüber die Kröte Bonnieux sich freut oder nicht.«

»Aber Sie verstehen, worauf ich hinaus will?«

»Sie wollen mich hintenherum legalisieren – so wie Laurent Roubaud durch die Hintertür Raubkunst legalisiert hat.«

»Es geht um Absicherung, Albin. Es geht um Ihre Sicherheit, aber es geht auch um unsere Sicherheit.«

»Albin«, sagte Theroux. »Ich hasse es, das zu sagen, ich hasse es wirklich, weil du mir oft genug fürchterlich auf die Nerven gehst. Du versaust unsere Tatorte mit deinen Spuren und mit denen von deinem Mops. Du redest mit Zeugen und Tatverdächtigen und konterkarierst unsere Arbeit, weil du ein sturer Bock bist. Du belügst die Polizei und die Behörden, um dir Zugang zu verschaffen, und rennst mit deinem alten Polizeiausweis herum …«

»Das wisst ihr alles?«, fragte Albin überrascht.

»Albin«, sagte Theroux vorwurfsvoll. »Hältst du uns für bescheuert oder so? Für komplett verblödet? Natürlich wissen wir das! Oder was glaubst du, erzählen uns die Leute, wenn wir aufkreuzen? Die erzählen: Oh, da war schon ein älterer Kollege von Ihnen hier, der sich ausgewiesen hat!«

»Ach«, machte Albin und guckte unschuldig.

Er verdrängte solche Sachen gern. Wichtig war ja, voranzukommen, wenn er ein Ziel hatte – was hinter ihm lag: verbrannte Erde, uninteressante Vergangenheit.

»Ich wiederhole: Ich hasse es, das zu sagen«, redete Theroux weiter und rang mit sich. »Aber ohne dich, wie soll ich es ausdrücken? Also. Okay. Du hast uns ziemlich oft aus der Patsche geholfen. Du bist zwar ein pensionierter alter Sack, der mich vollkommen verrückt macht, aber du bist eben auch Albin Leclerc und hast es immer noch drauf. So.« Theroux pustete wie ein Kugelstoßer. »Jetzt ist es raus.«

»Was hast du gesagt?«

»Du hast es immer noch drauf, mein Gott!«

»Das meinte ich nicht.«

Theroux machte ein genervtes Geräusch. »Ohne dich hätten wir ein paarmal …«

»Pensionierter alter Sack?«

»Na und?«

»Dich stecke ich im Hundertmeterlauf zwar nicht mehr

in die Tasche, Alain Theroux, aber wenn dir dein Handgelenk lieb ist, fordere mich niemals zum Armdrücken heraus.«

»Jetzt stell dich nicht an, Albin …«

»Denken Sie darüber nach?«, fragte Castel und presste Albins Unterarm.

»Das bekommen Sie doch eh nie durch, Castel.«

»Doch«, Castel nickte, »bekomme ich.«

»Nie im Leben.«

»Lassen Sie das meine Sorge sein.«

Albin zuckte mit den Achseln und warf einen Blick auf Castels Hand. Sie nahm die Hand fort.

»Denken Sie darüber nach?«

»Auf keinen Fall«, sagte Albin. »Ich bin fertig mit der Polizeiarbeit. Das war mein allerletztes Mal.«

Er beugte sich vor und klopfte auf den Tisch. Dann ging er fort, und Tyson hechelte ihm hinterher.

»Andererseits«, sagte er, blieb kurz stehen und drehte sich zu Castel, »wie ich schon sagte: Nachdenken schadet nie.«

»Sie sind und bleiben unmöglich«, rief Castel lachend.

Albin zwinkerte ihr zu. Dann wendete er sich wieder ab und setzte seinen Weg fort.

Er ging die lange Platanenallee entlang, genoss den Schatten der Bäume und die frische Luft. Außerhalb der Stadt passierte er die endlosen Obstbaumplantagen auf der einen und die Weinfelder auf der anderen Seite. Schließlich gelangte er an eine Wegkreuzung, setzte sich unter einem knorrigen Olivenbaum auf einen Begrenzungsstein und blinzelte in die Vormittagshitze. Es roch nach Thymian und Rosmarin. Über der Straße flirrte die Luft. In der Ferne erhob sich das Massiv des Mont Ventoux über der Provence. Der Himmel war wolkenlos und strahlend blau. Ein perfekter Sommertag im Süden Frankreichs.

Tyson hockte sich neben Albin und starrte ebenfalls in die Ferne.

»Ich weiß nicht«, murmelte Albin und massierte sich die Fingerknöchel.

Doch, erwiderte Tyson, *weißt du wohl.*

»Ich meine – was mache ich schon den ganzen Tag über? Gar nichts. Ich laufe herum. Kümmere mich um meine Enkelin. Ich kaufe ein. Ich koche. In der Zeit dazwischen fliehe ich davor, dass gar nichts geschieht.«

Das nennt man Leben. Ist bei allen Menschen so.

»Davon hat ein Mops keine Ahnung.«

Ist bei mir auch nicht anders. Mit dem Unterschied, dass ich nicht fliehe. Ich warte darauf, dass etwas passiert und du zum Beispiel aufstehst und ein Stöckchen wirfst.

»Ich kann mein Leben nicht nur mit dem Werfen von Stöcken verbringen.«

Das verlangt auch niemand.

»Wenn ich länger als eine Viertelstunde nichts tue, werde ich verrückt.«

Ich weiß.

»Veronique wird durchdrehen. Manon ebenfalls.«

Nur am Anfang.

»Sie werden schrecklich enttäuscht sein und sich von mir zurückziehen, weil ich alle Fehler, die ich in meinem Leben schon einmal gemacht habe, wieder begehe.«

Vielleicht sind deine Fehler nichts anderes als Merkmale deiner Persönlichkeit. Du bist, wie du bist. Abgesehen davon …

»Abgesehen davon?«

Abgesehen davon musst du nicht gleich mit der Tür ins Haus fallen.

»Stimmt.«

Du kannst sie langsam daran gewöhnen. Schritt für Schritt.

»Das ist wahr.«

Wer weiß, wann man dich überhaupt mal brauchen wird – oder du wieder auf etwas stößt, das dir seltsam vorkommt und sich dann zu einem Fall entwickelt.

»Das weiß man nie.«

Es könnte ein Jahr dauern. Oder zwei Wochen, oder es ist morgen schon soweit. In jedem Fall passiert es wieder. Das weißt du. Das weiß ich, das wissen Castel, Theroux, Veronique, Manon – und der Rest der Welt.

»Der Vorteil jedenfalls wäre …«

… dass du sagen kannst …

»… dass die Polizei mich braucht …«

… und nicht …

»… ich die Polizeiarbeit für mein Seelenheil. Dass es kein sturer Alleingang von mir ist, sondern dass sie dringend einen Gutachter und Berater benötigen, den sie obendrein auch noch bezahlen. Taktischer Vorteil für uns, Tyson. Und das haben Castel und Theroux eben gesagt, richtig?«

Haben sie.

»Du warst Zeuge!«

Sie haben gesagt …

»… dass ich es noch drauf habe und sie ohne mich in einer Reihe von Fällen nicht weitergekommen wären.«

Exakt.

»Das waren Alain Therouxs Worte, mein Freund. Ich würde gerne wissen, wie oft er sie vor dem Spiegel geübt hat und welche Medikamente er heute Morgen nehmen musste, um sie wahrhaftig aussprechen zu können! Ich sollte es mir von ihm schriftlich geben lassen und einrahmen – oder als Fotokopie mit mir herumtragen und immer dann herausholen und ihm unter die Nase halten, wenn er …«

Übertreib es nicht. Schau mal lieber dort. Da liegt ein prächtiger Stock, schon gesehen?

Albin hob den Stock auf, betrachtete ihn und drehte ihn in den Händen herum wie einen alten Knochen. Er blickte in das Flirren über der Straße. Aus den Schlieren schälte sich ein Auto. Es kam näher, sauste dann an Albin vorbei, spritzte kleine Steine auf und schob eine Druckwelle heißer Luft vor sich her. Schließlich verschwand es am anderen Ende der Straße wieder im Hitzeflimmern.

Genauso sah es aus, dachte Albin. Das Leben. Man konnte daneben sitzen und betrachten, wie alles an einem vorbeizieht. Ein Zuschauer sein. Oder man konnte sich ans Steuer setzen, den Motor starten und Gas geben, unbekannten Zielen entgegen. Es gab Macher und Lasser oder wie man das nannte. Albin war kein Lasser.

Albin drehte den Stock in der Hand herum. Dann stand er auf, holte weit aus und warf ihn, so weit er nur konnte, auf die von der Sonne verbrannte Rasenfläche auf der anderen Straßenseite.

Na, endlich!, rief Tyson, der die ganze Zeit über schon zappelig und auf den Ast fixiert gewesen war, und rannte los.

Ex-Commissaire Albin ging ihm hinterher.

Oder besser: Berater Leclerc.

Klang das vernünftig?

Gutachter Leclerc.

Auch nicht besser.

An der Bezeichnung müsste man noch feilen. Vielleicht brauchte er gar keine, überlegte er und pfiff die Melodie von »Je ne regrette rien« vor sich hin. Wer braucht schon Titel? Nichts als Schall und Rauch. »Je reparts à zéro« hieß es in dem weltbekannten Chanson von der Piaf. Ich fange bei null an. So war es auch mit der Verbrecherjagd: Immer wieder alles auf null. Ein Spiel war beendet. Das nächste begann. Die Karten wurden verteilt. Die Kugel rollte aufs Neue.

Ja, die Kugel rollte.

Ihr da draußen, dachte Albin und zündete sich eine Zigarette an, *ihr Pack und Gesindel, ihr Diebe, Mörder, Betrüger, Vergewaltiger und Totschläger, ich habe eine Nachricht für Euch: Zieht euch alle warm an!*

Und es geht weiter
mit der spannenden Serie von

Pierre Lagrange

LESEPROBE

aus dem fünften Fall
für Albin Leclerc

»DÜSTERE PROVENCE«

1

Blut fordert Blut, dachte Louis Rey und wartete vor der schweren Stahltür. Er trug einen dunkelblauen Anzug von Armani, allerdings in einem Schnitt aus den neunziger Jahren, dazu zeitlose Schuhe von Gucci. Das zur Hälfte aufgeknöpfte Hemd war fast so weiß wie seine Haare auf dem Kopf oder die auf der Brust. Er hielt eine kleine Sporttasche in der Hand, die durch den Kunstledergriff schon ganz schwitzig war.

Er spürte seinen Puls. Er ging schneller als normal. Kräftiger. Kein Wunder. Es lag an der Aufregung und dem Zorn. Denn Blut, überlegte Rey und starrte auf den mattgrauen Lack vor sich, Blut will fließen. Dazu ist es gemacht. Wie Benzin für Motoren. Es treibt den Körper an. Es hat nur diesen einen Zweck. Es pumpt durch die Adern und Venen und hält die große Maschine am Laufen. Blut ist der Saft des Lebens. Aber es braucht ein geschlossenes System. Wird es beschädigt, sucht sich das Blut seinen Weg wie Wasser. Genau wie das Leben. Es läuft aus einem heraus und kommt nicht zurück. So einfach ist das.

Viele drehen durch, sobald sie ein paar Tropfen verlieren. Denn weg ist weg, und die Reserven sind begrenzt. Ein Fingerhut voll versetzt manche Menschen bereits in Panik. Dabei verfügt jeder über fünf bis sechs Liter, je nach Konstitution, Männer mehr als Frauen. Bei einer Geburt geht allenfalls ein halber Liter verloren. Nicht der Rede wert. Erst ab zwei Litern wird es kritisch. Andererseits kann bereits ein Viertelliter nach der zehnfachen Menge aussehen, wenn man ihn überall an den Wänden und auf dem Fußboden verteilt. Schmeiß mal ein Bierglas an die Wand und stell dir die Pfützen und Spritzer in Rot vor. Das gibt schon eine ziemliche Sauerei, wusste Louis Rey und wartete weiter.

Schon seit fast fünf Minuten stand er hier. Vielleicht machten die Idioten das extra, um ihn zu ärgern, oder es war eine Art bescheuertes Ritual. Rey befeuchtete seine trockenen Lippen, streckte das Kinn hoch, rollte den Kopf im Nacken und zählte die Schrauben am Türrahmen, der ebenfalls aus Stahl und ebenfalls grau lackiert war.

Er hatte Blut auf jede nur erdenkliche Art und Weise fließen sehen. Aus manchen Menschen spritzte es wie aus einem defekten Schlauch. Es blubberte wie ein Geysir, tropfte wie ein leckender Wasserhahn oder floss gemächlich wie ein purpurner Fluss. Er hatte gesehen, wie es aus Schusswunden sprudelte, aus klaffenden Schnitten, zerquetschten Nasen, geplatzten Muskeln und offenen Brüchen rann. Manches Blut war hellrot, anderes dunkel. Es roch nach Metall, wenn es frisch war, und stank schon nach kurzer Zeit abartig – umso schlimmer, je älter es war.

Es gab Freaks, die auf Blut standen. Sie sahen es gern und machten manchmal irgendwelchen Scheiß damit, spielten herum und genossen es, wenn es warm an den Fingern klebte. Das Blut ihrer Gegner an den eigenen Händen: das stärkste Symbol für Macht. Tja. Für einige arme Irre war es eine Art Elixier, eine Droge. Gefährliche Typen, deren Sucht und Gier man zwar für sich ausnutzen konnte, vor denen man sich aber dennoch vorsehen musste, weil sie schlicht und ergreifend nicht ganz richtig im Kopf waren. Wandelnde Zeitbomben, die jederzeit explodieren konnten, und dann wollte man mit Sicherheit nicht in der Nähe sein.

Louis Rey war Blut jedenfalls stets völlig egal gewesen. Für ihn hatte es keinerlei Bedeutung. Er hielt es eher für lästig, und wenn Menschen entweder gar keines hätten oder schlicht und ergreifend nicht bluten würden, wäre ihm in der Vergangenheit ziemlich viel Ärger erspart geblieben. Denn wann immer Leute bluteten, blieben Spuren zurück, die man mit Bleiche oder sonst was aufwändig beseitigen musste und dabei wiederum neue Spuren hinterließ. Man konnte sich außerdem noch so vorsehen – es blieben immer irgendwo verräterische Mikrotröpfchen an den Fingern, im Hemdstoff oder auf den Schuhen zurück. Nein, Blut war ein lästiges Mistzeug.

Aber inzwischen dachte Rey anders darüber – gerade jetzt im Moment zum Beispiel, während die Tür sich nach einem Surren endlich automatisch öffnete und mit einem dumpfen Klacken vor ihm aufsprang. Seine Sichtweise hatte sich in den vergangenen fünfundzwanzig Jahren radikal verändert. Jetzt, dachte Louis und schritt in den langen Raum, wollte er Blut sehen. Jede Menge davon. Er wollte es an den Fingern spüren und beobachten, wie es sich zu Pfützen ergoss. Er wollte hören, wie Knochen splitterten, Sehnen rissen, und fühlen, wie Klingen in Fleisch eindrangen, um es zu zerteilen. Definitiv. Es würde so sein wie in der Bibel, die er in der Zelle häufig gelesen hatte und wo es hieß: »Und der zweite Engel goss aus seine Schale ins Meer; und es wurde zu Blut wie von einem Toten, und alle lebendigen

Wesen im Meer starben.« Und an einer anderen Stelle stand auch: »Ohne Blutvergießen geschieht keine Vergebung.«

Aber an Vergebung war Louis Rey ohnehin nicht interessiert. Nein, keine Vergebung, für niemanden. Rey ging durch den Flur zu einer Art Tresen. Hier roch es immer noch so wie auf der anderen Seite der Stahltür – nach Menschen und Putzmitteln. Wie in einem Altersheim. Hinter dem Ausgabeschalter stand ein uniformierter Angestellter der Justizvollzugsbehörde. Sein Name war Jean, gut zwei Köpfe größer als Rey, der kein Riese war, aber auch kein Zwerg. Jean grüßte ihn wortlos mit einem Nicken. Rey stellte seine Tasche auf dem Metalltisch vor sich ab. Er öffnete den Reißverschluss und sah ein paar seiner Habseligkeiten aus der Zelle sowie die Broschüre für die Haftentlassung mit den Checklisten für das Leben nach dem Knast.

In den letzten Wochen hatte er mit ziemlich viel Papierkram zu tun gehabt. Es war ein bürokratischer Irrsinn, um was man sich alles kümmern musste. Mit einem Fingerschnippen wurde man aus der Matrix des Alltags entfernt und in den Knast gesteckt. Sich wieder in die Matrix einzufügen war hingegen nicht so leicht: Sozial- und Krankenversicherungen, Rentenbescheide, eine Adresse, eine Wohnung, Zuschüsse des Staates, Abschlussberichte, ein neuer Führerschein, Erstausstattungen... Vor fünfundzwanzig Jahren hatte sich Rey um nichts kümmern müssen. Andere hatten das für ihn getan. Er hätte sich sogar Leute anstellen können, die ihm jeden Morgen den Hintern abwischten. Aber jetzt hatte er nichts mehr. Nichts und niemanden.

Jean nahm einen Karton aus dem Regal, der mit Louis Reys Namen beschriftet war. Er zog einige Plastikbeutel heraus und ließ sich quittieren, dass er sie Rey übergeben hatte, der die Verpackungen nacheinander öffnete. Die Seidenkrawatte steckte er in die Sporttasche. Den inzwischen viel zu weiten Gürtel zog er durch die Schlaufen an der Hose, die goldene Rolex mit den Brillanten legte er an. Auch sie saß zu locker. Er würde das Armband anpassen lassen müssen oder die Uhr beim Juwelier versetzen, weil er vielleicht das Geld brauchen würde, je nachdem.

Jean pfiff durch die Zähne. »Eine echte Rolex. Die wird ein Vermögen wert sein.«

Rey sparte sich einen Kommentar und nahm die Geldbörse, in der sich lediglich ein paar lausige Geldscheine befanden. Früher hatte er stets ein paar tausend Franc dabeigehabt. Er warf das Portemonnaie in die Sporttasche, ließ das Feuerzeug von Cartier folgen, zwei mit Monogramm bestickte Taschentücher aus feinem Stoff und eine noch nicht geöffnete Packung Gauloise Blondes.

»Wirst dich wundern«, sagte Jean. »Hat sich viel geändert dort draußen im letzten Vierteljahrhundert.«

»Manche Dinge ändern sich nie«, erwiderte Rey.

»Wenn du das sagst.«

Rey setzte seine letzte Unterschrift. Aber Jean hatte nicht unrecht, dachte er. Die Welt hatte sich in einem atemberaubenden Tempo weitergedreht. Er hatte Zellennachbarn gehabt, die regelrecht Angst vor dem hatten, was sie draußen erwartete.

Rey nahm einige Dokumente an sich, steckte sie ebenfalls in die Sporttasche und verschloss sie schließlich. Fertig. Das war es dann.

Jean sagte: »Herzlichen Glückwunsch.« Er grinste belustigt. »Und was machst du draußen? Dein Imperium wiederaufbauen?«

Sterben, dachte Rey. Sterben werde ich. Aber ein paar Leute nehme ich mit auf die große Reise.

»Ich weiß nicht, wovon du redest, Jean«, erwiderte er und fasste nach der Tasche.

»Na, du hast doch bestimmt ein paar Schweizer Konten und Immobilien?«

Rey zuckte mit den Schultern. Früher gab es Immobilien und Schweizer Konten. Er hatte alles. Jetzt war alles weg.

»Sind wir dann fertig?«, fragte er.

»Wir sind fertig«, bestätigte Jean und machte eine Geste zu einer weiteren Stahltür.

Rey nickte und setzte sich in Bewegung. Vor der Tür, die der vorherigen glich, blieb er stehen und wartete darauf, dass Jean sie öffnete. Einen Moment später gab es einen elektrischen Summton. Die Tür sprang auf und füllte das Halbdunkel mit gleißendem Sonnenlicht. Rey gab sich einen Moment, schloss die Augen, sog die frische Luft ein. Dann ging er schließlich nach draußen. Hinter ihm fiel die Tür wieder zu. Er hörte den metallischen Ton der Verriegelung. Er öffnete die Augen und blinzelte in den hellblauen Morgenhimmel, der sich wolkenlos über der Provence spannte. Es war noch frisch, aber es würde zweifellos ein heißer Tag werden.

Rey ließ seinen Blick über die Flächen mit dem von der Sonne verbrannten Rasen schweifen. Er hörte das ferne Rauschen vom Verkehr und das leise Zischen von Bewässerungsanlagen. Er sah zwei LKW, die durch den Kreisverkehr fuhren und auf das Gelände des Centre Pénitentiarie d'Avignon fuhren. Sie waren an den Seiten mit Bildern bedruckt, die Obst-Arrangements zeigten, und stoppten direkt neben dem großen Parkplatz.

Rey setzte sich in Bewegung. Es gab niemanden, der hier auf ihn warten würde, und er hatte sich kein Taxi rufen lassen. Er plante, zu Fuß zu gehen – ein paar Kilometer bis zur Bar von Oliver Ledoux, falls es die Bar und Oliver Ledoux noch gab. Aber Rey zweifelte nicht daran. Er würde sich dort etwas stärken, zunächst ein kaltes Bier genehmigen, dann einen Kaffee, vielleicht ein Salamibaguette und schließlich weitersehen.

Rey spürte, wie die Kraft mit jedem Meter Wegstrecke und jedem Atemzug in ihn zurückströmte. Leben, dachte er, ist doch wie Fahrradfahren. Man verlernt es nicht. Sein Gang wurde aufrechter, die Haltung gerader. Er spürte die Sonne auf der Haut – der Gefängnisarzt hatte ihn bei der letzten Untersuchung, bei der er ein paar Überweisungen geschrieben hatte, davor gewarnt, sich zu lange darin aufzuhalten. Ein Vierteljahrhundert Knast mache die Haut sehr empfindlich, Freigang hin oder her. Aber Rey war das egal. Er sehnte sich nach der Sonne. Sollte seine Haut doch verbrennen.

Er ging eine gerade verlaufende Straße entlang, folgte einem dunkelgrünen Maschendrahtzaun, der ein vollkommen leeres Grundstück einfasste. An einer Kreuzung blieb er stehen. Links, rechts und vor sich sah er Wohnblocks, die in hellem Orange gestrichen waren. Billige Wohnungen. Davor spielten zwei Kinder. Ein kleines Mädchen fuhr Dreirad. Ein Junge schoss mit einem Plastikgewehr auf imaginäre Gegner. Eine junge Frau, vielleicht die Mutter, stand dabei und befasste sich mit ihrem Telefon, statt ihre Sprösslinge zu beachten.

Rey dachte an seine eigene Familie, seine Frau, seine Tochter, und fragte sich, ob er inzwischen Enkel hatte.

Louise und Camille lebten nach seinem Wissen längst nicht mehr in Frankreich. Der Kontakt zu ihnen war seit Jahren abgebrochen. Eher seit Jahrzehnten. Beides hatte seine Gründe, das mit dem Ausland und dem Kontakt. Zuletzt hatte ihm ein Vögelchen vor rund fünf Jahren gezwitschert, dass Louise wieder heiraten wollte, einen reichen Farmer in Argentinien, und dass Camille nach Kapstadt gegangen war. Er dachte immer noch oft an die beiden. Aber sie waren ohne ihn fraglos besser dran.

Rey stellte die Sporttasche ab und nahm die Packung Zigaretten mit dem Feuerzeug heraus. Er öffnete die Schachtel, nahm sich eine Gauloise mit den Lippen und brauchte fünf Versuche, bis er sie angezündet hatte. Immerhin funktionierte das Feuerzeug nach fünfundzwanzig Jahren Zwangspause noch. Erstaunlich. Und die Zigarette schmeckte wenigstens einigermaßen. Besser als gar keine. Er klemmte sie zwischen die Zähne, hob dann die Tasche an und setzte sich in Bewegung, immer der Nase und der Sonne und der Silhouette der Stadt nach. Den Papstpalast und damit das Zentrum von Avignon konnte man nur verfehlen, wenn man blind oder vollkommen blöd war. Man brauchte lediglich Richtung Südwesten laufen und musste sich ansonsten einfach am Fluss orientieren. Die Rhone führte einen zwangsläufig irgendwann mitten ins Geschehen.

Rey war etwa eine halbe Stunde zu Fuß unterwegs, als er die Stadtmauern erreichte. Wie ein Pilger, dachte er. Er ignorierte die hupenden Autos an den Hauptstraßen und genoss stattdessen die Geräusche, die er ein Vierteljahrhundert lang hatte entbehren müssen. Er wählte den Weg entlang des Boulevards Saint Lazare und ging von dort aus über die Kais, an deren Mauern die Ausflugsschiffe hielten, mit denen man über den Fluss schippern konnte. Von einem fliegenden Händler kaufte er eine billige Sonnenbrille, weil ihn das grelle Licht auf den Wellen blendete. Der Afrikaner hatte Rey erst zum Teufel schicken wollen, als er ihm einige Franc-Scheine unter die Nase hielt. Euros steckten nicht in Reys Geldbörse. Schließlich hatte der Mann akzeptiert und Rey nun die knallrote Kopie einer klassischen Ray Ban auf der Nase. Er spazierte am braungrünen Wasser entlang, inhalierte die Luft, die einerseits frisch, andererseits brackig und wegen des vierspurigen Boulevards am Fluss auch nach Abgasen roch. Alles, dachte Rey, war besser als der Geruch nach Menschen und Knast, der sich in seine Schleimhäute gefressen hatte.

Er ging bis zur Pont d'Avignon, die berühmte Bogenbrücke, die mitten im Fluss plötzlich aufhörte – eine der vielen Sehenswürdigkeiten der Stadt, wo Touristen gerade Selfies machten. Von dort aus spazierte er schließlich in die Stadt und gelangte auf den großen Platz vor dem Papstpalast. Er marschierte darüber hinweg, ignorierte die Touristengruppen, die Bestuhlung der Cafés und Restaurants sowie die Gaukler, die sich ein bisschen Geld verdienten. Er ging die Rue de la République entlang, auf der sich unter Platanen die hellen Sonnenschirme von Restaurants und Bars wie an einer Perlenschnur aufreihten, und passierte das Opernhaus. Einige hundert Meter weiter endete die Fußgängerzone. Rey wechselte auf den Bürgersteig der Rue de la République, wo es links und rechts diverse Geschäfte, Boutiquen, Bar Tabacs, Supermärkte und sogar einen McDonald's gab. Dazwischen quetschte sich der eilige Lieferverkehr über die enge Fahrbahn.

Rey bog auf die Rue Mignard ab, wo es wie auf Knopfdruck kühler und stiller wurde. Er ging im Schatten zwischen den hohen, alten Häusern entlang, bis er den Place Saint-Didier an der gleichnamigen katholischen Kirche erreichte. Unter den dortigen Platanen quetschte sich Auto an Auto in den wenigen Parkbuchten. Bevor er den Platz in Richtung Rue Laboureur wieder verließ, stoppte er an einem schäbigen Eckgebäude, dessen Fassade mit Graffiti besprüht war. Er betrachtete die Fassade, las das verblichene Schild mit der Aufschrift »Le Combattant«, unter die ein Ricard-Werbeschriftzug gedruckt war. Zum ersten Mal lächelte Rey und dachte: Nein, manche Dinge ändern sich nie, bevor er die Bar betrat, in der ihn schummriges Halbdunkel, der Geruch nach abgestandenem Bier, Zigarettenrauch, Putzmittel und starkem Kaffee in Empfang nahm.

Der Laden war bis auf zwei Gäste, die am Fenster saßen und Zeitung lasen, leer. Auf einem an der Wand angebrachten Flachbildschirm lief ein Autorennen, allerdings ohne Ton, dafür zu Musik mit der unverkennbaren Stimme von »Satchmo« Louis Armstrong, die aus irgendwelchen nicht sichtbaren Boxen kam. Die beiden Gäste blickten kurz auf, als Rey die Bar betrat. Sie wirkten nicht sehr vertrauensselig und mehr wie die Art von Gästen, die hier waren, um mit den Telefonen, die auf ihren Tischen lagen, zwielichtige Geschäfte zu machen. Sie scannten Rey im Bruchteil einer Sekunde, wogen ihn ab, sortierten ihn ein und kamen zu dem Schluss, dass er ihnen nicht bekannt war, dass von ihm keine Gefahr ausging und auch kein Geschäft zu erwarten war, weil es sich bei ihm mit seinem aus der Mode gekommenen Anzug und der teigigen Hautfarbe um einen Knacki handeln musste, der gerade rausgekommen war. Schließlich widmeten sie sich wieder ihren Zeitungen und interessierten sich nicht mehr für Rey, der an den Tresen aus dunklem Holz ging.

Dahinter stand ein breitschultriger Mann mit Glatze und hantierte an einer riesigen Espressomaschine. Er trug ein T-Shirt. Seine sehnigen Unterarme waren vor langer Zeit tätowiert worden. Damals irgendwo in Französisch-Guayana, dachte Rey, als Oliver Ledoux noch in der Fremdenlegion und jung gewesen war, bevor ihn der Kosovo-Einsatz in den Neunzigern zerbrochen hatte. Als sich Ledoux umdrehte, blickte Rey in ein von Falten und einer Narbe zerfurchtes Gesicht und ein Paar kristallklare Augen, die Reys Züge absuchten und schließlich noch etwas heller wurden.

»Bist du ein Geist?«, fragte Ledoux.

»So ähnlich«, erwiderte Rey. »Du stehst immer noch auf Satchmo.«

»Er ist der Beste.«

Ledoux grinste, offenbarte eine große Zahnlücke. Er beugte sich über den Tresen, nahm Reys Gesicht in beide Hände und presste ihm zwei Küsse auf die Wangen. Sein Griff war stahlhart. Kein Griff, den man an der Kehle spüren möchte. Und eine Begrüßung, die Rey früher als viel zu persönlich und respektlos empfunden hätte. Aber heute lagen die Dinge anders. Ledoux freute sich und grinste noch immer wie ein Honigkuchenpferd. Rey ließ sich von der Euphorie etwas anstecken und lächelte zumindest.

»Bist du heute raus?«, fragte Ledoux.

»Vor etwa einer Stunde«, antwortete Rey.

»Und kommst direkt zu mir?«

Rey nickte. »Weil ich ein Bier und einen Kaffee will.«

Ledoux schmunzelte, drehte sich um und schmiss die Kaffeemaschine an, die fauchte und keuchte und dann einen tiefschwarzen Sirup in eine dickwandige Tasse spuckte. Derweil ging Ledoux zum Kühlschrank und holte eine Flasche »1664« heraus, öffnete sie und stellte sie Rey hin. Rey leerte sie in einem Zug, während Ledoux den Kaffee folgen ließ. Damit ließ sich Rey mehr Zeit als mit dem Bier.

»Darf ich rauchen?«, fragte er Ledoux.

Ledoux nickte. »Du darfst hier absolut alles.«

Rey nahm die Packung hervor, legte sie neben die Tasse und zog das Feuerzeug aus der Hosentasche.

»Sind die antik?«, fragte Ledoux und deutete auf die Gauloises.

»Ziemlich«, erwiderte Rey, was Ledoux mit einem keuchenden Auflachen quittierte.

Wortlos griff er unter den Tresen und förderte eine frische Schachtel zutage, öffnete sie, schnippte von unten gegen die Verpackung. Rey nahm sich eine und steckte sie an, sah, wie Ledoux die alte Schachtel in den Mülleimer warf und Rey die neue hinlegte.

»Geht nicht nur um einen Kaffee und ein Bier, heh?«, fragte Ledoux mit einem Augenzwinkern.

Rey inhalierte tief, stieß den Rauch aus und saß einige Momente einfach nur so da auf dem Barhocker, genoss die Zigarette, den Kaffee, genoss einfach alles. Er fuhr sich unter der Nase her, weil er dort etwas Feuchtes bemerkte. Er öffnete die Augen und betrachtete die rote Schmierspur auf seinem Handrücken.

»Nein, nicht nur um ein Kaffee und ein Bier«, sagte er zu Ledoux und nahm eine Papierserviette aus dem Spender vor sich, um sich damit die Nasenspitze abzutupfen.

»Mit deiner Nase alles in Ordnung?«

»Passiert von Zeit zu Zeit. Das Alter«, log Rey und fragte: »Bist du noch im Neunmillimeter-Geschäft?«

»Wenn du willst«, erwiderte Ledoux und lehnte sich etwas vor, »können wir auch über kleinere oder größere Formate reden.«

Rey nickte. »Irgendein Auto?«

»Such dir die Marke aus. Du kannst von mir alles bekommen, was du brauchst. Das schließt zwei Ukrainerinnen mit ein, die gleich vorbeikommen, bevor sie ihren Job für mich beginnen. Du warst lange im Bau. Ist vielleicht gut für deine Nase und deine generelle Verfassung, bevor wir uns um die Hardware kümmern.«

Rey trank einen großen Schluck Kaffee. Er war stark und heiß. Genau richtig.

»Kann sein«, antwortete Rey, betrachtete die blutige Serviette und dachte: Blut fordert Blut. Blut will fließen, und es wird fließen. Vor allem das Blut des Mannes, der Louis Rey für ein Vierteljahrhundert hinter Gitter gebracht und damit sein Leben zerstört hatte. Aber alles der Reihe nach. Alles Schritt für Schritt.

2

Albin stand vor der Haustür und zog an der Zigarette. Er stieß den Rauch durch die Nasenlöcher aus und dachte an das Jahr 1953.

Der Indochinakrieg war noch im vollen Gang. Der in Algerien stand bevor. Kambodscha erklärte sich für eigenständig. In allen Konflikten ging es um die Unabhängigkeit der Länder von Frankreich. Albin konnte es ihnen nicht verübeln. Wenn er ein Land wäre, dann wäre er ebenfalls lieber für sich selbst verantwortlich, als sich von Paris diktieren zu lassen, wie man zu leben hatte. 1953 wurde außerdem Elisabeth II. in London gekrönt und in den USA Dwight D. Eisenhower zum Nachfolger von Harry Truman als Präsident bestimmt. Im August gab es in Frankreich einen Generalstreik von vier Millionen Arbeitern. Einen Monat zuvor war Albin Leclerc in Avignon als Sohn der Schneiderin Louise und des Tiefbauingenieurs Jean Leclerc geboren worden. Sie hatten ihm eine Menge Ratschläge mit auf den Weg durchs Leben gegeben, aber vor allem zwei Dinge: Straßen sind am besten, wenn sie gerade verlaufen, und alles folgt einem großen Schnittmuster.

Siebenundsechzig Jahre. Verdammt, dachte Albin, das waren eine ganze Menge. Er war ein alter Mann. In drei Jahren würde er die siebzig erreichen, und drei Jahre – mal ehrlich – waren gar nichts. Drei Jahre waren ein Witz. Sie würden vergehen wie im Flug. Dabei spürte er – abgesehen von einigen körperlichen Veränderungen – keinen wesentlichen Unterschied dazu, wie er sich mit fünfzig Jahren gefühlt hatte. Und mit fünfzig, daran konnte er sich noch gut erinnern, hatte er keine erhebliche Differenz zum Lebensgefühl in seinen Dreißigern bemerkt. Trotzdem, das war unverkennbar, war er älter geworden. Ein Großvater.

Albin trat die Zigarette auf dem Boden aus und warf sie in den Mülleimer. Zeit, wieder in die Küche zu gehen, statt sich über einen solchen Unsinn Gedanken zu machen. Heute, am großen Tag von Albins Geburtstagsfeier, wurden viele Gäste erwartet. Es gab eine Menge vorzubereiten und eine ganz besondere Attraktion: Er, Albin Leclerc, würde höchstpersönlich das Festmahl zubereiten.

Gut, zugegeben, Veronique assistierte ihm dabei. Oder genauer: Sie führte die Regie, und Albin war so eine Art Komparse, aber das musste man später ja nicht an die große Glocke hängen.

Veronique stand am Herd und summte eine Melodie, die im Radio lief, als Albin wieder hereinkam. Sie bemerkte das Geburtstagskind gar nicht. Dafür hatte sie ihn heute Morgen umso mehr bemerkt und ihn mit einem prächtigen Frühstück auf der Terrasse vor Albins kleinem Haus an der Stadtmauer von Carpentras empfangen. Dort hatte auch sein Geburtstagsgeschenk gewartet: Ein todschicker Rasenmäher mitsamt roter Schleife. Albin hatte ihn sich gewünscht, weil er keine Lust mehr hatte, das Grün im Garten mit diesem rostigen Rolldings zu kürzen, das man vor sich herschieben musste, um die Schneidemesser in Bewegung zu setzen. Veronique hatte ihn damit mehrfach aufgezogen. Also hatte Albin beschlossen, dass professionelles Gerät hermusste – wenngleich der neue Mäher eher so wirkte, als könne man damit innerhalb von fünf Minuten sämtliche Grünflächen von Versailles frisieren, was angesichts Albins kleinem Garten etwas unverhältnismäßig wirkte.

Fast schien das die Bürde von Albins zweitem Frühling zu sein: Größenunterschiede. Immerhin war er über einsneunzig groß, und sein Mops Tyson, den seine Kollegen Albin zum Ruhestand geschenkt hatten, wirkte wie ein Witz neben ihm. Zumindest optisch, worauf die Kollegen es damals wohl auch angelegt hatten. Sie wollten Albin außerdem eine Beschäftigung im polizeilichen Ruhestand geben, damit er keinen von ihnen mehr nervte. Hatte aber nicht geklappt.

Tyson lag unter dem Wohnzimmertisch und sah Albin nachdenklich an, der wiederum auf Veroniques Hintern starrte, der im Takt der Melodie aus dem Radio hin und her schwang. Veronique führte ein Blumengeschäft, war nur unwesentlich jünger als Albin, ging aber locker für Mitte fünfzig durch. Sie war nach Albins Maßstäben eine grandiose Köchin – falls seine Maßstäbe denn etwas galten. Bevor er sie kennenlernte, hatte er sich vornehmlich von Mikrowellen- und Dosengerichten ernährt. Nachdem Veronique in sein Leben getreten war, waren diese Zeiten jedoch vorbei.

Auf der Anrichte vor ihr standen zwei große Kasserollen für den Ofen. Überall lagen Kräuter, Knoblauchknollen, Kartoffeln und Gemüse herum. Es duftete umwerfend. Auf einem großen, dicken Brett aus Olivenholz befanden sich zwei Lammkeulen vom Format eines Radrennfahrer-Oberschenkels. Gigot, hatte Veronique gesagt, sei für so zahlreiche Gäste am Abend am einfachsten zu machen und sowieso immer eine gute Sache. Gigot sei ein Familienessen, und das passe ja wohl.

Albin hatte anmerken wollen, dass nicht alle Gäste Teil seiner Familie wären, die Bemerkung dann aber wieder heruntergeschluckt. Genau genommen war sie nämlich nicht allzu falsch, denn man konnte durchaus einige der eingeladenen Nichtblutsverwandten als eine Art erweiterte Familie betrachten. Zumindest tat das Veronique.

Manon, Albins Tochter, arbeitete heute im Blumenladen. Sie war aus Paris vor ihrem psychopathischen Ehemann geflohen und hatte bei Albin in der Provence Unterschlupf gefunden. Auch seine Enkeltochter lebte hier, Clara. Sie war inzwischen im letzten Kindergartenjahr, kniete neben Tyson am Wohnzimmertisch und malte das zehnte oder fünfzehnte Geburtstagsbild für Albin. Auf jedem waren Blumen, ein kleiner Hund und Elfen in unterschiedlichen Anordnungen zu sehen.

Sie blickte auf, als Albin hereinkam, widmete sich dann wieder ihrem Bild und fragte beim Zeichnen: »Warum essen wir eigentlich die Beine von einem Lämmchen?«

»Weil sie gut schmecken«, erwiderte Albin und vergrub die Hände in der Hosentasche.

»Aber die Lämmchen essen doch auch nicht unsere Beine?«

»Das ist richtig.«

»Yusuf im Kindergarten hat gesagt, dass man Schweine nicht essen darf, weil sie schmutzige Tiere sind. Lämmchen machen sich auf der Wiese doch auch schmutzig?«

»Yusuf und seine Eltern haben aber einen Glauben, der ihnen vorschreibt, dass sie kein Schweinefleisch essen dürfen, weil Schweine schmutzig sind. Sie sind Muslime und lesen den Koran. So wie wir die Bibel. Von Lämmchen ist im Koran aber keine Rede. In der Bibel auch nicht – jedenfalls steht dort kein Verbot, was Lämmer zum Essen angeht. Dort werden dauernd welche geschlachtet.«

»Ich glaube schon, dass man Schweine essen darf.«

»Ich auch.«

»Schweine sehen unter der Haut nämlich ganz normal wie Fleisch aus. Da ist kein Dreck. Und wenn sie sich von außen schmutzig machen, dann kann man sie doch abwaschen?«

Albin lachte.

»Trotzdem tun mir die Lämmchen leid.«

Albin sagte: »Ich verrate dir ein Geheimnis.«

Clara blickte auf.

»Wir tun den Lämmern einen großen Gefallen. Die meisten von ihnen möchten nämlich Menschen sein, und wenn wir zwei von ihren vier Beinen essen, dann müssen sie zwangsläufig auf zwei Beinen gehen, hm? Wir helfen ihnen bei der Evolution.«

»Albin!«, hörte er aus der Küche Veroniques Stimme. »Erzähl dem Kind nicht so einen Blödsinn. Mach dich lieber nützlich und stell die Tische und Stühle im Garten auf, und dann schälst du die Kartoffeln.«

Albin zuckte spielerisch zusammen und antwortete: »Sehr wohl, mein General.«

Clara runzelte die Stirn und legte ihren Kopf schief. »Was ist eine Evalation?«

Albin winkte ab und ging dann nach draußen. »Nicht so wichtig«, antwortete er. »Sie geht sowieso an vielen Menschen vollkommen vorbei.«

Er betrachtete die Stühle und die Tische, seinen Garten,

der sich heute mit vielen Gästen füllen würde: Polizeikommissarin Castel mit ihrem neuen Freund, dem Kurator aus Aix-en-Provence, Albins Nachfolger bei der Polizei Theroux und Familie, die Rechtsmedizinerin Berthe mit ihrem Mann, sogar der Gastwirt Matteo mit Frau. Und mittendrin er, der Jubilar – Albin Leclerc, seit neuestem sogar wieder mit einer fast offiziellen Funktion versehen.

Hoffentlich, dachte Albin und machte sich an die Arbeit, hoffentlich würde ihm irgendwer zum Geburtstag Visitenkarten schenken, auf denen stand: Albin Leclerc, Polizeiberater.

3

Der Abend senkte sich träge über die Provence. Die Luft war nach wie vor heiß und drückend. Kein Wind wehte. Alles war still. Die untergehende Sonne klebte wie eine Orange am Himmel, der eine undefinierbare Farbe zwischen Grau und Blau hatte.

Vital Didier blinzelte und blickte dann wieder auf das iPad. Es lag auf seinem Schoß. Er saß am Poolrand, schwitzte, hielt die Füße ins Wasser und betrachtete die Sonderausstattung für den neuen F-Type auf der Homepage von Jaguar. Er würde ihn in Dunkelgrün nehmen, mit cremefarbenen Sitzen. Wenngleich es Wahnsinn war. Absoluter Unfug, überhaupt darüber nachzudenken. Genauso wie es Blödsinn war, sich mit Ferraris, Porsches und ähnlichen Sportwagen zu befassen. Nicht, weil Didier dazu das Geld fehlte, absolut nicht. Es war deswegen Blödsinn, weil man in seinem Alter in diese flachen Autos ziemlich schlecht einsteigen konnte und noch schlechter wieder herauskam, unter Umständen überhaupt nicht mehr.

Diese peinliche Erfahrung hatte Didier bereits vor einigen Jahren nach der Testfahrt mit einem Lamborghini machen müssen, als die Verkäuferin ihm aus dem Sitz helfen musste. Er hatte den Wagen dann doch nicht gekauft, sondern einen Porsche Cayenne Geländewagen genommen und sich darüber aufgeregt, dass das Autohaus attraktive junge Verkäuferinnen beschäftigte, vor denen man sich eine solche Blöße geben musste. Früher, da waren dort nur männliche Verkäufer angestellt. Kerle, die kommentarlos verstanden, was ein anderer Mann brauchte und wollte. Dann hatten sie ihr Personal mit weiblichen Angestellten ergänzt. Didier nahm an, dass das eine Art neuartige psychologische Verkaufsführung war, um alten Säcken wie ihm das Geld noch schneller aus der Tasche zu ziehen, indem sie gutaussehende Frauen einsetzten, denen man unbewusst imponieren wollte. Aber der Chef hatte Didier eines Besseren belehrt und erklärt, dass sie deswegen Verkäuferinnen einsetzen, weil die Zahl von weiblichen Kunden zunehmen würde. Es gebe ja immer mehr Frauen in Topjobs und außerdem zunehmend welche, die sich ihre Autos selbst kauften statt sie von ihren Männern aussuchen zu lassen.

»Ich bin dann weg«, hörte er Jeanne aus dem Haus rufen, danach durch die offen stehenden Flügeltüren das Stakkato ihrer Absätze aus dem Flur und schließlich das Röhren des Porsche-Motors, als sie mit dem Cayenne aus der Einfahrt zurücksetzte und mit Vollgas in Richtung Avignon fuhr.

Jeanne traf sich dort mit ihren Freundinnen zum Abendessen. Allesamt alte Schachteln, die sich von den jungen Kellnern gegen üppige Trinkgelder hofieren ließen, wie Didier annahm. War ihm gleichgültig. Sollten sie nur.

Er platschte mit den Füßen im Wasser des Pools, den niemand außer ihm benutzte. Sein Arzt hatte gesagt, dass Schwimmen gut für das Herz und den Kreislauf sei. Also hatte Didier den Pool bauen lassen – nach einer Debatte mit Jeanne, die es unsinnig fand, noch mehr Geld in das Anwesen zu stecken und sich darüber aufregte, dass er, Vital Didier, als Mann der Finanzen wider besseres Wissen handelte. Sie hasste es hier in Mormoiron, das sie für ein Kaff hielt – und es war ein Kaff, daran gab es nichts zu deuteln. Trotzdem gefiel es Didier hier, und er hatte sich den Ort als Ruhesitz ausgesucht, eben *weil* es ein Kaff war.

Er hatte genug davon, dass ihm die Leute auf die Nerven gingen – und das war in seiner Zeit als Bankvorstand mehr als genug Tag für Tag geschehen. Abgesehen davon war sein Abgang als Bankvorstand, nun ja, aus unterschiedlichen Gründen nicht besonders rühmlich vonstatten gegangen, weswegen Didier es für besser hielt, sich in Avignon so lange nicht mehr blicken zu lassen, bis Gras über die Sache gewachsen war.

Inzwischen war das der Fall. Jeanne verkehrte längst wieder in der besseren Gesellschaft – und mal ehrlich, wer hatte da keinen Dreck am Stecken? Vital Didier hingegen hatte sich an sein Kaff gewöhnt und die Zeit damit verbracht, das alte Bauernhaus in eine ansehnliche Villa zu verwandeln, die inzwischen auf dem Immobilienmarkt drei Millionen Euro bringen könnte, falls man einen Käufer dafür fand. Was nicht so leicht war, wie er wusste, denn: Wer wollte schon in Mormoiron leben?

Doch Didier war das egal. Er hatte genug Geld, um den ganzen Ort zu kaufen, wenn er wollte. Wollte er aber nicht. Er wollte nur hier sitzen, sich die Füße kühlen und endlich eine Entscheidung darüber treffen, welchen Jaguar er sich bestellen sollte. Und zwar unabhängig davon, ob er rein- und wieder rauskam oder ihn sich nur von morgens bis abends in der Garage ansehen und sich darüber freuen würde, so ein schönes Auto zu besitzen.

Es würde die letzte Entscheidung seines Lebens werden.